AF417407

Lom
PALABRA DE LA LENGUA
YÁMANA QUE SIGNIFICA
Sol

Arguedas, José María
El zorro de arriba y el zorro de abajo [texto impreso]/
José María Arguedas.– 1ª ed. – Santiago: LOM ediciones; 2015.
276 p.: 21,5x14 cm. (Colección Narrativa)
ISBN : 978-956-00-0609-7
1. Novelas Peruanas I. Título. II. Serie
Dewey: Pe863.– cdd 21
Cutter: A694z
FUENTE: Agencia Catalográfica Chilena

© **LOM EDICIONES**
Primera edición, 2015
Impreso en 1.000 ejemplares

© Sybila Arredondo de Arguedas

ISBN: 978-956-00-0609-7

Compilación y notas: Sybila Arredondo de Arguedas.

EDICIÓN, DISEÑO Y DIAGRAMACIÓN
LOM ediciones. Concha y Toro 23, Santiago
TELÉFONO: (56-2) 2688 52 73
lom@lom.cl | www.lom.cl

Tipografía: *Karmina*

REGISTRO N°: 207.015

IMPRESO EN LOS TALLERES DE LOM
Miguel de Atero 2888, Quinta Normal

Impreso en Santiago de Chile

José María Arguedas

El zorro de arriba
y el zorro de abajo

A Emilio Adolfo Westphalen y al violinista
Máximo Damián Huamaní,
de San Diego de Ishua, les dedico,
temeroso, este lisiado y desigual relato.

«No soy un aculturado...»

Palabras de José María Arguedas en el acto de entrega
del premio «Inca Garcilaso de la Vega»,
LIMA, OCTUBRE DE 1968.

Acepto con regocijo el premio Inca Garcilaso de la Vega, porque siento que representa el reconocimiento a una obra que pretendió difundir y contagiar en el espíritu de los lectores el arte de un individuo quechua moderno que, gracias a la conciencia que tenía del valor de su cultura, pudo ampliarla y enriquecerla con el conocimiento, la asimilación del arte creado por otros pueblos que dispusieron de medios más vastos para expresarse.

La ilusión de juventud del autor parece haber sido realizada. No tuvo más ambición que la de volcar en la corriente de la sabiduría y el arte del Perú criollo el caudal del arte y la sabiduría de un pueblo al que se consideraba degenerado, debilitado o «extraño» e «impenetrable» pero que, en realidad, no era sino lo que llega a ser un gran pueblo, oprimido por el desprecio social, la dominación política y la explotación económica en el propio suelo donde realizó hazañas por las que la historia lo consideró como gran pueblo: se había convertido en una nación acorralada, aislada para ser mejor y más fácilmente administrada y sobre la cual sólo los acorraladores hablaban mirándola a distancia y con repugnancia o curiosidad. Pero los muros aislantes y opresores no apagan la luz de la razón humana y mucho menos si ella ha tenido siglos de ejercicio; ni apagan, por tanto, las fuentes del amor de donde brota el arte. Dentro del muro aislante y opresor, el pueblo quechua, bastante arcaizado y defendiéndose con el disimulo, seguía concibiendo ideas, creando cantos y mitos. Y bien sabemos que los muros aislantes de las naciones no son nunca completamente aislantes. A mí me echaron por encima de ese muro, un tiempo, cuando era niño; me lanzaron en esa morada donde la ternura es más intensa que el odio y donde, por eso mismo, el odio no es perturbador sino fuego que impulsa.

Contagiado para siempre de los cantos y los mitos, llevado por la fortuna hasta la Universidad de San Marcos, hablando por vida el quechua, bien incorporado al mundo de los cercadores, visitante feliz de grandes ciudades extranjeras, intenté convertir en lenguaje escrito lo que era como individuo: un vínculo vivo, fuerte, capaz de universalizarse, de la gran nación cercada y la parte generosa, humana, de los opresores. El vínculo podía universalizarse, extenderse; se mostraba un ejemplo concreto, actuante. El cerco podía y debía ser destruido; el caudal de las dos naciones se podía y debía unir. Y el camino no tenía por qué ser, ni era posible que fuera, únicamente el que se exigía con imperio de vencedores expoliadores, o sea: que la nación vencida renuncie a su alma, aunque no sea sino en la apariencia, formalmente, y tome la de los vencedores, es decir que se aculture. Yo no soy un aculturado; yo soy un peruano que orgullosamente, como un demonio feliz habla en cristiano y en indio, en español y en quechua. Deseaba convertir esa realidad en lenguaje artístico y tal parece, según cierto consenso más o menos general, que lo he conseguido. Por eso recibo el premio Inca Garcilaso de la Vega con regocijo.

Pero este discurso no estaría completo si no explicara que el ideal que intenté realizar, y que tal parece que alcancé hasta donde es posible, no lo habría logrado si no fuera por dos principios que alentaron mi trabajo desde el comienzo. En la primera juventud estaba cargado de una gran rebeldía y de una gran impaciencia por luchar, por hacer algo. Las dos naciones de las que provenía estaban en conflicto: el universo se me mostraba encrespado de confusión, de promesas, de belleza más que deslumbrante, exigente. Fue leyendo a Mariátegui y después a Lenin que encontré un orden permanente en las cosas; la teoría socialista no sólo dio un cauce a todo el porvenir sino a lo que había en mí de energía, le dio un destino y lo cargó aun más de fuerza por el mismo hecho de encauzarlo. ¿Hasta dónde entendí el socialismo? No lo sé bien. Pero no mató en mí lo mágico. No pretendí jamás ser un político ni me creí con aptitudes para practicar la disciplina de un partido, pero fue la ideología socialista y el estar cerca de los movimientos socialistas lo que dio dirección y permanencia, un claro destino a la energía que sentí desencadenarse durante la juventud.

El otro principio fue el de considerar siempre el Perú como una fuente infinita para la creación. Perfeccionar los medios de entender este país infinito mediante el conocimiento de todo cuanto se descubre en otros mundos. No, no hay país más diverso, más múltiple en variedad terrena y humana; todos los grados de calor y color, de amor y odio, de urdimbres y sutilezas, de símbolos utilizados e inspiradores. No por gusto, como diría la gente llamada común, se formaron aquí Pachacamac y Pachacutec, Huamán Poma, Cieza y el Inca Garcilaso, Tupac Amaru y Vallejo, Mariátegui y Eguren, la fiesta de Qoyllur Riti y la del Señor de los Milagros; los yungas de la costa y de la sierra; la agricultura a 4.000 metros; patos que hablan en lagos de altura donde todos los insectos de Europa se ahogarían; picaflores que llegan hasta el sol para beberle su fuego y llamear sobre las flores del mundo. Imitar desde aquí a alguien resulta algo escandaloso. En técnica nos superarán y dominarán, no sabemos hasta qué tiempos, pero en arte podemos ya obligarlos a que aprendan de nosotros, y lo podemos hacer incluso sin movernos de aquí mismo. Ojalá no haya habido mucho de soberbia en lo que he tenido que hablar; les agradezco y les ruego dispensarme.

PRIMERA PARTE

Primer diario

En abril de 1966, hace ya algo más de dos años, intenté suicidarme. En mayo de 1944 hizo crisis una dolencia psíquica contraída en la infancia y estuve casi cinco años neutralizado para escribir. El encuentro con una zamba gorda, joven, prostituta, me devolvió eso que los médicos llaman «tono de vida». El encuentro con aquella alegre mujer debió ser el toque sutil, complejísimo que mi cuerpo y alma necesitaban, para recuperar el roto vínculo con todas las cosas. Cuando ese vínculo se hacía intenso podía transmitir a la palabra la materia de las cosas. Desde ese momento he vivido con interrupciones, algo mutilado. El encuentro con la zamba no pudo hacer resucitar en mí la capacidad plena para la lectura. En tantos años he leído sólo unos cuantos libros. Y ahora estoy otra vez a las puertas del suicidio. Porque, nuevamente, me siento incapaz de luchar bien, de trabajar bien. Y no deseo, como en abril del 66, convertirme en un enfermo inepto, en un testigo lamentable de los acontecimientos.

En abril del 66 esperé muchos días que llegara el momento más oportuno para matarme. Mi hermano Arístides tiene un sobre que contiene las reflexiones que explican por qué no podía liquidarme tal y cual día. Hoy tengo miedo, no a la muerte misma sino a la manera de encontrarla. El revólver es seguro y rápido, pero no es fácil conseguirlo. Me resulta inaceptable el doloroso veneno que usan los pobres en Lima para suicidarse; no me acuerdo del nombre de ese insecticida en este momento. Soy cobarde para el dolor físico y seguramente para sentir la muerte. Las píldoras –que me dijeron que mataban con toda seguridad– producen una muerte macanuda, cuando matan. Y si no, causan lo que yo tengo, en gentes como yo, una pegazón de la muerte en un cuerpo aún fornido. Y ésta es una sensación indescriptible: se pelean en uno, sensualmente, poéticamente, el anhelo de vivir y el de morir. Porque quien está como yo, mejor es que muera.

Escribo estas páginas porque se me ha dicho hasta la saciedad que si logro escribir recuperaré la sanidad. Pero como no he podido escribir sobre los temas elegidos, elaborados, pequeños o muy ambiciosos, voy a escribir sobre el único que me atrae: esto de cómo no pude matarme y cómo ahora me devano los sesos buscando una forma de liquidarme con decencia, molestando lo menos posible a quienes lamentarán mi desaparición y a quienes esa desaparición les causará alguna forma de placer. Es maravillosamente inquietante esta preocupación mía, y de muchos, por arreglar el suicidio de modo que ocurra de la mejor forma posible. Creo que es una manifestación natural de la vanidad, de la sana razón y quizá del egoísmo que se presentan bien disfrazados de generosidad, de piedad. Voy a tratar, pues, de mezclar, si puedo, este tema que es el único cuya esencia vivo y siento como para poder transmitirlo a un lector; voy a tratar de mezclarlo y enlazarlo con los motivos elegidos para una novela que, finalmente, decidí bautizarla: El zorro de arriba y el zorro de abajo; también lo mezclaré con todo lo que en tantísimos instantes medité sobre la gente y sobre el Perú, sin que hayan estado específicamente comprendidos dentro del plan de la novela.

Anoche resolví ahorcarme en Obrajillo, de Canta, o en San Miguel, en caso de no encontrar un revólver. Ha de ser feo para quienes me descubran, pero me he asegurado de que el ahorcamiento produce una muerte rápida. En Obrajillo y San Miguel podré vivir unos días rascándoles la cabeza a los chanchos mostrencos, conversando muy bien con los perros y hasta revolcándome en la tierra con algunos de esos perros chuscos que aceptan mi compañía hasta ese extremo. Muchas veces he conseguido jugar con los perros de los pueblos, como perro con perro. Y así la vida es más vida para uno. Sí; no hace quince días que logré rascar la cabeza de un nionena[1] (chancho) algo grande, en San Miguel de Obrajillo. Medio que quiso huir, pero la dicha de la rascada lo hizo detenerse; empezó a gruñir con delicia, luego (¡cuánto me cuesta encontrar los términos necesarios!) se derrumbó a pocos y, ya echado y con los ojos cerrados gemía dulcemente. La alta, la altísima cascada que baja desde la inalcanzable cumbre de rocas, cantaba en el gemido de ese nionena, en sus cerdas duras que se convirtieron en suaves; y el sol tibio que había caldeado las piedras, mi pecho, cada hoja de los árboles y arbustos, caldeando de plenitud, de hermosura, incluso el rostro anguloso y enérgico de mi mujer, ese sol estaba mejor que en ninguna parte en el lenguaje del nionena, en su sueño delicioso. Las cascadas de agua del Perú, como las de San Miguel, que resbalan sobre abismos, centenares de metros en salto casi perpendicular, y regando andenes donde florecen plantas alimenticias, alentarán en mis ojos instantes antes de morir. Ellas retratan el mundo para los que sabemos cantar en quechua; podríamos quedarnos eternamente oyéndolas; ellas existen por causa de esas montañas escarpadísimas que se ordenan caprichosamente en quebradas tan hondas como la muerte y nunca más fieras de vida; falderíos bravos en que el hombre ha sembrado, ha fabricado chacras con sus dedos y sus sesos y ha plantado árboles que se estiran al cielo desde los precipicios, se estiran con transparencia. Árboles útiles, tan bárbaros de vida como ese montonal de abismos del cual los hombres son gusanos hermosísimos, poderosos, un tanto menospreciados por los diestros asesinos que hoy nos gobiernan. ¡Querido hermano Pachequito, Teniente en Pinar del Río, y tú, Chiqui, de la Casa de las Américas: cuando llegue aquí un socialismo como el de Cuba, se multiplicarán los árboles y los andenes que son tierra buena y paraíso! Felizmente las pastillas –que me dijeron que eran seguras– no me mataron, porque los conocí a ustedes y a ese joven armado de ametralladora que guardaba la entrada del Terminal Pesquero, en

---

[1]   Nionena corresponde a denominaciones que de ciertos animales utilizaba JMA, empleando palabras inventadas por él en su infancia. Los pollos eran, por ejemplo, frapatapas y los carneros, asnurututatis (Nota de Sybila de Arguedas; en adelante S. de A.).

La Habana. El muchacho sonrió cuando le dijeron que era un amigo peruano invitado: «Entra, compañero, mira lo que hemos hecho». Y su rostro tenía la felicidad, la inteligencia, la fuerza, la generosidad natural de estas cascadas que en la luz del mundo y la luz de la sabiduría cantan día y noche. Aunque a mí ya no me cantan con toda la vida porque el cuerpo abatido no arde ya sino temblequeando. ¡Esa es, pues, la muerte, y la muerte también es necesaria, es conveniente! Sí, es tan sencillo, Pachequito, como tu ojo minúsculo en que fulguraba la fuerza con que mataste para construir lo que ahora es para ustedes la vida justa. Para los impacientes son inaceptables los días de cama o de invalidez previos a recibir la muerte. No; no los soportaría. Ni soporto vivir sin pelear, sin hacer algo para dar a los otros lo que uno aprendió a hacer y hacer algo para debilitar a los perversos egoístas que han convertido a millones de cristianos en condicionados bueyes de trabajo. No detesto el sufrimiento. Quizá, inteligente compañero Dorticós, alguna vez el hombre elimine el sufrimiento sin menoscabar su poder. Tú, por ejemplo, en los minutos que te oí hablar parecías un sujeto que sabía de todo, y era inmune al sufrimiento, como tus anteojos. En otros casos no hay generosidad ni lucidez sino como fruto, en gran parte, del sufrimiento. Porque cuando se hace cesar el dolor, cuando se le vence, viene después la plenitud. Quizá el sufrimiento sea como la muerte para la vida. El hombre sufrirá, más tarde, por los esfuerzos que haga por llegar físicamente, que es la única llegada que vale, a las miríadas de estrellas que desde San Miguel podemos contemplar con una serenidad feliz que, aun a los condenados como yo, nos tranquilizan por instantes. Siempre habrá mucho que hacer.

11 DE MAYO

Ayer escribí cuatro páginas. Lo hago por terapéutica, pero sin dejar de pensar en que podrán ser leídas. ¡Qué débil es la palabra cuando el ánimo anda mal! Cuando el ánimo está cargado de todo lo que aprendimos a través de todos nuestros sentidos, la palabra también se carga de esas materias. ¡Y cómo vibra! Yo me convertí en ignorante desde 1944. He leído muy poco desde entonces. Me acuerdo de Melville, de Carpentier, de Brecht, de Onetti, de Rulfo. ¿Quién ha cargado a la palabra como tú, Juan, de todo el peso de padeceres, de conciencias, de santa lujuria, de hombría, de todo lo que en la criatura humana hay de ceniza, de piedra, de agua, de pudridez violenta por parir y cantar, como tú? En ese hotel, más muerto que vivo, el Guadalajara Hilton, nos alojaron juntos ¿de pura casualidad? Me contaste algo de cómo fue tu vida. Te despidieron y volvieron a nombrar algo así como veinte veces en los ministerios de la Revolución Mexicana. Trabajaste en una fábrica de llantas. Dejaste el puesto porque te quisieron enviar a las oficinas de otro país. Mientras hablabas en tu cama, fumabas mucho. Me hablaste muy mal de Juárez. No debí sorprenderme de la heterodoxia con que ordenabas las causas y efectos de la historia mexicana, de cómo parecía que conocías a fondo, tanto o mejor que tu propia vida, esa historia. Y me hiciste reír describiendo al viejo Juárez como a un sujeto algo nefasto y con facha de mamarracho. Me acordé de la primera vez que te conocí en Berlín, de cómo te llevé del brazo al ómnibus, con cuánta felicidad, como cuando, ya profesional, volví a encontrar a don Felipe Maywa, en San Juan de Lucanas, y ¡de repente! me sentí igual a ese gran indio al que había mirado en la infancia como a un sabio, como a una montaña condescendiente. ¡Igual a él! Y mientras los otros poblanos me doctoreaban estropeándome hasta la luz del pueblo, él, don Felipe, me permitió que lo tomara del brazo. Y sentí su olor de indio, ese hálito amado de la bayeta sucia de sudor. Y abracé a don Felipe de igual a igual. Don Felipe tiene pequeña estatura –aún vive–. Yo, que soy mediano, le llevo bastante en tamaño. Pero nos miramos de hombre a hombre. Y no era mayor mi asombro justificado, bien contenido y por eso mismo tenso. Nos miramos abrazados, ante el otro tipo de asombro de los poblanos, indios y wiraqochas[2] vecinos

---

[2]   En *El zorro de arriba y el zorro de abajo* el autor emplea ya, para el quechua, las normas gráficas establecidas en el III Congreso Indigenista Interamericano de La Paz, 1954 (S. de A.).

notables que estaban respetándome, desconociéndome. ¡Si yo era el mismo, el mismo pequeño que quiso morir en un maizal del otro lado del río Huallpamayo, porque don Pablo me arrojó a la cara el plato de comida que me había servido la Facundacha! Pero, también allí, en el maizal, sólo me quedé dormido hasta la noche. No me quiso la muerte, como no me aceptó en la oficina de la Dirección del Museo Nacional de Historia, de Lima. Y desperté en el Hospital del Empleado. Y vi una luz melosa, luego el rostro muy borroso de gentes. (Una boticaria no me quiso vender tres píldoras de seconal[3]; dijo que con tres podría quedarme dormido para no despertar; y yo me tomé treinta y siete. Fueron tan ineficaces como la imploración que le dirigí a la Virgen, llorando, en el maizal de Huallpamayo.) Decía que era el mismo niño a quien don Pablo, el amo del pueblo, gamonalcito de entonces, le arrojó la comida a la cara, pero sin duda al mismo tiempo era bien otro. Ese bien otro y el chico del maizal, sin embargo, eran una sola cosa y don Felipe, bajo de estatura, macizo, antiguo y nuevo como yo, lo aceptó, lo encontró natural que así fuera. Por eso me trató de igual a igual, como tú, Juan, en Berlín y en Guadalajara y en Lima, también en ese pueblo de Guanajuato, fregado hasta no más, como el Cuzco. Tú fumabas y hablabas, yo te oía. Y me sentí pleno, contentísimo, de que habláramos los dos como iguales. En cambio a don Alejo Carpentier lo veía como a muy «superior», algo así como esos poblanos a mí, que me doctoreaban. Sólo había leído El reino de este mundo y un cuento; después he leído Los pasos perdidos. ¡Es bien distinto a nosotros! Su inteligencia penetra las cosas de afuera adentro, como un rayo; es un cerebro que recibe, lúcido y regocijado, la materia de las cosas, y él las domina. Tú también, Juan, pero tú de adentro, muy de adentro, desde el germen mismo; la inteligencia está; trabajó antes y después.

Bueno, voy a releer lo que he escrito; estoy bastante confundido, pero, aunque muy agobiado por el dolor a la nuca, algo más confiado que ayer en el hablar. ¿Qué habré dicho, Juan? A Onetti lo vi en México.

---

[3]   seconal: nombre farmacéutico de un barbitúrico sedante e hipnótico (S. de A.).

Andaba con bastón, atendido por algunos que le conocían. Yo no había leído nada de él. Lástima. Le hubiera saludado; a don Alejo no me atrevía a acercarme, me lo presentaron dos veces. Dicen que es tímido, pero sentía o lo sentía como a un europeo muy ilustre que hablaba castellano. Muy ilustre, de esos ilustres que aprecian lo indígena americano, medidamente. Dispénseme, don Alejo; no es que me caiga usted muy pesado. Olí en usted a quien considera nuestras cosas indígenas como excelente elemento o material de trabajo. Y usted trabaja como un poeta y un erudito. Difícil hazaña. ¿Cómo maravilla le iluminan a usted y le instrumentan tantas memorizaciones de todos los tiempos? Onetti tiembla en cada palabra, armoniosamente; yo quería llegar a Montevideo –estoy en Santiago– entre otras cosas para saludarlo, para tomarle la mano con que escribe. Así es. Carlos Fuentes es mucho artificio, como sus ademanes. De Cortázar sólo he leído cuentos. Me asustaron las instrucciones que pone para leer Rayuela. Quedé, pues, merecidamente eliminado, por el momento, de entrar en ese palacio. Lezama Lima se regodea con la esencia de las palabras. Lo vi comer en La Habana como a un injerto de picaflor con hipopótamo. Abría la boca; se rociaba líquido antiasmático en la laringe y seguía comiendo. ¡Gordo fabuloso, Cuba que ha devorado y transfigurado la miel y hiel de Europa!

13 DE MAYO

Me siento a la muerte. Un amigo peruano me llevó anoche a una boite-teatro fea; le dijeron que presentaban danzas y cantos chilenos. Era cierto, muy entretenido para el público al que vanidosa aunque «objetivamente» llamamos vulgar, frívolo, etc. Entre calatas, cómicos, conjuntos de jazz y de pelucones, todo mediocre, apareció un «ballet» chileno. ¡Maldita sea! No digo que ya no es chileno eso; pero para los que sabemos cómo suena lo que el pueblo hace, estas mojigangas son cosa que nos deja entre iracundos y perplejos. Yo no diría tampoco, como otros sabidos, que eso es una pura cacana. Algo sabe a chileno. Los «huasos» aparecen muy adornaditos, amariconados (casi ofensa del huaso) y las muchachas algo achuchumecadas (como no queriendo perturbar la frivolidad de los contertulios que pagan el espectáculo) con la gracia fuerte del macho y de la hembra humanos, encachados, que en el campo o en la ciudad no entran en remilgos cuando cantan y bailan lo suyo y así transmiten el jugo de la tierra. No digo que entre la llamada «aristocracia» y la descuajada clase media de estos pueblos no haya también gente que ha conservado ese jugo. Pero casi, todos se amamarrachan con las «convenciones» sociales, con ese enredo fenomenal en que aparecen estos «huasos» amariconados, estas muchachas achuchumecadas, que así se achuchumecan para convertir los bailes de la gente fuerte en «espectáculo agradable y nacional». ¡Maldita sea, negro Gastiaburú! Tú eras médico, un doctor. Y maldecíamos juntos estas cosas que son fabricaciones de los «gringos» para ganar plata. Todo eso es para ganar plata. ¿Y cuando ya no haya la imprescindible urgencia de ganar plata? Se desmariconizará lo mariconizado por el comercio, también en la literatura, en la medicina, en la música, hasta en el modo como la mujer se acerca al macho. Pruebas de eso, de lo renovado, de lo desenvilecido encontré en Cuba. Pero lo intocado por la vanidad y el lucro está, como el sol, en algunas fiestas de los pueblos andinos del Perú.

Y no es que lo diga como que fuera un sectario indigenista. Lo vieron y sintieron, igual que yo, gente que vi llegar de París, de los Estados Unidos, de Italia y gente criada en Lima, de algunos de esos que han crecido en «sociedades» bien cuajadas o descuajándose. ¿No es cierto Gody, E. A. Westphalen, Jaqueline Weller[4]...? Estoy seguro que a don Alejo también le llegarían mucho esas fiestas, aunque él quizá permanecería serio, poco comunicativo, amasando por dentro quizás cuántas sutilezas, encadenamientos de la fiesta con los griegos, asirios, javaneses y cien nombres más, raros y ciertos. En

---

[4]   Jacqueline Weller. Antropóloga francesa que en la década del 70 era catedrática de una universidad parisina donde enseñaba quechua (S. de A.).

cambio ese Carlos Fuentes no entendería bien, creo. Perdónenme los amigos de Fuentes, entre ellos Mario (Vargas Llosa) y este Cortázar que aguijonea con su «genialidad», con sus solemnes convicciones de que mejor se entiende la esencia de lo nacional desde las altas esferas de lo supranacional. Como si yo, criado entre la gente de don Felipe Maywa, metido en el oqllo mismo de los indios durante algunos años de la infancia para luego volver a la esfera «supra-india» de donde había «descendido» entre los quechuas, dijera que mejor, mucho más esencialmente interpreto el espíritu, el apetito de don Felipe, que el propio don Felipe. ¡Falta de respeto y legítima consideración! No se justifica. No hablaría así ese García Márquez que se parece mucho a doña Carmen Taripha, de Maranganí, Cuzco. Carmen le contaba al cura, de quien era criada, cuentos sin fin de zorros, condenados, osos, culebras, lagartos; imitaba a esos animales con la voz y el cuerpo. Los imitaba tanto que el salón del curato se convertía en cuevas, en montes, en punas y quebradas donde sonaban el arrastrarse de la culebra que hace mover despacio las yerbas y charamuscas, el hablar del zorro entre chistoso y cruel, el del oso que tiene como masa de harina en la boca, el del ratón que corta con su filo hasta la sombra; y doña Carmen andaba como zorro y como oso, y movía los brazos como culebra y como puma, hasta el movimiento del rabo lo hacía; y bramaba igual que los condenados que devoran gente sin saciarse jamás; así, el salón cural era algo semejante a las páginas de los Cien años[5]... aunque en Cien años hay sólo gente muy desanimalizada y en los cuentos de la Taripha los animales transmitían también la naturaleza de los hombres en su principio y en su fin.*

Creo que de puro enfermo del ánimo estoy hablando con «audacia». Y no porque suponga que estas hojas se publicarán sólo después que me haya ahorcado o me haya destapado el cráneo de un tiro, cosas que, sinceramente, creo aún que tendré que hacer.

---

*   Oqllo: pecho. Las referencias marcadas con asteriscos corresponden a aclaraciones realizadas por José María Arguedas.

[5]   Se refiere al libro *Cien años de soledad*, del colombiano Gabriel García Márquez, publicado en 1967 (S. de A.).

Puede también que me cure aquí, en Santiago, como en 1962, de un mal de la misma laya y origen, aunque menos grave y en edad todavía de merecer. Y si me curo y algún amigo a quien respeto me dice que la publicación de estas hojas serviría de algo, las publico. Porque yo si no escribo y publico, me pego un tiro. En San Miguel de Obrajillo me entró la tentación de seguir viviendo aunque no fuera sino para sentir el sol de ese pueblo y pasar los días acariciando a los perros y a los chanchitos mostrencos. Sin embargo, ese placer no compensaría por mucho tiempo. Aunque con un perro, especialmente de esos de pueblo serrano, que andan por calles y campos pensando bien en lo que hacen, yo me llevo muy bien, no acallaría esa antigua amistad las mil ansias que un individuo tan revuelto como yo, tan impaciente, cultiva y multiplica. ¡Cómo se murió mi amigo Guimaraes Rosa! Cada quien es a su modo. Ese modo de escribir sí que no da lugar a genialidades como las de don Julio, aun cuando sean para utilidad y provecho. Guimaraes me hizo una confidencia en México, mientras yo me sentía más «deprimido» que de cotidiano, a causa de una fiebre pasajera. No he de confesar de qué se trata. Pero, entonces, sentí que ese Embajador tan majestuoso, me hablaba porque había, como yo, «descendido» hasta el cuajo de su pueblo; pero él era más, a mi modo de ver, porque había «descendido» y no lo habían hecho «descender». Luego de contarme su historia, sonrió como un muchacho chico. Ningún amigo citadino me ha tratado tan de igual a igual, tan íntimamente como en aquellos momentos este Guimaraes; me refiero a escritores y artistas; ni Gody Szyszlo, ni E. A. Westphalen, ni Javier Sologuren, menos aún los extranjeros notables. Algo... el Pepe Revueltas, aunque de otro modo. Guimaraes no parecía mordaz, no parecía haber aprendido eso. La mordacidad la he conocido en los escritores inteligentes y enfadados. A esa altura no llegamos, creo, quienes estamos muy amagados por la piedad y la infancia. Pienso en este momento en Nicanor Parra, ¡cuánta sabiduría, cuánta ternura y escepticismo y una fuerte coraza de protección que deja entrar todo pero filtrando, y una especie no de vanidad sino de herida abierta para las opiniones negativas de su obra! ¡Qué modo increíble de ponerse amargo e iracundo por esas cosas! En la ciudad, amigos, en la ciudad yo no he querido creo que a nadie más que a Nicanor ni me he extraviado más de alguien que de él. Pero, ¿por qué tengo que decir estas cosas de Nicanor? Mucha ciudad tenía adentro o tiene adentro ese caballero tan mezclado y nacido en pueblo, el más inteligente de cuantos he conocido en las ciudades. ¡Lo que hablaba, sabía y no sabía o no sabe de las mujeres! Su hermano Roberto fue mucho más hermano mío que de él; ¡claro!, porque mi trato con Roberto era todo por el lado bueno. Dispensen que diga que este Roberto se había atacado para siempre de ternura en cientos de los más pobres prostíbulos de Chile donde cantaba y tocaba guitarra, mientras que yo me hice igual a él en los ayllus* de Ayacucho, entre las indias que sufrían y cantaban como picaflores que van al sol, lo beben y vuelven. En el mismo cuarto dormíamos, Roberto y yo, en casa de Nicanor, en La Reina, cuando vine enfermo en 1962. Otra vez usaré de la misma cantaleta; pues sí, para mí Roberto era como un Felipe Maywa, más joven, más accesible. Porque mientras que Roberto hablaba con voz de persona resignada, con poco porvenir, bastante triste y muy anheloso de estimación, don Felipe me acariciaba en San Juan de Lucanas, como a un becerro sin madre y él tenía la presencia de un indio que sabe, por largo aprendizaje y herencia, la naturaleza de las montañas inmensísimas, su lenguaje y el de los insectos, cascadas y ríos, chicos y grandes; y si bien era «lacayo» de mi madrastra, o a veces creo que vaquero, se presentaba ante ella como quien puede dispensar protección, como quien de hecho está procurando protección, a pesar de ser sirviente. Todo el porvenir mío y el de mi madrastra, que era patrona de don Felipe, parecía depender de don Felipe Maywa. Así me parecía, no sé por qué; debía ser por algo. Y cuando este hombre me acariciaba la cabeza, en la cocina o en el corral de los becerros, no sólo se calmaban todas mis intranquilidades sino que me sentía con ánimo para vencer

---

*   ayllu: comunidad indígena.

a cualquier clase de enemigos, ya fueran demonios o condenados. Y yo era muy intranquilo; estaba solo entre los domésticos indios, frente a las inmensas montañas y abismos de los Andes donde los árboles y flores lastiman con una belleza en que la soledad y silencio del mundo se concentran. Este Roberto, hermano de Nicanor Parra, cantaba con otro tipo de soledad, aunque algo parecida; rasgaba la guitarra en cuecas como desesperadas, de alegría más ansiada que disfrutada. Por eso fuimos tan amigos en La Reina. Me hablaba de un amigo suyo que se había quedado sentado sobre una piedra, con el ojo todo colorado, esperando. ¡Qué estupenda era la vida con Nicanor y Roberto Parra! ¡Cómo han bebido el jugo, tan distintos y diversos jugos del mundo, estos hermanos! Charlaba con Roberto en un estado de confianza, amigos, que es una de las formas más raras de ser feliz. Me contaba cosas de los prostíbulos y yo, cuentos de animales y condenados, que es mi fuerte. Roberto se emborracha hasta la agonía; yo me enfermo de soledad e ilusión quizá patológicas, y «por puro gusto», porque soy amado por buena y bella gente, como mi mujer por ejemplo. Pero algo nos hicieron cuando más indefensos éramos; yo recuerdo muchas cosas, pero dicen que más peligrosas son aquellas de las que no nos acordamos. Así será. ¿Y García Márquez? De él creo que estaba diciendo algo. Ése cuenta cosas del ser humano de este Continente, del individuo muy contaminado con los pareceres y modos de ser de Europa, cuenta con la fantasía y certidumbre con que Carmen contaba historias de osos y culebras. Absolutamente cierto y absolutamente imaginado. Carne y hueso y pura ilusión. No conocí a Gabriel. Yo estaba muy apabullado cuando vino a Lima. Y sabía que lo tenían muy atingido los curiosos, los entendidos y los admiradores. Es justo, no puede ser como don Alejo ni como Juan; ¿no será una combinación de Carpentier, Rulfo y Carmen Taripha, en su modo vivo? Dicen que cautiva, ¡qué bien! Entonces tendrá también algo del negro Gastiaburú.

Hice algo contraindicado anoche, contraindicado por mí. Cada quien toma veneno, a sabiendas, de vez en cuando; y yo siento los efectos en estos instantes. En mi memoria, el sol del alto pueblecito de San Miguel de Obrajillo ha cobrado, de nuevo, un ciento color amarillo, semejante al de esa flor en forma de zapatito de niño de pechos, flor que crece o que prefiere crecer no en los campos sino en los muros de piedra hechos por los hombres, allá en todos los pueblos serranos del Perú. Esa flor afelpada donde el cuerpo de los moscones negrísimos, los huayronqos, se empolva de amarillo y permanece más negro y acerado que sobre los lirios blancos. Porque en esta flor pequeña, el huayronqo enorme, se queda, manotea, aletea, se embute. La superficie de la flor es afelpada, la del moscón es lúcida, azulada de puro negra, como la crin de los potros verdaderamente negros. No sé si por la forma y color de la flor y por el modo así abrasante, medio como a muerte, con que el moscardón se hunde en su corola, moviéndose, devorando con sus extremidades ansiosas, el polvo amarillo; no sé si por eso, en mi pueblo, a esa flor le llaman ayaq sapatillan (zapatilla de muerto) y representa el cadáver. La ponen a ramos en los féretros y en el suelo mortuorio junto a los cadáveres. Haber recordado tan fuertemente al huayronqo y esos ramos de flores y el sol de San Miguel de Obrajillo a medio crepúsculo, es un síntoma negativo. Yo estaba ya aproximándome animadamente a la vida, hasta ayer. Hoy no me siento a la muerte, como decía el lunes 11. Decirlo sería, en cierta forma, afirmar o dar muestras de lo contrario. Ahora, en este momento, el amarillo, no sólo mal presagio sino materia misma de la muerte, ese amarillo del polvo del moscón, al que tan fácilmente se mata en mi pueblo, está asentado en mi memoria, en este dolor ahora lento y feo de la nuca. ¿No podré seguir escribiendo más? ¡Adiós por algunos días, quizá por algunas horas! Había empezado a crecer el torrente del mundo vivo en mi cuerpo. Hoy, anoche, me dejé arrastrar, como los borrachos habituales y culpables, a tomar mi venenito. Y había decidido hablar hoy algo sobre el juicio de Cortázar respecto del escritor profesional. Yo no soy escritor profesional, Juan no es escritor profesional, ese García Márquez no es escritor profesional. ¡No es profesión escribir novelas y poesías! O yo, con mi experiencia nacional, que en ciertos resquicios sigue siendo provincial, entiendo provincialmente el sentido de esta palabra oficio como una técnica que se ha aprendido y se ejerce específicamente, orondamente para ganar plata. Soy en ese sentido un escritor provincial; sí, mi admirado Cortázar; y, errado o no, así entendí que era don João y que es don Juan Rulfo. Porque de no, Juan, que conoce al infinito el oficio, no debería ser pobre. Yo tuve que estudiar etnología como profesión; el Embajador fue médico; Juan se quedó en empleado. Escribimos por amor, por goce y por necesidad, no por oficio. Eso de planear una novela pensando en que con su venta se ha de ganar honorarios, me parece cosa de gente muy metida en las especializaciones. Yo vivo para escribir, y creo que hay que vivir desincondicionalmente para interpretar el caos y el orden.

¡Ah! La última vez que vi a Carlos Fuentes, lo encontré escribiendo como a un albañil que trabaja a destajo. Tenía que entregar la novela a plazo fijo. Almorzamos, rápido, en su casa. Él tenía que volver a la máquina. Dicen que eso mismo le sucedía a Balzac y a Dostoievski. Sí, pero como una desgracia, no como una condición de la que se enorgullecieran. ¿Que acaso no hubieran escrito lo que escribieron, en otras circunstancias? Quién sabe. ¿Qué otra cosa iban a hacer con lo que tenían en el pecho? Perdonen, amigos Cortázar, Fuentes, tú mismo, Mario, que estás en Londres. Creo que estoy desvariando, pretendiendo lo mismo que ustedes, eso mismo contra lo que me siento como irritado. Puede que ustedes no tengan mejor o más ni menos razón que yo. Hay escritores que empiezan a trabajar cuando la vida los apera, con apero no tan libremente elegido sino condicionado, y están ustedes, que son, podría decirse, más de oficio. Quizás mayor mérito tengan ustedes, pero ¿no es natural que nos irritemos cuando alguien proclama que la profesionalización del novelista es un signo de progreso, de mayor perfección? Vallejo no era profesional, Neruda *es profesional; Juan Rulfo no es profesional. ¿Es profesional García Márquez? ¿Le gustaría que le llamaran novelista profesional? Puede decirse que Molière era profesional, pero no Cervantes.*

(Se me fue un poco ese polvo amarillo del moscardón que parecía que se me había asentado en el hueso. No es una desgracia luchar contra la muerte, escribiendo. Creo que tienen razón los médicos. Y los que me atienden a mí no me tratan como profesionales sino como semejantes.)

16 DE MAYO

Los efectos del veneno continúan. Es como si los ojos estuvieran algo enlodados en ese polvo amarillo que el huayronqo abraza con su cuerpo negro. Yo tengo en el ojo la pesadez de ese insecto volador que manotea con su cabeza mineral, con sus patas que tienen casi microscópicos pelos, y que son lentos pero que, aun así, al extenderse de un cuerpo ancho, acorazado de negrísimo metal brillante, dan la impresión de ansia que se va satisfaciendo, a cada movimiento que parece triunfal, agudo, fruto del máximo esfuerzo, explosión de la vida que hay en estos cuerpos que al ser aplastados suenan como cáscara de huevo, como frágiles armazones de láminas. Por algo este huayronqo empolvado del germen de la flor amarilla, es tenido por los campesinos quechuas como un ánima que goza en el fondo de la bolsita afelpada que es flor de los cadáveres. Y el vuelo del huayronqo es extraño, entre mosca y picaflor. Lo vi hace sólo cuarenticinco días, en San Miguel de Obrajillo. Como el helicóptero y el picaflor, y el cernícalo rapaz, puede detenerse en el aire. El huayronqo tiene un cuerpo enorme, casi tan brillante como el del picaflor. Y en San Miguel vuela más alto que en los centenares de pueblos donde, con tanta atención y detenimiento, seguí el curso de su vuelo. Es casi tan ágil como el picaflor, realiza maniobra quebradísima como él. ¡Pero es insecto! Se eleva a diez metros de altura, y quizás veinte, en San Miguel de Obrajillo. Es una mosca, y desde los veinte metros su cuerpo suspendido por un movimiento particularísimo de las alas que no son transparentes, parece que estuviera a una distancia tan grande que el ojo se esfuerza mucho para contemplarlo, para llevar al interior de nuestra vida el intenso significado de sus patas colgantes, manchadas frecuentemente de amarillo, de su cuerpo algo semejante al de una tortuga. Y, de repente, zarpa como un rayo, pero no a tanta velocidad que el ojo de quien lo mira no lo pueda seguir. Lo sigue, cautiva este moscardón acorazado a quienes sabemos lo que es. En este instante lo siento bajo mi frente, lento, regándome su polvo de cementerio, acrecentando mi enfermedad. ¡Pero ya no deseos de suicidio! Al contrario, hay cierta dureza en el cuerpo de mis ojos, un dolor difuso, como de sueño maligno, de muerte temida y no de la deseada. Sí, queridísimo João Guimaraes Rosa, te voy a contar de algún modo en qué consiste ese veneno mío. Es vulgar, sin embargo me recuerda el cuento que escribiste sobre ese hombre que se fue en un bote, por un río selvático y lo estuvieron esperando, esperando tanto... y creo que ya estaba muerto. Debe haber cierta relación entre el vuelo del huayronqo manchado de polen cementerial, la presión que siento en toda la cabeza por causa del veneno y ese cuento de usted, João.

17 DE MAYO

Había llegado de Ukuhuay, un pueblo caluroso. Decían que era chichera. Los árboles de la quebrada angosta en cuyo fondo estaban las casitas de Ukuhuay tenían parásitos que florecían y salvajina. La salvajina parece inerte, son hojas largas en forma de hilos gruesos; echan sus raíces en la corteza de los árboles que crecen en los precipicios; son de color gris claro; no se sacuden sino con el viento fuerte, porque pesan, están cargadas de esencia vegetal densa. La salvajina cuelga sobre abismos donde el canto de los pájaros, especialmente de los loros viajeros repercute; ima sapra es su nombre quechua en Ukuhuay. El ima sapra se destaca por el color y la forma; los árboles se estiran hacia el cielo y el ima sapra hacia la roca y el agua; cuando llega el viento, el *ima sapra se balancea pesadamente o se sacude, asustado, y transmite su espanto a los animales. La sombra es dulcísima en esa quebrada candente. Los patos de cresta roja nadan añorando algo en los remansos, como en pozos de lágrimas, según los cantos de la región. Fidela subió desde el fondo de esa quebrada; llegó al pueblo de altura, de paso, según dijo, a Huamanga. Estaba preñada e iba a la ciudad lejana, sin fiambre y sin auxilios. Permaneció tres días en Lambra; era mestiza y no podía pedir misericordia. La patrona de la casa en que yo servía le obsequió una talega de cecina, cancha[6] y queso duro, y una manta rotosa. Le entregó las dos cosas en el patio empedrado de lajas de la casa, a pleno sol. Unos hilos de su cabellera cruzaban parte de su rostro y le entraban a la boca, en un extremo, y allí los labios rezumaban saliva. Era blancona y sucia; estaba asustada, decidida. Por la noche, en la oscuridad, charlaban en la cocina el «lacayo» y la cocinera; yo los escuchaba desde la gran batea de amasar pan que me servía de cama. La mestiza dormía sobre unos pellejos, junto al fogón, lejos de la batea. Sentí que se arrastraba como una culebra; puso una mano en el borde de la batea. En el sol del patio me había mirado con detención; yo era el becerrero de la señora; tan sucio como la mestiza, y era blanco. Sentí que la mano de la Fidela levantaba el poncho de pako[7] con que me abrigaba. El «lacayo» y doña Fabiana, la cocinera, discutían. Fidela se acercó más hacia donde estaba mi cuerpo; debió llegar hasta la parte media de la batea. Y fue avanzando la mano hacia mi vientre. Sus dedos duros estaban como caldeados. Yo guardé silencio; vi, hermano João. (¿Por qué me dirijo a ti?¿Será porque has muerto y a mí la muerte me amasa desde que era niño, desde esa tarde solemne en que me dirigí al riachuelo de Huallpamayo rogando al santo patrón del pueblo y a la Virgen que me hicieran morir, y lo único que conseguí fue que la luz del sol me entrara por la cabeza y*

---

6   cancha: maíz tostado. Alimento de gran consumo por el pueblo peruano (S. de A.).

7   pako: auquénido obtenido de la hibridación de padre vicuña y madre alpaca, fecundo y doméstico, es de alto valor en los mercados (S. de A.).

me empapara la carne, la hiciera arder en ansias todopoderosas e inalcanzables como esas barbas de los árboles que, con el viento fuerte se sacuden causando espanto entre los animales? Hoy ya es 18, João, y desde ayer, desde que empecé a escribir las primeras líneas de ayer, la nuca me oprime hasta desequilibrarme. Estoy haciendo un esfuerzo muy grande para hablar con una mínima limpieza, como para que estas líneas puedan ser leídas. Así somos los escritores de provincias, éstos que de haber sido comidos por los piojos, llegamos a entender a Shakespeare, a Rimbaud, a Poe, a Quevedo, pero no el Ulises. ¿Cómo? Dispénsenme. En esto de escribir del modo como lo hago ahora ¿somos distintos los que fuimos pasto de los piojos en San Juan de Lucanas y el Sexto, distintos de Lezama Lima o Vargas Llosa? No somos diferentes en lo que estaba pensando al hablar de «provincianos». Todos somos provincianos, don Julio (Cortázar). Provincianos de las naciones y provincianos de lo supranacional que es, también, una esfera, un estrato bien cerrado, el del «valor en sí», como usted con mucha felicidad señala. Y cuando desde San Miguel de Obrajillo contemplamos los mundos celestes, entre los cuales giran y brillan, como yo lo vi, las estrellas fabricadas por el hombre, hasta podemos hablar, poéticamente, de ser provincianos de este mundo.) No, Joao: no vi nada cuando Fidela me tocó el vientre y sus dedos, como arañas caldeadas, medio desesperadas, me acariciaban. Sentí como que el aire se ponía sofocado, creí que me mandaban la muerte en forma de aire caliente. Todo mi cuerpo anhelaba. Ella alzó el poncho que me cubría. No nos desnudábamos, en ese frío, los muchachos. Fidela se echó a mi lado. Se había levantado el traje; le toqué el cuerpo con mis manos. A través de la piel de mis manos, cuarteada por la helada, sentí la sofocación de su garganta, mientras mi cuerpo pesaba y mi ánima se encomendaba a los santos, en oraciones quechuas. Ella me levantó sobre su cuerpo. Y el dulce arcano maldecido, João, donde se forma la vida, la hiel del sol que bebes en la oscuridad con cada poro que es como lengua de huahua... El veneno de los cristianos católicos que nacieron a la sombra de esas barbas de árboles que asustan a los animales, de las oraciones en quechua sobre el juicio final; el rezo de las señoras aprostitutadas mientras el hombre las fuerza delante de un niño para que la fornicación sea más endemoniada y eche una salpicada de muerte a los ojos del muchacho... Fidela subió la gran cuesta con su talega a la espalda. La acompañamos los sirvientes hasta el Andén de las Despedidas, que en esos tiempos había en todos los pueblos hispano-indios. Se despidió, llorando. Siempre tenía esos pelos en la boca humedecida. Le cruzaban un lado de la cara, y todos los cielos contrastaban en ese arco que hacía rezumar saliva en un extremo de los labios. Las nubes altísimas, constreñidas, el movimiento pequeño del qopayso, yerbita, maromeaban en ese arco; y más cuando Fidela se puso a llorar. Yo estaba detrás de doña Fabiana, me apoyaba en el rebozo de la india. Otra vez, la viajera, esa desconocida, me miró con intención, y se arrodilló delante de la cocinera, le besó un extremo de la falda. Luego empezó a subir el gran cerro, tan escarpado y lajoso. La vimos irse largo rato. Pasó tras el muro de espinos que guardaba un potrero de la señora del pueblo, y empezó a subir la cuesta cascajienta. «Va, pues, a parir un huérfano, un forastero; quizás adónde», dijo doña Fabiana. Ya había subido muy alto; no podía volver.

EL ZORRO DE ARRIBA: La Fídela preñada; sangre; se fue. El muchacho estaba confundido. También era forastero. Bajó a tu terreno.

EL ZORRO DE ABAJO: Un sexo desconocido confunde a ésos. Las prostitutas carajean, putean, con derecho. Lo distanciaron más al susodicho. A nadie pertenece la «zorra» de la prostituta; es del mundo de aquí, de mi terreno. Flor de fango, les dicen. En su «zorra» aparece el miedo y la confianza también.

EL ZORRO DE ARRIBA: La confianza, también el miedo, el forasterismo nacen de la Virgen y del ima sapra; y del hierro torcido, retorcido, parado o en movimiento, porque quiere mandar la salida y entrada de todo.

EL ZORRO DE ABAJO: ¡Ji, ji, ji...! Aquí, la flor de la caña son penachos que danzan cosquilleando la tela que envuelve el corazón de los que pueden hablar; el algodón es ima sapra blanco. Pero la serpiente amaru no se va a acabar. El hierro bota humo, sangrecita, hace arder el seso, también el testículo.

EL ZORRO DE ARRIBA: Así es. Seguimos viendo y conociendo...

I

Chaucato partió en su bolichera[1] Sansón I, llevando de tripulantes a sus diez pescadores, entre ellos al maricón el Mudo, y como suplementario, a prueba, a un violinista de la boite de copetineras El gato negro.

Avanza la madrugada. Chaucato habla con el Mudo en el puente:

–Putamadre Mudo: aquí se trabaja en cosas di'hombre. El hombre se diferiencia por el pincho[2], ¿no?. Tú has nacido con pincho, oye Mudo, aunque sea pa'tu joder. Cuando el hombre agarra cuchillo nu'es pa'recebir lapos en el suelo. Pa'remar la chalana, pa'aguantar el paño, pa'jalar plomo e'boliche[3], pa'entrar en la alzada se necesita pincho. Aquí se te va a parar en la mar o te voy a hacer meter una manguera hasta las agallas. ¿Has venido madrugando al puente pa'confesarte y recebir tu puteada?

---

[1] bolichera: es una embarcación de unos 30 m. de largo con capacidad para unas 60 a 350 toneladas de pescado en bodega. Desde 1965 las bolicheras aumentaron de tamaño y capacidad, se mecanizaron y modernizaron. Disponen de un pequeño radar –la ecosonda– que les permite detectar las manchas o aglomeraciones de peces en el mar. También equipadas de un radio-teléfono, pueden utilizar las informaciones de otras lanchas y de la fábrica para quien trabajan. En una bolichera trabajan entre 8 a 18 tripulantes, más un patrón y un maquinista. El patrón es el que manda; se le debe respeto y obediencia absoluta a bordo, aunque en tierra pueda ser considerado como cualquiera; ganaba unas tres veces más que los tripulantes ordinarios y rara vez era el propietario de la bolichera. Para patrones se preferían pescadores experimentados, que tuvieran «el sentido del mar» para que supieran ubicar a los peces (S. de A.).

[2] pincho: pene (S. de A.).

[3] boliche: las bolicheras están provistas de un boliche, enorme red de unos 300 m. de largo, terminada en forma de cuchara llamada chinguillo. La red se extiende con la ayuda de un pequeño bote y se iza a bordo con un huinche, verga provista de una polea y cables tirados por un cabrestante; así se levanta el chinguillo donde se concentra el pescado que es vaciado en la bodega (S. de A.).

La bolichera Sansón I, de la Compañía Fauna del Mar, aunque matriculada a nombre del armador Fuentes de los Palotes, avanzaba a toda máquina muy lejos de la bahía de Chimbote. Los tripulantes dormían. Chaucato, todo colorado el rostro, miraba al Mudo en el puente, a cielo abierto.

—«¡Padrazo, padrenuestro!», me rogabas anoche, mocoseando en el callejón del burdel. Putamadre, maricón Mudo; aqui ti'hago hombre.

—Yo soy hijo de puta, patrón. Tú sabes.

—No, güevón. Aquí, carajo, a bordo, todos son putamadres menos el patrón. ¿A ver?, traéme a ese violinista del Gato. Debe estar mariado, vomitando.

El Mudo bajó a los camarotes y regresó con el músico. El violinista no vomitaba. Estaba muy decidido.

—¿No vomitas? Entonces vas derecho a la anchoveta que Braschi, el culemacho, li'ha quitado a los cochos[4] alcatraces. Ese, ese qu'está a tu lado, va'olvidar aquí el ojete, porque la mar es la más grande concha chupadora del mundo. La concha exige pincho, ¿no es cierto, Mudo?

—Sí, Chaucato.

—¿A ver? Están llamando por la radio. «Anchoveta a una hora isla Corcovado... a una hora isla Corcovado... rumbo 180, rumbo 180...» Esa es la voz del Cadete. Hoy, con violinista y maricón, hacemos cien toncladas: mandas a la mierda al violín y el Mudo cierra el ojete, ¿no?

Como si no hubiera oído bien todo lo que el patrón dijo, el violinista se acercó más hacia él y preguntó:

—¿Es cierto, Chaucato, que tú te colgabas de rocas bien altas, en las islas, cuando cazabas lobos?

—¿Y ahora preguntas cabronadas, ahora que el Cadete está hablando pa' orientar la navegación, técnicamente, a la mancha de las anchovetas?

«A una hora isla Corcovado... A una hora isla Corcovado... Rumbo 180... Rumbo 180...», seguía repitiendo la voz por el altoparlante de la radio. Chaucato se acercó al micrófono:

—Oye, maricón Cadete, maricón Cadete...

---

4   cochos: viejos; por asociación, también pelícanos (S. de A.).

«Tú, maricón. Te llevas al Mudo pa'cabronearlo», contestó el altoparlante.

–Oye, Cadete, ¿t'interesa el Mudo? ¡Te cabreaste[5]! Ya se le paró, güevón...

«¿Y cuánto le has bochado[6] pa'que te lo mande?», se oyó otra voz.

–Ese es el Characato* Pretel –dijo el patrón–. ¿Si'ha metido contigo alguna vez? –y miró al Mudo.

–No, Chaucato. Ese... Tú sabes.

–¡Aquí yo no sé nada, oye, Chueca! –nombró al Mudo por su apellido–. Tú, músico, vas a ayudar primero al popero, al cabecero[7] qui'arrea el paño[8] a la mar; dispués vas a ser ayudante del estibador de plomo. ¿Entiendes, cojón de gato...? No; no contestes, concha'e tu madre. Dispués tienes que entrar en el alzada del paño. Va' pesar como cagada del diablo. Si hacemos las cien toneladas te cuento lo de los lobos. Yo creí que sólo a las putas les gustaba esa historia...

–Oye, Chaucato...

–Habla, músico. Ahístá tuavía el Mudo.

–Oye, Chaucato. Entendido. El Mudo me ha explicado el trabajo en la lancha. Pero... ¿cómo otros patrones menos antiguos en la pesca, con menos méritos –tú eres cumpa de Braschi, casi su padre, y que has enseñado a casi todos los patrones de lancha a calar anchoveta– cómo tienes una lancha vieja y de cien cuando a esos otros nuevos, menos maestros, les han dado de doscientas y hasta doscientas cincuenta pa'que ganen el doble que tú? ¡No... Chauco! No es ofensa, al revés, es amistá, gratitud... hermano.

Al patrón se le desigualó la cara mientras el músico hablaba. Los brazos sueltos, el ojo izquierdo con el párpado bajo, algo caído y rojo; la boca igualmente algo caída por el mismo lado y el pómulo como hinchándose...

---

5   cabreaste: de cabrear, hacer el quite, escabullirse, fintear, perder la oportunidad (S. de A.).

6   bochado: de bochar, tirar (S. de A.).

*   characato: apodo que se les da a los arequipeños.

7   cabecero: es el paño más grueso, que tiene más resistencia que el resto del boliche. Es la punta de éste, donde, al final, después de haber sido recogido, queda acumulado todo el pescado para poderlo alzar a la lancha. Aparentemente, JMA usa esta palabra con otro sentido (S. de A.).

8   paño: es un trozo o pieza del boliche; éste está compuesto de varios paños de diferente cuerpo (S. de A.).

—¡Hijo de puta! —dijo clarísimamente—. Los alcahuetes del Gato ven la cáscara, el forro de los güevos. Cuando' te meta los güevos sabrás, entenderás, como las putas. Estás en la mierda del Gato, ¿no? ¿Y de ahí vienes a hablar aquí, carajo?

El Mudo tomó del brazo al músico y le hizo bajar la escala que comunicaba el puente con la cubierta de la lancha. «Le metiste el dedo... A otro lo mata» —dijo el Mudo.

Chaucato empuñó el timón por las orejas. El barquito empezó a cortar las olas y a cabecear firmemente en el mar abierto. El rostro del pescador fue emparejándose lentamente en tanto que hablaba muy bajo, como si lo hiciera con el vientre: «Doscientas toneladas, yo cien; doscientas cincuenta, yo cien. Antes burdeleábamos juntos, aunque la Muda dice que él se ponía al Mudo de jinete... Estos malnacidos, di'uno u otro lado...». Observó los centenares de bolicheras que se lanzaban a toda máquina, como la Sansón I, hacia la dirección señalada por el Cadete. «¡Mudo! ¡Sube, Mudo!», ordenó. El Mudo se detuvo asustado en la última grada de la escala. El Chaucato le preguntó sin mirarlo: «¿Es cierto que en tiempos se te paraba?» «Es cierto», contestó el Mudo. «¿Es cierto que la Muda te mandaba montar a otro qu'estaba encima d'ella?» «Es cierto; a oscuras, Chaucato». «¡Lárgate, mierda!» Y siguió hablando con el vientre. (El Mudo bajó a cubierta.) «San Pedro, de más güevas que yo, patrón de la mar: estos blanquiñosos tienen mañas de otras layas. Hambrientos por el hueco, hambrientos por el pincho, así también para el negocio. Nunca por nunca llenan su gusto. Fábricas, bolicheras, muelles, fierros, cada año menos obreros y más tragones ellos, pa'comer en la mar. Yo comencé a miar primero en la bahía pa'Braschi; al agua limpita le metimos huevo. ¡Braschi es grande! Tiene más potencia que la dinamita en la cabeza, en el culo, en la firma. Braschi ¡putamadre!, tú has hecho la pesca. Ahora comes gente. Pa' eso formaste la mafia, con los apristas. Yo, putamadre, fui hombre del General, ¿no? Al General también le metieron huevo; con él amarraron más pior la mafia. Ahora Chaucato, hermanón de Braschi, es contras Braschi. Dicen que pa'comer grande hay que elevarse, como pájaro en la mar. A Braschi, que se hacía montar en el burdelito di'antes, ¿quién puta lo ve ahora en Chimbote? Yo era su guardaespaldas, ¿no? Porque me salía de los forros. Miles de miles viven de él; en cambio él les come las huevas. Las huevas de Chaucato como los billetes de Chaucato engordan las cantinas y las putas de la Rosada, con alegría de mi parte. Braschi se lleva mi trabajo; no me va tocar los forros. No se traga madre, ¿no? A Chaucato nadies no lu'ha jodido tuavía al gratén. No se traga madre, ¿no?»

Por primera vez decidió casarse. Ese pensamiento corría como una palpitación debajo de las exclamaciones y reflexiones que le salían de la boca. El cuerpo delgado, el rostro bonito y los ojos chispeantes de su cuñada, hermana de la mujer de su único hermano recientemente muerto y por quien él, Chaucato, había llorado un día entero, le entusiasmaban. «¡Pucha! Le tengo miedo a ella. No me le puedo declarar. ¡Tanta puta!, me pesa como plomo en la lengua cuando a ella quiero hablarle. ¿Cómo mierda le hablo?»

Oyó que la tripulación traficaba y echaba maldiciones de alegría en la cubierta, pero no subía nadie al puente. El sol opacado por las altas nubes de la cordillera hacía resaltar el cogote ancho, un poco rojizo, de Chaucato.

Siguió hablando: «¿Cómo chucha… estos amos de fábrica hacen parir billetes a cada anchovetita, metiéndoles candela a fierro violento? Nosotros, putamadre, les llevamos el material… Yo hago parir a la mar… ¡Listos, carajo! Ahí está la mancha, sombreando. ¡Me cago en la ecosonda! ¡Abajo la chalana, concha'esu madres!»

Una fila en ángulo de enormes alcatraces apareció sobre la Sansón I. El cerro El Dorado, cortado a pico sobre el mar, con santuarios preincas en la cima, se elevaba, alto, muy a lo lejos, y separado de la cordillera por una honda garganta. Tutaykire[9] está trenzando allí, durante dos mil quinientos años, una red de plata y oro. Su cabeza brilla lento; su cuerpo duro da sombra, y por eso el cerro altisonoro, con un abismo al mar, vigila a los pescadores, ahora más que nunca. Tutaykire quedó atrapado por una «zorra» dulce y contraria, entre los yungas[10]. Desde el cerro El Dorado, ve arriba y abajo.

---

[9]   Tutaykire: hijo de Pariacaca «como lluvia roja y lluvia amarilla caminó», «fue jefe muy poderoso porque venció a todos». Fue seducido por la hermana de Chuquisuso, lo que le impidió continuar conquistando territorios hacia la zona costeña, desde Huarochirí a Lima (S. de A.).

[10]   Yungas: habitantes de la zona geográfica que lleva ese nombre (S. de A.).

Chaucato sintió la sombra de la montaña y examinó con regocijo burlón la ecosonda que dibujaba en rayas menudas y densas la mancha de anchovetas. Cuando apareció la fila de alcatraces, se le cayó, enrojeciendo, el párpado bajo del ojo, enfermo desde que era huahua. «Vagos, despatriados, muertos di'hambre, grandazos», dijo mirando la majestuosa hilera doble y en ángulo cerrado de los pájaros. Empezó a dar órdenes a la tripulación, tranquilo en apariencia, pero con el hígado amargo.

Media hora después, las lanchas bolicheras habían tendido calas de doscientas y trescientas brazadas de largo sobre la mancha. Las anchovetas fueron embolsadas por las redes: nadaban saltando, boqueando, abriendo las agallas en espacios cada vez más reducidos, chispeando en la superficie. Potas enormes, negras, tragaban todavía anchovetas y se ahogaban en la trampa. Los alcatraces bajaron: pajareaban volando a ras del mar; daban como tarascadas en la hirviente red cargada, nadaban al borde de los corchos del boliche; tropezaban con la gareta de nylon durísimo, estiraban sus flácidos bolsones y los picos largos, aleteando. Saltimbanqueaban y pescaban bocanadas de anchovetas; las embolsaban, alzaban la cabeza y hacían resbalar, como tras un tul frío, docenas de anchovetas, de la bolsa flácida al buche. Ni las moscas de las más sucias chicherías de los barrios de las ciudades andinas hacían tanto negro baile. Algunos grandes alcatraces se enredaban en la gareta y el paño. El chalanero los agarraba del pico, los alzaba y los tiraba al mar. Volvían entonces al ataque.

La lancha de Chaucato, claro; sí, de Chaucato, no tenía macaco; había que alzar la cala con huinche, chinguillo y pulso. Todos a la faena mientras él vigilaba. Tuvieron que devolver a la mar la mitad de la pesca, cien toneladas, felizmente de pez vivo. Se desemparejó nuevamente la cara del patrón.

—Oye, violinista, cabrón —gritó desde el puente—. Has trabajado bien, venenoso. Y tú Mudo, habla. Vas a recibir mucho billete por la cala di'hoy. ¿Quí habrá haciendo ese gringo Maxwell con la puta gorda? Jamás dentraba al burdel. Tú sabes, maricón, por eso quisiste punzarle, sin saber manejar chairo[11].

---

[11]   chairo: chaira (S. de A.).

Los tripulantes no entendían si Chaucato hablaba en serio o en broma. La bodega de la lancha estaba repleta. La anchoveta muerta alumbraba; rebosando de la bodega hasta la cubierta, mejoraba la luz opaca del día, hacía resaltar la cara de los tripulantes. Un tremendo chancho de mar, un delfín, que fue atrapado en la red, estaba tendido sobre el boliche ya recogido en la cubierta.

—Me dijeron, Chaucato —contestó el Mudo.

—¿Te dijeron qué? ¿Quién?

—Me dijeron, porque yo era mierda. Desde ahora ya no seré mierda, Chaucato. Tú sabes...

—¿Cortar a un gringo? Este... Maxwell, buen gringo.

—Ya soy pescador, pues, Chaucato.

—¡Ah, huevón, cule'cueva! La mafia, ¿no?

El Mudo se sentó sobre el boliche, cerca del chancho de mar. Chaucato le preguntó:

—¡El gringo es o nu'es contra el fraile Cardozo? ¿Es gringo, nu'es gringo?

—Oye, Chaucato —contestó Maxe, un tripulante alto, algo mulato, que caminaba balanceándose como si la fuerza de su cuerpo lo venciera—. Oye, Chauco: tú no eres juez para esos asuntos que suceden en tierra. Tengo hambre. Hemos calado bien. Que el gringo y el Mudo sean o no sean, eso lo veremos en su debido lugar. ¿Ya?

—Ya mierda ¡a comer! Yo también creo di'hambre mi'amargo por demás.

* * *

El Chaucato miraba regocijado a Maxwell. Tenía a una rubia flaca sobre sus rodillas. Casi todas las parejas habían dejado de bailar. Un zambo, muy ceñido a una joven nariguda, movía su cuerpo caliente sobando a la mujer en un ángulo del extenso salón. El Chaucato lo observó a lo lejos con el rabillo del ojo; «Putamadre», dijo y siguió mirando a Maxwell.

Maxwell danzaba un rock and roll con una injerta[12], delgada, bien achinada. El baile del norteamericano tenía pendientes a todos los

---

[12]   injerta: hija de persona de raza asiática y blanca o india (S. de A.).

contertulios del salón rosado del prostíbulo. En el patio de afuera, un árbol de laurel enclenque, de tronco huesudo, dibujaba media sombra, nítidamente, a la luz del salón que le alcanzaba hasta la mitad del tronco. Otra sombra más débil y completa se extendía del árbol a la tierra regada a baldazos; era por la luz de la luna. Maxwell daba saltos, caía sobre la punta de los pies; alzaba a la China en el aire, la dejaba caer a un paso, la tomaba de la mano para hacerla girar, la volvía a dejar libre; la miraba; el ritmo de su cuerpo contagiaba hasta al arbolito del patio. Como el agua que salta y corre, canalizada por su propia velocidad en las pendientes escarpadas e irregulares, y cambia de color y de sonido, atrae y ahuyenta a ciertos insectos voladores, así el cuerpo de Maxwell templaba el aire en el salón. En poco rato, los contertulios, borrachos y sanos, patrones de lancha, pescadores, comerciantes, mirones ansiosos sin dinero, fueron acercándose al norteamericano y su pareja. Algunas rameras cholas veían a Maxwell como a una candela. El Chaucato dijo: «Todos van a querer arrimarse a la China y las putas al gringo». La Flaca no lo oyó; miraba a Maxwell. Gerania, la mujer, y Petronila, la hermana de Tinoco, parecían estar arrodilladas a pesar de que dos patrones de lancha las apretaban con los brazos. Alguien silbó desde el patio, mientras Pretel, el Characato, entraba en el salón. Maxwell daba vueltas sobre un pie; al silbido cambió de postura, quedó como en cuclillas, pero algo alzado, mientras la China hacía lo mismo. «Es caucho con tembladera, jebe que tiene sangre», dijo en voz alta y sin darse cuenta, Gerania, la mujer de Tinoco, «Avispa San Jorge que come araña venenosa; por eso tiene candela»; «Calla, mierda», le espetó el patrón de lancha, un negro grande que la había tomado de pareja (en las asambleas del sindicato ese negro hablaba atropellándose pero con aire solemne y en las ocasiones más riesgosas). Le llamaban Toro Muerto. La Gerania escuchó el silbido y corrió hasta el gringo. «Tú ahora, baila», le dijo la China, deteniéndose. Maxwell siguió moviendo las rodillas un instante…

−¡Guarda yanki! −gritó alguien. Maxwell sintió como un aire en la espalda y se lanzó al piso; el Mudo tropezó con él y cayó. No pudo retener el cuchillo. Antes que nadie, la Muda, su madre, a cuatro patas, alcanzó el cuchillo y lo guardó. Era la prostituta más sabia de Chimbote.

Pretel, el Characato, alzó al Mudo sujetándolo de la camisa, le dio un sopapo medido en la boca. La Muda dejó que lo golpeara. Alzó las manos pidiendo calma. Se agolpaban ya los contertulios del salón iluminado; únicamente el zambo y su pareja seguían sobándose mientras bailaban. Una guaracha había reemplazado al rock. En la puerta del salón aparecieron dos rameras del pabellón blanco; llegaron cansadas; eran gordas y panzonas. Voceó una de ellas: «Gringo maricón, gringo cojudo». El Chaucato, entonces, aprovechó la atención a los insultos; bajó de su alta silla cargando a la Flaca en una postura inverosímil.

—Te la cambio —le dijo a Maxwell—. Dame la China.

Ella estaba de pie junto al gringo.

—No la cambies. Maxwelcito. Sería ser mierda —se oyó una voz disfrazada.

—Como ella quiere.

—Me las llevo a las dos —dijo Chaucato. Soltó a la rubia flaca, abrazó a las dos, a cada una con un brazo, y salió al patio. La China se arremilgó al cuerpo del pescador. Chaucato era como encorvado, parecía grasoso.

—Pa'eso es solterón, pa'eso saca de la mar putamadre de billetes —dijo alguien.

El paso del Chaucato causó silencio; en ese instante, Gerania, la serrana, abrazó de sopetón a Maxwell, empezó a revolverle los cabellos rubios. Todos miraron a Toro Muerto, el orador negro, pareja de la serrana. Pero Maxwell alzó a la mujer en una postura idéntica a la que usó Chaucato para cargar a la Flaca. Con sus dedos callosos el gringo apretaba a la Gerania mientras la cargaba. Ella volvió a sentir miedo, «Avispa San Jorge que come araña venenosa», y permaneció quieta. Maxwell avanzó con paso ceremonioso hacia Toro Muerto.

—Tu hembra, pues, de esta noche —dijo y soltó a la mujer junto a los pies del patrón de la lancha.

—Chola borrachienta.

Toro Muerto la empujó con el pie.

Maxwell estiró el brazo hacia la prostituta más gorda de las que acababan de llegar del pabellón blanco. Ella dudó un instante y accedió. Agachada, como un boxeador a la defensiva, empezó a moverse al compás de la guaracha; el gringo la imitó y continuó dando los mismos pasos, repitiendo los mismos movimientos del cuerpo, la cabeza y los brazos, como si fuera un desprendimiento de la gorda, una sombra algo deformada. La casi vieja y tremenda prostituta se desplazaba cada vez con más energía; sus senos colgantes, sus hombros y sus mejillas hervían; abría la boca. «¡Un hipopótamo sagrado!», repetía en inglés Maxwell.

Otra vez la concurrencia, ésa del salón rosado del prostíbulo de Chimbote, se detuvo para contemplar a una pareja. La gorda se deslizaba a todo lo largo del espacio cercado por los clientes; su piel oscura y sus ojos del mismo color estaban pendientes del gringo; cada aleteo de sus brazos y de su cuello y la tembladera de su barriga y de sus nalgas trasmitían a putas y clientes el ansia de estar en silencio, oyendo, recibiendo, ¿qué? el aire, lleno de la fuerza de la podredumbre que llegaba del humo, de los basurales, de la bocaza agonizante de los alcatraces chimbotanos. La Gerania se movió, sacudiéndose, salió, por fin, hacia el patio; se dirigió al penumbroso callejón rosado. Despacio, la siguieron varios clientes; sin darse cuenta la siguieron como en fila. Su marido y cabrón, Tinoco, la vio salir. Él estaba cerca del tragamonedas tocadiscos. Pretel, el Characato, se le acercó y le dijo: «anda, golpéale la puerta al Chaucato, ha de estar donde la China».

El cholo pescador se detuvo un instante, de espaldas, en la puerta del salón; allí se alzó de hombros y salió al patio. De camisa roja y zapatos bien lustrados, una ancha correa en la cintura, se dirigió al «corral». La brillantina olorosa, Glostora[13], le hacía salir lustre no sólo de los cabellos peloduros sino también de la cara.

El Mudo gemía en la pieza de su madre, mientras una corta cola de clientes esperaba en la puerta. Ella gruñía: «Uh, uh, uh!» y hacía como que succionaba algo con sus labios. El Mudo dijo: «Primera vez que rajo cuchillo y me se cae el gringo. A Pretel le tengo miedo, pero voy a comérmelo, putamadre, Muda». Ella señaló en el aire el tamaño de Pretel, luego describió su figura y entregó al Mudo cuatro billetes de quinientos soles. El Mudo comprendió. Le habían lavado la cara. Como la sangre fue por un sopapo, no tenía hinchazón sino un enrojecimiento en la nariz y en la boca. Se dirigió tranquilo al

---

¹³   Glostora: marca antigua de brillantina, popular desde la década del 40 (S. de A.).

salón del prostíbulo. Pasó por la puerta del cuarto de la China, se detuvo, puso los labios junto a la rendija y habló. «Chaucato, padrazo, padrenuestro, ya soy pescador...» Pretel lo cogió de los pelos y lo llevó hasta el árbol de laurel. «Quédate ahí, maricón –le dijo–. En la luz, pa'verte la jeta hasta que acabe la zurunga[14] en el salón».

La gorda y Maxwell salieron abrazados al patio. El baile se había generalizado. El Mudo se lanzó a la carrera tras de Maxwell y gritó al tiempo que lo golpeaba con una rama de laurel. La Gerania, ya vestida de tul, abandonó al hombre que estaba en su pieza y corrió al patio. Encontró el tumulto en el pasadizo que comunicaba el patio con el callejón rosado. Maxwell había acogotado al Mudo con un brazo. Dos hombres se arrojaron sobre él. La puta gorda empezó a chillar.

–¡Pescadores maleantes, mierdas, asesinos, serranos!

Iba a lanzarse sobre el grupo enredado en el suelo. Se oyeron silbatos de policías. Se desarmó el tumulto. La puta tomó del brazo a Maxwell y salió con él, apurando al gringo.

El zambo silencioso del salón iluminado seguía meneándose interminablemente al compás de la música. Estaba sola la pareja. Un cabo le dio el alto. «Vas preso», le dijo: «Por mucho burdel que sea, tú no haces eso aquí, en el salón público». «Estoy vestido, jefe. Me gusta ensayar, calentar primero, jefe. Me conocen; Mendieta, a sus órdenes, patrón de lancha, de la Braschi. Cada cristiano mueve a su modo, propiamente, jefe. La Narizona también está de traje. Mire».

–¿Ningún preso? –preguntó el cabo a un guardia que entró al salón.

–Vamos a llevar a la Gerania. Le ha sacado un pedazo del codo a un pescador inocente. De los ojos está alocada.

La Gerania tenía ojos grandes, muy negros e indiferentes, pero una vez cada tiempo se le encendían, y entonces...

–¡Dejen esa puta! –ordenó el cabo–. La puta no muerde por gusto. Al pescador maleante lleven preso. ¿Está preso?

–También, mi cabo. Ahistá, afuera. Un número lo tiene del pescuezo. Creo es inocente. Al Mudo le hemos quitado dos mil soles, mi cabo. Ese no trabaja.

---

14   zurunga: cualquier bulla que llama la atención, en este caso posiblemente se refiere a la música y el baile (S. de A.).

–Entonces no lo lleven preso. Que se joda. Hay que llevar presos a pescadores maleantes; a ese «inocente»… Y a este putañero zambo.

–Jefe, cabo, el Mudo pesca ahora en la lancha de Chaucato –dijo el zambo–. ¿No es cierto, Narizona? Llévelo preso; es maleante. Yo soy patrón, putañero, estoy con putas, ¿no? Estoy parao. «¿Ostí?», ¿quiere? –y cerró un ojo.

Otro guardia entró al salón. Traía a un pequeño sujeto de cabellos hirsutos.

–Venía corriendo, mi cabo –lo presentó el guardia–. La Argentina, del rosado, estaba mirando, lo estaba llamando. Este cholo asustado ha confesado ya, pues.

–M'iquivoqué, jefe –habló el hombrecito, y saludó al zambo.

–Soy su patrón –dijo Mendieta–. Yo le pago, jefe. ¿Cuánto, la Argentina? ¿Es de cuarenta o de cincuenta?

–Creía que era pabillón blanco, me'covicado –repetía el hombre. Calzaba zapatos nuevos.

–Vas preso –ordenó el cabo–. Creías que era el «corral». Tú eres del «corral».

–Pescador, yo, lancha Mendieta; Jefe Planta, caballiro respeto Rincón, Jefe Bahía, caballiro respeto Corosbi; Compañía Braschi, jefe. A «corral» va pión hambriento, chino desgraciado, negro desgraciado…

El zambo dejó a la Narizona en el extremo del salón, se dirigió enérgicamente hacia el cabo.

–Eso no es justicia, jefe. ¿Qué saca la puta con que este serrano indio vaya preso? Buen pescador, jefe. Ya no va al «corral», éste. Las putas cobran de entrada, jefe. «Ostí» sabe. ¿Qué ha confesado?

–Va preso. Tú también, putañero zambo, vas preso también. ¿Por qué dices «osti»?

–En la cara; en el hablar se conoce al serrano. Usted serrano.

El cabo puso la mano en la pistola.

–¡Fuera! –dijo–. ¡Este gallinazo!

El zambo hizo una seña con el hombro a la Narizona y salió al patio. Los guardias lo siguieron. Se llevaron detrás al pequeño sujeto extraviado, trinchudo.

Pocos minutos después bailaban en el salón muchas parejas. La Narizona permaneció de pie en el extremo del salón, lejos de los tragamonedas. No aceptó la invitación de varios comerciantes y de patrones de lancha. «Espero al zambo Mendieta», contestaba. Cuando Pretel insistía regresó el zambo.

–Bien, Mendieta. ¿Cuánto? –preguntó el Characato.

–Quinientos por mí, trescientos por el serrano bruto. ¡Tenía plata el serrano! Es nuevo. Estos indios son contra; se aturden con la plata.

–¡Ochocientos! Así fomentas l'ambicia de esos guardias sarnosos.

–Sarnosientos, como algunitos conocidos, ¿no? ¡Usted sabe de más, usted sabe! Vamos, Narizona.

Le dio la espalda a Pretel.

Otro patrón de lancha detuvo a Mendieta en la puerta del salón, le dijo algo al oído. «¿De mí te habla ese cojudo?», preguntó la Narizona.

–Cuando ya estás con otro y en su delante de él, no estás para que hable mal de ti, güevona, con perdón de mi cumpa.

«Dice que Braschi ha echado otro diario grande en Lima. Que el Blanco y el Rosado y el «corral», tú también, le pagan a Braschi, tanto por ciento...», explicaba el zambo en la penumbra roja del cuarto de la Narizona.

–¡Envidia, envidia, envidia, pues! Zambo de mi vida, por ti la muerte. Ese patrón será alcagüete de Braschi. Braschi es maricón.

Empezó a lamerle las piernas al pescador, desde el nudo de la rodilla hacia arriba. Con los ojos cerrados avanzaba por el cuerpo; él apretaba los ojos, las manos sobre la cabeza de la mujer. Ella gustaba los vellos ensortijados del hombre en el paladar; ascendía, y cuanto más arriba del cuerpo, apretaba los pechos a la piel del zambo; su lengua se avivaba, hacía llegar sus movimientos hasta los dedos del zambo, a la nuca, al día de su nacimiento. Y mientras el pescador repetía: «Todo se paga a Braschi, todo se paga; de todo lo rico saca tajada en billetes», se oyeron pasos afuera, los pasos de zapatos con clavos. Los pasos volvieron.

Quien paseaba afuera era, siempre, Zavala. Meditador, lector y pescador, sindicalista enérgico, no hablaba pendejadas ni en los bares ni en las asambleas, pero no podía mandar una lancha y olisqueaba ansioso los prostíbulos.

Andaba en la angosta acera del patio del laurel y en el callejón de luz rojiza. A una hora exacta, las vísperas, cuando más gente había, caminaba, primero en el patio y luego junto a la puerta de la

Narizona, en el callejón rosado. No hacían cola en esa puerta cuando el zambo Mendieta «cerraba» el cuarto.

La hediondez que se formaba en el cuello del tronco del laurel, por el agua con jabón que le baldeaban, criaba unos gusanos peludos. «Hijos de los putos y la tierra», decía Zavala. Todo el resto del patio era igualmente de tierra baldeada.

El pabellón blanco no tenía patio ni árbol. Los cuartos daban a callejones más anchos, de piso de cemento, alumbrados con tubos de luz neón blancos. Angostos pasadizos, que estaban en sombra, comunicaban los callejones, y también allí había cuartos, los más pequeños, de las rameras más baratas. El salón de baile quedaba en uno de los extremos de los vericuetos; tenía la apariencia de un gran depósito o de una pequeña iglesia. Olía a ruda. Las prostitutas no se vestían de tul para mostrarse en la puerta de los cuartos como algunas del Rosado; se exhibían con medio cuerpo calato. El olor de los urinarios se mezclaba con el de la ruda en el piso y en las paredes, y como los callejones eran anchos parecían menos concurridos que el angosto y de luz rojiza del pabellón rosado. Zavala caminaba primero en los callejones del Blanco, solo o acompañado de un pescador tartamudo y muy avariento que era paisano suyo. Luego salía al campo de estacionamiento de vehículos del prostíbulo y se dirigía al «elegante» Rosado. Una irregular fila de pedrones caleados sobresalía en el campo de estacionamiento, todo desigual y empinado. Las prostitutas iban de una a otra sala muy rara vez. Zavala guiaba a su paisano del Blanco al Rosado, y de vez en cuando iban también al «corral». El tartamudo seguía a su amigo en los paseos frente al cuarto de la Narizona.

—¿Po-po-por qué a-a-andas? —le preguntó la noche en que bailó Maxwell.

—Su nariz es chimenea de trasatlántico, binocular. Huele todo el mundo.

—¡Co-co-cocobolo!

—Yo paseo, ella me siente a segundos, a milímetros. Es otro placer.

—¡Ma-ma-mare nostrum!

—Mare tuya, minilengua. Yo... su nariz ansiosa, aventada; tristeza.

—¿Y el triste serrano, Za-za-zavala? ¿E-e-ese que-que apresaron?

Volvió donde la Argentina; le mostró dos billetes de cien soles. «Entra», le dijo ella. Entró y la Argentina cerró la puerta. «¿Por qué corriste?», preguntó.

–Guardias, guardias, pues, asustando a mí.

Era blanca, alta, de pelo dorado.

–«Hey cachao[15], gratén[16], yo pindijazo», diciendo digo a guardias. Guardias me llevan. Me patrón, zambo Mendieta, soborna guardias. Poco plata. Tú, puta, blancona, huivona. Ahistá, carajo. Toma, carajo. Doscientos soles nada para mí. Puta, putaza.

Le iba a arrojar los billetes a la cara. Los tiró sobre la cama.

La Argentina mostraba las piernas suaves tras un tul rosado. No aceptaba compromisos «de por noche». Cobraba caro. Se acercó al hombre. Él retrocedió. Era como si el cielo se le viniera encima. ¡Rubia, blanca, desnuda!

–Estás asustado. Hueles a jabón. No digas lo que no sientes. Tú no eres un putamadre pescador...

–Piscador juerte, machazo... Ochinta toniladas anchovita, yo.

Retrocedía. La Argentina cambió de dirección. Su pieza, ubicada al final del callejón rosado, era un cuadrilátero irregular, más amplio que las otras celdas. Sonreía y avanzaba; dirigió al hombre hacia la cama. «Tú no eres un putamadre sino una vizcachita; che pibe, huahua».

La ramera abrió los brazos, blanquísimos, movió los pechos. Asto se apellidaba ese pescador. «¡Lucero, estrella!» dijo a locas, cuando ella se inclinó para abrazarlo.

Asto salió del cuarto de la Argentina al callejón techado en el que caían los haces de luz de unos tubos de neón rojizos. En esa luz los rostros se veían como indefinidos, los trajes oscuros se intensificaban. Asto no percibió las filas de clientes de la Argentina y de las otras. Se fue silbando un huayno, cruzando las otras filas de clientes. Zavala, lo vio irse. «Pisa firme ahora –dijo–. Camina firme, silba firme ese indio. Desnudo, amarrado al muelle, días de días, aprendió a nadar para obtener matrícula de pescador. No hablaba

---

¹⁵   cachao: de cachar, tener relaciones sexuales (S. de A.).
¹⁶   gratén: gratis (S. de A.).

castellano. ¿Cuál generosa puta lo habrá bautizado? Desde mañana fregará a sus paisanos, será un caín, un judas».

—Pa-pa-para los se-se-serranos de tierra. La-la mar i-i-iguala, o-o-oye pa-pa-pa-seante.

Asto se dio cuenta que silbaba solo cuando llegó al final del callejón rosado y se acabo la luz neón. Pasó al campo de arena. «Yu… criollo, carajo; argentino, carajo. ¿Quién serrano, ahura?», hablando se acercó a uno de los automóviles de plaza.

—Oe, chofir —le dijo—, a me casa, carajo. Hasta me casa.

—¿Adonde vas, jefe?

—Acero, barrio Acero. Pescador lancha zambo Mendieta, yo.

—Barriada dirás, serrano —le corrigió el chofer.

Arrancó el coche, cruzó el campo desigual, pedregoso, en el que se estacionaban los automóviles e ingresó al arenal que separaba los prostíbulos de la Carretera Panamericana. El coche se balanceaba en las huellas; sus faros cortaban la luz de la luna. Por las ventanas laterales, Asto sentía la luz.

—¿Conoces zambo Mendieta? —preguntó al chofer.

—Sí «conoces». Es contra, recoge serranos brutos.

—Yo, Asto, patrón de ti, chofer ladrón.

El chofer detuvo el coche y volvió la cara hacia el pasajero. Asto le apuntaba con una chaveta.

—Patrón de ti, ahura. ¡Ricoge, caray, rápido!

Con la otra mano Asto le arrojó a la cara un billete de cincuenta soles.

—¡Selincio! —ordenó.

El chofer sacudió la cabeza, se acomodó y puso en marcha el coche.

La carretera estaba congestionada de tránsito. Triciclos audazmente pedaleados por mujeres y muchachos rodaban entre las encontradas filas de camiones, volquetes, tanques de gasolina y relucientes automóviles. El taxi del prostíbulo no podía ingresar al pavimento; retrocedió el talud y se detuvo.

El chofer bajó del coche, abrió la puerta del pasajero.

—¡Fuera de ahí, cholo serrano desgraciado, chavetero, contramadre! ¡Saca el cuchillo, indio gallina, patrón de la puta e'tu madre!

Asto sacó el cuchillo; bajó. El chofer le descargó un fierrazo. Asto esquivó el golpe y se echó a correr hacia el prostíbulo. Venía otro coche. Asto salió de la huella; sus zapatos nuevos se hundieron en la arena. La fetidez del mar desplazaba el olor denso del humo de las calderas en que millones de anchovetas se desarticulaban, se fundían, exhalaban ese olor como alimenticio, mientras hervían y sudaban aceite. El olor de los desperdicios, de la sangre, de las pequeñas entrañas pisoteadas en las bolicheras y lanzadas sobre el mar a manguerazos, y el olor del agua que borboteaba de las fábricas a la playa hacía brotar de la arena gusanos gelatinosos; esa fetidez avanzaba a ras del suelo y elevándose. Empezó a tragarlo Asto, fuera de la huella.

—¡Yu, jefe! —dijo—. ¡Fierrazo de chofer ducho, al aire!

Siguió andando por el arenal suelto, nuevamente hacia el prostíbulo. Empuñaba en la mano derecha un nudo de billetes. Así entró al «corral», no a los pabellones, al «corral» de las chuchumecas aún más baratas; un conjunto cercado de cuartos construidos sobre la arena suelta.

Negros, zambos, injertos, borrachos, cholos insolentes o asustados, chinos flacos, viejos; pequeñas tropas de jóvenes, españoles e italianos curiosos, caminaban en el «corral». Hacían marchas y contramarchas; pasaban por la puerta de los cuartuchos, mirando, deteniéndose un poco. Las prostitutas, vestidas de trajes de algodón, aparecían sentadas en el fondo de los cuartos, sobre cajones bajos. Casi todas permanecían con las piernas abiertas, mostrando el sexo, la «zorra», afeitada o no. Algunos serranos quedaban paralizados, mirando, y entraban. Ellas les recibían lo que podían darles, desde cinco soles, pero no se quebrantaban ante los ruegos de algunos que se estrujaban las manos delante de las rameras, ni aceptaban prendas, como chaquetas, anillos baratos o sombreros de paja, que les ofrecían. Guardias armados vigilaban las dos filas de cuartos del «corral» y formaban el retén de todo el prostíbulo. En los otros dos lados del «corral» no había sino muros de adobes de cabeza, fuertes, que contenían el viento y la arena.

El «corral», malamente alumbrado por dos focos altísimos, atornillados en la punta de un poste de madera sin cepillar, algo torcido, recibía directamente el olor de las fábricas y del mar. Se alzaba la arena con el viento, atoraba un poco las narices de los visitantes. La mayor parte de esos clientes venía a pie desde la carretera, y muchos venían a ver. No tenían dinero. Se volvían tropezando en la desigualdad de las culebras de arena que el viento formaba y borraba en la superficie del desierto. El conjunto de los salones y el «corral» estaban a cubierto de la carretera por grandes depósitos de harina de pescado que habían construido junto al camino. Así, la fila de coches y de peatones transitaba al prostíbulo, sin ser vistos por los viajeros de la Carretera Panamericana.

Asto se dirigió a uno de los cuartos de la fila que estaba en dirección del mar, contra los cerros de arena y rocas de los Andes. Zavala y su paisano habían llegado allí unos minutos antes. Zavala «inspeccionaba» casi todos los prostíbulos. Lo reconocían. Acompañado por el tartamudo andaba muy cerca de las filas de cuartuchos del «corral». Algunas prostitutas criollas lo saludaban desde sus cajones. Él contestaba alzando el brazo o sonriendo, según la distancia. Aspiraba fuerte el aire. El viento se llevaba los olores fugaces; el hedor del mar no cesaba. «E-e-este vicioso hue-huele la-la–la-las «zorras» pestíferas, a-a-así, a-a-abriendo las narices», pensaba el Tarta. Y él también vio a Asto. También se dio cuenta, él, del apresuramiento del pequeño cuerpo del pescador.

Zavala vio entrar a Asto a uno de los cuartuchos del extremo de la fila. El Tarta y Zavala pescaban para la misma compañía que Mendieta. Los tres habían visto al indio Asto chapoteando en el mar, días de días, amarrado al muelle, aprendiendo a nadar para matricularse en la Capitanía. Seguido del Tarta, Zavala se encaminó hacia el cuartucho del «corral» al que había entrado Asto. Desde esa esquina del «corral» se podía ver la cadena de islas que cerraban la bahía, las bocanas que separaban las islas y por donde los centenares de barcos pesqueros entraban y salían del puerto.

Zavala estiró el brazo y señaló la bahía.

—Esa es la gran «zorra» ahora, mar de Chimbote –dijo–. Era un espejo, ahora es la puta más generosa, «zorra» que huele a podrido. Allí podían caber cómodamente, juntas, las escuadras del Japón y de los gringos, antes de la guerra. Los alcatraces volaban planeando como señores dueños.

—De-de de'sa «zo-zo-zorra» vives, maricón —le contestó el Tarta—. Vi-vi-vive la patria.

—Vive y suda, Tarta bestia. Asto agoniza, como pez en la arena caliente.

—No-no-no seas caballo. A-a-asto pe-pe-pelea co-co-con uñas y dientes, en-en-en cualquier parte.

Lo vieron salir del cuartucho, abrazado de una mujer bajita. Ella cargaba en el brazo derecho una maleta pequeña. Zavala, seguido del Tarta, se dirigió hacia la pareja.

—Te presento a m'hermana —dijo Asto a Zavala—. Yo… como cabrón Tinoco era. Ahora, ochinta toneladas de diario, tres semanas hey cobrado. Me cumpleaños es, me santo. Tengo billete para meter al garganta del Tinoco, del Braschi también, se quiere. ¡Adiós prostíbolo «corral», adiós, adiós ¡ay! mala vida!

Se fueron. Dejaron abierta la puerta del cuartucho, Zavala y el Tarta los siguieron hasta el campo de estacionamiento de los automóviles.

—Jefecito, patroncito —le dijo Asto a un chofer—. Llévame barrio Aciro, con coidado.

—Triste puta te llevas —comentó el chofer.

—Nu, caballiro, m'hermana es. ¡Santo de mí, ahora!

A poco de arrancar el automóvil, el chofer oyó que el pasajero hablaba en quechua, fuerte, casi gritando ya. La mujer le contestaba igual. Hablaron, después, juntos, al mismo tiempo. Parecía un dúo alegre y desesperado. «¡Estos serranos! Nadie sabe, nunca», dijo silabeando, despacio, el chofer.

—Una paseada más a la Narizona, oye, Tarta —rogó Zavala a su paisano—. Una paseada.

—Tú solo, güevón. Yo voy a la gran chucha'e tu madre que n-n-nos alimenta, que-que-que parió a Braschi, a Rincón. Chimbote re-re-resplandece hu-hu-humo, llama vi-vi-viva. ¡Chucha vida!

Se fue rengueando sobre la arena.

«Poeta tartamudo, avaro; señor de pueblo que era, ése sólo fornica a la gran "zorra" que es la bahía —se quedó reflexionando Zavala—. Antes espejo, ahora sexo millonario de la gran puta, cabroneada por cabrones extranjereados, mafiosos. Y, y el indio ése, pendejo, discípulo arrepentido del Tinoco, ¡que se vaya a la mierda!» Luego se echó a andar hacia el salón rosado.

Con la luz neón su saco azul ennegreció y se encendió un brillo en la superficie; era de tela sintética. «Tiburonazos cabrones, cabronean a Chimbote, cabronean al Perú desde el infierno puto». Reflexionando ingresó Zavala al callejón rosado. De tres, de cuatro, de a uno, salían hombres apurados. «No tienen cara, creo, éstos, o yo tengo los ojos hechos brea...» Y empezó, nuevamente, a dar paseos cortos frente a la misma puerta.

—Entra, Za-za-zavala —oyó que le decía el zambo Mendieta—. ¡Por los clavos!... de tu taco, entra —lo invitó, manteniendo la puerta abierta—. Ahí, con la Narizona, nu'hay tiempo pa'pensar. Yo me largo ya.

—Es una «deferencia», Mendieta. Entro —dijo Zavala.

Por primera vez pasó ese umbral. Mendieta le cerró la puerta desde afuera. Zavala corrió el cerrojo.

La Narizona medio se arrodilló sobre la cama. La luz roja del velador, un foquito en forma de lanza, le alumbraba la cara, el filo bravo de la nariz.

—Tanto tiempo paseas —dijo—. Reloj despertador sin dueño.

—Mejor es pasear —contestó Zavala, y se volvió hacia la puerta.

—No. ¡Flaco animal! —saltó de la cama la Narizona—. El zambo me ordena. Yo te hago lo que quieras; por él.

—Como la gran «zorra» de Chimbote cuando ordenan de New York a Lima y de Lima a Chimbote. ¡Las huevas, cabrona! ¡Finish[17]!

Zavala abrió la puerta y salió. Una pequeña cola de hombres se formó inmediatamente frente a esa puerta.

* * *

El «corral» lo cerraban antes que los pabellones. Cuando la Narizona subía a un taxi en el campo de estacionamiento, apagaron los focos del poste en el «corral», y el arenal pisoteado como por patas de palomas era emparejado por el viento. Un guardián juntó la puerta de madera del cerco, le echó cadena y un candado rojo enmohecido que tenía forma de escudo.

---

[17]   Finish: del verbo inglés *to finish,* terminar (S. de A.).

Mientras, y flameadas por el viento tres chuchumecas subían hacia la barriada de San Pedro, por uno de los caminos que seguían las piaras de burros de los aguateros. Eran putas del «corral». No aceptaban pagar la costosa tarifa que los taxis de la ciudad pedían de noche para subir hasta la barriada del gran médano. Nunca se estaba seguro de que no se atascarían las ruedas.

Las tres andaban en fila por el angosto camino que los burros trazaron y afirmaron algo con sus millares de viajes por el cerro de arena.

—¡Malhaya vida! ¡Putaza vida! —dijo la que iba última.

—Claro. Como en despeñadero barrancamos. Así también levantaré. ¡Yu, cara-jo! —contestó la de en medio.

La que iba primero no hablaba; se adelantó, fatigándose mucho. Hundía los pies en la arena; en los trechos donde los burros encontraron cascajo y siguieron la veta del piso duro, esa mujer picaba menudo los pasos. Llegó a la carretera «marginal» de gruesa arena y basura en que empiezan las calles, todas derechas y en cuadro, de la barriada. Abajo, al pie del médano, el puerto pesquero más grande del mundo ardía como una parrilla. Humo denso, algo llameante, flameaba desde las chimeneas de las fábricas y otro, más alto y con luz rosada, desde la fundición de acero. No alcanzaba al cerro la pestilencia del mar. La chuchumeca corrió, medio encorvada, acezando en la arena suelta; subió algunas cuadras por una calle que las estrellas alumbraban hasta que se perdía en la cima lejanísima del médano, la calle Colombia. Tras un enmohecido volquete despatarrado, con algunos lampos de pintura amarilla, ahí estaba su casa. Interrumpiendo y, a largos trechos, rodeando las llamas, las luces y el humo del puerto, brillaban como metal medio escondido grandes pantanos en que la totora crecía aún, salvaje.

La mujer que iba última comentó, mientras luchaba con el médano:

—Esa Orfa va morir, pues. Enjuerma corre cerro, cerro pesao.

—Ostí no sabes, ostí machorra —contestó la que iba adelante.

—Va morir. Chuchumeca enjuerma, con hijo, no aguanta —insistió la que iba detrás.

La mujer que iba adelante se dio vuelta; sus pies empujaron con trabajo la gruesa arena del último trecho de la cuesta, el más empinado.

—No sabes parir —le dijo la otra—. Mujer con hijo aguanta viento, cerro pesao. Todo aguanta.

La otra, de espaldas al puerto, al humo y a las llamas que hacían resaltar más la figura de su cuerpo contra la arena blanca, alzó la cabeza.

—Hijo de chuchumeca es maldición. ¡ Ahistá! —gritó. Se dio vuelta también ella y retrocedió un paso para quedar junto a la primera mujer y frente al mar—. ¡Ahistá infierno —y señaló el puerto— cocinando pescado, cacana de pescado también! Ahistá candela. Su hijo de infierno, hijo de Tinoco, es el hijo de Orfa.

—Hijo de chuchumeca, hijo no más. Tinoco es chancho, con lani* demoniado, loco —replicó la primera.

—¡Tinoco, putamadreéé! ¡Pior que infierno, hijo de candela pestosa! Yo, yo, Virgencita del Carmen, no machorra —empezó como a rezar la otra, después de haber gritado en el cerro—. Cierto es, Virgencita del Carmen, Tinoco candela pestosa, buen mozo, buen mozo... Culebra, barranco, picaflor, asno, macho asno, verga lani, putazo.

Se arrodilló frente a las luces y el humo. Siguió hablando:

—Picaflor de puta, Tinoco; de candela, de cacana mierda. Yo, yo, Paula Melchora, ¡Madrecita del Carmen! No machorra; preñada pues, de su maldición del Tinoco preñada, yo. ¡Ay cerro arena, pesao, de me corazón su pecho! Asno macho, culebra.

Lloraba y hablaba; lloraba y hablaba. La otra chuchumeca se quedó mirando las llamas que salían de las chimeneas. El fuego se atoraba con el humo; el de la Fundición lamía el cielo, formaba sombras contra el agua de la bahía que la luz hacía brillar como grasa. No lloró, se dio vuelta y corrió a la calle Colombia. Llegó al esqueleto amarillo del volquete, torció allí, entró en la casa de Orfa. Había prendido ella una lámpara buena, de luz no muy fuerte. Sentada sobre un catre de madera, cubierto por una colcha brillosa y con flecos, miraba a su hijo que dormía en una cuna de madera. Detrás

---

*   lani: pene.

de ella, una cholita joven, de pie, luchaba con el sueño. La visitante avanzó caminando despacio, hacia la madre.

–¿Hijo de Tinoco es tu huahua, de asno macho? –preguntó la visitante.

–¡De nadie! –dijo la madre–. Mi nombre no es Orfa. Hija de hacendado soy, botada, deshonrada, cajamarquina.

La ramera chola se acercó al niño. Vio que tenía la frente ancha, los ojos claros. Agachada y sin mirar a la madre, le desabotonó la camisa; vio que tenía el pecho blanquísimo. Se fijó entonces que toda la ropa de la huahua era de tela fina, las orillas del pañal estaban bordadas con seda rosada. Se alzó despacio, quitándose el sombrero que se había puesto al pie del médano; saludó con mucho respeto a Orfa y se volvió a cubrir; retrocedió hacia la puerta. Sintió el fuerte aire en las alas del sombrero.

–Señorita chuchu... ¡Perdón, señorita! –dijo antes de salir.

Corrió cuesta abajo, buscando el camino de los burros. Encontró aún a la otra mujer en el mismo sitio. Estaba sentada, con la cara hacia el humo y las llamas. Filas de bolicheras se deslizaban ya hacia las islas. La luz de la luna no podía refractarse bien en el agua sucia de la bahía pero las bocanadas de humo candente de las fábricas flameaban en esa agua estancada.

–Señorita deshonrada, triste señorita botada es chuchumeca Orfa. Su hijo no tiene padre. ¡Seguro! –dijo la mujer, sentándose junto a la otra, Paula Melchora, que miraba fijamente la bahía. Paula extendió el brazo y señaló una aguada que las luces de las fábricas hacían brillar cerca de la playa.

–Va volar gaviotas. ¡Verás! –dijo.

Una bandada densa lanzó un coro de chillidos contra el médano. Se alzó mariposeando en las orillas ennegrecidas de la bahía, por el lado del gran barrio de fábricas «27 de Octubre». Sin bordes netos, angostándose y extendiéndose, la mancha de gaviotas parecía indecisa. La luz empezó a cambiar en ese momento. Las islas, cubiertas de guano de alcatraz (nitrógeno y cal), iban a encenderse, a blanquear con la luz de la aurora.

–Gaviotas; gentil gaviota –volvió a hablar la mujer– de mi ojo, de mi pecho, de mi corazoncito, vuela volando. Bendice a putamadre prostíbulo. M'está doliendo me «zorrita». Lu'han trajinado, gentil gaviota, en maldiciado «corral», negro borracho, chino borracho. ¡Ay vida! Asno Tinoco mi'ha empreñado, despuecito.

Se levantó; permaneció un rato de pie. Su compañera, la que estaba a su lado, vio que los ojos de la mujer se achicaban, toda la cavidad de los ojos y parte de la frente se arrugaban, y así, en esa cara apretada, vio que la gran bahía, el más intenso puerto pesquero, se concentraba en las arrugas del ojo de su compañera. La vio irse, tranqueando firme sobre la arena gruesa de la cuesta. Ella fue siguiéndola, pensando, mientras chillaban las gaviotas y el viento batía empeñosamente la arena sobre el «corral» prostíbulo. Al llegar a la primera fila de casas de la barriada, al borde de la «carretera de circunvalación», huella afirmada con ripio y basura, se volvió cara a las fábricas; se sacó el sombrero, enarcó el brazo como para bailar, hizo brillar la cinta del sombrero, moviéndolo, y con la melodía de un carnaval muy antiguo, cantó, bailando:

Culebra Tinoco
culebra Chimbote
culebra asfalto
culebra Zavala
culebra Braschi
cerro arena culebra
juábrica harina culebra
challwa pejerrey, anchovita, culebra,*
carritera culebra
camino de bolichera en la mar, culebra,
*fila alcatraz, fila huanay** culebra.*

Cantaba, bailando en redondo, removiendo la arena, agitando el sombrero, mientras la otra, la preñada, se perdía caminando indiferente a la sombra de las primeras casas de la barriada. Algunos vecinos que tenían que levantarse muy temprano vieron a la que cantaba y bailaba. «Borracha», dijo uno de ellos. A otro le costó trabajo abrir la puerta de su casa por la arena nocturna depositada al pie de los muros; vio a la mujer llevando todo el ritmo de un carnaval en el cuerpo y en el sombrero. Fue hacia ella, decidido.

---

*   challwa: pez.
**   huanay: ave guanera.

–Baila, pues –le dijo ella–. Bolicheras ya están yendo a trayer plata.

–On centavo para ti, on centavo para mí; ochinta para patrón lancha, vente para piscador; mellón, melloncito para gringo peruano extranguero. ¡Baila no más, continta! Yo, jodido, obriro evéntual, juábrica. Ocho semanas, dispués patada culo, ¡fuera! Bailas madrugada, ¿puta, mariposa, espantación eres?

La mujer lo tomó de la cintura. Volvió a cantar con otro tono y otra letra y obligó a bailar al obrero eventual:

Gentil gaviota
islas volando
culebra, culebra,
cerro arriba, culebra,
cerro abajo, culebra,
bandera peruana culebra.

–¿Bandera piruana culebra? –le interrumpió el hombre–. ¿Puta eres?

–Animal, en barriada San Pedro nunca putas. Yo canto en cerro arena:

Bandera peruana
rojo blanco
culebra culebra culebra...

El hombre le dio un puntapié.

–Yo licenciado ejército –dijo.

La chola cayó al suelo, se levantó simulando mucho esfuerzo y arrojó puñados de arena, con ambas manos, a los ojos del licenciado.

–Puta, putaza. Mi judiste –aulló el peón.

La mujer se fue a la carrera. El pequeño círculo de gente que se había formado alrededor de los dos mientras bailaban, le hizo campo. Se dispersaron en seguida.

El obrero eventual regresó a tientas a su casa. Allí, con el agua guardada en un cilindro gasolinero, se lavó los ojos. Su mujer lo vio entrar y dirigirse tanteando al cilindro; ella, en cuclillas en una esquina del cuarto preparaba el primus para encenderlo; los tres hijos dormían en el suelo sobre sacos vacíos de harina de pescado. Un gallo, tres gallinas, ochos pollos, dos perros y varios cuyes, caminaban ya en el piso endurecido a punta de barro y agua. La mujer vio en la semioscuridad que el hombre tenía los ojos enrojecidos.

EL ZORRO DE ABAJO: ¿Entiendes bien lo que digo y cuento?

EL ZORRO DE ARRIBA: Confundes un poco las cosas.

EL ZORRO DE ABAJO: Así es. La palabra, pues, tiene que desmenuzar el mundo. El canto de los patos negros que nadan en los lagos de altura, helados, donde se empoza la nieve derretida, ese canto repercute en los abismos de roca, se hunde en ellos; se arrastra en las punas, hace bailar a las flores de las yerbas duras que se esconden bajo el ichu, ¿no es cierto?

EL ZORRO DE ARRIBA: Sí, el canto de esos patos es grueso, como de ave grande; el silencio y la sombra de las montañas lo convierte en música que se hunde en cuanto hay.

EL ZORRO DE ABAJO: La palabra es más precisa y por eso puede confundir. El canto del pato de altura nos hace entender todo el ánimo de mundo. Sigamos. Este es nuestro segundo encuentro. Hace dos mil quinientos años nos encontramos en el cerro Latausaco, de Huarochirí; hablamos junto al cuerpo dormido de Huatyacuri, hijo anterior a su padre, hijo artesano del dios Pariacaca. Tú revelaste allí los secretos que permitieron a Huatyacuri vencer el reto que le hizo el yerno de Tamtañamca, dios incierto, vanidoso y enfermo. El yerno desafió, primero, a Huatyacuri, a cantar, danzar y beber; y cantó y danzó doscientos bailes distintos con doscientas mujeres; Huatyacuri, acompañado de su esposa, que también era hija del simulador Tamtañamca, hizo danzar a las montañas cantando al compás de una tinya* fabricada por un zorro. Todas las pruebas las ganó el hijo de Pariacaca: se presentó con un vestido hecho de nieve, fue el mejor traje; construyó en una noche, trabajando con los insectos y los animales mayores, un palacio completo; hizo bramar a un puma de color azul; bramó él, aún con más fuerza, mientras danzaba vestido de blanco y negro; espantó a su rival y lo convirtió en venado, y a la mujer de su rival en

---

*   tinya: tamborcillo.

milagrosa ramera de piedra. Nuestro mundo estaba dividido entonces, como ahora, en dos partes: la tierra en que no llueve y es cálida, el mundo de abajo, cerca del mar, donde los valles yungas[18] encajonados entre cerros escarpados, secos, de color ocre, al acercarse al mar se abren como luz, en venas cargadas de gusanos, moscas, insectos, pájaros que hablan; tierra más virgen y paridora que la de tu círculo. Este mundo de abajo es el mío y comienza en el tuyo, abismos y llanos pequeños o desiguales que el hombre hace producir a fuerza de golpes y canciones; acero, felicidad y sangre, son las montañas y precipicios de más profundidad que existen. ¿Suceden ahora, en este tiempo, historias mejor entendidas, arriba y abajo?

EL ZORRO DE ARRIBA: Ahora hablas desde Chimbote; cuentas historias de Chimbote. Hace dos mil quinientos años, Tutaykire (Gran Jefe Herida de la Noche), el guerrero de arriba, hijo de Pariacaca, fue detenido en Urin Allauka, valle yunga del mundo de abajo; fue detenido por una virgen ramera que lo esperó con las piernas desnudas, abiertas, los senos descubiertos y un cántaro de chicha. Lo detuvo para hacerlo dormir y dispersarlo. El agua baja de las montañas que yo habito; corre por los valles yungas encajonados entre montañas secas y ocres y se abre, igual que la luz, cierto, cerca del mar; son venas delgadas en la tierra seca, entre médanos y rocas cansadas, que es la mayor parte de tu mundo. Oye: yo he bajado siempre y tú has subido. Pero ahora es peor y mejor. Hay mundos de más arriba y de más abajo. El individuo que pretendió quitarse la vida y escribe este libro era de arriba; tiene aún ima sapra sacudiéndose bajo su pecho. ¿De dónde, de qué es ahora? Yanawiku hina takiykamuway atispaqa, asllatapas, Chimbotemanta. Chaymantaqa, imaymanata, imaynapas, munasqaykita willanakusun ¡Yaw! yunga atoq. [Como un pato cuéntame de Chimbote, oye, zorro yunga. Canta si puedes, un instante. Después hablemos y digamos como sea preciso y cuanto sea preciso.]

---

[18] yungas: tierras de mediana altura, entre 500 y 2.500 m., de clima cálido y húmedo. Pulgar Vidal distingue yunga marítima y yunga fluvial. La primera se extiende en la vertiente occidental de los Andes y comprende los estrechos valles formados por los ríos que bajan de la cordillera hasta el Pacífico. Yunga es también el nativo o habitante de estas tierras yungas (S. de A.).

EL ZORRO DE ABAJO: Nisiutam kaypi, sumaq, millay qapaykuna, imaymana, runakunamanta, asnasqaña la mar qochamantapas, imaymana uku yakumanta, llasaq wayramanta, hichaq, hichanakuq, tubukunamanta qapaynin, sinqayta, uyariyniyta tutayachin. Ninriyñataqmi, saya sayarispa, huk asnaywan, huk qapaywan, chay nisqay minisqa asnaykunawan, kancharin, tanlinyan, wañuyta, achikyayta, mosoqyayta. poqchiqta, poqchoqta, llanllariqta, kikillanmanta o por la fuerza tasnuqta, qasillaqta musiaspa. Qawaytaqa qawanipunim. Qam hiñaimaymana kaq, chay kaqllamanpas tukukuytaqa atinitaq. Chaynam, willanakunsuyá, aypanakunsunyá maykamapas imaynapas. [Muy fuertemente, aquí, los olores repugnantes y las fragancias; los que salen del cuerpo de los hombres tan diferentes, de aguas hondas que no conocíamos, del mar apestado, de los incontables tubos que se descargan unos sobre otros, en el mar y al pesado aire se mezclan, hinchan mi nariz y mis oídos. Pero el filo de mis orejas, empinándose, choca con los hedores y fragancias de que te hablo, y se transparenta; siente, aquí, una mezcolanza del morir y del amanecer, de lo que hierve y salpica, de lo que se cuece y se vuelve ácido, del apaciguarse por la fuerza o a pulso. Todo ese fermento está y lo sé desde las puntas de mis orejas. Y veo, veo; puedo también, como tú, ser lo que sea. Así es. Hablemos, alcancémonos hasta donde es posible y como sea posible.]

Chaucato dormía entre las dos prostitutas; roncaba confiado. La Flaca empezó a vestirse.

—Cara de lobo tiene —dijo—. Miles de lobos ha matado en las islas, cuando era muchacho. Dile que te cuente. Conmigo no ha estado ahora, propiamente. Así es... De acá se va derecho a la mar.

—Sin un billete —le contestó la China—. Y tú te llevas la mitad sin que has trabajado.

—¿Y lo que' mirado? No me quitaba el ojo arrecho mientras... Todo eso que te'a hecho, pues.

—Pa'eso trabaja y tiene ñeque. ¿No será que de muchacho, los lobos qui'a matado en las islas lo parieron de nuevo? Mírale bien; parece lobo sin bigotes, de respeto.

—Puede, puede... Le habrás tocado, ¿no? De veras, tiene los huevos redondos, pa'su desgracia. Ya va dispertar. Un taxi le espera. Lo lleva de frente a la Caleta.

II

En la primera esquina de la plaza del mercado, de la Modelo, la principal del puerto, cerca de los puestos de ropa, de verduras y mil chucherías que cubrían más de la mitad de la calle, Moncada sentó la cruz que llevaba al hombro. El taco pesado del madero vertical la mantuvo bien puesta. Moncada llevaba en la mano izquierda un trapo rojo. El sol fugaz del tibio invierno enfocaba precisamente ese lado de la ciudad, todo el barrio del mercado hasta más allá de la línea del ferrocarril a Huallanca. Moncada se arrodilló al pie de la cruz, se alzó despacio, sacudió el trapo rojo y levantando el otro brazo empezó a predicar. A esa hora, de gran compra, sólo unos pocos le prestaron atención.

«Yo soy torero del Dios, soy mendigo de su cariño, no del cariño falso de las autoridades, de la humanidad también. ¡Miren!»

Gritó con fuerza y empezó a torear junto a la cruz. Era zambo mulato, de nariz perfilada pero sin altura, con las fosas nasales muy abiertas en la base y cerradas hacia arriba en ángulo muy nítido, no como si fueran de carne sino de hueso puro. Esos huecos de la nariz le daban un aire de indiferencia a toda su cara a pesar del arrebato con que hablaba.

«Miren cómo toreo las perversidades, las pestilencias. Yo soy lunar negro que adorna la cara; el lunar cuando está en la mejilla de la mujer buenamoza o en la frente del hombre, es adorno. ¿Quién dice que no? Yo soy lunar de Dios en la tierra, ante la humanidad. Ustedes saben que la policía me ha querido llevar preso otras veces porque decían que era gato con uñas largazas, de ladrón. Yo no niego que soy gato, pero robo la amistad, el corazón de Dios, así araño yo... Y no es la moneda la que me hace disvariar sino mi estrella...»

A cada frase se alejaba de la cruz y volvía, alzando las dos manos. Ya se había formado un arco de gente frente a él, porque caminaba largo trecho al término de cada frase y no permitía el círculo. No miraba a nadie. Un pedazo de red y una bolsa negra colgaban del brazo de la cruz en el sol.

«El general José Luis Orbegozo y Moncada que fue presidente de la República ¡ja, ja, jay! mi pariente ¡ja, ja, jay! A mí están retratándome con televisión de los extranjeros. Yo voy a salir retratado en todos los periódicos del mundo, de mí se ha de acordar la humanidad. Toreo; no me cornea ninguna de las tentaciones que hacen rico a Braschi, al comerciante Mohana, que quiso ser alcalde. Ahora ya los toros no me embisten; todos han sido toreados».

–Estamos en estado de sitio –dijo un espectador.

–Moncada es conocido, nadies lo molesta. Habla la verdad que dicen los locos –le contestó otro.

Sin mirar a ninguno, con los músculos empaquetados y la voz más aguda a cada instante, descalzo, Moncada seguía hablando y el público aumentaba.

«Belaúnde, presidente de la República, Víctor Raúl Haya de la Torre, padre madre de presidentes, senador Kennedy muerto; pobrecito madre de Belaúnde, del general Doige, del almirante Zamoras, del Perú América. ¡Yo, yo, yo! ¿Se acuerdan de la peste bubónica que salió de Talara-Tumbes? Yo soy esa pestilencia, aquí estoy sudando la bubónica de Talara-Tumbes Internacional Petrolium Company, Esso, Lobitos, libra esterlina, dólar».

Con el trapo rojo se escurrió el sudor. Dos venas se le saltaron en el cuello, se engrosaron y permanecían sin palpitar, como de caucho. Ya seco, fue hacia la cruz andando despacio, se arrodilló y luego desató la bolsa negra. Sacó de la bolsa un muñeco y con una pita que tenía en el cuello lo dejó colgando del madero vertical, como a medio metro del suelo. El muñeco estaba vestido exactamente como Moncada, tenía un lunar muy grande en la frente, el rostro dibujado en blanco, sobre negro; la nariz con las fosas nasales en ángulo agudo, pintadas al duco, despedía resplandor.

El loco se puso en cuclillas; el muñeco quedó a un costado de su cabeza.

«Pobre Moncada, loco Moncada, todos te calumnian –siguió hablando–. El gobierno te calumnia, te hace sudar, flagelar, calafatear con candela, te mete en los podridos del barro, del zancudo; Mohana, el candidato a alcalde, te echa la babita, te enamora, te dice "blanquito, blanquiñosito", te mete alfiler al corazón. ¡Pobre Moncada, Moncadita, hijo! ¿No ves? Ahí mismo que hablo de ti, hasta el sol se esconde. Ya sabía que era sol de nublado. Pero calcula y se va cuando hablamos de Moncada. ¡El sol sabe quién soy yo, de mí quedará memoria! Braschi me odia; él tiene quijada de mono grande, de monazo grande. Oigan: Braschi ha hecho crecer este puerto; lo ha empreñado a la mar, ustedes son hijos de Braschi, ese Caín al revés, hermanos…»

Se levantó; sin desprender el muñeco, se puso al hombro la cruz y se echó a caminar esquivando los automóviles colectivos que atoraban la calle. Sólo dos personas lo siguieron. El arco de gente tardó en dispersarse. Moncada llegó a la otra esquina, la más próxima a la plaza de armas. Cerca de los puestos de venta que estaban en el suelo; dejando un espacio entre mercadería y calle, volvió a sentar la cruz; se arrodilló y, alzándose, lanzó un verdadero alarido:

«¡Oh, ah!»

«Orbegozo Moncada, presidente del Perú, dueño de la hacienda Moncada. ¡Never! –luego señaló al muñeco–. Este negro calumniado, colgadito, de quien se acordarán los siglos de los siglos. Dios vino descalzo, como él; como a él lo colgaron, no como a mí. A mí, una vez, de las patas, en la comisaría. ¿Te acuerdas hijo, hijo querido, yo, yo mismito?»

No se le afligió la voz. Como las dos venas de su cuello, la voz era tiesa, no seguía el significado del discurso. Se levantó y se dirigió a la fila de gente que se había medio formado delante de él. El resto de la multitud que compraba y vendía, murmuraba hondo; los altoparlantes chillaban propaganda y música bailable; los vendedores de retazos fascinaban a cholos, cholitas, jóvenes y viejos, ofreciendo a gritos o con megáfonos, a cien el corte de tela y vendiéndolos después a veinte, y muy contentos todos. No hay engaño.

Ahora, Moncada hacía de pescador descalzo. La semana anterior paseó y predicó de pije[1] en el centro de la ciudad. Otra vez salió a predicar de comerciante turco, y algunos recordaban aún –de ese suceso habían pasado varios meses– cuando se presentó en los mercados de mujer preñada ya próxima a parir. Había mostrado el vientre, la barriga artificial donde tenía encerrado un gatito que lloraba, y él, el loco Moncada, lloraba también: «Su padre lo niega. Se llama Anacleto Pérez Albertis, su engendrador, patrón de lancha. Pero en Chimbote, los obreros de la fundición Sogesa, ¡único ellos reconocen a sus espúreos! Jornal alto, regular, descontable por ley; ellos viven en el barrio Cuernavaca. Buenazo, fiscal, elegante. Trabajan turnos de noche y ahí fabrican cuernos las señoras, mejor que mejor que la fundición hace varillas de acero. A mí ¡ay, aycito, ay! nadies me quiere reconocer como padre, Anacleto Pérez Albertis. En nombre del Padre y del Hijo y del Espíritu Santo, los otros barrios de Chimbote están pestilenciados de gatos sin padre, como yo ¡hijito!» E hizo gritar al cachorro de gato. Dicen que lo ahogó. Y unos días después caminaba a trancos largos, majestuosos, trajeado con elegancia que nadie podía explicar; porque su ropa no era fina ni limpia, pero estaba muy a la moda; los pantalones angostos, algo cortos; camisa amarilla, abierta, flameante; sombrero, sí, sombrero gacho y pañuelo en el bolsillo alto de la chaqueta, pañuelo blanco en chaqueta verde. Caminaba rapidísimo, la mano derecha en el bolsillo del pantalón.

Trajeado de elegante, Moncada no predicaba tan formalmente; se paseaba siempre en la calle principal, el jirón Bolognesi; se detenía en alguna esquina, decía frases cortas, continuaba andando y volvía a hablar en la esquina siguiente o junto a la puerta de una tienda principal, de un banco, del Club Social Chimbote: «Aquí, en el Perú que decimos, después de San Martín, don José, no han habido sino forasteros, extranjeros que han mandado. Nosotros no semos sino sirvientes de extranjeros...» Caminaba lento, con la cabeza alzada, despreciativa: «Eso que me digan loco no me interesa. Yo mismo me puse ¿recuerdan? dos letreros, uno adelante y otro atrás, que decía: 'loco, sonso, borracho'. Hay Virgen de la Puerta, hay gallinazos,

---

[1]   pije: elegante, pituco (S. de A.).

hay Moncada...» Así, altisonante, hablaba unas cuantas frases y luego se iba, a paso muy rápido; el cuerpo todo enérgico de tanto menosprecio.Dos o tres cuadras más allá hablaba de nuevo: «Los extranjeros son como los facinerosos engañadores de muchachas. Le ofrecen de todo y después que la han aprovechado, palo y escupe. Pero ahora, las criaturas de las muchachas ya están como para retrucar el palo. ¡Que se vayan los extranjeros! Ahora he aprendido que la enfermedad viene de la inteligencia...» Y siempre con la mano derecha en el bolsillo del pantalón caminaba en la acera, unos pasos, y regresaba a la esquina; no se detenía para hablar: «Os saluda el loco Moncada. ¡Ja, ja, ja! El sol, la luna, las estrellas, el hociquito de la ballena, el tiburón pescadito. ¡Never las anchovetas! Buenos días, padre Cardozo, norteamericano yanki. Cuerpos de Paz ¡arriba las manos! Dios, intranquilidad, Braschi arriba, abajo, a la entrepierna...»

Pero esta vez que cuento, de la plaza Modelo, Moncada arrancó el mono de trapo colgado que se balanceaba delante de sus ojos, lo metió a la bolsa negra y alzó la cruz. «El pescador pescado va al barrio La Esperanza Baja. El loco ya está en el bolsillo», dijo y se echó a andar.

–No ha ido nunca, creo, a las barriadas. La Esperanza está muy lejos, en la arena –comentó un curioso.

–Más allá del cementerio, pues –dijo otro.

Ya con la cruz al hombro, Moncada volvió a tomar la apariencia de un trabajador a quien le hubieran encomendado trasladar el madero a algún montículo que necesitaba bendición, o para clavarlo sobre cualquier ruina incaica invadida por los migrantes serranos. Así pasó las cuadras que desembocan en la avenida Gálvez, calles de mercado y de paraderos de automóviles colectivos.

El loco era jalador de pescado, de los botes cortineros[2] a la playa, en sus días sanos; no era loco continuo. Ganaba buen dinero en sus días sanos. Con la cruz al hombro, sudoroso, descalzo, su andar de transeúnte no inquietó a nadie. Las puertas de las tiendas estaban llenas de compradores; los ambulantes voceaban sus mercaderías; los triciclos manejados por mujeres y hombres esquivaban al

---

[2] botes cortineros: embarcaciones pequeñas que se utilizan para la pesca con fondeo de redes en forma de cortinas donde el pez se amalla (S. de A.).

cargador de la cruz, sin preocuparse. Llegó Moncada a la avenida Gálvez, de doble vía, donde el mercado continuaba. Los puestos de venta de verduras, frutas, comidas, harinas, panes, jabones, anilinas, plásticos, estaban raleados; la mayoría de los vendedores se había ido o estaba yéndose. Moncada iba a paso de camino largo. Debía ir lejos. A la altura de la calle donde el muro de la estación del ferrocarril a Huallanca concluía y la ciudad se abría, a la derecha de la avenida Gálvez, en un laberinto de acequias, calles larguísimas o ciegas, zanjas, depósitos –todo recién hecho, todo sobre tierra– Moncada se desvió hacia el mercado de La Línea donde ese laberinto comenzaba, el barrio ya acreditado pero sin luz y sin agua «21 de Abril».

El mercado empezaba desde la reja de madera que cerraba la entrada a la estación. Esta reja permitía ver el gran espacio, una isla entre los barrios, que ocupaba la estación. Allí caminaban huachimanes* entorchados y con cascos blancos, que vigilaban la reja y los depósitos. El mercado se extendía de la reja hacia arriba, en dirección de las montañas, por toda la ancha calle Buenos Aires. La línea del ferrocarril partía en dos la calle y el mercado. A un lado quedaba el suelo donde se vendían animales vivos, granos, verduras, alfalfa; centenares de puestos. En la otra orilla, las barracas de esteras, un hormiguero de puestos techados con pasadizos en sombra y una fila alegre de puestos «privilegiados» con mostradores que daban a la línea. La línea del ferrocarril era calle activa del mercado y sobre los rieles había puestos de vendedores de limones, flores, lechugas, jaulitas de cuyes, pequeños cajones de cartón llenos de pollos vivos. Decenas de restaurantes se cobijaban en el laberinto techado. Allí tomaban el almuerzo-desayuno miles de gentes. Cerca del mediodía chillaban de contento, se atrevían a salir algunas ratas; perros mostrencos las perseguían gimiendo, alborotados. No las cazaban jamás; agitando el rabo, echados, los perros olían los huecos, las grietas del suelo. Los compradores se empujaban en los pasadizos; los dueños de los comedores les retorcían el pescuezo a las gallinas, haciéndolas girar en el aire, mientras charlaban. A excremento, a frutas, a sudor, a yerbas medicinales, olía la parte techada del mercado. Alcatraces tristes sobrevolaban en el aire, pajareando sueltos, o miraban, con los picos colgantes, desde los

---

*   huachimanes: guardianes.

techos bajos de las casas y ramadas. Alguna, alguna mujer les arrojaba tripas de pescado o desperdicios de chancho de mar. Si bajaban, los agarraban a patadas, los perseguían a trapazos, a palos; los perros se banqueteaban con ellos.

Cuando Moncada llegó a la gran reja de la estación, el mercado raleaba. Un pito de locomotora llegó desde el confín de la calle. Los dueños de puestos de venta de la línea empezaron a sacar sus talegas y canastas de entre los rieles, las jaulas de conejos y los cajones de cartón; los vendedores de frutas se retiraron, dejando los limones, naranjas, pacaes, pepinos... sobre los durmientes. La locomotora llegó al mercado piteando a cada instante; el maquinista, con medio cuerpo afuera, manejaba el tren, despacio; arrastraba varios coches viejísimos, descoloridos y carcomidos. El último vagón trituró una jaula de cuyes y un gallo de piernas peladas, rojísimas, que llegó corriendo de la sombra de los comedores. Moncada puso su cruz sobre la mezcolanza de sangre, tablas y plumas que quedó pegada en los durmientes y la superficie del riel. El cuerpo del gallo fue recogido, ya cansado, junto a la jaula de cuyes.

«¡Ah. ah! La vida, la muerte, la pestilencia de harina de pescado, de fraile norteamericano gentil, caballero que no pronuncia el castellano como es debido. El yanki cura, sacerdocio, oigan, oigan, pues, no va a poder nunca por nunca jamás hablar como es debido el castellano, el español que decimos. ¡Eso no importa! No vienen a imponer. Aquí predican, se peligran, caballeros, entre las pestilencias, como Moncada, imitando a Moncada que predicaría también con obras, si tuviera monis[3]. El gallo ha muerto, los cuyes han muerto; la locomotora mata con inocencia, amigos. Así los yankis de Talara Tumbes Limited, Cerro de Pasco Corporation. No; no son responsables. ¡Oh, ah, padre Cardozo, padre Tadeo, buenos amigos, vengan a resucitar a este gallo...!»

Se agachó, se puso de rodillas, recogió la mezcla de sangre, carne, tablas y plumas. Un grupo mayor que en el mercado Modelo y formando un cordón alargado hacia los rieles, le oía y le rodeaba.

«Yo loco, negro, pescador pescado, voy a alimentarme de esta sangre del gallo de la pasión. ¡A vuestra salud, a vuestros pulmones!

---

[3]   monis: dinero, del ingles *money* (S. de A.).

67

¡Yo soy la salud, yo soy la vida de la vida, sarcófago, tuberculosis, Braschi! En auxilio de los curas extranjeros que andan en jeep llevando muertos cadáveres al hospital de la Caleta. Gracias, padres norteamericanos, sin sotana gallinazo, con pantalón limpio. ¡Abajo los extranjeros! ¡Rica sangre de gallo corredor!»

Empezó a masticar los palos ensangrentados, de pie, junto a la cruz.

—¡Cochino negro! —dijo una negrita.

—¡Cristiano reventado! —dijo un hombrecito de omóplatos saltados, de ojos hundidos y de pestañas muy gruesas. Moncada pareció reconocerlo e hizo una seña con la cabeza hacia la dirección de donde salió la voz. El hombrecito inclinó el cuerpo hacia el negro. Estaba en el cordón de gente que se había formado frente al loco. Moncada vio que las pestañas hacían sombra en el fuego a muerte que alumbraba en los ojos del hombrecito, su compadre don Esteban de la Cruz. Pero acabó de masticar, con expresión neutra, las astillas ensangrentadas que tenía en la boca; tragó y continuó predicando:

«También por la salud de Eberto Solano y Teódulo Yauri. ¿Quién ganará el uno al otro en el Sindicato de Pescadores y Anexos de Chimbote? ¡Batalla, venganza, océano Pacífico, mafias! El único que sabe eso es el pobrecito negrito que está encostalado en la bolsita de la cruz. ¡Claro que soy negro cochino! Yo hociqueo el suelo, la arena barrosienta, caliente que está en la mar del «27 de Octubre», fábricas. Hociqueo el aire pestoso, el limpio cielo también. Una nariz, otra nariz. La pestilencia es siempre más fuerte. ¡Os bendigo en La Línea nublado, feria, del ferrocarril Huallanca-Chimbote, mata gallo pelao! Yo era el gallo cansao, amigos. ¡Kikirikí! Ya resucité. ¡Ja, ja, ja! Otro poquito y ¡adiós!»

Alzó de los rieles un trozo más de carne mezclada con tierra y pelos de cuy. «Yo comulgo con usted —dijo—, Monseñor Ilustrísima Obispo yanki de Chimbote, caballero, corazón. Cochino sangre inocente, negro y blanco». Y en posición militar, cuadrado junto a la cruz, masticó el bocado y lo tragó rápido. Luego alzó la cruz y trazó en el aire, con el madero y la bolsita negra, una cruz delante de su cuerpo y en dirección del mercado que se vaciaba. Se puso al hombro el madero, respirando fuerte por las fosas nasales en ángulo, muy abiertas, y se fue caminando riel arriba. Nadie lo siguió.

–¡Loco santo, negro, mejor que Fray Martín, que Juan XXIII! ¡Adiós! –dijo un yerbatero, vendedor de medicinas, evangélico, que tenía un puesto al final de las callejuelas techadas.

–Ese mierda es sólo un loco de mierda –dijo un vendedor de borregos, mirando fijamente al evangélico. El yerbatero evangélico le volvió la espalda, algo asustado.

–El negro es cualquier cosa, a veces el evangélico también, cualquier cosa –comentó despreocupadamente una señora que vendía chicharrones en un triciclo. Estaba cubierta con un inmenso sombrero de paja. Moscas voraces revoloteaban junto a sus piernas llenas de nudos negros de venas varicosas.

Nadie más dijo nada. Los que formaron el cordón de espectadores del negro se dispersaron. Pero luego de las palabras de la señora se hizo un instante de silencio a plomo y pudo oírse, a lo lejos, la tristísima guitarra del ciego Antolín Crispín. Tres hombres que formaron el cordón de espectadores se orientaron hacia el sonido de la guitarra, sin formar grupo. «Están hambrientos –pensó la señora varicosa–. Han estado parados desde la amanecida».

Moncada cargó su madero hasta una bocacalle que daba a la avenida José Gálvez y donde un negro flaco, muy viejo, tenía un puesto «elegante» de venta de limones, con mesa y silla. El negro flaco miró a Moncada detenidamente y sonriendo mientras se acercaba. «Un limón para tu hijo que lo tienes preso en la bolsa, negro», le dijo. Se levantó de su banquito y le alcanzó un limón grande y reluciente.

–Pa'la sed del arenal –dijo Moncada y lo recibió.

El negro flaco dejó de reírse.

Moncada volvió a ingresar a la avenida Gálvez, a la altura de la cuadra final.

Desde las tiendas de venta de catres y colchones, de repuestos de automóviles y camiones; desde el portón del molino de harinas para los serranos, desde los talleres vulcanizadores de llantas, lo vieron pasar como a cualquier hijo de vecino. Pero cuando cruzó el puente que se alzaba sobre la línea del ferrocarril y se desvió hacia la barriada El Progreso, una mujer salió fuera de la puerta de su casa y dijo:

–¡Él también, el negrito pobre!

* * *

¡Habían amurallado y le habían construido una gran fachada al cementerio! Moncada debía pasar frente al cementerio, por el terral de la carretera a las barriadas altas, para ir a La Esperanza Baja. Dos ángulos rectos de cuarteles de nichos blanquísimos, recién construidos sobre el arenal abierto, cuatrocientos metros por el lado del camino y trescientos reptando un médano, era el cementerio; un cuadrilátero inconcluso. Moncada lo había visto hacía un mes, o dos o seis, a lo más. Las puertas de los nichos daban para el lado del médano, un médano no abrupto. Desde la carretera se veían claramente las filas de ventanas de nichos vacíos en la parte de los cuarteles que subían hacia el cerro. El sector de los pobres ocupaba las faldas y la cima del médano. No había nichos allí, sólo cruces clavadas en desorden, con una leyenda o simples iniciales y una fecha en el madero horizontal. No eran de madera oscura las cruces, pero, por lo blanquísimo de la arena, peinada siempre por el aire, la madera reseca parecía oscura. Las cruces en desorden sombreaban el médano frente a los cuarteles rectos que se protegían en ángulo. Ramos de flores se soasaban en los nichos y unos arbolitos de ciprés, recién plantados, en fila, aleteaban cerca de los cuarteles.

Moncada caminaba por el borde del terral de la carretera; cruzaba el trozo de desierto ventoso, entre el barrio Progreso y el cementerio. Allí le dio un mordisco al limón y lo arrojó a la arena. Cuando alzó la cabeza, no vio los cuarteles de nichos, sólo el arco inmenso de la fachada. Una cruz de piedra reluciente hacía guardia junto a la puerta de arco. Cruz y arco se parecían en algo a los buques altos, cada vez más grandes, que de repente surgían de la neblina, en la bahía de Chimbote, se presentaban navegando lento y hacían resaltar la poca luz de sus cubiertas blanqueadas, más altas que esa fachada repentina del cementerio. Por el arco entraba mucha gente al panteón, algunos vestidos de negro.

El loco siguió a los visitantes del panteón. Entró al cementerio. Vio que la gente bajaba cruces de lo alto del médano. Arrancaban las cruces de la arena, las sacaban curvando fuerte el espinazo y bajaban el médano hundiendo los pies en la arena. Moncada era el único que llevaba cruz en sentido contrario, hacia adentro del cementerio, y una cruz grande, con un pedazo de red sucia y la bolsita colgando de uno de los brazos.

La Municipalidad, la Beneficencia, la policía, los párrocos habían ordenado y persuadido a los pobres de las barriadas que su cementerio se trasladara a una pampa-hondonada que había al otro lado del alto médano de San Pedro. Cerca de la pampa-hondonada estaba el basural del puerto, pero pasaban también cerca la Carretera Panamericana y el camino asfaltado que subía a la cumbre donde acababan de instalar la torre transmisora de televisión. En ese campo, vecino a la barriada de San Pedro, al norte del casco urbano y de las veintisiete barriadas, pero en la línea de la carretera principal y no muy al este como el cementerio nuevo, serían enterrados los pobres, gratuitamente, sin costo parroquial, municipal ni de la Beneficencia. Las Asociaciones de Pobladores de cada barriada habían sido notificadas y suplicadas. Nadie les había dicho que se llevaran sus muertos ya sepultados en el médano del cementerio recién amurallado, solemnizado con el arco y la cruz de mármol. No se había cercado aún la parte alta del cerro. En cinco años, en diez años, se habían estirado esos largos y altos cuarteles de nichos blancos; se habían alzado sobre el viejo cementerio que fue chato, con lagartijas que iban dejando sus huellas en la arena cuando subían y bajaban el médano, con lechuzas mudas, color de arena, que pajareaban entre las cruces, como en los cementerios de los puertos menores del Perú que están todos en el desierto.

Pero aun así, amurallado y con su gran fachada de arco, semblanteado por el humo de las fábricas y el polvo, el nuevo cementerio seguía aún aislado por franjas de desierto, como exprofesamente respetadas por los líderes de barriadas, invasores de tierras para viviendas, hombres que habían conquistado con los serranos recién llegados al puerto, tanto aguadas pestilentes y zancudientas, como médanos y tierras sembradas y, por supuesto y más fácilmente, desiertos, los más próximos al casco urbano, como éstos que rodeaban al cementerio. Esos espacios desiertos dejaban el cementerio al silencio, ahora encerrado, y manchado aún por las cruces que los pobres estaban arrancando en ese momento en la cima del médano.

Los pobres estaban arrancando las cruces de sus muertos, cuando Moncada ingresó por el arco y siguó de frente.

—El negro Moncada, el loco —dijo alguien que formaba parte de un grupito que aguardaba o parecía aguardar cerca del arco.

Las sombras se estiraban hacia el lado de la cordillera. Los pobres no dejaron una sola cruz en el lomo del médano. La gente de las barriadas allí reunida sacó, primero una cruz, cada quien, y sólo uno que otro sacó más de una cruz. Eran delgadas y cortas, con el madero horizontal plano. Esas cruces las pusieron en fila, con las leyendas de frente, en dirección del arco nuevo de la fachada. Después, arrancaron todas las cruces, comenzando por el este y el oeste, marcados por la cordillera y las islas de la bahía. Dejaron en el suelo sólo las que estaban muy inclinadas sobre la arena, como muertas o abandonadas. Un individuo joven, que exhibía correa ancha con vistosa hebilla, arrancó cinco cruces, y dos sujetos que lo acompañaban, sacaron siete cada uno. Con la cruces al hombro se acercaron todos a la fila de maderos que tenían las leyendas de sus nombres hacia el arco, las alzaron por la cabeza y se las pusieron al otro hombro. Y cada deudo desfilaba, médano abajo, con cruces sobre los dos hombros. Formaron así una comitiva muy grande que bajaba levantando polvo, una masa de gente que avanzaba sin hablar.

La procesión se detuvo un instante frente al mausoleo de un antiguo comerciante japonés que había sido principal en el puerto cuando fue puerto algodonero. El mausoleo era tan nuevo como el arco y estaba frente a él, reluciendo. Moncada alcanzó allí a la multitud, pero cara al médano; dio media vuelta, militarmente, bajó su cruz, como si fuera una escopeta, la apuntó hacia el mausoleo:

—Japonés solito —dijo—. Forastero. ¡Te mato a ti, mato a todos!

Lo iban a arrastrar, pero, otra vez, dio media vuelta y se metió rápidamente y en forma, entre la gente.

—¡Pobrecito! Se le habrá perdido, pues, la cruz de su muerto y ha traído esa grande, para siempre —dijo una mujer.

Moncada quedó tranquilo, con la cabeza gacha, sudando del cuello, entre los deudos. Nadie más que él y el chanchero Bazalar llevaban una sola cruz.

Del pequeño grupo de hombres que estaba junto al arco salió un cura, vestido de civil, con cuello blanco duro. Alzó un megáfono a pilas, como el de los vendedores ambulantes más potentados.

«Hermanas, hermanos, compañeros… –perifoneó–. No siendo, no siendo disposición que ustedes lleven cruces ni cadáveres de este cementerio a otro cementerio. Solamente nuevos muertos enterrar en otro cementerio, otro lado San Pedro. Ustedes decidir, ilutrísimo obispo Monseñor, respetar. Yo dar nombre ilustrísimo obispo, bendición. Cualquier tierra santo, santo, tierra de Dios para recepción del alma y cuerpo Cristo. Amén».

Alzó las manos para bendecir. Moncada se adelantó unos pasos, salió de entre la gente caminando como soldado; bajó su cruz en que el trozo de red flameaba algo; hinchó el pecho como cuando se vestía de pituco elegante y apuntó con el madero al cura.

–¡Gringo! –le dijo–. Monseñor, gran celestial. ¡Enterrador!

Y se dirigió a la puerta de arco, a paso rápido, con la cruz al hombro.

–¡Loco ha de estar de la pena! –dijo alguien.

La gente se echó a caminar tras de Moncada, sin volver la cara hacia el cura norteamericano y su comitiva. Únicamente Gregorio Bazalar, un chanchero de San Pedro, que encabezaba la procesión, le hizo un adiós ambiguo con el brazo.

Era ya la tarde. Tenían que caminar lejos. Había que cruzar la carretera y la pampa pesada, entre El Progreso y el inmenso médano San Pedro. Había que cruzar por allí la carretera a las barriadas altas y subir por La Esperanza, el médano grande. Era un camino pesado, pero se había acordado hacerlo a pie y por esa ruta, porque de utilizar la carretera tenían que ingresar a la ciudad y dar un gran rodeo urbano que nadie propuso. «A pie, de frente, subiendo y bajando San Pedro, en procesión formal, fúnebre triste», había propuesto el chanchero Bazalar en una asamblea y nadie se opuso.

Detuvieron el tránsito afuera, en la carretera. Los choferes y pasajeros de automóviles colectivos y camiones se quitaron el sombrero.

–Van los presidentes de las Asociaciones de Barriadas –dijo un chofer–. Esto, como las invasiones, está organizado. Ahora no es contra las autoridades ni dueños ni comunidad de indígenas de

Chimbote. Nadie sabe contra de quién. Ahí van, encabezando, los presidentes de las barriadas.

–No –dijo una pasajera–. De nosotros, La Esperanza Baja, nadies va; urbanización ya somos. Ahí, nada más los más pobres serranos están yendo.

–¿Quién dice que van los presidentes de las barriadas? ¿Quién ha dicho? Yo soy Mansilla, presidente del mismo barriada San Pedro. Van delegados no más, y el chanchero Bazalar que ahora, con los muertos, ha salido de dirigente falso, comodaticio.

–Hay presidentes –insistió el chofer, mientras los procesionantes seguían cruzando la carretera.

–No, amigazo –contestó Mansilla–. Para este misión han nombrado delegados entre los más serranos de las barriadas; todos esos que están son como delegados. El chanchero ha dirigido este sublevación pacífico. Ahí está, de vivo, cargando solo un cruz, cual principal dirigente, de muertos.

–¿De muertos que interrumpen la carretera? –preguntó el chofer.

–Oiga usted. Para los más serranos, es decir, los indios, vale la cruz que marca el sitio donde están los muertos, pues. Los acriollados hemos trasladado ya sus huesos de los parientes de cada uno a los nichos de los cuarteles. Así es. El chanchero sabe de más; el muerto nada valía en Chimbote, harina de pescado, puerto; ahora vale. ¡Ahistá!

«¡Chimbote! ¡Chimbote! ¡Chimbote!», empezó a gritar en tono de pregón, el negro Moncada, desde bien lejos.

–Ese es el presidente de presidentes –dijo la mujer de La Esperanza Baja.

–De ostí será presidente, ostí más serrana –le dijo otra pasajera del mismo colectivo.

–¡Mierdas! –contestó la señora de La Esperanza.

El hombre que estaba en medio de las dos y que decía ser presidente de la barriada San Pedro, las apretó contra el asiento, abriendo los brazos.

–Respeto a la cruz –dijo–. Serrano es serrano, no es pior que nadies.

La multitud acabó de cruzar en silencio el camino de huellas y ripio.

–Ahora que si'han ido los pobres pavimentarán quizá el camino al cementerio –dijo un chofer.

–Quizá, hasta la fachada. El resto es camino pa'las barriadas.

* * *

Las cruces subieron al inmenso médano, a San Pedro. Llegaron a la «carretera de circunvalación» de la barriada que los vecinos hicieron con ripio y basura. Desfilaron rodeando el cerro. Se les veía, en cordón oscuro, como a un gusano negro, desde casi todas las barriadas del puerto, de los muelles y lanchones. Ellos también, los procesionantes, veían el polvo de las barriadas, el asfalto nuevo, recién tendido, del casco urbano; todos los muelles de las fábricas de harina de pescado, el humo rosado, pesante, de la fundición de acero. Bazalar, encabezando, cargando su cruz «fúnebre» que nada más en la víspera de ese día había clavado en el filo mismo del médano del cementerio, Bazalar medía la extensión de las barriadas que había visto aparecer, crecer a palo y sangre, mientras él, incrédulo, envidioso, cholo todavía aturdido, se iba del puerto a Lima y volvía, perdiendo tiempo. Miró detenidamente el pozo y la bomba que surtía de agua a la barriada y las filas de burros que subían del pozo al médano; fue observándolo todo sin volver ostensiblemente la cabeza a ningún lado, en estado de procesión «fúnebre».

Los niños de la barriada corrieron de las calles, cuesta abajo, hacia la carretera. Sus perros los siguieron, más flacos y más bulliciosos que sus dueños.

La luz de las islas guaneras de la bahía ya se estaba dorando a esa hora y llegaba, fuerte, a las hondonadas y cumbres de San Pedro. Respiraban esa luz en el hueso del hueso, la gente que había hecho sus casas en el menospreciado cerro de arena que dominaba todos los horizontes de Chimbote.

* * *

El cura norteamericano fue del cementerio al obispado. Hablaba en inglés con el obispo norteamericano de Chimbote.

—Monseñor, son mansos y bravos. No se sabe…
—Lo sabía, hijo. Hay que consultar con el padre Cardozo.

* * *

Cruzaron el médano y la barriada entre aburridos e intranquilos, los cargadores de las cruces. Ni un policía. Tuvieron que faldear casi todo el médano San Pedro, donde los antiguos yungas construyeron el adoratorio ahora menos conocido, más grande y señor de la arena. Una cruz con sudario flameaba en la desmochada cumbre de las ruinas. Allí, en el sudario, puro polvo, dicen que se retrata en enero-febrero el muy próximo y caudaloso río Santa.

Más perros, más niños y mujeres que hombres, orillaban la carretera de circunvalación mientras pasaba la procesión de cruces. La fila de observantes estaba parada sobre la arena, carretera arriba, de espaldas a las primeras casas de la barriada. No se acercaban mucho ni mujeres ni chicos. Ladraban algunos perros mientras pedazos de periódicos y trapos eran zarandeados por el viento sobre las cabezas de los procesionantes y las cruces; los perros, sentados, con belfos salivosos, miraban. Los niños también miraban, solos, sin pegarse a las faldas de nadie, cualquiera que fuera su edad. Miraban la fila de cargadores de cruces, guardando silencio, a pesar de que muchísimos hombres y mujeres se habían echado al hombro hasta diez cruces. No se acercaron, no se manifestaron. Pero tres mujeres estaban como esperando al final de la carretera. «Dios, agua, milagro, santa estrella matutina; pez que sales como flecha de la piedra verde, de la cabellera ondulante que juega en la corriente, yerba del río; sombra de la libélula que prende sus ojos grandes en el agua de los remansos; salvajina que cuelga de los árboles al fondo del aire; tierra sangrienta que haces pesada la corriente del río en enero-febrero, que saltas sobre rocas y árboles y dejas tu polvo para siempre en la vida del que te bebe sin saber o sabiendo…» Rezaba en quechua la preñada prostituta Paula Melchora «Cruces santas, de a cinco, de a cuatro, que muera el Tinoco, que se achicharre, que siga detrás de ustedes, que caiga donde van ustedes a quedar, tristes…»

Estaban algo separadas las tres mujeres, no tanto, pero algo separadas una de la otra, y las palabras las escuchaban. «Amén, sulpay[4]; amén, sulpay», dijo la otra que sabía quechua. Orfa, la señorita ramera cajamarquina, se retiró unos pasos atrás y se fue enseguida. «Cholas —dijo—. Ni más con ellas. Se malogró ¡asco! mi castigo». Apretó el paso y se alejó de la procesión. «¡Asco!», repitió mientras subía por la arena pesada de la calle. «Asco, asco ¡ay! como no habrá jamás de los jamases. Gracias, cruces santas, errantes, como yo, botadas. A tus luces he mirado el asco de mi vida, como he pisoteado a mi vida». Enderezó el cuerpo, y la sombra del cuerpo también empezó a cortar de otro modo el aire, al filo. Resolvió ahogar a su hijo cualquier noche o día y tomar ella la estricnina que guardaba en una cajita desde que salió, a escondidas y deshonrada, de la aristocrática ciudad de Cajamarca.

Llevando sus cruces la gente entró a la parte deshabitada del arenal. El médano se emparejaba, muy arriba, con los Andes de roca y luego con la nieve. Enrojecían ya, sombreando, las nubes del lado del mar. Comenzaba el crepúsculo.

No estaba bien trazado el nuevo cementerio de pobres. Pero el guardián-sacristán del cementerio de Chimbote y el delegado de San Pedro conocían el sitio elegido por la Municipalidad.

—Aquí es; de aquí comienza. No tiene término —dijo el guardián.

«Conciudadanos que cargáis las cruces de vuestros muertos —habló don Gregorio Bazalar, de la barriada San Pedro, delegado—. Conciudadanos: aquí hemos llegado, en nombre del Padre, del Hijo, del Monicipio y del subprefecto, pues. ¡ A enterrar los cruces que estamos trayendo, fúnebres! En cualquier partecita. Aquí estamos en la hondonada. Aquí nadies nos va a encontrar para que nos llevan al valle de Josafat. De a siempre nos quedamos. A nadies nos ha enteresado, valgan verdades, que cada quien conoce donde, el punto donde, para el eterno, queda el muerto padre, hermano, hermana. Lo que hay en el corazón es el campo donde tranquilo está el muerto, acompañando a su comunidad pueblo. Así es, señor guardián, representante del señor Obispos, Gobiernos. ¿No quieren

---

4   Sulpay: deformación del castellano: ¡Dios se lo pague! Se usa como expresión de agradecimiento un tanto lastimero (S. de A.).

que esteamos en el cementerio moderno, norteamericano? Gracias sean dadas; para nosotros este hondonada del montaña está bien. La moralla se tumba; la flor, feo se achicharra. El montaña no se acaba, pues. Aquí nadies llora, sea dicho. Amén».

Sacó de debajo de su camisa una flor grandaza de magnolia; la amarró en la punta de la cruz que llevaba y alzó el madero. La flor alumbró un trozo de la hondonada. Y cuando estuvo clavada la cruz en el médano, como el cielo estaba enrojeciendo, la magnolia siguió, con su aureola, haciendo estirar en la arena las sombras de los enterradores de cruces. Así le pareció a don Gregorio Bazalar, de San Pedro, conocido chanchero, al tiempo que, de regreso a la barriada, pasó entre varios que clavaban sus cruces en la hondonada.

Moncada, que había seguido humildemente a Bazalar toda la procesión, arrojó su infúnebre cruz al suelo, sacó el monito de trapo de la bolsa negra y lo enterró a flor de arena. Hizo una cruz con palos de fósforo, la apuntaló y enderezó con unas piedrecitas sobre la tierra manoseada y se echó a correr médano abajo, desgalgándose sin atropellarse en la ya mansa pendiente. El guardián-sacristán del cementerio grande levantó del suelo la cruz de Moncada, que tenía un taco pesado en la base; bendijo con ella la hondonada que ya se veía mosqueada de cruces; dijo unas frases en latín, luego se puso al hombro la cruz y se dirigió hacia la barriada de San Pedro.

—Oiga —le dijo una mujer que estaba sentada junto a otra, allí donde empezaba la «carretera de circunvalación» de la barriada—. Nadies ya iba a visitar esos cruces qui'han llevado. Mejor estarán en la hondonada. Ese pared grande, extranjero, un arco qui'han hecho al cementerio para botar cruces qui'habían en el médano ¿del gobierno es? ¿Dicen?

—¿Quién eres; qué serrana eres? —le preguntó el guardián–sacristán.

—¡Yo, pues! El negro ha galgueado por el cerro abajo, dejando su cruz qui'usté está cargando. Grande es. ¿Para leñita llevas?

—Serrana animal, en Chimbote no se necesita leña. Nadie ha botado las cruces. En procesión santa...

—Ahurita na más lo han botado del panteón, cemento. El grandecito cruz habrás levantao para leña, pues. De nadies será.

—¡Concha'e'tu madre! —respondió el guardián-sacristán y siguió carretera adelante con su cruz.

–¡Achachau, pestoso! ¡Pestoso de cruz falso! –le gritó una de las serranas.

Las dos mujeres siguieron mirando a la gente que clavaba sus cruces en el nuevo cementerio.

Sólo un hombre se quedó en la hondonada hasta la noche, junto a una cruz gruesa que había clavado cerca de la magnolia. Los otros deudos se fueron a la ciudad, por tropas o sueltos. Casi todos bajaron hacia la Carretera Panamericana, pero no como el loco Moncada, a campo traviesa, sino por una senda recién marcada por huellas de tractor y orillada de piedras. Los de San Pedro y La Esperanza, Baja y Alta, volvieron a subir el médano.

El sacristán-guardián fue nuevamente atajado por una mujer bajita en la bocacalle del jirón Huaraz, de La Esperanza Baja.

–Señorcito –le dijo– descansarás en mi casa, con tu cruz, pues, Diosito.

El sacristán la miró detenidamente.

–Bueno, vamos un rato. ¿Me convidarás gaseosa?

–Sí, puese. Hay chichita tambén.

–¡No tomo chicha, señora! No soy serrano.

–¡Ay, caballiro, perdona, puese!

Se inclinó la mujer; se volvió de espaldas y se fue.

Era la hermana de Asto. El sacristán-guardián la vio irse algo preocupado. Con el tono de su voz y la luz de sus ojos, la mujercita le produjo como una calentura en la boca; no entendió bien eso y le contestó, ofendiéndola: «No soy serrano». Así, intranquilo, el guardián se dirigió a una tiendecita próxima de la misma calle Huaraz; pidió una cocacola.

–Hay helada –le dijo secamente el dueño de la tienda.

–Así es, la Esperanza Baja progresa. Tiene hasta luz eléctrica ya; de motor ¿no? Dame bien helada la coca[5].

–Sí, señor; se progresa.

–Esa cruz es de Moncada, amigo –le dijo el dueño del bar mientras destapaba la botella.

---

[5]   coca: en este caso, abreviatura del nombre de la bebida llamada Coca Cola (S. de A.).

–¡Quémela, señor! –dijo un hombrecito que estaba sentado sobre un costal de arroz–. Yo, pues, soy tricicletero. El negro Moncada, dicen que hacía predicar feo esa cruz, de noche.

El sacristán-guardián se alzó de hombros. Tomó, pagó, y ya no cargó la cruz al hombro; se la llevó debajo del brazo. «¡Ahura sí!», dijo el tricicletero.

–Nadie es nadie, aquí –exclamó el dueño del bar.

Para el guardián-sacristán habían construido un pequeño departamento cerca de la elegante oficina del administrador del cementerio; lo construyeron en el cementerio mismo, hacia el arenal de afuera, frente a una explanada afirmada con ripio. Un niño aguatero iba a regar las plantas recién brotadas alrededor de la explanada. Llegaba al anochecer montado en un tanque pintado de rojo que era tirado por un gran burro negro. El tanque estaba hecho de dos cilindros gasolineros toscamente soldados; un chasis gracioso de madera sobre dos ruedas enllantadas sostenía el tanque. Cuando el guardián llegó a la explanada, el niño acababa de echar la última lata de agua a las plantas; saltó al carro y, de pie, tiró de las riendas al burro; le hizo dar una vuelta rápida. El burro alzó la cabeza con alegría y se echó a trotar. El niño saludó de paso al guardián: «Mucha cruz para llevarla en el sobaco, patrón», le dijo. El guardián respiró el aire de las plantas recién regadas y entró a su casa.

–¿Y esa cruz? –le preguntó su mujer.

–La voy a clavar en lo más alto del médano del cementerio. Ha sufrido esta cruz; que quede en el médano. No es de nadies.

–De ti será, hereje hombre. ¿Así, así se trae una cruz? ¿En el sobaco?

* * *

La hermana de Asto llegó a su casa y encontró a Tinoco en la pieza grande, la sala-tienda. Tinoco estaba sentado en una de las sillas nuevas de totora y sauce. El tubo de luz neón, oblicuamente colgado sobre la puerta que daba a la calle, alumbraba todo el espacio de la sala y hacía resaltar el grueso trapo que servía de cortina a la puerta de entrada al patio interior.

–Putamadre, has dejado tiempo ya el «corral». Voy cuchillear a tu hermano.

Tinoco se paró. La correa ancha, de hule y hebilla brillantes, los pantalones acigarrados, la camisa roja y los cabellos lustrosos, se acercó a Florinda, la hermana de Asto. Ya le iba a poner las manos en los hombros.

–Tú eres matón de Braschi, ¿no? –le dijo ella–. M'hermano sabe; te va a matar, con Zavala, con Maxe, con...

–¿Quién más?

–Con diablo más. Te van a quemar tu lani. ¡Seguro, ahora sí!

Tinoco sacó del bolsillo del pantalón una chaveta con funda.

–¡Caraya! ¡Cuchillito! –Florinda pronunció con lamento las palabras–. Asustará a la Gerania, a la Felicia; a la Paula, que está arriba, en San Pedro, preñada...

Tinoco sacó la chaveta de la funda. Hizo como que la afilaba en la palma de la mano.

–De traidor cabrón su cuchillo... Asustará, a nadies.

–Te voy a montar –abrió la boca el cholo–. Te voy a montar.

–Anda arriba, a San Pedro; allí montarás, ceniza comerás...

Cuando Florinda estaba hablando apareció en la puerta que daba al patio, el joven ciego, flaco, de anteojos negros, Antolín Crispín.

–¡Tinocucha! –dijo–. Oye –la voz le salía no sólo de la boca sino de las lunas bien negras, bien puestas de los anteojos–, oye, has llevado cinco cruces a la hondonada. En vez de golpear con la cruz a los tristes, has apuntalado, mansito, en la arena, uno por uno, cinco cruces. Te falta todavía para ser maldito. En la casa de la Paula te has cambiado tu ropa corriente con tu ropa de cabrón, soplón, homilde de Braschi. Tu criadilla no tiene dinamita; agua de piojo tiene, oye...

Crispín se acercó más a la grada de la puerta; abrió bien la cortina Siguió hablando:

–He bajado cumbres nevadas, pampas, barrancos, sin nadies que me ataje, sin nadies que me haga andar. Tú eres traicionero, maricón, agua-sangre.

–Ahora tú eres so marido de la Florinda...

–Ahora tú vas a ir donde Characato Pretel –le interrumpió el ciego–. ¿Qué vas a decirle a tu jefe?

–No, Crispín. Ahura voy recebir en hotel Florida prostituta elegante que viene de Lima. No, pues, como la Florinda.

–Tú no vas a recebir eso, Tinocucha. ¿Estás parado, no? Más tarde vas a arrodillar como ante obispo para recebir, más bien, en la cara, el escupe del Characato. Has mariconeado en la hondonada; no has cumplido orden de la mafia. No has podido corretear a los pobres, golpeando en su cabeza, en su cuerpo, con las cruces que llevabas en tu hombro; no has podido alborotar para que la gente digan en Chimbote: «Pescador maleante, anticristo». A tus ayudantes no has podido ordenar, ¿no? Has clavado más bien cruces sin dueño, asustado...

–Asimismito es, ¡viejo! En lo oscuro que estás... –Tinoco retrocedió hacia la puerta que daba a la calle–. Agua-sangre seré, piojo-criadilla seré. Oye... en lo escuro conoce el ciego qué es. Asimismo, algún día... yo, maricón cabrón a ostí, Crispín... Mejor toca el guitarra, oye. Ahistá, en el banca. Toca el guitarra, oy Crispín, pa'alma del triste pendejo aguasangre. Yo, oqollo* negro en arena médano patalea candela mierda, sin ojo; oy Crispín, oy... ¿Dirás...?

Paró de retroceder porque Antolín Crispín bajó la grada, de la puerta del patio a la sala-tienda. Con el brazo extendido se dirigió a la silla. Sentado empezó a templar las doce cuerdas de la guitarra. Dos primas, dos segundas de alambre y una más de acero para cada cuerda entorchada. Tinoco oía el temple. Duró largo rato; Antolín pulsaba cada alambre y cada entorchada, las hacía llorar una por una. Después tocó la introducción al huayno, acordes y melodías improvisadas que describían para Florinda y el cholo cabrón, las montañas y las cascadas chicas de agua, las arañas que se cuelgan desde las matas de espino a los remansos de los ríos grandes. Tinoco no percibió el paso del afinamiento a los acordes y melodías; oyó, fuerte, el rasgueo de las doce cuerdas y el canto:

En el silencio, en el silencio
me dicen que por otro estás clamando,
que por otro estás clamando.
Que te vaya bien, qué le vamos a hacer,
si ése es tu destino...

---

*   oqollo: renacuajo.

Tinoco volteó el cuerpo y se fue caminando hacia la puerta. La abrió despacio, salió a la calle. Volvió a subir el arenal de San Pedro. Estuvo rodeando, a pasos, en la oscuridad, la casita de Paula Melchora. Dio vueltas a la casa mirando a instantes en la dirección de las islas blancas de la bahía. Después se echó a caminar médano abajo; faldeó el cerro hacia el nuevo cementerio de pobres. A tranco largo se acercó a la hondonada. Allí en el cementerio encontró al hombre, que seguía sentado junto a la cruz de palo redondo.

—De su hija es, ¿no? —preguntó, recordando a Crispín.

—Hija —dijo el hombre.

—Ostí no puedes llorar, ¿no?

Tinoco se sentó junto al hombre.

—Ostí no puedes llorar.

—Será, creo —dijo el hombre.

—Yo, hermano, voy a llorar por ostí. Última vez, con guitarra, por todos las cruces de la hondonada voy gritar.

Apoyó la cabeza en las rodillas y se puso a llorar; primero en falso y después, en serio, triste, acordándose «un derrepente» del alcatraz «cocho» que, de noche, a la hora de zarpar de las lanchas, volaba, despacio, de la playa al borde de la bolichera Moby Dick en que él, Tinoco, aprendió a pescar. Ese alcatraz viejo se posaba «homilde» en la popa y se hacía llevar a alta mar por la Moby Dick y, nadie, ni Tinoco, lo ahuyentaba. «Llora para adentro», decía del pájaro el gran patrón de la lancha, don Hilario Caullama, oriundo de las orillas del lago Titicaca, hombre aymara, de altura. «Llora para adentro, el pobrilla»[6]. Tinoco empezó a alzar el tono del llanto en el médano, mientras el hombre, el dueño de la cruz, seguía sentado allí, junto.

Los perros de la barriada San Pedro ladraban, tantísimos. Cuatro, cinco por cada familia; cuanto más pobres más perros. Ladraban por tropas, peor que en los pueblos medio vacíos de la sierra y de las punas.

—Felizmente, aquí, no es fuerte el viento. No va a tumbar las cruces. ¡Cállase ustés ya! —le dijo el hombre a Tinoco. El cholo

---

[6]   pobrilla: pobrecito, con una acepción de conmiseración y solidaridad. También es portadora esta palabra de un contenido que refleja diferencia de clase social y de cultura, ya que no la usa un misti hacia un indio o viceversa (S. de A.).

pescador no le oyó. Agitando un poco los brazos, estaba procurando llorar más fuerte que el ladrar de los perros.

El hombre se levantó para irse. Se dirigió hacia la barriada. Tinoco lo siguió; trató de alcanzarlo, hablándole. La arena del médano pesaba en la cuesta.

—Al prostíbolo vamos, señor —le dijo—. Tomaremos cerveza mismo en el burdel. ¡Oiga, amigo, oiga, pues! Ahistá me'hermana, me mojir también. Ahora escoges. ¡Gratis para ti, todo, hembra, trago!

Iba hablando Tinoco tras el hombre que apuraba el paso y no se dejaba alcanzar.

—...«Ojo de paloma», le dicen a me mojir en prostíbolo. ¡Oiga, amigo! Estaba preñada. Se quería hacer operación, oiga, pa'abortar. Yo le dije: «No, Gerania, déjalo, quizás es gringuito, rubio. Los gringos de barcos grandes...»

El hombre cambio de dirección; se echó a correr médano abajo, como el negro Moncada.

Tinoco desfundó la chaveta. «¿Cortaré mis hombrías, Gerania? ¿Cortaré mis hombrías, Gerania?», dijo. «¡No cortaré, putaza madre. Maxe, comonista; Padre Cardozo, comonista, a ti cortaré; pior que a maricón Mudo dejaré!».

Subió a la barriada, rápido. Esperó en la «carretera de circunvalación» un buen rato, a oscuras. Tomó, para él solo un automóvil colectivo; bajó el médano y pasó frente al arco y la muralla blanqueada del cementerio.

—Miles de miles mis hombrías —dijo allí, en voz alta, dentro del coche—. Oye, chofer: anchovetas, mafias, ramera elegante que ahora, viernes noche, están llegando a hotel Florida, miles de miles para yo, jefe. —Inclinó el cuerpo hacia adelante—. ¿Ostí dice que pescador es maleante; ostí, chofer?

—Yo no sé nada, amigo —le contestó el chofer.

—¡Ah! Yo pescador con chaveta-funda, elegante. ¡Verás! Cinco cruces hey plantado, de nadies, en la hondonada. ¡Ahí está chaveta!

El chofer sintió la punta del cuchillo en la nuca. Aceleró.

—Pescador, siempre maleante, oiga chofer. Sano, borracho, en la mar, en prostíbolo, todo, todo, siempre maleante. Tú asustaste, ¿no? Ya; guardamos chaveta, pagamos fuerte a chofer obediente. Llévame hotel Florida.

El taxi entró al pavimento de doble vía de la avenida del Hospital Obrero. Allí empezaba el alumbrado eléctrico y el «elegante» barrio de los obreros de la Fundición; el chofer detuvo el coche junto a un poste, bajo la luz de las lámparas.

–¿A la Comisaría, jefe? –le dijo a su pasajero–. Te has emborrachado con aire, temprano. Descansarás en la Comisaría, tranquilo, después en la cárcel.

–Como quieres, chofercito. Yo «mafia». Llévame a Comisaría. Ahí quedas, yo no pago. Llévame hotel Florida, puta elegante, pago fuerte.

–Paga fuerte, jefe.

El chofer puso en marcha el automóvil; aceleró. Tinoco, con la chaveta enfundada en la mano, vio las conocidas casas, bares y tiendas de la avenida Gálvez; luego el gran hotel Chimú.

–Temprano es, chofer. Puta elegante llega más tardecita. Llévame al bar de la viuda.

El chofer entró a la calle principal del puerto, tomó luego una transversal y se detuvo en una esquina, frente al bar de la viuda.

–Oye, amigo –le dijo Tinoco al chofer–. Yo, con la viuda no puedo. ¡Tanta plata! No puedo.

–Alto calado, buque, la viuda, amigo.

Se bajó del taxi, Tinoco; le alcanzó tres billetes de diez soles al chofer.

–Todo para ti –le dijo.

«Borracho de aire, de billete anchoveta, ¡Dios que crías!», el chofer se dirigió a su casa, a otra barriada lejana, próspera, a la misma donde el hotel Florida se destacaba por las enredaderas que escalaban la fachada, en lluvia de oro.

* * *

Maxe, Zavala, Solano y Haro hablaban con Chaucato en el muelle de las fábricas de harina de pescado de La Caleta. Se citaron en la casa de Haro para tomar acuerdos.

La Sansón I estaba acoderada al muelle de La Caleta, junto a una de las bombas más potentes. Un chorro de agua disparado desde la cubierta con el pitón de una manguera removió en la bodega de la lancha un pozo plateado de anchovetas. La luz de las escamas empezó a teñirse de sangre, a descuajeringarse. Un chatero[7] vestido de anchos pantalones impermeables amarillos, y de botas, miraba el remolino de sangre y azogue que él revolvía con la manguera; lo miraba como a la nada. Otro chatero aprendiz, joven, serrano indio como todos los chateros, alzaba a la cubierta, con un garfio de caña larga, las tablas que separaban los compartimientos de la bodega. Masticaba coca a boca llena; miraba de reojo el derrumbarse de ese metal desconocido, a cada tabla que alzaba; el brillo era amagado por la sangre y el movimiento, y todo era tragado por la boca de un inmenso tubo girador que colgaba de un huinche y aspiraba. El tubo lanzaba la corriente de anchoveta destrozada a las cañerías aéreas del muelle. Las cañerías cruzaban La Caleta bajo tierra, dejaban caer la masa de pez y agua a una cadena de cucharas que elevaban la carga a las tolvas pesadoras de las fábricas. Sobre las cucharas negras, trozos de anchoveta relampagueaban hacia la calle, y relampagueaban todavía al caer en golpes de catarata a los tanques de mil toneladas.

El humo de las fábricas, el griterío de los vendedores de fruta, comidas, sánguches, maní, que tenían sus puestos en las aceras de las calles o al pie de los muros que cercaban las fábricas; el flujo de los colectivos y triciclos que pasaban y volvían bajo los remolinos de humo; el desfile, en grupos o a solas, de los pescadores que se iban del muelle y montaban en los colectivos o se detenían a devorar anticuchos[8], sánguches, fruta; el ladrido de los perros en las barriadas, todo eso se constreñía, también como relampagueando, en la guitarra de Crispín Antolín, que seguía cantando en su casa de la Esperanza Baja, sentado en la misma silla. Ciego flaco, jovencito, había bajado, cierto, nieves, cumbres, precipicios, desde su pueblo, tras de la Cordillera Blanca, hasta la línea del tren que corre por el endemoniado cañón del río Santa. Tocaba en los mercados y cerca de los muelles. Oía la luz de la isla, el zumbar de la tráquea humana de donde sale el hablar de cada quien, tal como es la vida. Así, su

---

[7]   chatero: es el encargado del control de las maquinarias emplazadas en las chatas, balsas de fierro como pequeños muelles en el mar. Están implementadas con absorbentes para la descarga del pescado y sistemas de reaprovisionamiento de agua y combustible para las embarcaciones que no se acercan al muelle (S. de A.).

[8]   anticuchos: pedazos de carne de corazón de vacuno macerados en aderezo y cocinados en broquetas, a la parrilla, al momento de expenderlos (S. de A.).

guitarra templaba la corriente que va de los médanos y pantanos encrespados de barriadas al mar pestilente, de la ecosonda a la caldera, de la cruz de Moncada al obispo gringo, del cementerio al polvo de la carretera. Un círculo apretado de gente escuchaba siempre a Crispín; se quedaban, horas de horas algunos, esperando, junto a la guitarra, bajo el sol o el nublado.

Florinda no sabía cantar. Esa noche, oía, de pie, a su conviviente que, tras el tapaojos constreñía el pensamiento. Llegó Asto. Abrió la puerta.

—¡Ciento cencuenta toneladas anchoveta! —dijo—. Ahorita entregamos.

—El Tinoco ha estado —dijo Florinda—. Ha maldecido. Aquí ha venido. Se ha ido, de oír canto, de oír guitarra no más.

—¡Ah; jodido está, tiempos ya! ¿Adonde a loquear su maldición habrá ido?

Asto se sentó en una silla.

—¿Conoces a un gringo llamado Maxwell? —le preguntó Crispín.

—Sí.

—A tocar charango va venir, más tarde.

—¿Maxwell?

Segundo diario

Desde que empecé a escribir en Santiago el balbuciente diario que aparece como primer capítulo, algo estrambótico, de esta novela, he estado dos veces más en Chile y cinco veces en Chimbote. No puedo comenzar ahora el capítulo III. Me lanzaré, pues, nuevamente, a divagar.

La última novela que escribí, Todas las sangres, la hice en dos etapas separadas una de otra por varios años. La he vuelto a leer en estos días, no para buscar nada especial sino por obligación.

Como en el aire de los abismos andinos en cuyo fondo corre agua cargada de sangre, así está, cierto, en esa novela, el constreñido mundo indohispánico. Está el hombre, libre de amargura y escepticismo, que fue engendrado por la antigüedad peruana y también el que apareció, creció y encontró al demonio en las llanuras de España. Parte de estos diablos se mezclaron en los montes y abismos del Perú, permaneciendo, sin embargo, separados sus gérmenes y naturalezas dentro de la misma entraña, pretendiendo seguir sus destinos, arrancándose las tripas el uno al otro, en la misma corriente de Dios, excremento y luz. Y esa pelea aparece en la novela como ganada por el yawar mayu, el río sangriento, que así llamamos en quechua al primer repunte de los ríos que cargan los jugos formados en las cumbres y abismos por los insectos, el sol, la luna y la música. Allí, en esa novela, vence el yawar mayu andino, y vence bien. Es mi propia victoria. Pero ahora no puedo empalmar el capítulo III de la nueva novela, porque me enardece pero no entiendo a fondo lo que está pasando en Chimbote y en el mundo.

Voy a transcribir en seguida –lo haré al margen– las páginas que escribí en Chimbote, cuando, igual que hoy, luego de varias noches de completo insomnio, atosigado ya de odios e ilusiones, de impotencia y vacío, decidí, otra vez, suicidarme. Copio al margen, palabra a palabra, la ingenuidad no tan falaz que escribí entonces. Claro que yo no debo ser tan límpido como me describo en esas líneas. Creo tener, como todos los serranos encarnizados, algo de sapo, de calandria, de víbora y de killincho, el pequeño halcón que tanto amamos en la infancia. Pero en este momento recuerdo, siento, añoro mucho más a la pariona o pariwana.

Es un inmenso pato de las lagunas de altura –cuatro y cinco mil metros–; vive en parejas o por tropas y, de repente, se alzan en cadena, vuelan a más altura que todas las montañas y pasan sobre el aire de los valles profundos como una ilusión inalcanzable color de sangre (sus alas son rojo y blanco y dicen que de allí se copió la bandera peruana.) Alumbran desde alturas sin consuelo ni alcance; iluminan todos los ojos, hasta el de los piojos que yo tenía de niño, a millares, en la cabeza y en las costuras de mi ropa. Esos piojos se iluminaban, se hacían transparentes, mostraban sus tripitas con la luz de las alas de la pariwana, más íntima y lejana que la del sol. Porque cuando pasaban las pariwanas, el sol no hacía sino resaltar las manchas rojas en el sinfín del cielo, y esa imagen convertía en música toda nuestra vida, los abismos de roca y salvajina, las libélulas ojonas que danzaban sobre las acequias y en las aguas algo podridas de los estanques.

Sí, en esas líneas que escribí en Chimbote, luego de haber decidido, nuevamente, eliminarme, todo es pureza e impotencia. Entonces agonizaba porque no podía escribir el segundo capítulo; ahora se trata del tercero. El segundo capítulo lo escribí, arrebatado, sin conocer bien Chimbote ni conocer como es debido ninguna otra ciudad de ninguna parte. A través simplemente del temor y la alegría no se pueden conocer bien las cosas.

Yo siempre he vivido feliz, extrañadísimo y asustado en las ciudades. En New York anduve una semana, tal como si hubiera estado en mi aldea nativa, cuando ella ardía, en las vísperas, entre camaretazos y cohetes disparados desde los castillos de fuego hechos por don Amílcar Astoyuro. El eucalipto de la plaza parecía entonces que iba a cantar un himno con voz de toro. No me asustó esa ciudad en que los edificios se parecían tanto a los castillos, también de cien pisos, que don Amílcar hacía para las vísperas. Pero en New York ¿dónde se puede encontrar un sitio para poner la mano como en la cabeza de una paloma o en las patas rosadas de un gato que has criado desde que empezó a abrir los ojos? ¡No hay dónde! Nunca más extrañado ni más feliz anduve día tras día, una semana, sin descanso, en la Quinta Avenida, en la calle 42, en Greenwich Village, en Harlem, en Broadway... Hasta que cierta noche,en pleno arrebato, me atreví a seguir a una linda negrita y a hablarle. La «conquisté» hablándole en quechua que, en un caso como ése, me nacía y servía mejor que el castellano. La negrita me comprendió porque ella era una «mariposa nocturna». Me llevó hasta un departamento hermoso metido en un sombrío edificio de fierro. Puro miedo y triunfo. Pero fue lo único íntimo que me traje de los Estados Unidos. Y el recuerdo del Golden Gate, que es demasiado grande para hablar, como sí lo hacen y cantan los puentes de cal y canto del Perú y de España.

Sí, pues. Creo no conocer bien las ciudades y estoy escribiendo sobre una. Pero ¿qué ciudad? «¡Chimbote, Chimbote, Chimbote!»

Parece que se me han acabado los temas que alimenta la infancia, cuando es tremenda y se extiende encarnizadamente hasta la vejez. Una infancia con milenios encima, milenios de historia de gente entremezclada hasta la acidez y la dinamita. Ahora se trata de otra cosa.

Y creo que el intento de suicidio, primero, y luego las ansias por el suicidio fueron tanto por el agotamiento —estoy luchando en un país de halcones y sapos desde que tenía cinco años— como por el susto ante el miedo de tener que escribir sobre lo que se conoce sólo a través del temor y la alegría adultos, y no en el zumbar de la mosca que uno percibe apenas el oído se forma, a través del morder conviviente del piojo en el cuero cabelludo y en la barriga, y en los millones de mordeduras a la raíz y a las ramas todavía tiernas de la suerte, que te dan hombres y ríos, grillos y autoridades hambrientas.

Pero ¿y todo lo que he pasado en las ciudades durante más de treinta años? Hasta he vivido un año en la prisión ciudadana (arañas, arco iris, semen) de un país del tercer mundo, y escribí una novela sobre esa cárcel. Allí sólo miraba, me incrementaba, sufría con mi infancia anticuada. Y no conozco a la mujer de la ciudad, por ejemplo. Le tengo miedo, como le tuve al remanso del río Pampas, que pase a caballo, siendo niño, y en invierno, cuando el agua es transparente. Veía cruzar los peces casi rozando las paternalísimas patas del caballo que me cargaba, sus patas queridas. Veía a esos peces en lo profundo, y sentía en los ojos mortales lágrimas de ansia por lo mejor de lo mejor; sí, al pensar que el caballo podía tirarme en la corriente lenta, fuerte, que me trasmitía todo el cuerpo del animal que medio temblaba, creo que gozando de muerte, también como yo, mientras braceaba en el río con los mismos pensamientos. Así es.

¿Y cómo hago, ahora yo, por eso, para anudar y avivar las ramas que tanteando y anhelante, como un sujeto que despierta de un coma profundo, he extendido tanto en el primer capítulo de esta novela? Ya se ve allí que de tanto temer y estar, entre desconcertado y loco de dicha, en las ciudades —en París creí entender todo y a todos—, algo sé de cómo arden las ciudades, algo conozco de su verdadera pulpa. Allá voy, pues, a como dé lugar, a escribir el capítulo III, con este feroz dolor en la nuca, con este malestar que los insomnios y la fatiga producen.

«¡Allá voy si no me caigo!», como gritaba un cavernoso y gran negro viejo que pregonaba tamales, en Lima, allá por el año 34, cuando el negro Gastiaburú[1] me hablaba de comunismo, de socialismo inminente, que nos esperaba ya, según él, de allí para el día siguiente: «¡Sin falta, serrano pendejo!»

---

[1]   Gastiaburú, Julio: médico peruano, de raza negra, ya fallecido (S. de A.).

Mañana, o pasado, o el lunes, comienzo el capítulo III a como dé lugar. He pedido, para escribir este libro, diez meses de licencia sin sueldo de la Universidad, y ya han pasado cuatro y medio. No puedo huevear más tiempo. Y no vuelvo más al puerto hasta terminar el trabajo o reventar. Y no es que pretenda describir precisamente Chimbote. No, ustedes lo saben mejor que yo. Esa es la ciudad que menos entiendo y más me entusiasma. ¡Si ustedes la vieran! ¡Tengo miedo, no puedo comenzar este maldito capítulo III, de veras! ¿Cuántas veces hemos hablado de él, doctora Hoffmann?[2] Pero yo no voy a Chile. Así, aunque no duerma, aunque ese ferrocarril de las 4:30 am. que pasa, sin perdonar un solo día, a diez metros de la casita que tengo alquilada en Los Angeles de Chaclacayo me siga comiendo el sueño, yo sigo. Bueno, ¿y si no puedo? Me tendré, pues, que ir a Santiago, a mi casa de la mamá Angelita[3]. Pero estas páginas, las primeras de Puruchuco, donde Arturo[4] me ha dado una oficina para escribir, yo las incorporo como el estrambótico primer diario. Son parte del libro si ha de existir tal libro. Las ingenuas líneas que escribí en Chimbote —no es un diario; sólo escribía algo cuando estaba decidido a quitarme la vida de puro inútil y deteriorado— esas líneas van al margen, junto con otras que escribí después en Santiago. Y ahora me voy a almorzar al magnífico restaurante Miguel Ángel, de Vitarte.

Vitarte está, aquí, cerca de Puruchuco, sobre la carretera que va a Cerro de Pasco, al Brasil, al Cuzco, al valle del Mantaro, a Bolivia. En Vitarte se abrió la primera fábrica de tejidos de Lima. Ahora es un distrito apretado de gente de pueblo. Al Miguel Ángel van a comer puros obreros, cholos, pasajeros de camión y uno que otro con cara y traza de comerciante o de viajero de «categoría». Los profesores de

---

[2]   Doctora Lola Hoffmann: médico lituana nacionalizada chilena, que atendió a José María como sicóloga. Su tesis *Las comunidades de España y del Perú* (1963) está dedicada a ella (S. de A.).

[3]   Se trata de Angela Heinecke, señora de edad madura que fue suegra de Rolando Mellafe, historiador chileno (S. de A.).

[4]   Arturo Jiménez Borja, antropólogo peruano. Ilustró, en 1939, el cuento *Runa Yupay*. En 1969 era director del Museo de Sitio de Puruchuco (S. de A.).

mi Universidad, la Agraria de La Molina, van a veces, en patota, a almorzar al Miguel Ángel. Una feliz y buenamoza señora gorda, es la dueña del negocio. Nos gusta ver cómo atiende y conquista a sus clientes. A los profesores de la Agraria les hace un descuento especial, «para la gasolina».

«¡Allá voy si no me caigo!», negro Gastiaburú. Me refiero no al almuerzo sino a lo que tengo que escribir. Revolución socialista por estos lados sólo en Cuba, negro. Lo vi, lo gocé un mes y, sin embargo, ando en dificultades para comenzar este maldito capítulo III. ¿Tendrás razón, negro?. Yo soy «de la lana», como me decías; de «la altura», que en el Perú quiere decir indio, serrano, y ahora pretendo escribir sobre los que tú llamabas «del pelo», zambos criollos, costeños civilizados, ciudadanos de la ciudad; los zambos y azambados de todo grado, en largo trabajo de la ciudad. En esa categoría de azambados no considerabas tú a los indios y serranos «incaicos», recién «amamarrachados» por la ciudad. Según tú, los de «la lana», los «oriundos», los del mundo de arriba, que dicen los zorros –¿a qué habré metido estos zorros tan difíciles en la novela?– olemos pero no entendemos a «los del pelo»: la ciudad. Pero así y todo, «oriundo», y como ya se me acabó la «lana», me zambullo en tu corazón, que era el más zambo y azambado que he conocido. ¡Y bien que te conocía! Tengo testigos, aunque los mejores, dos, se han muerto, igual que tú, negro, Dr. Julio Gastiaburú.

Santiago de Chile, 6 de marzo

Estoy de nuevo en casa de Angelita Heinecke. Empecé a escribir el capítulo III.

III

El jefe de planta de la fábrica de harina de pescado Nautilus Fishing, don Ángel Rincón Jaramillo, vio aparecer en la puerta de su oficina a un caballero delgado, de bigotes largos y ralos, cuyos pelos muy separados se estiraban uno a uno, casi horizontalmente, hasta despertar una curiosidad irresistible y risueña.

–Le traigo un sobre, don Ángel –dijo el joven. Y avanzó hacia el escritorio, caminando sin hacer ruido. Don Ángel observó que el sujeto era pernicorto, pero muy armoniosamente pernicorto,y esa especialidad de su cuerpo quedaba a cubierto y resaltada por una chaqueta sumamente moderna, larga, casi alevitada y de botones dorados. El sujeto tenía en la mano una gorra gris jaspeada que don Ángel había visto usar a los mineros indios de Cerro de Pasco, como primera prenda asimilada de la «civilización». Además, el visitante calzaba zapatos sumamente angostos, también gris jaspeados, admisiblemente peludos y ajustados con pasadores de cuero crudo. Los pantalones eran de color negro chamuscado. Con una sonrisa que producía agradables cosquillas en toda el alma del señor Rincón, el visitante le alargó un sobre. Algún rasgo especialísimo de la cara del forastero preocupó al jefe, mientras recibía el sobre. El visitante se sentó en un sillón que había, no en frente del escritorio, sino a un costado.

Las llamas de la fábrica y el humo de las varias chimeneas, el temblor que causaban los generadores caterpillar producían como ondas en la luz blanquísima de una lámpara larga, con vidrios a cuadraditos, que estaba colgada en el centro del techo de la oficina. Era casi la medianoche. El visitante observaba un bicho alado que zumbaba sobre el vidrio de la lámpara; el cuerpo del bicho parecía

95

acorazado y azulino, se golpeaba a muerte contra el vidrio; era rechazado como un rayo y volvía.

–¡Oh, mi amigo! –dijo don Ángel–. Estrécheme la mano.

El visitante vio que el jefe tenía envuelto un pañuelo de seda en el cuello gordo; sus anteojos de gruesa montura oscura agrandaban unos ojos amarillosos y regocijados.

–Oiga –siguió hablando–, usted tiene, sea dicho, amigos de confianza, pertenecientes a esferas distintas, de altas consideraciones. Estoy completamente a su disposición, para todo y por todo.

Le guiñó el ojo. Y el visitante también le guiñó un ojo.

–Conozco también a la señora Lucinda de El Trapecio –dijo el visitante, y sus dos ojos se cerraron tanto que a don Ángel le entusiasmó hasta el cogote esa luz angostísima, inteligente como una aguja, que brotaba de los ojos así cerrados del joven, sin que se formaran muchas arrugas en la cara, como sí solía ocurrir, y en forma chocante, cuando el Characato Pretel se refería con el mismo gesto a la guapa Lucinda.

–Oiga –dijo don Ángel–. Usted tiene ojos como de araña casera, puro ojo y no se le ve el ojo, ¿no? Usted sabe. Dígame –y se quebrantó en el sillón reclinable–. ¿Ha estado usted mucho en el extranjero?

–No, don Ángel. No es siempre necesario haber estado en el extranjero para presentarse con trajes semejantes a los que están de temporada en las Europas y Norteaméricas...

«Este lee las columnas sociales de los famosos diarios huachafos[1] de Lima y la columna humorística del periódico de mi patronazo», pensó enseguida don Ángel. El visitante esperó que el jefe acabara de pensar y don Ángel se dio cuenta, sin remedio, que el flaco pernicorto lo estaba «estofando[2]».

–...Hay comunicaciones que vienen por conductos electrónicos –siguió exponiendo el visitante– y antes que todo y nada, hay hombres y mujeres que traen en su cuerpo el reflejo de esos países extranjeros, pero mejor que todo son las armazones computadoras cibernéticas. Así uno se viste a lo Europa, Machu Pikchu, Miami Beach y, valgan verdades, con el gorro éste que tengo en la mano, algunitos nos

---

[1]   huachafos: que tratan de demostrar ser algo que no son, siúticos, cursis (S. de A.).

[2]   «estofando»: de «estofar», evaluar a alguien en función de robarle (S. de A.).

carcajeamos de nuestras modernidades. Lo que impera es saber gozar a costa de la harina de pescado y apechugar, aconchabando los disímiles. ¿No es cierto? Ajustando, constriñendo en la bahía de Chimbote el Hudson con el Marañón; el Támesis con el Apurimac y una pisquita París, el Sena, Barrio Latino... ¡Que se embarullen los cholos de mierda y los criollos que se las dan de ladinos! ¿A cuánto ha bajado usted este año sus obreros de planta y cuántos son los eventuales, don Ángel?

El jefe sintió alivio al escuchar la última pregunta.

–Los obreros fijos de la Nautilus Fishing son desde el término de la última veda grande, exactamente sesenticuatro, treintidós por turnos de ocho horas; antes eran doscientos cincuenta y ocho. No había eventuales en esta planta. Ahora los eventuales son exactamente veinte. Con cincuentidós hombres se mueve la fábrica de harina que ocupa el segundo lugar en Chimbote, es decir, en el Perú, es decir, en el mundo. Esa pregunta última concreta, de usted me ha gustado; lo que no he entendido como es debido es su referencia al constreñimiento del Támesis con el Apurímac, el Hudson con el Marañón; el Barrio Latino, y que se embarullen los cholos. Que les borren las caras... ¿dijo?

El visitante le dirigió una mirada neutra a don Ángel.

–Son obsesiones que tenemos los alevitados, amigo. Pero dicen, don Ángel, que aquí, en Chimbote, a todos se les borra la cara, se les asancocha la moral, se les mete en molde.

–De la moral hablaremos, joven. Ya verá usted. Y métodos hay para manejar pero no para amoldar a tantos de diferentes naturalezas que vienen al puerto. Usted es amigo de los grandes y ellos vuelan alto y no ven las naturalezas. Se han hecho moldes y todos han reventado. ¿Quién, carajo, mete en un molde a una lloqlla? ¿Usted sabe lo que es una *lloqlla*?

–La avalancha de agua, de tierra, raíces de árboles, perros muertos, de piedras que bajan bataneando debajo de la corriente cuando los ríos se cargan con las primeras lluvias en estas bestias montañas...

–Así es ahora Chimbote, oiga usted; y nadies nos conocemos. Le dije que redujimos los obreros de doscientos cincuentiocho a noventiséis, ¿no? Esta lloqlla come hambre. Más obreros largamos de las fábricas, más llegan de la sierra. Y las barriadas crecen y crecen, y aparecen plazas de mercado en las barriadas con más moscas que comida.

—¡Felices, felices, felices los alcatraces con la muerte que les ronda y la avalancha lloqlla con la vida que les ronda!

«Así es, así es. Lo siento en las huevas. Este alevitado hippi es de confianza, un pituco a medias descuajado ¿hechura de Braschi?» Y mientras don Ángel pensaba, orgulloso de sus reflexiones, el visitante se levantó; alzó un pie, dio una vuelta bajo la lámpara, pescó de un manotazo al bicho volador que seguía atacando la luz; lo pescó como rayo en la fría luna, lo mordió y puso el cadáver sobre el escritorio de don Ángel.

—Y así, asicito como este bicho, los serranos de todos los pueblos de las montañas andinas, ¿no es cierto?, siguen bajando a buscar trabajo a Chimbote; también vienen de la selva, atravesando trochas y montes, ríos callados de tan caudalosos. Del Cuzco y Arequipa, ciudades grandes, antigüísimas, ya no vienen indios sino mestizos obreriles, comerciantes; y más aún de Huacho, de Chiclayo, de Pacasmayo, de toda la costa. ¡Oiga usted, don Ángel, conquistador ilustre de la guapa Lucinda, a quien nadie antes que usted había tocado ni podido; oiga usted, he visto también unos mendigos ciegos, procedentes de la ilustre ciudad andina de Cajamarca y de la otra ilustre ciudad del puerto de Paita; los dos tocaban instrumentos en el mercado Modelo. El paiteño tocaba un triste[3], un tristísimo triste, ciego de los dos ojos; el de Cajamarca eran dos, oiga usted, marido y mujer, ciegos también; la india tocaba un tamborcillo, el indio violín; y cantaban feo, a dúo; feo, garraspiando cantaban. Y yo me puse a bailar; el garraspeo había tenido alma; me puse a bailar bonito, con mi chaqueta levita de botones dorados; en delante de los ciegos bailé, dando vueltas como sombra de trompo. Y los dos ciegos mucha plata agarraron. No sabiendo quién había bailado,

---

[3] triste: nombre que toma en el norte del país el yaraví, canción de intensidad dramática que se inspira en el dolor por la pérdida de un ser querido, la distancia o la ingratitud del ser amado, la soledad o las zozobras que ocasionan los azares de la vida. El yaraví como creación mestiza se consolida en Arequipa, en la época del romanticismo libertario de don Mariano Melgar, el mártir más puro de la revolución libertaria. Su origen se remonta a los harawi indios (S. de A.).

98

lloraban agradeciendo al aire pestífero. Chimbote es obra de las armazones cibernéticas, de su patronazo de usted, que es también mi relacionado, por otra cuerda contra contraria, como allí le dicen, creo; porque su patronazo está en la vigilancia y coordinación de las fuerzas grandes, ¿no? Lloqlla que quiere llevarse todo, porque está recién desgalgándose. Muéstreme la fábrica, don Ángel o, si no, dígame lo que en su hígado y en su experimentado seso le hayan repercutido mis saltitos y palabras. Ahí está el corpóreo bicho que he ayudado a morir. Porque, oiga, ese oficio quiero, ¿no? Ayudar a morir y a resucitar más fuertemente que morir. ¡Uy, uy, uy...! Así nos entremezclamos los que en el Perú, por gracia de los vericuetos que siguen los negocios del alma y de la carne, estamos muy a buenas con peces y pescados.

El bicho dio una vuelta ciega en la mesa, produjo un sonido penetrante.

–Oiga usted, don Ángel, aunque no lo crea ¡ese zumbido es la queja de una laguna que está en lo más dentro del médano San Pedro, donde los serranos han hecho una barriada de calles bien rectas, a imitación del casco urbano de Chimbote que trazó, como usted sabe, el gran yanqui Meiggs! En el médano San Pedro hay una gran ruina de los antiguos; sobre la ruina los invasores han puesto una cruz alta con sudario que está quejándose sobre Chimbote, ¿no? Este bichito se llama «Onquray onquray», qué quiere decir en lengua antigua «Enfermedad de enfermedad» y ha brotado de esa laguna cristalina que hay en la entraña del cerro de arena. De allí viene a curiosear, a conocer; con la luz se emborracha. Ya va a morir, dando otra vueltita más en círculo, llorando como espina...

El joven empezó a mover la cabeza hacia adelante, balanceando el cuerpo como una rama; se puso el gorro; su cara se afiló, sus mandíbulas se alargaron un poco y sus bigotes se levantaron muy perceptiblemente, ennegreciendo por las puntas. El rostro del joven, así, indujo a la cabeza gordísima de don Ángel a mirar al bicho. Este dio una vuelta lenta sobre el barniz del escritorio y mientras giraba, salió de su cuerpo un gemido que don Ángel sintió que le entraba por la oreja y se le alojaba en lo más íntimo de sus intimidades. Miró al visitante con cierta desconfianza...

El joven arrojó con la mano al bicho que había quedado inmóvil con las patas azules estiradas a los costados y quieta la cabecita en forma de corazón acinturado, muy llamativa.

—Feneció el mensajero aciago, don Ángel. ¿Qué me dice? ¿Por qué siguen viniendo serranos a Chimbote? ¿Saben que las fábricas están reduciendo su personal a una quinta parte? ¿Que a la industria no le conviene seguir teniendo obreros fijos con derechos sociales y que pronto eliminarán a todos y no quedarán sino eventuales bajo el sistema de contratistas generales? Así quedarán más a merced, como ese bicho con cabeza de corazón que he machucado en su escritorio, más a merced de los armadores e industriales que los fascinerosos pescadores. Ese Braschi es un genio. ¿Yusted sabe, don Ángel, que Braschi vende harina a cien países y que en esos cien países es el mismo Braschi quien compra?

—No será a cien países, don Diego...

El visitante estaba nuevamente sentado en el sillón. Observaba el desorden de muebles de acero y de madera, de cajones abiertos, de papeles algo amontonados que había sobre las máquinas de escribir de carro largo...

—No. Es un exagerar —dijo el visitante—. ¡Braschi es grande, el más grande capitán de industria que ha dado el Pacífico en estas dos décadas y, como usted sabe, tiene quijada de mono, de monazo fuerte! Pero estoy enredando mi encargo. Usted, don Ángel, ha servido en las fábricas de los puertos de Ilo, Tambo de Mora y Supe. Aquí está culminando su carrera. ¿Cómo funciona el Characato?

—Mire, don Diego. ¿Qué le voy a decir si usted, de un modo particular, sabe más que yo por lo que estoy coligiendo de sus preguntas?

—Mire, don Ángel. Yo estoy informado de los problemas pero no conozco su procedimiento. ¡Ahí está! De ese bicho que he ayudado a morir conozco mucho; sé de dónde viene, qué hay en sus patas, en su cantito de despedida. Los insectos, algunos, se despiden más tristemente de esta vida que la gente. Yo, si usted quiere, le cuento cómo sé esas cosas. Así usted sabe de este puerto, de esta fábrica, de estos indios y de los criollos pescadores, de los grandes y chicos; saber es saber, pues, don Ángel.

El visitante volvió a cerrar los ojos para concentrar la mirada en el rostro del gordo don Ángel que, valgan verdades, tenía una cabeza como de cerdo, así de inteligente como de astuta; de gustador de cebada, de caldos y sancochados agrios por la mezcla de sus sabores y podredumbres; lo miraba el visitante, inclinando la cabeza, con gracia, a un lado y otro, cariñosamente. Don Ángel sintió la ternura escrutadora, ansiosa de complicidad de don Diego.

–Este… –dijo–. Mire, amigazo. Usted «me arrima al fogón», como le digo yo, no a la Lucinda sino a mi querida esposa; porque la guapa es halagadora pero sacre, ricura pero malosa. ¡No hay confianza! Mi esposa, en cambio, es mi socia del alma, madre de mis hijos y oiga usted, Diego, ella conoce a Braschi, a Fullen, a Gildestrer… a los peces grandes. A todos, y me ha guiado bien. ¿Quiere que le diga? Usted me parece del bando mío; herramienta u observador leal y útil a la industria, que es cabeza dinámica de la patria, punta de lanza… ¿No hemos tomado ningún trago, no? Y ese muerto, ese bicho, oiga usted, creo que está oliendo a chicha agria. Bueno; a esta hora ya nadie viene a fregar… Mire… Los serranos de las alturas siguen viniendo a Chimbote, porque hace sólo unos diez años aquí se rogaba para tomar peones, y esa historia, que fue atizada por la llamada «mafia», sigue corriendo en los pueblos, sigue corriendo y seguirá corriendo… Y eso ya no está bueno, creo, ni para la industria, como yo le he dicho a Braschi, a Fullen, a Gildestrer. ¿Sabe algo de lo que aquí se llama y es la «mafia»?

–Poco, poquito, poco.

–Son dos máquinas. La antigua montada a la bruta, sobre la marcha, que ahora es máscara, y la otra, renovada, fina, como las máquinas de las fábricas. Esa, ni yo la conozco a fondo. La montaron y afinaron después de la gran huelga. Con los apuros y hambres que causaron las huelgas y las vedas, se avivaron los pescadores. Las borracheras y putas, etc., etc., que les metíamos por las narices, por la lengua, por todos los orificios donde el gusto entra pero a cambio de gastos y endiablamientos, los manteníamos con la bolsa al ajuste. Oiga: los funcionarios de planta de las empresas grandes creemos saber más en muchos términos que los grandes industriales. Verá. Es cierto a medias. Yo les decía: «Se les está pasando la mano, se les está pasando la mano». Y nada. Les decía eso a los Braschis. De ese primer tiempo de la «mafia» quedó el aspaventero Characato. La «mafia» antigua hizo correr la voz, como pólvora, de que en Chimbote se encontraban tierras buenas para hacer casas propias, gratis; que había trabajo en fábricas y en lanchas bolicheras, mercados, ladrilleras, tiendas, bares, restaurantes. Y así fue. La gente «homilde», como se llaman a sí mismos, bajó de la sierra a cascadas, porque en la sierra, ¡yo he visto!, los hacendados grandes y chicos se mean en la boca y en la conciencia de los indios y les sacan el jugo, un pobre juguito reseco; y se lo sacan fácil, a fuerza de la pura costumbre no más. ¡Claro! —exclamó, al sentir que la mirada del visitante se hizo aguda—. Los balean de vez en cuando y ascienden inmediatamente a los oficiales que ordenan hacer fuego. Más razón para que la llamarada de Chimbote alumbrara lejos, salvadoramente. Esas son las cosas que quiere usted saber, ¿no?

El visitante movió la cabeza, dando a entender que algo sabía y que por eso necesitaba saber más. Sonrió, alargando la boca, muy exageradamente, a ambos lados del rostro. Don Ángel creyó entender que así expresaba su satisfacción y su interés.

—Le digo, amigo —continuó—, que en estos lares de la sierra norte a veces es pior, en eso de zurrarse en los indios, que allí donde quedan arraigos del tiempo de los incas; en Cuzco, Apurímac, por ejemplo. Conozco. En las sierras del norte hablan castellano; en la mayor parte de las provincias ya no saben el quechua. Mejor. Así no hay secretos, ¿comprende? Están a la vista, ¿comprende? Y se han convertido en poca cosa, a mi parecer. En Cuzco, Apurímac, Huancavelica, Puno... el indio te mira como de otra orilla. Extraño. Y si les haces meter bala, pior. ¿Comprende? Entonces calculamos...

—¿Los Braschi?

—Braschi es águila. Aprende rápido y vuela. Todo este... este plan, se hizo sobre la experiencia del Chimbote atunero, chico. Después vino la anchoveta. ¿Comprende? Entonces «calculamos y dijimos»: los criollos son todavía más ansiosos de vicios que los serranos. Son como yo, pero no tienen frenos. A los pobrecitos serranos les haremos enseñar a nadar, a pescar. Les pagaremos unos cientos y hasta miles de soles y ¡carajete! como no saben tener tanta plata, también les haremos gastar en borracheras y después en putas y también en hacer sus casitas propias que tanto adoran estos pobrecitos. Y aquí, en Chimbote, está la bahía más grande que la propia conciencia de Dios, porque es el reflejo del rostro de nuestro señor Jesucristo. Allí no más, en la bahía, estaban los bancos de atunes y anchovetas. Los cochos alcatraces comen, ¿usted sabe?, veinte kilos de anchoveta, diario, cada uno. Y, ¿cuántos dormían en esas islas que guardan la bahía de Dios, de mi amor? Millones de toneladas tragaban. Nos las tiramos todas en dos o tres años. Los cochos ahora andan mendigando pior que judíos errantes.

–¿Y el reflejo de la cara de Dios, don Ángel?

–Ahí lo ve. Turbio. Los alcatraces volando en tristeza. Pero el Perú es ahora el primer país del mundo en pesca. Sigue Dios aquí.

–Claro, don Ángel. Sigamos con la historia.

–Bueno. Así es. Entonces trajimos a Chimbote españoles y yugoslavos contratados. Chaucato vino antes. Salía hasta tres veces a la mar en un día. Putamadreaba cada día más fuerte. En ese espejo y en Hilario Caullama que también llegó por ese entonces, Braschi aprendió e hizo crecer una de sus alas; la otra se la hizo crecer en las cosmópolis norteamericanas y europeas. Después llegaron criollos de toda la costa; experimentados en pesca menor, en comercio y en puñal y chaveta. Eso también era bueno. Pero de la sierra bajaron cascadas de gente, indios que hablaban castellano lloriqueando, o indios que venían del sur con caras algo como de huacos o de santos...

–Don Hilario Caullama.

–Como ya le dije, ese gran huaco llegó hecho ya aquí. Llegó de patrón. Él es aymara, del lago Titicaca, cuatro mil metros de altura. De allí bajó a la costa sur; un paisano suyo le enseñó a leer cuando tenía más o menos treinta años. Aprendió en los puertos del sur. Pero otros hambrientos bajaron directamente aquí para trabajar en lo que fuera; en la basura o en la pesca. Se dejaron amarrar por docenas, desnudos, en los fierros del muelle y allí, atorándose, chapoteando, carajeándose unos a otros, aprendieron a nadar, o se metieron a lavar platos, a barrer, a cargar bultos en los mercados que empezaron a aparecer sin regla ni orden, como el de La Línea, que usted habrá visto. Los pantanos donde los zancudos reinan; los desiertos pesados fueron invadidos por esa avalancha. Oiga, los invadieron en orden, mejor que en Lima, militarmente, diría yo; con disciplina castrense trazaron sus calles y plazas, se repartieron sus lotes, aparecieron barrios que ni la conciencia de Dios habría imaginado. Los defendieron con maña y sangre cuando las invasiones alcanzaron a las tierras de la Corporación del Santa que es del gobierno. Las mujeres pelearon con trucos como para engañar a niños y con chicha y cerveza contra la guardia civil; derrotaron a capitanes y tenientes. Ahí las ve; se quedaron. Las casas son chiquitas en los terrenos próximos al casco urbano y en los zancudales; grandes y tranquilas en los médanos...

—Pero ahora, don Ángel...

—Sí, ahora se quitan lotes, se roban unos a otros. Pero de ese cuento sé poco. Lo que puedo decirle es que los que entraron a la pesca se embravecieron con la plata que ganaban. Oiga, de un sol diario que agarraban, de vez en cuando en sus pueblos, aquí sacaban hasta cien y hasta trescientos o quinientos diarios. Para ellos se abrieron burdeles y cantinas, hechos a medida de sus apetencias y gustos; eso sale casi solo; después se le ceba. ¿La mafia? Adiestramos a unos cuantos criollos y serranos, hasta indios para que... ¿cómo es, cómo es la palabra? ¡Para provocadores! Ellos armaban los líos; sacaban chaveta y enseñaron a sacar chaveta, a patear a las putas; aplaudían la prendida del cigarro con billetes de a diez, de a quinientos, a regar el piso de las cantinas y burdeles con cerveza y hasta con wiski. Un chino de experiencia, seco de cuerpo, abrió el «corral» con nuestra complacencia. Allí desuellan a los chivos pobres, a los más desgraciados. Pero en el salón Rosado y en las cantinas, más en el de la viuda, se regaba el piso hasta con wiski...

—El Chaucato...

—Ese gran lobo pendejo que ahora está... No, mi amigo...

—Siga no más, don Ángel. Yo del Chaucato voy a saber tantito luego, luego. Está recién casado, viejón; con hijos mellizos, ¿no?

—Eso. ¡El Chaucato! Pero yo no hablo de particularidades secretísimas; de lo general sí, porque es sabido aunque no proclamado... Y como le iba diciendo, fueron adiestrados, cargándoles buen molido[4] para gastos y riesgos, se adobaron a los criollos y cholos, previamente calibrados. A provocadores... Y... ¡ras! Todo salió a lo calculado y aún más. Tanto más burdelero, putañero,

---

4   molido: dinero (S. de A.).

timbero, tramposo, cuanto más comprador de refrigeradoras para guardar trapos, calzones de mujer, retratos –¡si no había, pues, electricidad, ni hay tampoco ahora, en las veintisiete barriadas de Chimbote, ciento cincuenta mil habitantes!–, carajo, más trampas y chavetazos, más billetes de quinientos o de cien quemados para prender cigarros, más macho el pescador, más gallo, más famoso, saludado, contento…

–¿Como los Braschi, los Gildestrer…?

–Como Braschi… ¡Claro! Pero al revés. En todo. Más bien como el alcatraz de antes.

–¿De cuando la bahía era la conciencia de Dios?

–¡Eso! Sí, joven. Igual que un alcatraz de antes, relleno, pico fuerte abajo y ojo insolentón; igual, pero con toda la tripa de Lucifer que el hombre tiene, cualquiera que sea su condición. El cocho de antes volaba en bandas… ¿Cómo se dice…? Armoniosas, eso es, de tal modo lindas, tranquilas, ornamentando el cielo como parte flor de esta bahía.

–¿Ahora no es parte?

–No. ¿No los ha visto? Ahora el alcatraz es un gallinazo al revés. El gallinazo tragaba la basura perniciosa; el cocho de hoy aguaita, cual mal ladrón, avergonzado, los mercados de todos los puertos; en Lima es peor. Desde los techos, parados en filas, fríos, o pajareando con su último aliento, miran la tierra, oiga. Están viejos. Mueren a miles; apestan. Los pescadores los compadecen, como a incas convertidos en mendigos sin esperanzas. ¿Comprende? Pero dejemos a los pobres cochos; tomemos el hilo de la historia principal. Sí. Chaucato compraba camisas y pagaba lo que le pedían a primera oferta. Le pedía al tiendero del mercado que contara la plata. Él estiraba no más los billetes.

–¿Esa era la «mafia» antigua? ¿Nada más eso? ¿Conoce usted, don Ángel, la historia sentimental del patrón de lancha Guerrero, venido de Sicuani, Cuzco?

Mientras hacía la pregunta, el visitante movió perceptiblemente las orejas. Don Ángel lo vio. Un primo suyo también movía las orejas, aunque no en esa forma, como alanceolando graciosamente hacia arriba las puntas. El jefe estuvo a punto de reírse, a pesar de las cuestiones «trascendentes» de que hablaba; pero vio que en la levita del visitante ondulaba y jugaba sobre los botones dorados una luz jaspeada, como a veces suele moverse la pelusa de ciertos gusanos afelpados que él, don Ángel, había visto en la selva.

–Ya –contestó don Ángel, pestañeando y observando sin poder evitarlo y sin que su mente se perturbara, el juego de brillos que ondeaba sobre los botones dorados del visitante–. Esa historia de Guerrero es un ejemplo. Claro. Ese patrón de lancha serrano tuvo que presentarse a su enamorada y, después, a los padres de la chica, diciendo que era mecánico de primera. Los padres de la novia eran carniceros acomodados. Si el novio se hubiera presentado, honradamente, como pescador, lo hubieran echado a patadas o quizás sólo a fuerza de maldiciones. Ya aceptado, porque gastaba como verdadero mecánico de primera, se casó, a pesar de que hablaba el castellano a lo serrano crudo. Una semana después, Guerrero entregó al suegro su ganancia de seis días, como patrón de lancha; siete mil soles bien documentados; más que un ministro de Estado. Como era cholo analfabeto que sólo sabía firmar, entregó esa plata de rodillas. Estaba por demás enamorado de su mujer. El suegro carnicero le enseñó a leer un poco a su yerno y ahora le lleva las cuentas. El cholo tiene casas, negocios. Fracaso para la «mafia», mal ejemplo, buen aviso. Había que afinar la maquinaria. Pero la «mafia» hizo gastar a los pescadores en su debido tiempo; cebó sus apetitos de machos brutos. Con buenos trucos los hizo derrochar todo lo que ganaban; los mantuvo en conserva de delincuencia, y esa mancha no se lava fácil. ¿Comprende? ¿Quiere saber más? Teódulo Yauri, el gran dirigente sindical aprista, «era». ¿Ya? «Era» mafia y contramafia, según casos y conveniencias. Jugaba fino para esos tiempos. Visítelo. Ya ahora es una basura pero en la basura se encuentran los restos de los tiempos idos. ¿Sabe lo que hacía Teódulo cuando quería reunir una asamblea contra los intereses de la industria o a favor de la mafia? Mandaba a Pedro de la Cruz Fierro, al negro Baldomero, a Ciríaco Arce, a Juan de Dios Pablo. Iban éstos a las cantinas, armados de un palo algo en forma de la macana de los ejércitos incas. Entraban a las cantinas y decían: «¡A la asamblea, compañeros, camaradas, putamadres» y rompían a palos todas las botellas de cerveza que había en las mesas. Hasta los más amargos de los malditos les tenían pánico a esos cuatro. Las botellas de cerveza

volaban en pedazos, caían los trozos sobre las paredes, en la ropa…
Los cantineros cerraban las puertas; echaban a los pescadores por
las puertas falsas, por las medias puertas. Las asambleas alcanzaban
quórum y se realizaban con interrupciones macarrónicas en que los
camaradas y compañeros se sacaban la entretripa. Corría sangre.
Pero se tomaban acuerdos «contra» las empresas; casi siempre
convenidos de antemano con nosotros: ropa de agua, más viáticos
de comida, más y más soles por tonelada de pesca. Oiga, bigotudo…,
¿le cuento? Antes, las fábricas, por ejemplo, compraban el atún por
docenas. El mismo Braschi se ponía en las manos una sustancia
secreta y alzaba uno o dos atunes de cada lanchada, los alzaba por las
agallas, llamaba al patrón de la lancha y le decía: «Huele, putamadre,
huele». «Sí, don Eduardo –contestaba cabizbajo, ardiendo de mierda,
el pescador–. Sí, patrón, está oliscado. No sé cómo. Es fresco». «Fresco
podrido, puta. Tres soles por docena». Y lo que costaba treinta lo
compraba por tres. Sí…

Don Ángel se detuvo en seco. Paró de hablar. Verdaderamente
como la superficie de esos gusanos afelpados, tornasoles, cuyos
casi invisibles pelos se mueven uno a uno, despidiendo resplandor
a pleno sol como si el día fuera noche, así el gorro del visitante y
los botones de su leva, a la luz potente del foco ultramoderno de
la oficina, seguían trasmitiendo movimiento y colores, como seres
vivos.

–¡Teódulo Yauri! Lindo apellido, don Ángel –dijo el visitante–.
Bueno para la «mafia», mejor para los pescadores. ¿Por qué cayó a la
basura un hombre tan decidido, tan cholo? Era de la sierra, según me
han informado y se entendía perfecto con los criollos de la costa. Los
botones de mi leva son de París, don Ángel, de París-Machupikchu,
como ahora se estila. ¡Mi gorra es mi gorra! Y este Yauri que ustedes
pusieron en un pedestal, ¿por qué cayó a la basura que usted dice?

El visitante se puso de pie, exactamente bajo la lámpara. Y todo
él apareció muy delgado, su rostro, sus manos, sus piernas cortas,
sus pies. Y fue la especie de cuero crudo que servía de cordón a los
zapatos lo que se hizo transparente. El visitante giró en redondo unas
dos veces bajo la luz, y lo atornasolado de la felpa de su leva agradó
los ojos del señor Rincón; le agradó mucho. Y cuando el visitante
volvió a sentarse en el sillón, el jefe dijo:

–Teódulo Yauri era un orador fuerte, atarantador. Su palabra era como chicha, mejor que la cerveza. Calentaba el ánimo, no aclaraba nada. Por eso se fajaban sus partidarios y contrarios, hasta con chinguillos que son unos cabos con anillos de plomo. Así manejaba a los pescadores que eran y son la más bestia mezcla de mierda y patriotismo, de comunismo inconsciente, de letrados y chaveteros, de aputamadrados y cholos extraviados, o felices como no lo fueron ni en el tiempo de los incas. A esa turba, Teódulo Yauri nos la manejaba pero nunca incondicionalmente. Nos dio también algunos golpecitos. Nos sacaba, a veces, un grano de arena más, y un grano de arena para un millonario vale tanto como una montaña; pelea igual, con el mismo empeño, por un céntimo que por un millón. Y, vea usted, así como los serranos se desgalgaron de las haciendas y de sus comunidades pueblos en que estaban clavados como siervos o como momias, se desgalgaron hasta aquí, al puerto, para coletear cual peces felices en el agua o para boquear como peces en la arena, es decir, pa'gozar o pa'cagar fuego, así también, ¿lo sabía?, se vinieron en bandada los aficionados a industriales, se vinieron con sus capitalitos de mezquinas herencias y de ahorros. Ganaron mucho al principio, pero cuando los grandes empezaron a perfeccionar la industria, a comprar lanchas y maquinarias nuevas, a producir en una hora lo que ellos en un mes y decidieron fijar un precio bajo a la anchoveta, también cagaron fuego. Los barrimos casi a todos. Y también a mi Teódulo, los comunistas, en cinco años de trabajo paciencioso, los comunistas leídos que se metieron después a la pesca, me lo hicieron cagar fuego y ¡ras! a la basura... Se le pasó la mano a Yauri. ¡Vea usted!

El visitante movió los brazos hacia adelante como si hubiera estado ensacando en su vientre las palabras de don Ángel y que la luz que expandían su ropa y ahora, algo, algo, muy suavemente, sus uñas, fueran muestra de su aplauso a don Ángel, de su admiración a don Ángel, de su comprensión y afecto. Las manos quedaron en la plena fuerza de la lámpara. El jefe también estaba embalado en su historia y perorata.

–¡Vea usted! Me acuerdo de un profesor de castellano que tuve en el colegio. Se enredaba un poco al hablar, como yo, pero el entusiasmo o la inspiración con que hablaba se le contagiaba a uno para siempre y creo que el fondo de lo que decía de autores y obras más que en el cerebro se le quedaba a uno en la memoria y en... en... no es la ética, ni la estética, ni la fritanga... Bueno, digamos en los riñones. Así es. ¿Por qué se fregó Teódulo Yauri? Por lo mismo que los ansiosos pequeños y medianos empresarios que llegaron a la pesca con la lengua afuera. Aquí, en la industria, «nosotros» operamos con la cabeza fría. No deben propasarse los testículos, no debe propasarse la lengua, no debe propasarse el gaznate. En eso, Braschi es mundial. Yo lo he visto lanzarse en adquisiciones, a créditos que daban escalofríos y... ¡lo he visto comerse a los que pensaron hacerle cagar fuego a él! Ahora mismo, él aputamadrea todavía, como cuando burdeleaba con Chaucato, aquí, en Chimbote. ¿Ya? Solano, el primer secretario general comunista que tuvo el Sindicato, que ¡ji, ji, ji...! (Don Ángel se dio cuenta que la segunda risa fue a dúo con el visitante, pero la del joven levitudo zumbó como la del coleóptero muerto que aún estaba oliendo a chicha desde el rincón de la oficina. Eso le halagó y entusiasmó a don Ángel y prosiguió.) Este Solano, oiga, fue recibido en compañía de Haro, en la oficina de Braschi en Lima. Solano es correcto, moral hasta las tripas. Entendido en los asuntos de la pesca como un buen abogado... Le puso las peras de a cuatro a Braschi. Le demostró que el actual contrato de armadores y patrones de lancha, supercombinación jurídica y sabia que convierte al pescador en locatario sin locación y en obrero sin patrón; que separa al armador de la industria, aunque industrial y armador son la misma persona, más unida que la Trinidad; y la entrega del Fondo de Beneficio del Pescador[5] al control de una comisión gobierno-

---

5 Fondo de Beneficio del Pescador: La primera huelga de pescadores que se registra en Chimbote, en 1956, permitió que éstos –proletarios dependientes del capital industrial pesquero– consiguieran la creación de un Fondo de Asistencia y Previsión Social del Pescador, convenio que no fue reglamentado y desapareció. En 1961, el Sindicato de Pescadores de Chimbote realizó otra huelga para imponer la aplicación del convenio de 1957. Los industriales obtuvieron la anulación del mismo y la implantación de un nuevo sistema. Se creó el Fondo de Asistencia y Previsión Social del Pescador de Chimbote, que se hizo extensivo al Callao y luego a los demás puertos del litoral, solamente aplicable a los pescadores de anchoveta. Este sistema tampoco logró funcionar eficientemente y los pescadores exigieron su reorganización a través de la oposición sindical de 1964/65. Más tarde se logra crear el Fondo del Pescador, en base a un aporte de S/. 3.00 por tonelada de parte de los armadores. Cuando el gobierno crea la Caja de Beneficios Sociales del Pescador, en 1965, el Fondo Provisional de

sindicato es una trampa cínica, que, en fin, todo ese abanico legal estaba sostenido por las sucias pezuñas de la fuerza. Y que, por eso, la gran huelga se hacía, huelga total en toda la costa, hasta «las últimas consecuencias». Braschi le dijo entonces a Solano:

«¡Ah, con que eres muy macho y muy sabido, ¿no?, Solanito! ¡Vas a ser mi marido entonces; yo estaba buscando al hombre que se convirtiera en mi marido! ¿Ya? ¡Me montas y me explotas, hijito lindo!», y mientras decía esto, ¡le juro por mi madre!, movía la cintura y estiraba el brazo atrás del pantalón. Sacó una pistola pavoneada y la puso sobre la mesa. Solano miró la pistola, miró tranquilo a Braschi, y le dijo: «Piense, señor Braschi, en lo que claramente he expuesto aquí. En cuanto a lo otro, a usted le sirven bien negros y blancos, nacionales y extranjeros, mejor que en las fábricas». Y antes que Braschi reaccionara, Solano alzó la pistola, la empuñó como es debido, se levantó y salió de la oficina. Sí, con la pistola en la mano. Y no era broma, ¡oiga! Estaba cargada. Haro, patrón de lancha, el buenazo de Haro, cholo, fierro de pies a cabeza, siguió a paso medido tras de Solano y, después, esa noche se fue a un elegante burdel de la avenida Colonial y fornicó a tres buenas putas, una tras otra, de pura alegría, para festejar. Braschi al día siguiente ni se acordaba del asunto. Se hizo la huelga. Los huelguistas... Pero, ¡espere! Teódulo no es Braschi. El descuento para asistencia social que el sindicato consiguió que se hiciera a fábricas y pescadores ascendió a cientos de miles. Teódulo, con su sola firma, podía disponer de esa plata. Tenía la chequera del sindicato en el bolsillo. ¿Qué pasa en un caso así con un cholo fogoso, enchichado? Montó una oficina; tomó empleadas y empleados, contrató médicos y dentistas, porque el pescador no es obrero ni es empleado. Ya usted lo sabe. Había que organizar la asistencia médica del sindicato. ¿Qué pasó después? En los propios libros de cuentas descubrieron que aparecían pescadores operados de los ovarios, de partos con cesárea... ¡La mar que reventó! Solano, el costeño criollo, se almorzó fácilmente a Yauri. ¿Y quién no conoce el verdadero gran final de la huelga que dirigió, con sabiduría y mano

---

Chimbote y el fondo del Pescador debían integrarse a dicha Caja. Pero el Sindicato de Chimbote se opuso a ello, por desconfiar de esta nueva Caja. Solamente en 1967 el Fondo del Pescador fue entregado a la Caja, sirviendo para financiar la desocupación de los pescadores durante las vedas que comenzaron en 1965 (S. de A.).

firme, Solano? Es un chiste nacional, cruel y jodido. Con Braschi nos reímos mucho. Se aumentó la ganancia del pescador en treinta soles por tonelada de anchoveta; se revisaron las tolvas pesadoras de las fábricas; descubrieron que las fábricas robábamos unos milloncitos; se reembolsaron esos milloncitos; sólo la Atahualpa Fishing, empresa norteamericana, no reembolsó. Sigue tinterilleando. Le va a parar las lanchas en estos días el Sindicato. Bueno, bueno. Después de tanto aumento, ¡ras! «devaluamos» la moneda, de 27 soles el dólar a 43. Y Solano debe haberse metido la pistola al culo, pero no disparó, porque también tiene a la final la cabeza fría. Ahora el pescador gana 30 por ciento menos que antes de la huelga. ¿Ya? No hay escape; en el Perú y el mundo mandamos unos cuantos. Ya Braschi no viene a Chimbote. La última vez que vino fue hace dos años para entronizar a San Pedro, patrón de los pescadores, en un patio y gruta que mandó hacer a la entrada del muelle de su fábrica más grande. Fue una fiesta de órdago ésa, con dos orquestas. Braschi bebió wiski como con doscientos pescadores. ¿Quién lo iba a diferenciar de un pescador? Putamadreaba mejor que cualquiera. Con Chaucato se dio un abrazo madre y Chaucato lloró. Es el primer patrón de lancha que tuvo Braschi; Chaucato es, de veras, un poco como el padre de Braschi. Con Haro bebió en silencio. Hilario Caullama fue el único patrón de lancha que no vino a la fiesta. A los segundos y terceros de Braschi nos preocupó que Caullama no viniera; nos agrió, le digo. Braschi aprobó que don Hilario no fuera. «Es Inca», dijo, «Solo». Como a las tres de la mañana, las señoras, damas y damitas, salieron corriendo del gran patio de ciclones de la fábrica donde se hacía el baile, porque el Characato se trajo a esa hora, en veinte automóviles, unas cien putas y entró, cantando, a la fábrica. Se encaminó de frente a la gruta de San Pedro, en procesión ordenada. El Patrón San Pedro estaba brillando, con focos que alumbraban en todas partes los colores de su manto y túnica y un pescadazo de plata fabricado en Lima a imitacion.de los que hacen en los pueblos del lago Titicaca para las bailarinas de la Virgen de la Candelaria; el pescadazo se ondulaba ni más ni menos que un pejerrey vivo, con ojos de esmeralda; colgaba de las manos del Santo. Characato y las putas se arrodillaron, pidieron permiso, mientras los pescadores borrachos miraban desde lejos, con respeto, amansando sus penes, a lo disimulado, machucándolos con las manos sobre sus barrigas. Yo lo vi. Braschi ya no estaba. Su avión particular dio una vuelta sobre la fábrica y el muelle, cuando las putas pasaron el límite de la placita del Santo y fueron alcanzadas por los borrachos. Siguió el baile y hubo fornicación general en el patio y los vericuetos de la fábrica. Oiga, amigo, alzaron en hombros, algunos, al Characato. «¡Ojos de paloma, ojos de paloma!» letanizaba un cholo abestiado que hay en este puerto. Buscaba a su mujer legítima que era machucada ya por uno, ya por otro. Ella es puta. Billetes, relojes, encendedores finos, hasta revólveres sirvieron de moneda esa madrugada. Las orquestas tocaban. Cuando rayaba el día, Characato se paró sobre la escala de un ciclón. Sopló fuerte, tres veces, un silbato. Nadie le hizo caso. Entonces una mujer ya entrada en años, vestida de seda brillante, subió por la escalera al mismo ciclón: «¡Putas, reputas de la cuajada!», gritó. La oyeron. «A los autos, rechuchas». Y todas enfilaron a los carros. Los «secretarios» del Characato tuvieron que arrojar como a sacos de harina a algunos pescadores que estaban prendidos de las putas. La «matrona» que hizo desfilar a las chuchumecas está todavía en Chimbote. Vive en el Salón Rosado del prostíbulo. Regenta todo.

–El Characato es principal de la mafia, ¿no?

–No, amigo, ése es, como diríamos, el blanco, una tuerquita, la divisa visible. Los pescadores lo enseñan como muestra de lo que es un «agente patronal», como ellos dicen. Y el hombre se ríe de buena gana. Usa gorra dc cuero, es blanco, simpático... ¡Ah...! La entronización tuvo cola. El Superintendente de Bahía, Orlando Cabieses Crosby, se propasó. Descontó a los patrones de lancha el costo del Santo, de la urna y de la gruta. Hubo entonces asamblea de los pescadores de la fábrica y el Superintendente de Bahía tuvo que asistir. «San Pedro –dijo– no es patrón de las fábricas ni de los armadores e industriales; es y ha sido siempre patrón de los pescadores. Ustedes timbean mucho a los dados en el muelle; vienen, a veces, borrachos a las lanchas, caen al agua, a las bodegas; en todo eso hay peligro. No todos los pescadores son correctos. Hemos entronizado a San Pedro para protección de ustedes. Ustedes pagan». Los pescadores se atoraron, se quedaron callados. Los yugoslavos y españoles no fueron a la asamblea. Entonces, en el silencio, don Hilario Caullama avanzó, con paso calmado, de indio que parece algo como que no ha aprendido a andar bien en la ciudad y oficinas. Caminó así, patichuequeando hacia la mesa, se paró en un extremo, al costado, frente al intendente, de perfil a los pescadores y dijo: «Oiga usted, señor soperintendente, representante del capital; yo, como antiguo patrón que soy, de los primeros que hemos llegado a este bahía de Chimbote, hablo como representante de los trabajadores. Ostí dices que San Pedro es patrón de los pescadores, ¿no? Cierto. Ahí en local del Sindicato tenemos un anda en forma de bolichera lancha, lindo. En ese trono sacamos en procesión a la mar, en su día, al patrón San Pedrito que está en la iglesia. Ostí sabes que yo soy como analfabeto. Pero a Hilario no le engaña ni cóndor ni zorro, ni víbora, ni soperintendente. Nuestro Patrón de pescadores es San Pedrito, como así le dicen en este Chimbote al Patrón, porque el bulto del santo es chiquito no más, pues, sea dicho. A ese otro bulto grandazo que ostí ha mandado hacer comprando de tienda en Lima, lo ha bautizado, bien, legalmente, el cura párroco; pero en la noche y madrugadas de ese mismo ceremonias ostí y el mismo gran industrial, ojo de águilas, Braschi, lo ha desbautizado feo con las putas. ¡Putas no, amigo soperintendente! Putas tienen su lugar señalado en Chimbote». Orlando Cabieses Crosby iba a hablar. «¡No! —grito don Hilario—. Estoy con el uso de las palabras, en nombre del trabajo frente al capital. Tenemos patrón San Pedro consagrado de antiguo por la Santísima Iglesia Católico Romano; está en la iglesia. El bulto con pescadazo falseficado, que el soperintendente ha entronizado en gruta cartón piedra falseficado, patio muelle y que las chuchumecas han desbautizado, no lo habemos pedido los trabajadores al capital. ¡No pago! Si aquí, en la asamblea, hay un sonso pescador descrismado, que pague, pues». «Se les reintegrará, se les reintegrará. Acepto, en parte, el alegato de don Hilario Caullama», dijo inmediatamente Cabieses Crosby. «Concluye la asamblea». «Un momentito, un momentito, señor capital», dijo Caullama, cuando ya todos los pescadores estaban moviéndose para largarse. «Yo, homilde pescador, Hilario Caullama, soplico que a ese bulto de gruta, ahora mismo, lo vuelva a bendecir el señor Obispo con su alta consideración eclesiástico jerarquía o que lo hagan meter en barro arena fango del playa». Y el Obispo bendijo de nuevo la imagen. Y la timbeadera siguió fuerte, hasta que en la gran huelga los pescadores se quedaron con la tripa vacía, en la «última lona» como dicen los choferes. Después de empeñar máquinas de coser, refrigeradoras, televisores, se vieron en las negras. Sólo los Caullamas y Haros, que son pocos, desconfiados por instinto o calculadores por experiencia criolla, escaparon. Entonces se vio algo que hemos apuntado en el libro: las placeras de todos los mercados, los comerciantes del Modelo, empezaron a fiar a los pescadores con matrícula; les fiaron desde lechugas y camotes hasta detergentes, perfumes y cortes de seda. «De ellos vivimos, ellos son la sangre de Chimbote», decían las placeras. «El aguay uno*, el yawar mayu[6]», llegaron a proclamar algunas verduleras serranas, olvidando su vergüenza por el quechua. Las cantinas también fiaron, aunque con tiento; las putas también fiaron a los conocidos. Pero los pescadores se vieron sin billetes por primera vez. Los que eran maleantes o fueron maleantes de oficio se largaron; muchos restaurantes y cantinas cerraron. En las barriadas murieron de hambre patos, gallinas, perros y algunos niños también. Entonces se vio que Solano es buen comandante y Maxe buen suboficial, lo mismo que el fino burdelero Zavala. Los pescadores, en vez de acobardarse, se encojonaron; los líderes convirtieron la amargura en pólvora...

El visitante asintió con la cabeza, dirigió a Rincón una mirada lúcida; sus dos ojos adquirieron la transparencia más profunda, que no es la del aire o el cielo, sino la circunscrita y viva, sin topes de color, de los lagos de altura o de un remanso, la verdadera transparencia profunda que transmiten al entendimiento y la esperanza los gusanillos que allí bullen, se retuercen, que hacen carreras a lo hondo y a través y los peces de brillo suave que se precipitan a velocidades diferentes según la voluntad o el ansia de los animales. Don Ángel creyó encontrar en esa mirada transparente algún secreto.

–Venció Solano, como usted sabe –dijo–. Como usted sabe. Venció el honrado, el insobornable, el político que habla para abrir ojos y sesos del pescador; venció a Teódulo que les enchichaba la sangre

---

*   aguay uno: el agua dios que produce vida.
[6]   Yawar mayu: llaman así al llanto desesperado, a las primeras aguas de las crecientes de los ríos, al momento de las danzas en que los hombres luchan. Río de sangre. Río sangriento (...) primer repunte de los ríos que cargan los jugos formados en las cumbres y abismos por los insectos, el sol, la luna y la música.

y les atarantaba el entendimiento. ¡Mejor, oiga, mejor! Más fácil la pelea ahora, creemos. Tiro más fijo, enemigo más claro; tiro más fijo. ¡Ya verá! Teódulo era para encauzar y manejar corrientes lodosientas. Ahora es mejor, más fácil. Usted, usted... algo sabe...

–¿Recuerda, don Ángel, que los huelguistas, apoyados por los obreros de la Fundición, bloquearon la Carretera Panamericana...?

–Sí, claro, y allí la guardia civil mató a un obrero, a un pescador y a una mujer...

–¿Qué más, don Ángel?

–Hubo discusión sobre los cadáveres, entre apristas que ya estaban muy rebasados y los hombres de Solano. Los de Solano también ganaron. La guardia se replegó al cuartel de la comisaría en la plaza de armas. Los cadáveres fueron llevados al local del sindicato de pescadores. Chimbote hormigueaba de gente furiosa y asustada. Así es. Yo tengo larga experiencia. La sangre, así boqueteada a balazos, enciende rabias, pero también..., ¿qué le diré?, agranda ante la mirada la guadaña de la muerte. Eso dijo, creo, Teódulo. Bueno. El velorio era inmenso de gente. Y entonces, recuerdo; el fino putañero Zavala propuso algo temerario. Él se había encargado de los ataúdes. Cuando ya estuvieron los cadáveres en los ataúdes, Zavala dijo: «¡A velarlos en la plaza de armas, frente al cuartel de la guardia civil! ¿Quién bagre se opone?» «¡A la plaza de armas!», gritaron hombres y mujeres. Porque esa vez, con la mujer muerta, cientos de mujeres alborotaban en el velorio. Solano fue sorprendido y rebasado. Cargaron los tres ataúdes y los pusieron, ni siquiera en el mismo centro de la plaza donde hay una glorieta; los depositaron sobre unas bancas, bastante cerca de la puerta del cuartel, a unos cuarenta metros más o menos. La puerta del cuartel estaba cerrada. En la plaza se impuso silencio. Pero de rato en rato alguien gritaba: «¡Braschi asesino!», «¡Yanquis asesinos!» Y el mismo epíteto, a gritos, al presidente, al ministro de Gobierno, al prefecto. Pasaron las horas de la noche y la gente fue disminuyendo; los gritos no. Eran cada vez más fuertes y al último puteaban...

–Sí, don Ángel... Y como a las dos de la mañana, la puerta del cuartel se abrió; salió un pelotón de guardias, armados con garrotes de goma y fusiles.

—Y cosa rara, amigo Diego; los custodios de los cadáveres corrieron espantados, pero casi todos volvieron en seguida, maldiciendo. La guardia debía avanzar, pero no avanzó. Estuvo en posición de marchar, un rato, mirando el grupo que había quedado junto a los ataúdes. El coro de insultos se hizo más rápido y provocador. La guardia dio media vuelta y se metió al cuartel. Cerraron la puerta. Dicen que Zavala, echando sapos y culebras por la boca, se puso a llorar.

—Es que los cajones estaban llenos de dinamita, amigo don Ángel. Los muertos fueron tendidos sobre un empedramiento de cartuchos de dinamita colocados en fila debajo de la seda de los ataúdes. ¿Sabía, usted eso? Ellos creían que serían atacados. Iban a simular espanto, y unos pocos, los «valientes», regresarían, desafiantes, a defender los cajones. Cuando la guardia se lanzara a recuperar los cadáveres, esos pocos también debían correr y, en el instante en que los guardias empezaran a alzar los cajones, muertos y gendarmes iban a volar a pedazos sobre la plaza.

—Después lo supimos, Diego. Ahora es ya capitán el subteniente que hizo volver el pelotón al cuartel. ¿Sabía ese subteniente lo de la trampa? Nunca lo hemos descubierto. Se asegura que uno de la «mafia», de los más chicos, dio el soplo al subteniente. Él sacó el pelotón para muestrear y se dio cuenta que el dato podía ser cierto. Al día siguiente se hizo un entierro imponente, como lo deseábamos también «nosotros», los industriales y jerarquía superior de las fábricas. Lo deseábamos más quizás que los pescadores. Eso llena a los combatientes obreros, y nada más allí se queda todo, si se toman precauciones. La noche del entierro, ya en calma, me acosté con la Lucinda, Diego. Los obreros y los Solanos felices y yo también, en buena compañía. Dicen que ese soplón chico de la «mafia» recibió fuerte y salió de Chimbote. La dinamita, si hubo, debe estar esperando en el cementerio el día del juicio final. ¿Hubo dinamita, amigo Diego?

—Los que dicen que hubo aseguran que hubo. En los cerros y arenales dicen que es cuento, cuento que pudo ser verdad...

—Ahora Maxe y Zavala y Haro, auxiliares que fueron de Solano, son cabezas del Sindicato... ¡ Ji, ji, ji...! No hay soborno hay tiro fijo, amigo, tiro fijo. Zavala es secretario de Asistencia Social. Como en la morgue del hospital de La Caleta, los médicos legistas se apuran para hacer las autopsias de los pescadores muertos en accidente, Zavala no sólo presencia las autopsias; cuando es menester hasta hace de ayudante... Consuela viudas, acompaña enfermos; ha hecho crecer el policlínico del Sindicato, ha traído aparatos médicos ultramodernos; deja que el pobre ayudante de la morgue, un arrapiezo de catorce años que serrucha cadáveres, se quede con la ropa de los muertos; él, Zavala, viste de nuevo los cadáveres. Está flaco Zavala; va poco, ahora, al salón Blanco, al salón Rosado. Al hotel Florida no ha ido nunca. El «corral» se cierra esta semana... ¡Ji, ji, ji! –Don Ángel se reía imitando ya a don Diego y algo, algo, el zumbido premortal del coleóptero–. ¿Sabe? Un cholo taimadote, Tinoco, auxiliar del Characato, ha aconsejado un lugar fabuloso para el nuevo prostíbulo; se trata de un cerrito de tierra dura, no de arena, que hay a la orilla de un tremedal rodeado de un totoral bien salvaje, lleno de patos, lejos, a diez kilómetros, secreto. Combinación con los choferes y otros... La «mafia» chica actúa...

El visitante se puso de pie, hizo una reverencia discreta, muy cortés y dio una vuelta casi completa al escritorio, caminando blandito. Con una mano alzada y abierta en dirección de don Ángel, atajaba, gentilmente, como un abanico de alas de mariposa, la boca del jefe. Don Ángel seguía con la mirada, la mano. El visitante se agachó sobre el escritorio; aproximó su rostro al de don Ángel; le hizo sentir un aroma como a polen, a viento con aire de flores silvestres serranas, de ése que en abril perfuma los abismos de rocas y alcanza los nidos fríos de las águilas con la misma naturalidad que la luz de la estrella.

–¿Y Cardozo, don Ángel, ese cura yanki con apellido latino? ¿Y el obispo? ¿Y el Plan de Padrinos?

–Alta costura –dijo el jefe, poniéndose también de pie–. Alta y baja costura. ¿Cardozo es comunista católico, dicen? Lo compadezco. En Chimbote, de siete congregaciones religiosas cinco son yankis. Sobre el Plan de Padrinos no sé mucho. Es una organización piadosa, creo que internacional que manejan desde los Estados Unidos. Protege a las familias comprobadísimamente pobres. Tiene unos quince empleados y varios vehículos en Chimbote. Ahora protege a unas tres mil familias. Diez dólares mensuales y una muñeca o una ametralladora de plástico el día del santo del ahijado. Un hijo de cada familia numerosa tiene un padrino gringo. La oficina del Plan es ahora semioficial y hierve de mujeres que echan sus babas y sus lágrimas en el gran terral que hay frente al edificio. Y eso, a pesar de que en las barriadas hablaban, no sé si los comunistas o los brujos, que todos los ahijados iban a ser exportados a Norteamérica como ganado, después, cuando estuvieran grandecitos. Esas habladurías asustaron a los pobladores. Pero el hambre vence al susto, y cada semana van más en torrentes al nuevo edificio del Plan. Usted también vaya; vaya usted, amigo, a ver el espectaculillo. Maxe y Zavala vomitan de repugnancia con esto. Yo, yo entiendo a medias esas esferas...

—Muy claro, don Ángel, y suficiente lo que sabe de tantas esferas, pero, ¿y el panorama? ¿Cómo ve usted el panorama, el conjunto?

—Sí, amigo Diego; ese panorama sí lo veo más claro. Espere un instante. El conjunto es así. ¡Ya! Mire bien el mapa o diagrama con nombres que voy a trazar y escribir; voy a ir dibujando. Empiezo. Siga mi mano y oiga mis palabras. Creo que nos va a salir algo; ya, algo objetivo. Vea:

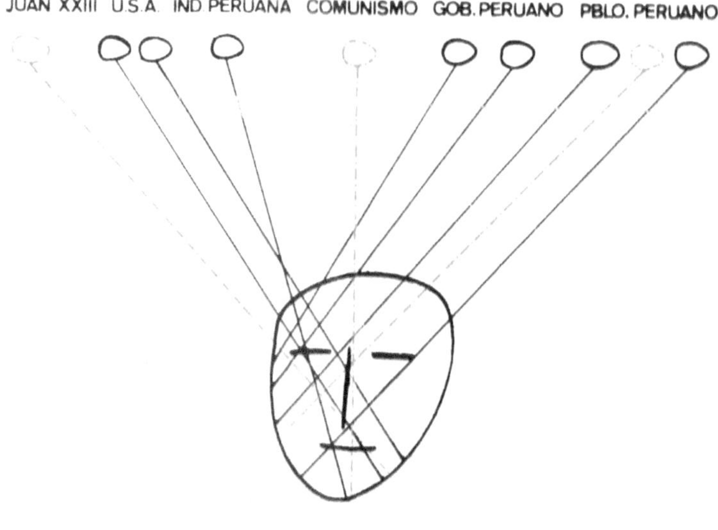

Siete huevos blancos contra tres rojos. Nosotros, la industria, U.S.A., el Gobierno peruano, la ignorancia del pueblo peruano y la ignorancia de los cardozos sobre el pueblo peruano, somos las fuerzas blancas; Juan XXIII, el comunismo y la rabia lúcida o tuerta de una partecita del pueblo peruano contra U.S.A., la industria y el gobierno, son las fuerzas rojas. Fíjese; así es la cara del Perú, así, con sus tres rayitas rojas. El verdadero color de Cardozo yo no lo pinto. Solano lo quiere de corazón, lo estima. Cardozo y Solano organizaron el Congreso Nacional de Trabajadores de la Pesca en un edificio religioso de la parroquia de San José; Solano pronunció discursos políticos apoyando las manos sobre el altar de la capilla, sobre el ara. Cardozo habló allí de revolución, en estilo anglocriollo enchichado. Maxe confia en Cardozo, también lo quiere; Teódulo Yauri lo odia; Braschi lo ama; la Embajada Yanqui respira; Chaucato lo abraza; don Hilario Caullama, el indio aymara, lo mira con los brazos colgando, dice que no le entiende bien. Para Caullama, capital y yanki es la misma sopa; el trabajador es otra sopa que no se puede mezclar con la sopa yanki. En resumen, amigo Diego, somos siete blancos contra tres rojos. Y uno de los rojos, el comunismo, está ahora como gusanera de muerto. Sé lo que le digo. Y este mapa no va a variar en jamás de los jamases en contra del capital sino a favor. ¡Tiro seguro! Poquitos mandan en todo el universo, cielo y tierra, agua y mar. La cara del Characato; la cara de ese otro cholímetro[7] cabrón que es su ayudante garrote, Tinoco. La cara de Maxe, de Zavala... ¡Ji, ji, ji...!

—Hay que reírse, don Ángel Rincón, hay que reírse fuerte. Que salga del pulmón el aire guardado; como de un cuerpo alumbrado que salga, como la liendre de la pancita del piojo, como el huevo de sapo que ha de ser oqollo negro con rabo de cometa... ¡Que salga, que salga!

El visitante alzó las manos como brazos de candelabro, y con la gorra ladeada, el rostro alargado en que los bigotes, negreando en las puntas, le afilaban más la cara, encandilándola, se puso a bailar dando vueltas en el mismo sitio, como si en las manos sostuviera algo invisible que zumbara con ritmo de melancolía y acero. La sombra

---

7 cholímetro: cholo chismoso, vigilante, sin conciencia de clase que se presta a la delación (S. de A.).

del visitante bailaba con más armonía que el cuerpo. Don Ángel no pudo seguir riéndose, por más que lo intentó varias veces. Sus ojos agrandados por los lentes se detuvieron en el cuerpo del visitante que giraba en doble sombra. Sintió al poco rato, mientras seguía la danza, sintió en lo que él llamaba «su oído de oír, no de silbar ni de cantar», en ese oído, escuchó un sonido melancólico de alas de zancudo, acompañado de campanillas de aurora y fuego; un ritmo muy marcado que pugnaba por aparecer en el pleno, en el lúcido recuerdo. Los ojos de don Ángel, tan verdaderamente agrandados por los lentes, comenzaron a girar, meditando, de la sombra al cuerpo del bailarín, de la cabeza a los pies. Y la apariencia de huevos duros que tenían esos ojos empezó a cambiar de afuera hacia adentro, a tornarse como en vidrios de colores densos y en movimiento. Don Ángel sintió, en lo que él llamaba su «oído de recordar y no de cantar ni de silbar», porque era desorejado para expresarse, en ese oído escuchó, por fin, un canto que nacía vacilando, muy parecido, de veras, al zumbido de las alas de los zancudos cuando rondan muchos, al unísono, en la noche cerrada; el canto fue aclarándose a golpe de cascabeles que marcaban un ritmo tierno que se fundía con la melodía en una corriente algo como la de la sangre que brota a ondas de una vena de animal grande cortado a tajo limpio. Ritmo y baile le encendieron toda la memoria y el cuerpo, la carne humana viva que tanto apetece estas melodías de compases dulces e imperiosos. El jefe comenzó a mover la cabeza, con pesada gracia, que resaltaba sobre su tan criticada como elogiada barriga, que no le impedía caminar ligero, patear medio en broma, medio en serio a los cholos, cuando era «necesario y debido» y saltar a las veloces pancas que llevaban racimos de pescadores a los barcos.

—¡Don Diego, amigo! —gritó de pronto—. Esa es la yunsa[8] serrana, de Cajabamba, que cantan y bailan ahora los cholos en la hacienda Casa Grande.

---

[8]   yunsa: es una danza que se baila en muchas regiones del país en época de carnavales. En círculo, alrededor de un árbol expresamente colocado en un sitio amplio, las parejas danzan y van hachándolo paulatinamente hasta que éste, que está profusamente adornado, cae. Quienes botan el árbol lo vuelven a parar al año siguiente (S. de A.).

El visitante marcó más airosamente el ritmo, ondeando el cuerpo que giraba entre luces y colores. Así confirmó el entusiasmo de don Ángel.

–¡Siga, caballero! –exclamó el jefe de la fábrica–. ¡Siga, siga! –Y el gordo de lentes comenzó a balancear todo su cuerpo, su barriga y pecho que bailaban hinchándose y vaciándose, tratando ansiosamente de no salirse del ritmo, de encenderse y concentrarse más; pero no movía los pies, no los podía mover; estaba como clavado en el sitio, entonces empezó a hablar, a recitar:

–Siga, siga, siga la rueda, siga la rueda... Chimbote es el puerto... el puerto pesquero más grande... más grande del universo... y Casa Grande y Casa Grande... que está aquí cerca... a cien, a cien kilómetros... es el ingenio azucarero... el ingenio azucarero... más grande del mundo... toda estadística, toda estadística... así lo prueba... Quien no lo sabe, quien no lo dice... es pobrecito, es pobrecito...

más grande del mundo
más grande del mundo
Chimbote, Casa Grande,
siga, don Diego, siga, don Diego.
La chimenea de Casa Grande
lleva su humo hasta los ríos
hasta los ríos del Amazonas
porque Casa Grande...
Casa Grande comienza en el Pacífico
traga la costa, traga los Andes
tiene puerto propio ¡ay, Chicama!
tiene presidente ¡el gerente! ¡lagarto!
llega a la selva, friega a los chunchos,
como yo Braschi, como yo Braschi
ya fregué a Maxe, ya fregué a Maxe
el secretario de los pescadores
y anexos de nada, anexos de nada
pescadores de Chimbote
puerto pesquero grande en el mundo;
aquí no hay nadies, aquí no hay nadies,

señor, los cholos son mierda,
los negros zambos-chinos son mierda,
yo también soy mierda;
el yugoslavo no es mierda
el español no es mierda
Braschi está en todas partes
en todas partes está caballero
freno, estribo, baticola
Maxe secretario no sé si es mierda
no sé si es mierda, no sé si es mierda.
Zavala, Haro, Tinoco, Characato, amigos,
zurramos unos, zurramos otros,
en el totoral zancudal nos cagamos
sin remedio, sin remedio, sin remedio.
El obispo yanki ése no es mierda, ése no es mierda,
Teódulo Yauri no era mierda, no era mierda
yo lo hice basura, cacanucita,
caballero, yo lo hice mierda de perro.
El Perú costa, cómo me jode, cómo me jode
el Perú sierra, cómo me aburre, cómo me aprieta
el Perú selva chas, chas chas
cómo me pudre, mucho me aprieta
la chimenea de Casa Grande...
«Los hombrecitos de Casa Grande
ya están formados para marchar
todos los días desde las cuatro
van al campo a trabajar».
«¡Pobres hombres!»
Así lo mismo, así lo mismo
como en los cochos, bolsa triste arriba,
como en las putas, piernas arriba,
desde la costa al Amazonas se cagan en mí
en Chaucato no, en Caullama no
en Caullama no, en Chaucato sí
ay sí, ay no «¡Pobres hombres!»

Don Ángel recitaba y canturreaba algo desigualmente todo, ritmo, melodía y movimiento. Trataba de seguir el baile de Diego; se agachaba hasta apretarse la barriga, se erguía a la manera de los borrachos desafiantes; ponía, luego, ambas manos sobre el escritorio y así, bajaba y alzaba el pecho, como esas lagartijas de los roquedales de la costa peruana, animalejos que corren espantados pero se detienen bruscamente sobre el filo o la aguja de alguna roca erosionada y mueven la cabeza y el busto, enérgicamente, en ademanes elocuentemente afirmativos, como si estuvieran predicando con energía. «¡Pobres hombres!», repitió don Ángel, y recordó que esa exclamación la había oído en un disco long play y que lo decía alguien que no era el cantante, mientras el Cholo Cajabambino entonaba la estrofa: «Los hombrecitos de Casa Grande...» Recordó y recordando, muy claramente ya, miró al visitante: su gorro se había convertido en lana de oro cuyos hilos se revolvían en el aire; los zapatos, en sandalias transparentes de color azul; la leva llena de espejos pequeños en forma de estrella; los bigotes, en espinos cristalinos en las puntas, muy semejantes al del anku kichka, árbol carnoso que no crece jamás en la costa y que defiende con esas púas, sus rojas flores de sépalos lanudos, blancos como la escarcha. Él, don Ángel, cajabambino de nacimiento e infancia, limeño habituado, recordó en ese instante que los picaflores verde tornasol danzaban sobre esas corolas, largo rato; danzaban felices mientras él, hijo espurio, negado, miraba el temblar del pajarito, con lágrimas en los ojos. Siguió cantando don Ángel, repitiendo palabra a palabra la letra fiel de la yunsa:

La chimenea de Casa Grande
bota humo sin compasión...

El visitante fue atemperando el ritmo, bajó los brazos, sus bigotes empezaron a apagarse así como los espejos de la leva y el color de los zapatos. La danza ya más definidamente cajabambina fue como diluyéndose en todo el cuerpo de don Ángel; sintió que se le extinguía yéndose hacia la nariz, la cabeza y los cartílagos externos de las orejas.

–¿Recorremos la fábrica, señor don Ángel Rincón? –oyó que le preguntó el visitante, gorro en mano, inclinándose hacia el jefe con una finura de «verdadera gentileza».

–En seguida, señor visitante –contestó el jefe de la Planta–. La fábrica marcha a todo ful. Nuestras lanchas han pescado hoy dos mil trescientas toneladas de anchoveta.

Don Ángel alzó del respaldo de su silla una casaca de naylon forrada con rica lana de angora; se la puso, se dirigió a la puerta, la abrió e invitó a salir al visitante. Cinco enormes cilindros giraban en el centro de un espacio con piso de cemento y cruzado de tubos y canales aéreos; eran los ciclones que giraban respirando fuego y lanzando humo por cinco chimeneas no muy altas. El visitante se detuvo. El fuego blanquísimo alenguaba en el interior del cilindro, no salía por el gran ojo que tenía hacia afuera; algo hacía que el fuego se concentrara encarcelado, «peligrándose» y sin querer ni poder salir.

–Empecemos por el principio –dijo don Ángel–, esos cinco ciclones los maneja un solo cholo.

–¿Sabe leer? –preguntó el visitante, mientras seguía al jefe, en dirección del mar.

–No sabía cuando llegó. Don Hilario le ha enseñado.

–¿Don Hilario?

–Es decir, don Hilario y su hijo. Don Hilario dice: «El trabajo vencerá algún día al capital con el educación...»

Pasaron debajo de poleas y tanques, de cadenas, de cucharas giradoras. El ruido apagó la voz de don Ángel. El jefe se detuvo al pie de una escalera de fierro húmeda y mugrienta.

–Sígame. Veremos el trommel que Solano impugna y Teódulo recordará afligido. Za-za-zabala putea. ¡ Ah! ¿Conoce al Tarta, al tartamudo «poeta»? –preguntó el jefe mientras subía la escala.

–No, no lo conozco.

–Sé que Maxe me compara con él. Dice que sabemos más de lo que podemos hablar. Que tenemos seso de esponja y lengua pedante, más pedante aún la del Tarta, aunque por motivos inversos. Yo lo he oído decir eso. Un enredo calculado de ese pescador intelectual, simpático. Ya llegamos, amigo Diego. Llegamos al trommel. El Tarta preocupa, llama la atención. Pero mire esto.

Humo y arcos de luces acordonaban la bahía por el lado sur. El casco urbano se veía, desde lo alto del trommel, como una parrilla pequeña y muy iluminada; al norte de esa parrilla, otro arco de luz y humo menos extenso que el del sur; entre los dos arcos dos o tres castillos de focos, pequeños campos iluminados de los que salía humo que se quebraba a baja altura; y al este de los muelles del puerto, el humo rosado de la Fundición tenía luz por sí mismo, alcanzaba a alumbrar las faldas y las cimas de las bajas montañas que separaban la gran bahía del valle del río Santa. El humo de la Fundición se elevaba mucho más alto que el de las fábricas de harina de pescado; se alzaba como una nube de crepúsculo, moviéndose pesadamente...

—Ese humo parece la lengua del puerto, su verdadera lengua —dijo el visitante—; tiene y no tiene luz, tiene y no tiene bordes, no se apaga jamás. Se levanta de esas galerías largas, de todo ese laberinto de torres, minerales, sudores y luz eléctrica, de las tripas más escondidas de tanta maquinaria; le cuesta levantarse pero parece que nadie, ni las manos de los dioses que existen y no existen podrían atajarlo. ¿Qué dice usted, don Ángel?

—No preocupa mucho en Chimbote la Fundición. Eso está en orden, amigo Diego. Mire: el humo rosado está en línea recta entre los dos grandes muelles del puerto. ¿Ve los muelles? Son en la oscuridad como unas armazones de luces bien ordenadas que entran al mar. La más recta y que más luce es de la Corporación del Santa. No sirve todavía, es pura fachada. Ha costado millones. Ese humo que a usted le impresiona tanto es de la Corporación; se lleva millones y no deja sino miles. El gobierno pierde allí millones día a día. Pero tiene fachada de poder. Nuestros muelles de harina casi no se ven y desembarcan millones cada noche. En la Corporación todo está «en orden»; hay tres empleados por cada escritorio, aunque cada empleado tenga su escritorio. Perdón, don Diego, más o menos así habla usted. ¿Quién se preocupa en Chimbote de la Fundición? Poca gente. El sindicato de empleados, el sindicato de obreros están ensamblados. Moncada, el loco, los conoce... Yo, mi amigo, desprecio al gobierno como empresario... Pero no le he traído aquí para...

—¡Ese humo parece, sin embargo, como que saliera del pecho de usted, don Ángel! Del pecho de todos nosotros. Es rosado, se eleva contra todo, como si tuviera sangrecita en su incierta forma. Sale también de la garganta del ciego que cantaba con voz como de carnero, sin alegría ni tristeza, pero con fuerte ritmo. Me hizo bailar la voz de ese carnero ciego, botado, allí en el mercado, pero cantando como fierro desde el suelo. Yo he bailado mejor que un picaflor siwar[9], de esos que se elevan hasta las estrellas para afilar su pico y regresan a las quebradas y meten su lancetita en lo hondo de las flores, echando chispas de color mundo entero. Estamos apoyados en esta baranda sucia...

Don Ángel vio que el brazo del visitante era muy corto, que sus manos eran peludas y sus dedos sumamente delgados, de uñas, largas...

—He bailado y nadie ha hecho curiosidad, escándalo. Me han mirado más bien tristes la mayoría de los que hicieron rueda junto al ciego que estaba botado contra la pared y después, han hecho llover moneditas al tarro viejo de la ciega. Yo me he ido. Ese humo también, no estaba menos rosado en el sol grande que ahora en la noche. Las fábricas, ¿cómo es no? ¿Y qué es ese campo de tanta luz blanca, fina, que está allá lejos, en dirección de la carretera a Lima?

Don Diego hizo la pregunta en un instante justo, cuando don Ángel empezaba ya a sentir una especie de menosprecio hacia su visitante. La pregunta fue hecha en tono casi autoritario.

—Vea, amigo. Esa es la elegante urbanización residencial Buenos Aires que los ejecutivos de las empresas, menos yo, se empeñaron en que se construyera para la alta clase del puerto. Yo vivo en el valle, tras de esas montañas que el humo que a usted le impresiona hace aparecer ante nuestra vista. Buenos Aires se ahoga en arena y viento y han plantado allí árboles que, oiga usted, están creciendo en la arena y contra el viento. Los ejecutivos viven muy lejos del humo y la pestilencia, pero también en un médano. Y esas luces que se ven más cerca del puerto son del barrio fiscal de la clase «obrera», El Trapecio. Allí se han mudado Chaucato, Solano, Zavala, Maxe... Teódulo no. Él ha hecho una casa y tienda en una barriada próxima al casco urbano. Ya sabe; así es la cosa: Buenos Aires, después viene la oscuridad, varios kilómetros. En esa oscuridad están cinco

---

barriadas, entre totorales, agua salada y viento; luego, nuevamente la oscuridad; después El Trapecio, el Casco Urbano, la Fundición y su barrio, los muelles y más oscuridad hacia los médanos y el mar. Digamos, treinta mil personas en los campos iluminados que vemos desde aquí; el resto, unas… digamos treinta barriadas, doscientos mil, viven en la basura y bajo la luz de las estrellas. Así tiene que ser. Pero yo, don Diego, le quería decir algo importantísimo.

–¿De la oscuridad?

–Sí, amigo. Le he mostrado este inmenso arco de luz que orilla la parte sur de la bahía que es casi la mitad de toda la playa sin igual de Chimbote. Mírela bien, amigo. Es obra de Braschi. Lo llamaron loco cuando él hizo su primera gran fábrica aquí que era un desierto puro: arena limpia, mar sin olas, sitio salvaje. Ahora hay veinte fábricas, cada una con su muelle. En el muelle de Braschi fondean barcos de diez mil toneladas. «Águila» dice de él Caullama, «Águila sin detención, ojo del capital».

–Ahora, don Ángel, Braschi produce, Braschi compra; está aquí y en el Japón y Rusia; fabrica harina y fabrica locos también, ciegos también y él y su tropa de águilas sin detención se han alzado hasta donde no hay ni sol ni luna.

–Cierto, amigo Diego. Le he dicho que exagera usted. Pero ha volado muy alto…, ¿hasta dónde dijo usted?

–Hasta donde no hay sol ni luna…

–¡Eso, por las huevas del cangrejo, sea dicho en buen romance! Sólo desde esas alturas se manda, se dispone, se arregla, se pone en vereda a mezcolanzas tan peores que mierda de chancho de barriada, como es esta… país.

–¿Qué iba a decir en vez de país, don Ángel?

El jefe se rio. Una luz fuerte que llegaba de la tolva automática, un poco más arriba y en frente del trommel, hizo resaltar la mirada de los ojos grandazos y blancos de don Ángel.

–Iba a decir una mala palabra, don Diego.

–¡Patria! ¿No es cierto?

–Sí. ¿Cómo lo adivinó usted?

–No era muy difícil.

–¡Claro! Usted es algo especial, oiga, en esto y en lo otro. Ningún indio tiene patria, ¿no? Me consta. No saben pronunciar ni el nombre de su provincia. Ningún cholo, ningún negro verdadero, zambo o injerto tienen concierto entre ellos. Son peores que los indios en eso. ¿Dónde está la patria, amigo? Ni en el corazón ni en la saliva, «¡A la mierda!» es el juramento de los cholos, injertos y negros; y los indios son una manada. ¡Ahí están! En los médanos y zancudales, robándose los unos a los otros. «A la mierda». Pero... oiga, usted esto; desde este barandal se lo digo: No saben pronunciar el nombre de su provincia los unos; los otros maldicen a su padre y a su madre; todos se emborrachan como gusanos, pero, sin embargo, cuando se les enseña a manejar máquinas y, más todavía, cuando los ingenieros les explican el funcionamiento de las piezas difíciles, maestras, de las máquinas y de todo el conjunto, estos bestias aprenden, algo despacio, pero yo diría que más a fondo que los mismos gringos. ¿Me oye usted, don Diego? Mejor que los extranjeros, pero no tienen concierto, disciplina, orientación verdadera; su alma navega sin rumbo, como cargamento de mierda. Así y todo, a carajo limpio y a corazón, que tengo, he formado mi maestranza con indios y cholos. Desconfío de los negros y zambos. Ya verá usted; los indios me dicen padrino, los cholos y negros, tío. He mandado construir verdaderos complejos de maquinarias con estos cholos. Los ingenieros se quedan con los ojos sin pestañear al ver cómo aciertan estos «nativos». A veces, oiga usted, se encantan con los tubos, los engranajes, las agujas, los vericuetos de las piezas; adivinan más que aprenden su funcionamiento; se quedan horas sin pretender sobretiempo y miran el encadenamiento de las piezas, su efecto; se alegran, festejan a las máquinas. No tienen remedio. No entienden; lo que se llama verdaderamente entender, no entienden. ¿Comprende usted? ,

El visitante, erguido, atento, en el pequeño espacio del pasadizo de acero del trommel, movió las orejas muy visiblemente, como una señal de asentimiento. Ahora parecía más alto que don Ángel.

–Comprende, claro –continuó el jefe–. No sé si es para mejor o para peor. Pero yo a esos «maestros» los hago y manejo. Y no los puedo tomar sino a contrato, porque la revisión y montaje de maquinarias los hacemos durante la veda grande. Tres meses. Después se van a vender papas, a comer basura en las barriadas. Quedan sólo un mecánico y su ayudante. Así es... Pero no hemos subido aquí al trommel a seguir discurseando sino para que usted conozca y vea lo que es una gran fábrica, cómo, ahora que es más grande, la manejan un cuarto de obreros que antes. Y lo que Chimbote es de noche. Chimbote de noche somos nosotros, las fábricas de harina de pescado y aceite. Yo me carcajeo del humo rosado de la Fundición que a usted lo impresiona. De noche, estas máquinas, nuestros muelles y las bolicheras tragan anchoveta y defecan oro; eso es vida, ¿no? Los otros, los comerciantes y los miles de hambrientos, duermen en la oscuridad natural o en la oscuridad apagada. Aquí, en mi fábrica, todo está prendido y no encontrará aquí ni un gringo, ni uno solo...

—Están donde no hay ni sol ni luna, don Ángel...

—Bueno, donde usted quiera, pero aquí ya no los necesitamos. Y ahora al grano. Hablo mucho ahora, no sé por qué. Al grano. Vea: el trommel, este cilindro, gira y gira y deja limpia la anchoveta hasta de la última gota de agua; los pescadores ya no se llevan en billetes el peso del agua. Allá, en frente, está la tolva automática. Sigamos a la tolva; de allí recorreremos el complejo que fabrica la harina y el que fabrica el aceite. Todos hablan de la harina, nadie habla del aceite; sin embargo... Vamos, amigo.

El visitante dejó avanzar a don Ángel por la escala, luego bajó él. Era una escala angosta y larga. Don Diego pasó al jefe por el espacio inverosímil que dejaba ese cuerpo grueso en las gradas, por el lado izquierdo, donde no apoyaba la mano en la pasarela. «La oscuridad yo, la luz eléctrica tú. Yo voy a despertar. No se despierta de la luz. Se matan zancudos y nunca por nunca mueren». Don Diego iba hablando y saltando las gradas. Un hombre abrió la puerta de la tolva automática al oír la voz. «¡Extraño pendejo éste que me han mandado de Lima; extraño hippi "incaico"! ¡Y gracioso, carajo, y simpático, carajo! Muy extraño. Este Braschi se consigue auxiliares de toda laya», pensaba don Ángel, mientras bajaba las gradas aceitosas del trommel y subía la otra, la de la tolva que don Diego escaló verdaderamente como a cuatro patas.

—Es un visitante de Lima, de la Empresa —dijo al llegar a la puerta de la caseta—. Es enviado especial del señor Braschi; ustedes saben que él tiene toda clase de auxiliares. El señor no ha trabajado jamás en circos.

–Jamás, todo el tiempo –dijo don Diego.

Sus bigotes largos, gruesos, sumamente separados, su rostro alargado hasta terminar en una punta que acariciaba la curiosidad de los obreros, y el cuerpo tan desigual, la levita, nuevamente brillante de don Diego, fueron bien recibidos por los dos hombres. Lo saludaron familiarmente, casi sin darse cuenta.

–Esta pesadora trabaja con sonar –dijo don Ángel–. La inventó un ingeniero peruano. Cuando la tolva se ha llenado y ha registrado el peso, anuncia la operación con sonido y luz. El obrero aprieta un botón, la anchoveta cae y la tolva se vuelve a llenar. La maneja un solo hombre. El otro es el pescador que controla la pesada de la carga de su lancha. ¿De dónde eres? –le preguntó al obrero.

–De Pataz, padrino, departamento Cajamarca.

–¿Sabes leer?

–Poco no más. Segundo primaria.

–¿Y tú? –le preguntó al pescador.

–De Buldibuyo; quinto año de primaria, don Ángel.

–Yo soy de toda la costa, arenales, ríos, pueblos, Lima. Ahora soy de arriba y abajo, entiendo de montañas y costa, porque hablo con un hermano que tengo desde antiguo en la sierra. De la selva no entiendo nada. ¿Cuántas toneladas ha sacado su lancha hoy, don Policarpo? –preguntó el visitante.

–Doscientas cincuenta.

–Buena plata.

–Más, mucho más para don Ángel y la Nautilus. ¿Le dijo don Ángel que mi nombre es Policarpo?

–No. Hay correspondencia entre el nombre, la voz y el corazón, ¿no es cierto?

–No, señor. No es cierto. Aquí, en la flota de la Nautilus había un zambo Policarpo que era chavetero.

El visitante sonrió. Se oyó un ruido sordo; el obrero apretó un botón rojo.

–Ese chavetero tenía otra voz distinta que la suya, amigo Policarpo.

–¡Qué gracia!

–Así es la gracia, ¿no es cierto?

–Quizás, amigo –le dijo Policarpo en tono completamente familiar–. La gracia es, pues, de cada quien.

–Yo vivo en la barriada La Esperanza y don Policarpo en El Trapecio –dijo el obrero.

–No te hemos preguntado eso, Juan. Nos vamos. Don Ángel tomó del brazo al visitante.

–No baje a saltos la escala. Me ha indignado un poco el modo con que Policarpo le ha dirigido la última frase.

–Pero era correcta e irreprochable.

–Y usted no le da la misma importancia a la forma que un ejecutivo de Empresa.

–Claro, don Ángel; yo soy ejecutor oyente, no ejecutivo.

Llegaron a la orilla de las inmensas pozas de mil toneladas. Allí caía la anchoveta en golpes e instantes exactos.

Una de las pozas estaba vacía. En el centro mismo de las paredes muy inclinadas del fondo, dos gusanos enormes, de acero, giraban, dirigiendo hacia la compuerta sus tornillos sin fin. Bajo la luz de un foco bastante lejano y alto que alumbraba las ocho pozas, en el eje de ese embudo de cemento opaco, cuadrado, los dos tornillos brillaban comiéndose el aire. Don Diego se apoyó en un brazo del jefe.

–Están girando en vano, están girando en el vacío. Es una demostración. No se preocupe, amigo. Mire: así, en cada curva hueca del tornillo, el gusano lleva la anchoveta a las rastras de abastecimiento. Para los visitantes especiales, si hay alguna poza vacía, yo ordeno que se haga funcionar el gusano. Basta con uno. El otro es de emergencia.

–Me asustó, de veras, el gusano. Parece que comiera aire en una sepultura vacía.

Don Ángel quedó muy complacido al oír esta declaración de su visitante, quedó muy complacido.

–Usted llama sepultura a una verdadera boca-mina. Cómo se ve que no entiende...

–Amigo, no siempre entender halaga, más bien, otras veces, asusta, un ratito.

–¡Usted, don Diego! Alégrese ahora; mire hacia la izquierda, vea esas cucharas de las rastras, esas cucharas que suben de las pozas llenas y llevan la anchoveta a las tolvas de abastecimiento general.

La anchoveta no pierde todo su brillo en los tubos que la succionan y destrozan, ni en cucharas ni rastras; no lo pierde hasta que entra a las prensas...

–¡Eso, don Ángel! Parece mercurio. No. Tampoco plata. Sólo la vida produce un brillo como ése que está viendo mi ojo. Y en esta poca luz, el mar nos manda su resplandor que nosotros apagamos y convertimos en otra vida; pero la muerte es como ese gusano que está en el vacío de cemento. Alguien lo dirige y él come aire; el aire que le dan para comer, ¿no es cierto?

–Cierto, don Diego. Pez grande se come al chico. Nada nuevo, mi amigo, si es que bien le entiendo.

–Entendido y adelante. Sigamos. Yo voy tras de usted.

–¡Esto es! Nunca he hablado tanto. Pero, valgan verdades, se me ha aclarado mejor el panorama de todo y por todo. Ahora va a entender bien a la fábrica porque hasta yo, amigo Diego, la entiendo más a fondo. Y..., oiga, ¿sabía usted que en los cuentos de indios, cholos y zambos que aquí en la «patria» se cuentan, se llama Diego al zorro?

Ya don Ángel había bajado de las pozas, hablaba andando.

–Lo sabía, don Ángel.

Así recorrieron pasadizos de metal, subieron y bajaron pequeñas escaleras; caminaron bajo goterones de agua fría y caliente que caían de los altos depósitos o tuberías, saltaron sobre manchas de agua aceitosa; se detuvieron más en unos sitios que en otros, volvieron a subir...

–¿Comprendió? –dijo, al fin, don Ángel.

–Sí, todo está claro.

–Bueno. Pero, yo tengo que hacerle un resumen previo; sí, amigo, un resumen previo: el gusano colector de pozas lleva la anchoveta a las rastras de abastecimiento, éstas llenan las tolvas de abastecimiento general de las cocinas, o sea, los ciclones. De estas tolvas, la anchoveta pasa por los coladores a las prensas que aprietan. El caldo pasa de las prensas a la separadora de líquidos y sólidos. El queque, o sea el sólido que sale de la prensa, la carne y huesos apretados del pez, pasa a los secadores o quemadores que son los ciclones. Allí empieza el proceso de fabricación de la harina. Ya vio usted los ciclones, giran con temperatura interior de mil grados. Del ciclón, el queque sale convertido en scrap, completamente seco que va a los molinos. De los molinos, la harina, ya la harina, es ensacada por un solo hombre que maneja un tubo automático, luego, el obrero cosedor, cierra la boca de la bolsa y la bolsa va por una polea hasta la plataforma de donde dos obreros la echan al camión. Los ciclones tienen chimeneas, producen humo, hacen ruido y parece como si fueran el fuelle central de la fábrica. Pero nadie ha observado el proceso del aceite. Vamos a encaminarnos a las centrífugas. Lo guiaré allá, enseguida.

Los dos estaban frente a los inmensos cilindros que lanzaban luz pero no calor hacia el patio de cemento. Esa luz y el humo marcaban las figuras de Ángel y Diego, desiguales y atentas. Las piernas muy cortas del visitante se destacaban mucho, así como su leva que parecía que iba a ser alcanzada por las llamaradas que se revolvían en el interior de los ciclones. Don Diego retrocedió un paso.

—Es que su leva, amigo, tiene apariencia de cisco de carbón. Vámonos de una vez. Nunca los ciclones han quemado gente, pero a lo mejor...

—Sí, don Ángel, a lo mejor. Yo le sigo.

Cruzaron el patio, el espacio abierto en que los ciclones giraban; entraron a un pasadizo ancho en cuyo aire tubos delgados corrían hacia un edificio largo, de puerta muy cuadrada. Llegaron a esa puerta y entraron a una galería que trepidaba con la fuerza que constreñían ocho aparatos raros, como de cobre, fierro, láminas, cucharas, alambres, aire feroz comprimido, todo bajo un techo no muy alto. El visitante quedó detenido a pocos pasos de haber entrado. Respiraba no con su pecho sino con el de las ocho máquinas; el ambiente estaba muy iluminado. Don Diego se puso a girar con los brazos extendidos; de su nariz empezó a salir una especie de vaho algo azulado; el brillo de sus zapatos peludos reflejaba todas las luces y compresiones que había en ese interior. Una alegría musical, algo como la de las olas más encrespadas que ruedan en las playas no defendidas por islas, sin amenazar a nadie, desarrollándose solas, cayendo a la arena en cascadas más poderosas y felices que las cataratas de los ríos y torrenteras andinas, de esas torrenteras a cuyas orillas delgados penachos de paja florida tiemblan; una alegría así giraba en el cuerpo del visitante, giraba en silencio y por eso mismo, don Ángel, y los muchos obreros que estaban sentados allí, tomando caldo de anchoveta, apoyados en los muros de la galería, sintieron que la fuerza del mundo, tan centrada en la danza y en esas ocho máquinas, les alcanzaba, los hacía transparentes:

—¡Por tuberías aéreas viene el líquido a estas centrífugas! ¡Estas centrífugas separan el aceite del líquido! ¡Mire el agua espumosa que sale de las centrífugas al canal conductor de cemento! ¡Mire cómo el canal se lleva un quince por ciento de cola, de materiales ricos! ¡Se van al mar, pero la otra fábrica de Braschi las recoge! Mire, don Diego, cómo gotea aceite de las centrífugas a los tubos; los tubos son de cristal. Se ve gotear el aceite. Ese aceite es oro que chorrea las veinticuatro horas del día, sin parar, sin parar nunca. De ese aceite se hacen cosméticos, pintura, manteca, lubricantes finísimos, don Diego. El agua espumosa cae del canal a la playa, cría gusanos algo tibios de vida precaria. No sirven para nada.

El cuerpo tan desigual del visitante giraba casi en el mismo sitio, no se desplazaba sino unos centímetros; pero como era desigual y la velocidad de las vueltas no era regular sino destemplada, la forma del visitante cambiaba, y también la extensión y el color de su leva. El vaho azul que brotaba de su nariz empezó a abrillantarse y se apagó, luego, de golpe. Don Ángel vio que los obreros palmeaban todos, ya de pie. Palmearon apenas el vaho se hubo apagado, y el cuerpo de don Ángel, desde ese momento cambió algo su música que ya no era oída hacia afuera sino hacia dentro, del aire hacia el interior del cuerpo, porque en el silencio de la galería sólo el palmotear de los cholos se escuchaba; en ese mismo silencio empezó a cambiar el color del gorro del bailarín, rojo primero, luego morado, luego verde, luego amarillo y finalmente blanco, igual que esas piedras en milenios pulidas debajo de los pequeños ríos constantes que sólo saben conservar e intensificar el color blanco, el verdoso y el gris de pequeñas piedras inamovibles de sus cauces en que todo se precipita.

—¡Están tomando caldo de anchoveta los obreros! ¿Quiere probar, don Diego? ¿Quiere probar? Estamos contentos —se oyó la voz del jefe.

—Sí, un poquito de caldo...

El visitante quedó de pie frente a la pequeña fila de obreros. Nuevamente las centrífugas hicieron sentir la presión de su fuerza, se oyó el ruido. Don Diego se acercó a un obrero que le alcanzaba una taza enorme, de fierro aporcelanado.

–Es bueno, amigo –le dijo el obrero.

Don Diego sorbió el caldo, lo tomó de largo, todo. Los obreros aplaudieron.

–Así me gusta –dijo don Ángel–. Este joven es un amigo de la Empresa...

–¡Qué va ser! –gritó casi un obrero.

–Un amigo de Braschi...

–Puede...

–Que sí o que no...

–Es la alegría, don Ángel. La alegría –habló el visitante.

–Cuando hay trabajito, don –dijo otro obrero.

–Aquí está un tercio de los obreros que mueven la fábrica. Les gusta tomar caldo de anchoveta en esta galería.

–¿A quién no, don Ángel?

–Terminó el recorrido, nos vamos. Dígales adiós a los cholos.

–Yo, para qué les voy a decir adiós, ¿no es cierto?

–¡Claro! –contestaron en coro los obreros.

Don Diego se quitó el gorro y su pequeña cabeza alargada, sus orejas algo puntiagudas y como afelpadas volvieron a silenciar la galería. Una punta de la lengua del visitante apareció fuera de los labios, su humedad se convirtió en un vapor apenas visible; el color azul de la humedad que todos veían y que sentían también en el aire refrescó la galería. Los obreros salieron tras don Ángel y don Diego. En la galería quedó un solo hombre. Afuera, por encima del humo de la Nautilus, una columna ascendente, rosada, sin bordes, como la danza de don Diego, se alzaba en el cielo.

–Yo le he dicho a don Ángel que ese humo de la Fundición parece como el aliento de Chimbote. Pesa, tiene color rosado, garraspiento, que alumbra –dijo don Diego, volviéndose hacia la fila de los obreros. Llevaba aún el gorro en la mano.

–Quién sabe, don –contestó la misma voz que se refirió al trabajito y la alegría.

* * *

El ruido de la fábrica se escuchaba más intensamente algo lejos de ella que en su propio centro.

–¿Verdaderamente no quiere ir al Gato Negro? –preguntó don Ángel al visitante, ya cerca de la puerta de la Nautilus–. Mire; son las dos de la mañana; eso debe estar que arde. Como acaba de cerrarse la veda grande y los pescadores han cobrado tres semanas fuertes de pesca, a esta hora van al Gato muchos, antes de embarcarse. Recuerde que los pescadores de Chimbote no son menos de cinco mil. ¿Cuántos de esos cinco mil irán esta noche a ver a La Caprichosa, como en la guerra, sin poder largarse después, inmediatamente, a un burdel o a un hotelito? La Caprichosa acaba de llegar, al cierre de la veda; es una desnudista que ha entusiasmado a cojos, mancos y viejos. Los pescadores la ven y se largan a embarcar. Se masturban en el cerebro y se aguantan hasta el viernes, y no sólo los solteros, oiga. A veces, más, mucho más, los casados, que no se pueden revolcar con sus mujeres como lo hacen con las chuchumecas. No están peor que los soldados norteamericanos de Vietnam, con la Raquel Welch que el Estado yanki les envía. La diferencia consiste en que los pobres marines no tienen allá más burdeles, creo, que las trampas de bambú... Todo lo contrario que una chuchumeca del salón Rosado o una gran puta del hotel Florida de Chimbote. ¿No? ¡Usted, de aquí, debería ir al Gato conmigo, amigo Diego!

–Ya, don Ángel. Lléveme al Gato. Pero...

–No, Diego. Todo por mi cuenta. El recorrido ha de ser completo.

–Entendido, aceptado y agradecido, señor don Ángel.

No le preguntó el jefe cómo había llegado el visitante hasta la fábrica. Volvieron hacia el campo de parqueo que estaba junto a las oficinas. Don Ángel prendió los faros del jeep, la luz alta, y ésta alumbró un extremo de la pampa, donde la fábrica depositaba la harina, las últimas filas de sacos que se perdían en la oscuridad, muy lejos de las columnas de humo.

–¿Hasta dónde llega el depósito, esta pampa, y de dónde empieza, don Ángel? Última pregunta. No veo el fin de esta ruma de sacos.

–Llega hasta el mar; comienza en el muro que limita esta fábrica con la que queda más hacia el sur. El depósito corre paralelo al mar, es su parte larga. Digamos, quinientos metros por doscientos de ancho. No está ocupado ni un tercio del campo, unas sesenta mil toneladas. Por eso Braschi hizo aquí su fábrica. Mire: el faro del jeep no alcanza bien el extremo de la ruma de sacos. No está en línea recta. Hay todavía entre El Trapecio y el casco urbano depósitos en peligro de ser invadidos o expropiados. En esta pampa cercada, que excita, porque nunca se llena toda con sacos de harina, puede usted ver, amigo, otra cara de «Águila sin detención».

–De las águilas…

El huachimán de casco blanco bajó la cadena de la puerta y saludó. Los faros del jeep iluminaron la carretera irregular, llena de baches, cubierta de ripio polvoriento que bordeaba el arco de luces de las fábricas del sur de la bahía.

–Tenemos que ir despacio por esta fea carretera. Sé por qué no la pavimentan, pero no hay tiempo para contar más historias. Cuando lleguemos al asfalto meteré el fierro a fondo. Tengo que volver a la oficina.

En la puerta de cada fábrica se repetía el mismo conjunto de ramadas, donde ofrecían café, fruta, cerveza, sánguches, y una pequeña fila de hombres sentados a cierta distancia de la luz.

–Esos esperan en vano un trabajito –dijo don Ángel–. Esperan a sus paisanos y «primos» que son obreros. Rara vez consiguen que les avisen que alguien ha de faltar y que pueden trabajar una noche, ocho horas, a veces dieciséis… El caldo de anchoveta… Mis obreros hacen dos turnos alternados de ocho horas, es decir, dieciséis por día… Estos pobres…

–Están, ¿algo peor que los yankis en Vietnam?

–Son comparaciones disparejas. Estos mueren más y de a despacio… El yanki patea duro, ¿no? No es igual muerte natural que muerte a punta de bambú o a balazos.

Pasaron junto a las orillas de un extenso totoral. Había chozas construidas muy cerca del agua.

–Increíble, amigo Diego –dijo don Ángel–. Viven mejor, allí, es decir, mejor que una conjunción de patos y zancudos. Allí vive gente, cholos, indios; hay hasta tiendas, corralitos de chanchos, de cuyes y patos, entre la champa[10] de falsa solidez de las orillas de esos

---

[10]   champa: material compacto formado por la tierra, el pasto y sus raíces (S. de A.).

fangales tan extraños en este desierto. Allí bailan, ciertos días, se emborrachan, levantan hasta banderas peruanas, sin saber.

—Así es. El hombre aguanta...

—¡Es rey! —dijo don Ángel, lanzando una carcajada—. De la carretera hacia el mar y en los médanos, hay barriadas mejores, mucho mejores. Pero estas de la aguada, oiga, no son tan tristes, no sé por qué porquería de razones. No son tristes.

—Es rey, dijo usted, ¿no?

—Oiga, amigo. Nadie sabe jalar la lengua tan alegre y jodidamente como usted.

—Es que yo no jalo. Yo entro.

—¡Eso! Nos hemos metido, usted en mí y yo en usted. ¡Ahora verá el Gato! Buen fin de fiesta.

Llegaron a la Carretera Panamericana y cruzaron a gran velocidad el iluminado barrio El Trapecio. Colectivos automóviles, que iban y venían por la pista asfaltada, muy negra, formaban un cordón de dobles faros casi continuo...

—Los burdeles y las fábricas están por este lado. Al norte de la bahía no hay sino un núcleo industrial pesquero, el de La Caleta.

—Y también están allí el hospital público, llamado de La Caleta, y la morgue oficial, ¿no?

—Allí están. Aquí, enfrente, el Gato. Caleta y Gato... ¿Recuerda?

Una corta fila de taxis estacionados hacía guardia cerca del *night club*. Sobre un muro rosado estaba pintada la cabeza de un gato negro entre dos palmeras. Una especie de cortina hecha de cañas de bambú protegía la puerta de entrada al salón.

Llegaron a tiempo. La Caprichosa acababa de quitarse la última prenda, un calzón de naylón transparente pero cuyos bordes se marcaban en el cuerpo muy blanco de la bailarina.

—Le han hecho un tabladillo al fondo de la sala; el ring de baile queda al centro. Debe estar lleno de borrachos —dijo don Ángel—. Un tabladillo especial de dos gradas.

La mujer no tenía las nalgas ni los pechos ni las caderas tan groseramente opulentos como las figuras que aparecían en los carteles y fotografías de propaganda que el mismo *night club* exponía en las vitrinas de su puerta. Protegiéndose el sexo, muy calculadamente, con una de sus piernas; algo agachada, con los cabellos caídos sobre unos de los pechos, mirándose los brazos que movía lentamente, La Caprichosa exhibía un cuerpo más bien delgado. Ondulaba la cintura con lujuria bien contenida y dirigida. La sala estaba bastante oscura y en silencio. Don Ángel y su visitante, de pie, muy cerca de la puerta, vieron a un hombre flaco acercarse, reptando, hasta el tabladillo. Las luces directas que daban sobre el cuerpo de la bailarina permitieron a ellos, que estaban de pie, ver la figura del hombre que se arrastraba bajo el nivel del escenario hacia las gradas que estaban a un costado del salón. El hombre llegó a las gradas, se puso de pie y subió de un salto al escenario. Tenía un fajo de billetes en la mano. Era joven pero algo calvo.

—¡Dejen al Tarta! —gritó alguien desde la oscuridad.

Le hicieron caso. Hacia el fondo del tabladillo aparecieron dos hombres altos, gruesos; se quedaron junto al muro, con las manos atrás.

El Tarta avanzó respetuosamente hacia la bailarina. Estiró el brazo y mostró en el puño un fajo de billetes de quinientos soles, sellado. La luz hizo resaltar el color de los billetes.

—Cin-cin-cinco mil soles… P-p-por un beso… en la-la-la chu-chu-meca. A-a-ahorita.

Habló y siguió avanzando despacio, como si temiera asustarse él, él mismo. La mujer lo miró; no volvió los ojos a ninguna otra parte. La luz hacía resaltar la boca abierta del Tata, que no era demente sino, por el contrario, como de quien va acercándose a una fuente de agua florida, con ansia caldeada, de lanzarse, ni a herir ni a escandalizar, sino a prender un rayo, a tomarlo en la boca.

Depositó el fajo de billetes en el suelo. Se arrodilló. La mujer se alzó un poco con el mismo movimiento ondulante; la pierna con la que se protegía la hizo girar, abriéndola, y se puso de costado al público. El Tarta avanzó de rodillas; tomó con cada mano una pierna de la mujer. Quienes estaban al costado del escenario hacia donde la bailarina dirigió la cara, pudieron ver los pelos algo rubios en el pubis de la mujer y hundir allí los labios al Tarta, con los ojos cerrados. Luego de un largo instante, de puro silencio, retrocedió, sin ponerse de pie. Los dos hombres que estaban al fondo del escenario corrieron hacia la desnuda; ella levantó el fajo de billetes y su ropa, y se hizo alzar por los dos hombres, así desnuda. Desapareció tras una pequeña puerta que la mujer abrió con el pie. En la oscuridad ya bramaban los hombres.

—Ese es el Tarta. Lengua de bestia y lengua de ese que en la antigüedad llamaban Platón o Diógenes, o mierda, don Diego, amigo. No, no es bestia. Usted lo ha visto.

Nadie contestó a don Ángel. Ni nadie podía prender las luces.

—¡Las luces, carajo! ¡Conchae'su madres, las luces! ¡Prendan, carajo!

El Tarta bajó las gradas, se agachó. Sintió que una mano áspera y angosta lo jalaba de su mano derecha y se la apretaba. Él se dejó llevar. Don Ángel avanzó más hacia dentro del salón y también empezó a gritar que prendieran la luz. El Tarta apareció fuera de la cortina de bambú, en la calle. Un hombre pequeño, de hocico largo, le sonreía; un vaho azulino salía de su boca.

—Tú, tú'eres un «zorro» —le dijo el Tarta sin atracarse—. ¿Vienes de arriba de los cerros o del fondo del Totoral de la Calzada? ¿O yo soy tú y por eso no tartamudeo? Nadie hace lo que he hecho yo con sólo cinco mil soles en el puño. Nadie, amigo Tarta, entre esas fieras y con la más desnaturalizada fiera. Eso se hace cuando hay fuego en el corazón, fuego de vida, aunque revuelta, como la de ese hongo maldito de humo rosado que se eleva de Chimbote, que sí es una chucha[11] en la que estoy metido hasta el cuello pero sin pudrirme. Vida entre cholos disparejos, criollos chaveteros y chimpancés internacionales chupadores de toda sangre, de mar, aire y tierra, amigo, amigo Tarta. Cuídese de Ángel Rincón. Es el oído del oído de los chimpancés. Usted no necesita que yo me despida. Yo soy el Tarta.

Subió la rampa sin tambalearse; luego, desde allí, llamó a un taxi. Diego se puso la gorra, vaciló un instante. Ya con luz, el Gato se colmaba más y más de bramidos. Todos los choferes corrieron hacia la puerta. Don Diego se echó a galopar hacia el campo cerrado de la estación del Ferrocarril Huallanca-Chimbote. Para eso tuvo que escalar los muros de un depósito de bolsas de harina de pescado, del último que aún quedaba tan cerca del casco urbano. Estuvo

---

[11]   chucha: sexo femenino; tal vez provenga de la palabra quechua chukcha: pelo, cabello (S. de A.).

corriendo varios minutos sobre las rumas de bolsas de a diez en alto. Llegó a La Línea y allí se perdió en la oscuridad de la densa barriada 21 de Abril.

–Conté veinte mil sacos de harina –dijo–. ¿Me oyes?

IV

Don Esteban sintió claramente que Moncada lo había reconocido en el mercado de La Línea antes de engullir el último trozo de sangre, tierra y pelos de conejo que alzó de los rieles. El loco buscó con los ojos la voz de su compadre que había dicho, en ese tono cavernoso que lo intraquilizaba siempre: «¡Cristiano reventado!» Pero no lo pudo ver en la cadena de gente que estaba enfrente suyo. En esos casos Moncada no reconocía con precisión individuos; podía percibir matices de figuras, colores, sonidos que por causas muy especiales alcanzaban a tener repercusión en alguna parte de sus entrañas. Buscó al instante a su compadre y lo olvidó al instante. Tragó el bocado de carne de gallo embarrada y siguió predicando. Don Esteban de la Cruz sintió que su compadre le había entendido; y cuando el loco bendijo con la cruz de madera a sus oyentes y al mercado y marchó línea arriba, con la cruz al hombro, don Esteban se puso a toser. Se dio cuenta de que era un acceso bravo y sacó de debajo de su camisa, a la altura del pecho, una hoja entera de periódico; a paso rápido y algo tambaleante se dirigió hacia un carcomido cilindro que había muy cerca de la reja que defendía el patio de la estación. Nadie echaba basura en ese cilindro; la arrojaban a su alrededor. Entre el cilindro y el muro quedaba un pequeño espacio hasta donde alcanzaban a llegar los borrachos mestizos respetuosos, para vomitar. Don Esteban se arrodilló, extendió el periódico sobre la basura en pudrición y las moscas azules que danzaban sobre ella; se arrodilló calmadamente, empezó a toser y arrojó un esputo casi completamente negro. En la superficie de la flema el polvo de carbón intensificaba a la luz su aciago color, parecía como aprisionado, se movía, pretendía desprenderse de la flema en que estaba fundido. Don Esteban tosía casi a ritmo. No podía blasfemar. Cuando en la hoja de periódico fueron laqiados[1] muchos escupitajos, los ijares de don Esteban se habían hundido como los de los perros próximos a morir de hambre, pero se soplaban bruscamente, se hinchaban y volvían a pegarse hasta lo más adentro de las costillas y huesos de la cadera. El pecho del hombrecito roncaba como la cuerda de un wankarcaja reseco y destemplado, es decir, del gran tambor que tocan los indios de Ancash, su región nativa. Sí; a don Esteban le daba coraje ese ronquido de su pobre y chiquito pecho. Lo oía y se decidía a hablar. Ese mediodía, tras del cilindro, habló: «¡Hijo de me vida, hijo de me vida! –dijo–. De la guadaña so hijo. ¡Señor, señor, señor...!» Dos niños se habían detenido para verlo. Los automóviles, triciclos y camiones cruzaban la línea a unos pasos del cilindro; levantaban el polvo. Se oía aún la corneta y el pregón de los uniformados vendedores de helados Donofrio[2] y de los pobres chupeteros que pedaleaban triciclos viejos. Don Esteban escuchó perfectamente el pregón humilde del chupetero y la corneta del heladero que montaba en bien pintado triciclo amarillo. De rodillas, temiendo otro acceso, miraba con verdadera esperanza que la mancha que temblaba sobre la flema grisácea no fuera sangre sino carbón. Los dos niños se acercaron más al hombrecito; estaban descalzos. El niño varón sólo tenía una camisa muy sucia que le cubría hasta las rodillas, la mujercita estaba peinada con trenzas; llevaba una falda rosada limpia, pero el monillo era traposo y sucio; la niña tenía las mejillas rosadas y el chico era huesudo de cara, su piel del color mismo de la tierra. Don Esteban oyó el ruido de los pasos de los niños sobre las hojas secas de maíz, las cáscaras de huevos, la parte crujiente de la basura. Así como estaba, de rodillas, inclinado, casi a cuatro pies, alcanzó a volver la cabeza. Miró a los niños y se alzó un poco. Pudo hablar más claramente: «Y el hombre será homillado –recitó– y el varón será... Reventados serán los ojos de los bandidos; no, hijitos,

---

[1] laqiados: del quechua *laqay*, pegar, embarrar, chorrear algo pegajoso en un muro u otra superficie (S. de A.).

[2] D'Onofrio: apellido de don Pedro D'Onofrio, miembro de una familia italiana inmigrante que, en 1897, instala una heladería que se transformará en la gran fábrica de helados, chocolates y caramelos que hace escribir, en 1945, a Carlos Camino en su Diccionario Folklórico: «La raspadilla y el triciclo de D'Onofrio hicieron desaparecer el cholo heladero que para ser bueno tenía que ser de Corongo...» (S. de A.).

de los altivos». Acabaron de oír los niños estas palabras y corrieron en direcciones opuestas. Don Esteban se sentó sobre sus pantorrillas. Rompió la hoja del periódico; dobló con las manos temblorosas el trozo en que cayeron las manchas negras; dobló la hoja formando una especie de cuadernillo; cuidó de que pudiera ser abierto y visible el carbón. Se alzó la camisa y guardó contra su pecho la hoja doblada. Se levantó. Quedó de pie un instante. Sus pestañas negrísimas, un poco arqueadas y gruesas, se tendían sobre la cavidad sin fondo de sus ojos. A medida que fue caminando, sus pasos se hicieron algo más firmes y rápidos; bajo los arcos de sus pestañas apareció una luz que puso un límite a los cuencos de los ojos. Llegó hasta la esquina de la primera cuadra de la calle Buenos Aires. Muy cerca de los rieles, una mujer, ostensiblemente trajeada de mestiza, tenía en sus brazos a un niño como de dos años; estaba sentada en el suelo junto a un montón de papas y otro de cebollas.

–¿Cuánto has vendido? –preguntó don Esteban.

–Regular.

–¿Por qué regular? Hoy ha venido harto gente.

–Regular no más, pues. Así es. Has botado, ¿no?

–Sí, he botado.

–Y has guardado.

–Sí, he guardado.

–¿Por qué, pues, don? De nada sirve guardar.

–¡Carbón es! Animal, bestia. ¡Carbón es! Si llega a cinco onzas, me salvé. Mañana voy a Trujillo a traer papa. Ya mi volvió la fuerza. Trae el huahua.

La mujer le alcanzó al niño. Don Esteban lo cargó con un brazo, cómodamente. «El carbón hace morir –dijo en voz bajísima al oído del niño– pero no hace apestar, juelizmente. ¡Hijo de me vida! Me vida, chiquito ya, pero con huevos que no enfrían jamás, jamás...»

–Morirás, Esteban. Hablas pior que pescador maleante.

–Pescador maleante, dices ¿Por el oído de mi huahua oyes, animal? ¿Maleante pescador, dices, putaza? «Ay de los que a los malos dicen bueno y a los buenos malo; que hacen de la teniebla luz, luz de la teniebla...»

Mientras recitaba, alzaba a su hijo con ambas manos y se aproximaba a la mujer que, de pie, permaneció atenta, no a las palabras sino a los brazos sin carnes de su marido que tenía en alto a la criatura. Don Esteban depositó al niño en el suelo; miró a la mujer detenidamente; un hilo de saliva rezumaba de su boca. La mujer quedó indiferente; empezó a preparar los costales en que ya era hora de guardar las papas y cebollas. Don Esteban alcanzó a estirar la pierna derecha hasta tocar el cuerpo de la señora; no pudo convertir el movimiento en un puntapié:

–¿Existiría me compadre si no habría pescador? –preguntó. La mujer siguió desenvolviendo los costales.

–¿Existiría el Chimbote si no fuera por pescador? ¿Habría en la casa máquina de coser zapatos? ¿Estarías hablando con Dios santo sábado a sábado, sábado a sábado?

E hizo como que la pateaba. Cuidándose de no caer al suelo, estiraba la pierna y lograba tocar con la punta del zapato las costillas de la mujer. La señora dejó de arreglar los sacos y miró al hombre. Éste se quedó parado, con los brazos colgantes. Su mujer murmuraba, no hablaba en voz alta, movía los labios. Don Esteban sabía, entendía que cuando su mujer hablaba de ese modo, para sí misma, se dirigía a él como si fuera un cadáver. «Todos los que de me pueblo fueron a la mina Cocalón han muerto; así vas morir –decía la mujer–. Pateas menos que gallina. Estás muerto pero estás vivo, maldición del Señor. En tu cuerpo hay diablo en "toda su potencia" y tu boca habla, echando carbón maldecido... Huevo no enfría dices al inocente. Putaza dices...»

Don Esteban empezó a doblarse con cuidado, despacio; pudo estirar su cuerpo sobre el suelo. Se tendió y cerró los ojos. Sus pestañas se cruzaron sobre los párpados; se extendieron como cerdas brillantes con las puntas hacia el párpado inferior. Su pecho comenzó a roncar. «Su pestaña es igual que las patas del San Jorge Volador, anemal brujo; su pecho, fuelle de diablo. ¡No se confiesa! ¡No quiere hablar con el Hermano!», pensó Jesusa.

–Yo no hablo de me suciedad con el Hermano, jamás, jamás –dijo don Esteban con voz muy débil y cavernosa y como si hubiera escuchado el pensamiento de la mujer–. Con el Señor hablo bien, derecho.

La mujer se dio cuenta que la huahua lloraba. Había estado llorando monótonamente desde hacía rato. Los pocos compradores que aún buscaban algo en esa esquina del mercado vieron al hombrecito flaquísimo, de omóplatos saltados, lo vieron cuando intentó patear a la mujer, y sus brazos enclenques se balanceaban cada vez que estiraba penosamente una o la otra pierna. Lo observaron con especial curiosidad. Los que observaron la riña hasta el final, se quedaron tranquilos, aunque extrañados cuando vieron que el cuerpo estirado del hombre no parecía tan pequeño en el suelo como en el momento en que tantas veces no alcanzó a cuadrar un solo puntapié. «Hay hombres así –dijo uno–. De todo hay en el humano. Chiquitito, pero con traza de hombre».

Don Esteban descansó un rato y se levantó, cuidándose, hasta ponerse de pie.

–Mientras recebías, y después también, como a muerto me has estado maldeciendo, con la lengua para atrás –dijo, tranquilamente.

–Tus ojos y tu pestaña están de infierno, Esteban –contestó la señora.

–La candela no es infierno toda vez. La rabia no es pecado toda vez. En mi ojo hay candela del fuerza que a la muerte le ataja, contra de ti, señora. Así dice el Hermano. Así también, en su modo, habla me compadre Moncada.

–¿Mañana vas a Trujillo a comprar papa, con todo lo que has botado carbón? –preguntó la mujer. La huahua seguía llorando en el mismo tono.

–Yo siempre voy –dijo don Esteban–. Yo nunca paro. Abre costales.

Se agachó. Y los dos empezaron a ensacar las papas y cebollas.

Cuando llegó el tricicletero que cargaba los sacos hasta uno de los depósitos que alquilaban hacia el final de la calle, don Esteban cosía ya la boca del último costal. La mujer alzaba al niño con una manta de colores, se lo echaba a la espalda y amarraba las puntas de la manta sobre el pecho.

Don Esteban se quedó atrás. Se había vuelto a cansar.

–En la casa te alcanzo. Carguen –dijo. Y se volvió a tender en el suelo.

La mujer andaba rápido, casi a la misma velocidad que el triciclo, en la tierra desigual, polvorienta, con montículos y restos de basura que el tricicletero tenía que sortear.

Los alcatraces seguían pajareando, cada vez más bajo, a ras de las casas y del suelo. Algunos habían caído despatarrados entre los durmientes. No podían ya enderezarse. Agonizaban horas de horas, o eran atacados por bandadas de niños que trataban de descuartizarlos. Con las cabezas colgantes, los ojos abiertos, tan chicos, en un rostro incomprensible, los alcatraces movían alguna parte de su cuerpo, mientras los muchachos les estiraban patas y alas. Frecuentemente, cuando algún jefe de banda los sentía a punto de morir, ordenaba que echaran a tierra el inmenso pájaro, y bailaban sobre él alguna danza de moda. En los primeros tiempos de la desgracia de los alcatraces, Moncada rondó semanas con una escopeta de madera que él mismo talló en un tronco de sauce; rondó los mercados defendiendo la agonía de los cochos. No predicó entonces. Los niños le temían. Su compadre Esteban le daba de comer por la noche. Nadie se atrevía a convidarle algo en los mercados.

Don Esteban oyó que a su lado un grupo de chicos zarandeaba un alcatraz. Alzó la cabeza, se incorporó. Los niños corrieron hacia los rieles cuando vieron la cara de don Esteban; se perdieron en el laberinto de los puestos techados. «¡Me compadre!», dijo don Esteban y volvió a recostarse. El sol le calentaba bien las piernas que era donde más le atacaba el frío.

«Me compadre es complacencia. Es testigo de me vida, yo tamién de so vida. Nada más, pues. Para todos, loco, loco que manso predica; testigo de me vida, para mí. Yo bravo 'homilde', él, soberbio. Así la Santa Biblia; desigual, como el mina de carbón y el luz de 'los cielos' qu'intraba por las ventanas al socavón más profundiento, pues; donde todos los obreros el pulmón hemos dejado. Yo sólo tengo pecho, pulmón casi no hay. Pulmón está atracado de polvo carbón. Si boto cinco onzas carbón me pulmón aparecerá de nuevo. Me compadre también sabe. Hey pesado ya, todo, hojas de periódico en cual escupo. On quilo papel, dos onzas polvo de carbón ya hay. Ahurita habrey botado on gramo. Gramo por gramo andaré hasta que me pulmón se sane. "La llama devora la paja... Al justo quitan su justicia..." Yo peleo, ¡caracho! con el Hermano también. Está bien, Dios Señor, que a su criatura pide que seya sin aguardiente, vino, invidia, vanidad, en su corazón. Está bien. Vanidad dicen al soberbia. Está bien. Pero ¡caracho! yo no rodillo ante nadies diciendo ¡perdón, perdón! Yo no rodillo nunca por nunca. Por eso mi'han botado de mina, de restaurante. ¡Arriba profeta Esaías, abajo marecón David que llorando llorabas! El Hermano dice soy algo demonio y que salvaré al hora del morir... Salvaré escopiendo hasta so final el carbón que hay taconeado en me pulmón. Entonces, papacito Esaías, ya me boca no hablará sapo, culebra; no patiaré sin efecto, como ahorita que no hay fuerza, a me mojir; endenoche no le haré suciedad hasta cayer como alcatraz moribondo al basuras. ¡Caracho! Lindo se habla, en selencio, con el pensamiento, como el Dios. Igual. No cansa el pecho; tranqueliza más bien. ¿A ver? Me compadre estaba leyendo periódico en so mesa, con lámpara kerosene; triste luz estaba. Pero para me compadre tristeza no hay ¡caracho! Entrando senté a so lado. Ya estaba para cayer en so estado de predicamiento. "¿Cómo era Cocalón? —mi dijo—. ¿Cómo muere allí, dijo usté, la joventud del indiada?" Mire ostí, compadre, hey contestado: De Parobamba hemos ido a la mina vente hombres, en día señalado pa'nosotros. Hemos andado tres jornadas. Hemos bajado a un quebrada seco, hondonada con profondidad como enfierno. Hemos llegado caserío calamina Cocalón mina. Seco barranco enfrente, seco barranco del lado de socavón. Socavón abajo ¡caracho! mundo negro, lengua tierra negra, socavón abajo, al barranco; pa'arriba, aire-polvo negro namás. Al hondo del quebrada... Sí, pues aunque sano toavía, entonces, cansaba boscando palabra castellano para contar bien, claro, a me compadre. Ahora, tanto, tanto pujando pa'apriender castellano, poco no más hey cosechado. Me'hermano menor, ahistá, lindo habla castellano, mochachito escapó Chimbote, ahora, no quiere hablar quichua. Buen cocinero es, restaurante Puerto Nuevo, grandazo. Lindo castillano habla; a so hermano, enjuermo, ambolante de mercado, desprecia ya. ¡Caracho! cocinero isclavo, mogriento en cocina. Lunes anda futre en barriada Aciro. ¿Quién será me'hermano? Caray, tranqueliza to pensamiento, Esteban. Anda derecho...»

No era la primera vez que los vendedores de ese sector de La Línea veían a don Esteban despachar a su mujer con el tricicletero y la huahua y tenderse en el suelo en ese mismo sitio, algo inclinado y de tierra suelta, que antes fue puesto de venta de alfalfa. Sabían que era enfermo y que entibiaba su cuerpo así, echándose a lo largo. Los niños no lo molestaban. Le temían un poco. Su cuerpo, así tendido, daba la impresión que estaba más vivo que cuando andaba tosiendo, con los omóplatos saltados. No parecía cadáver sino un cuerpo pesado, descansando con derecho, al final del barullento trabajo del mercado. Las moscas tampoco lo molestaban mucho. Había mejores bocados para ellas en La Línea que ese cuerpo flaco y los huesos resaltados y firmes de su rostro tranquilo.

«Al hondo del quebrada, peligrándose, bullando fuerte, corría el río, que dicen, mayu, pues, en quichua. Gracioso ¡caray!: del lengua carbón que estiraba el mina al mayu, pa'arriba, agua crestalino, claro, como el espejo era; del mayu pa'abajo, carbón salta saltando, negreando las piedras... 'No diga mayu, compadre, no diga', pedió me compadre. Gracias, compadre, contesté. Su atención estaba fuerte, creo, vivo estaba. Intonces he seguido me'historia: Un gringo polaco, era, caracho, el capitán del mina, el inginiero era trojillano, cojo de so pierna izquierdo. ¿Cuánto paga?, preguntamos. 'Cinco soles diario, domingo no se trabaja, pero se paga'. Está bueno, está bueno, hablamos, todos, los vente. A galpón nos llevaron; cancha grande, largo; petates había para dormir. Juerte calor. Del día bajaba calor del barranco seco, izquierda, derecha, derecha, izquierda; jodido. De noche tranquilizaba calor. Ni un perro había, compadre, en caserío mina. Mojir tampoco. Silencio. Un señora namás tenía pensión, barato. Con mochachos atendía. Trozazos de carne, caracho, daba, con papa bueno, camote bueno. Venía camión, cada semana. Por barranco del lado del mina iba carretera hasta línea tren, ahí cerca no más. Medio día bajada. Sí, compadre, tren Chimbote-Huallanca. Lamperos, carrilanos ayudantes perforistas, maderador, todos, los vente, caracho, entramos trabajar. Luz eléctrico había. Mediodía descansábamos on rato socavón adentro. Obreros dormían. Polvo carbón hacía dormir. Tres años hey trabajado allí. Maestro enmaderador hey sido. Premero, ayudante, un año ya trabajaba. Entonces levantábamos armazón grande. Al maestro le dije: caracho, nu'está bien ese armazón grande, maestro. Su eje tronco nu'está firme. 'Tú no sabes indio parobambino' mi contestó aburrido. Nu'está firme, maestro, le'y hablado, rogando. El maestro ha sobido, ha sobido... ¡Pandangán! el armazón al suelo. Polvo juerte. Hemos sacado afuera el cuerpo del maestro. So aliento poco namás salía por el nariz. Hemos estirado el cuerpo sobre la mesa del taller carpintería... Y ahí namás, al ratito, río de carbón ha salido de su boca, de su nariz; ha bajado al viruta que había en el suelo, por el madera del pie de la mesa ha chorreado... ¡Tanto, tanto agua hay en cuerpo del cristiano! Al ratito sangre ha borbojeado de su boca del maestro; negro era, pero estaba claro el colorado en su dentro y en su encima del carbón. Ha borbojeado y poquito ha chorreado... al último ya. '¡Más de seis años!', ha dicho el capitán gringo polaco. Ha mirado juerte al inginiero. Cojeando tranquilo se ha retirado inginiero. Polaco gringo ha rodillado. Hemos rodillado todos. Hemos enterrado en un andénpata[3] que habían tajado en precipicio, pa' cementerio, cuesta arriba del mina. Nengún cruz había. Siquiera tómulo de tierra que dicen, tampoco había. Poco levantadito no más, en filas, sepolcros, sepolcros, estaban tendidos en el andén tierriento. El río se cantaba solito, crestalino. En so orilla, retama enclenque, agonía, floreciendo. Sobió de ese flor, mariposa amarillo. Cansado ha llegado, unito, dositos. Entonces, compadre, ha rabiado me pecho, ha palpitado loqueando el sangre corazón... '¿Contra de quién?', ha pregontado me compadre. Contra de barranco silencio, feosiento, hey dicho. Más pior, grande, ha sido dispués la rabia. Dispués, cuando Jesús Condoroma, un flaquito, me paisano, ha desplomado en remolino polvo, cuando perforación hizo cayer carbonazos en destiempo. Lu'hemos sacado al Jesús. Vivo estaba. Cruz, con so brazo ha hecho al aire sobre su cara. '¡Parobamba!', ha dicho. Y dispués, el carbón, río mayu, de su nariz ha chorreado, egualito que al maestro. Ha andado el suelo, puerta de carpintería ha llegado, alcanzando. No había, pues, viruta. Tras la puerta ha salido carbón culebra, delgadito ha corrido toavía, on rato... Dispués, Tríbulo Garriaso ha muerto, de Pircatambo; dispués, Felex Rivero, de Pircatambo; Ambrosio Tauco, de Pircatambo; Paulino Ayausa, de Yanama... '¿Igual, compadre? ¿Sangre, agua negra?', ha pregontado me compadre Moncada. Poco sangre, hey dicho; poquito. Ya nadies rabiaba; selincio enterrábamos. "¿Y las mariposas?" Mariposa amarillo, siempre, pues, llegaba, cansado, al andén cementerio. Del árbol pobrecito, chico retama, sobía al cementerio, padeciendo. Hemos mirado paisanos, dispués, en los foneral entierros, a las mariposas. Alzaban bastantes, mancha grande, del retamal. Viento fuerte arrastraba su alita en el

---

[3] andenpata: explanada de terraza hecha de tierra y piedras; en este caso para cementerio (S. de A.).

cañón barranco, río pa'abajo arrastraba, en cañón seco barranco. Lo hacía llegar, en veces, al negro río del carbón; cayendo caían. En polvo, seguro, atoraban. Don Cristóbal Ayahuanco, de Yanama, alegraba bastante cuando mariposa llegaba hasta cementerio. 'So lágrima, mensajero del retamita es, seguro', dicía. 'Por cristiano forastero, endio solito en Cocalón muerte, mariposa llorando llora, silencio', contestaba fuerte. Entonces: '¡no hay mensajero de nada, compadre!' ha dicho, fuerte me compadre Moncada. 'La muerte en Perú patria es extranjero –comenzó ya predicación–. La vida también es extranjero' y diciendo se ha parado».

Con el golpe que Moncada dio sobre la mesa, el lamparín se tambaleó. Don Esteban se quedó sentado en la silla de madera, un ratito, mientras el loco reflexionaba, de espaldas a él, y los zancudos pasaban zumbando en todas direcciones y hasta se quedaban parados, con sus patas altísimas, sobre el vidrio del lamparín. Cuando Moncada se volvió hacia su compadre, don Esteban también se puso de pie. Moncada comenzó a pasearse sobre el piso húmedo pero bien apisonado de su cuarto.

–Una franja de tierra lodosa es tu casa, compadre, mi casa igual, y la casa de las treinta familias que vivimos, cual parásitos pestosos, en el cuerpo de la Corporación del Santa. ¿Cómo somos? ¿Qué somos, compadre, don Esteban de la Cruz? ¡Eso! Ya he hablado exacto, como un gusano que se atornilla y que después hace un foradito pestoso en la carne del caballo, así estamos en este barrio Bolívar del Totoral. ¿Por qué no nos extirpan con aguja hipodérmica? ¿Por qué, compadre? Porque somos gusanos parásitos en el falso ano de las quinientas hectáreas que tiene la Corporación. ¿Estamos o no estamos a la orilla del Totoral de La Calzada, es decir, de la laguna, lodazal, aguada, rebrote del gran río Santa que corre detrás de esa montañita de Coishco?

–Seguro, compadre, segurito –contestó don Esteban, entusiasmado. Sus pestañas brillosas y gruesas formaban como un enrejado de sombra en la luz renegrida de sus ojos, toda concentrada sobre la cara de su compadre que iba convirtiéndose en impersonal; cuanto más hablaba o miraba, más impersonal.

–Seguro, compadre don Esteban. Este lodazal-aguada es ahora un falso ano de la Corporación. La acequia que pasa delante de nuestras chozas, ¿qué es? Desagüe del lodazal; falsa vena, tripa de cagarrusa[4] del lodazal. Y detrás de nuestras chozas está el anillo de totora que guarda el agua donde ¡ja, ja, ja! algunas garzas de blanco inmaculado buscan gusanos. ¿Estamos en una lengüita de tierra barrosienta, compadre? Los catres de los vecinos que están más lejos del puente de la acequia, ¿no tienen sus patas metidas mismo en el barro como patas de asno, compadre?

—Sí, compadrito.

—Yo estoy aquí porque me da la gana. Porque soy el centro de los estallidos internacionales de nubes y flash de los fotógrafos. Así seré y soy. En el lodazal, falso y verdadero ano del Perú, mundo, Corporación del Santa. Pero tú, compadre, estás aquí, porque eres sin padre ni madre. ¡Extranjero, pior que yo, zambo Mendieta y Moncada!

—Como borracho, compadre. ¡Igualito soy!

Moncada quedó algo intranquilo con esta afirmación de don Esteban. Luego de vacilar, miró a su compadre detenidamente y su expresión impersonal fue como evaporándose. Don Esteban vio que su compadre «volvía». «Siéntate, compadre», le dijo. «Háblame». Don Esteban se sentó frente a Moncada. En la lámpara, de poquísima luz, algunos zancudos se restregaban las patas traseras. Otros zumbaban. De afuera, de la parte oscura del totoral, llegaban graznidos.

—Siga, compadre —dijo Moncada, escuchando agudamente a los patos y zancudos—. ¿Igualito que un borracho dices?

—Compadre, mi'han botado ya dos veces del mercado Buenos Aires Línea. Primera vez hey peleado, rabiado, peligrado. Los monicipales guardias mi cachetearon, me tiraron palo. Segonda vez, tranquilo hey costalado mi papa, mi cebollita; hey esperado dos semanas; dispués, vuelta he tendido me puesto. Nada mi'han hecho. Así será mientras puestos techados de pared quincha, laberinto estean allí. Bueno. Segonda vez, tranquilo he sofrido, no hey peliado con polecía. Estaquillando zapato rotoso, maquinando costura rotoso hemos aguantado dos semanas. Hey dicho: pobre es igualito a borracho ante autoridad polecía, ante inginiero patrón, dueño de mina, de juábrica…

---

[4]   cagarrusa: excremento, lo último, lo peor (S. de A.).

–Etcetra, etcetra, compadre.

–Cierto, compadre. Igual a borracho.

–¿Por qué, compadre?

–Cuando borracho habla verdad, verdad verdadera, de justicia su fondamento Dios, entonces autoridad, polecía, inginiero, etcetra, dice: «Borracho tú, borracho tú; vas preso, carajo». Y ti llevan preso, te tiran palo. Jodido. Palabra de borrachu, aunque sea verdad verdadero, del Señor so cuerpo corazón mismo, no vale. E, se quieres hacer valer josticia con to fuerza, tamién igual que borracho no tienes juerza. Facilito te retacean en el suelo, te meten preso; a to familia tamién más pior lo abusan...

Moncada retiró la lámpara a un extremo de la mesa. La luz alumbró temblorosamente una calavera que había puesta sobre una repisa, en la cabecera de la cama, que era un catre de fierro con algunas varillas doradas.

–¿Borrachos o extranjeros, compadre?

–¿Conoces al Braschi? –se le ocurrió preguntar a don Esteban.

–Claro, compadre... ¡Claronete! Es extranjero y borracho más que tú, más que Chicote[5]. Cabeza de borrachines. En cambio a mí, a mí... ¡No es Dios quien me ha enviado a la tierra sino la conciencia...!

Don Esteban se atrevió a seguir preguntando aunque Moncada ya estaba de pie, con el rostro completamente neutro.

–¿Quién abusa de esos borrachos, compadre? ¿Quién le mete palo a Braschi? ¿Para quién será borracho?

–Para ti, Esteban. Pero borracho de champán, de wiski, francés, alemán, yanki... ¿Cómo comparas, miserable compadre, al borracho de pisco venenoso...?

–Chaucato también ha tomado champán...

–Como chimpancé, mono de África, gorila. Hay borrachos pa'que se zurren en él, hay borrachos estrellas, astros, extranjeros que toman licor de su pueblo-nación de origen y se zurran en el pueblo-nación donde amasan la incandescencia del sol, la fortuna poder que yo puedo volatilizar, vitriolizar, aromatizar con mi voz

---

[5]   Chicote: apodo de un patrón de lancha que trabajaba en una de las embarcaciones de Luis Banchero. Era menudo y flaco como el personaje cómico mexicano del mismo nombre (S. de A.).

que oyen las constelaciones. ¡Tráigame el sombrero que está en la percha, don Esteban de la Cruz!

Don Esteban alcanzó, empinándose, la percha que estaba clavada muy alta. Moncada, militarmente cuadrado frente a la calavera, decía algo en voz baja. En ese instante, entró en la habitación Jesusa, la mujer de don Esteban. Traía dos platos humeantes de sopa de trigo.

–¡Compadrito! –dijo. Puso los platos sobre la mesa.

Moncada tomó en silencio la sopa. Miraba a ratos a don Esteban. Le impresionaban sus pestañas de poco arco, gruesas y brillantes. Pero ya la cara del loco estaba más cenicienta; las fosas nasales, «destintas», como decía don Esteban, respiraban fuerte en la poca luz; espantaron a los zancuditos que venían zumbando lento y pretendían posarse sobre el trapo blanco que doña Jesusa puso en la mesa, para servilleta de Moncada.

El loco terminó de tomar la sopa. Volvió a cuadrarse frente a la calavera; hizo una reverencia, levantó el sombrero que estaba sobre la mesa, le arregló cuidadosamente las alas, se lo puso, muy al estilo de los jóvenes «coléricos»[6], y salió a paso largo, con el cuerpo alzado, tenso de furores y majestuosidad.

–¿De noche va predicar? El Hermano dice que es inocente; vanidoso inocente... –dijo Jesusa.

Don Esteban no había sido aún completamente convertido al evangelismo entonces. Había aprendido a leer bien, con el Hermano. Había asistido a muchas reuniones y escuchaba con interés y preocupación los comentarios de la Biblia. Empezaba a inquietarle el lenguaje «de ese Esaías». No le entendía bien, pero la ira, la fuerza que tenía él, el mismo Esteban, contra la muerte, muy claramente contra la muerte, su juramento de vencerla, se alimentaba mejor del tono, la «teniebla-lumbre», como él decía, de las predicaciones del profeta.

Esa noche, el compadre Moncada no volvió al Totoral. Predicó con furia en la calle Bolognesi, esquina a esquina, dando pasos largos, imponentes, a un lado y otro de cada esquina, yendo y volviendo. «Unos se emborrachan para devorar sangre humana

---

[6] «coléricos»: rebeldes sin causa se los llamaba también por esa década en oposición al joven rebelde con un claro motivo social (S. de A.).

caliente-inocente ¡lo juro yo! Emborrachan primero a sus víctimas. Como a pavos de pascua florida, estrella matutina que brota de mi diente mayor, de éste, de este colmillo que tengo, el único. Porque el otro se lo comió Braschi en un banquete de ballenas. ¡Amigos, caballeros y caballos, Chimbote-Perú-Sudamérica, borrachos extranjeros! Yo, el único, estrella libre de los cielos océanos. Tú, Mohana, borracho tú, Belaúnde, Presidente, borracho; tú, pescadores borrachos, borrachitos que la ballena cierne con sus barbas antes de banqueteár-selos. Prefecto borracho, alcalde borracho; burros aguateros de los médanos... Pero más, más, más Teódulo Yauri. El ilustrísimo, su señoría, cura norteamericano; ése no; de caridad borracho, de gran caridad... Llevan cadáveres al hospital de La Caleta, parturientas jovencitas borrachitas, a la clínica de caridad prelatura; ancianos borrachos al asilo prelatura. Todos, sin astros, sin pulmón-carbón, orinando negro...»

Se dirigió hacia la plaza Grau; resueltamente torció en la última esquina de la calle Bolognesi en dirección del Gran Hotel Chimú. Era día viernes. Había un baile en el *hall* principal. Abrió la puerta. No lo reconocieron de inmediato los mozos. Con el sombrero en la mano, esperó que el baile y la orquesta se detuvieran. Cuando las parejas se movilizaban en el iluminadísimo *hall*, Moncada llegó al centro del salón, a trancadas muy largas, calculadamente majestuosas:

«Caballeros, damas, autoridades terrestres –dijo–; voy a orinar carbón sobre el encerado de este piso. ¡No temáis! El agua-carbón saltará de ‹me ojo›, de ‹me pecho', del 'mensajero mariposa que en el ramaje flores de retama'...».

Varios mozos se lanzaron sobre el negro. Algunas señoras se atemorizaron y corrieron hacia el salón de fumar, otras se quedaron entre sorprendidas y curiosas, custodiadas por sus parejas, contemplando el aspecto «majestuoso» del loco, su expresión irritada pero al mismo tiempo completamente neutra, abstracta, muy iluminada por la esclerótica de los ojos, que es siempre tan predominante en los negros y que en Moncada se convertía en brillante, como porcelana, cuando predicaba y en algo apagada y mansa cuando trabajaba jalando pescado o recibía un plato de sopa de su comadre Jesusa. Su cuerpo tenso cedió cuando los policías lo apresaron. Se quedó callado. Otras veces lo habían amordazado con una especie de tapaojos de mula. Salió tomado de los brazos por dos policías. Agachó la cabeza, la inclinó a un costado y cerró los ojos. Excepto una señora, los elegantes jóvenes y damas se olvidaron de él apenas desapareció tras la puerta giratoria y la orquesta empezó a tocar. «Es Moncada –dijo alguien–. Un loco es un loco. No hay cuidado». La señora Rincón tomó del brazo a su pareja, el invitado principal de esa noche, un abogado de la poderosa Sociedad Nacional de Pesquería; pudo conseguir que le prestara atención y le dijo, alzando la voz:

–Moncada es algo muy especial, original. Habla como un hombre que hubiera recibido mucha instrucción, ese negro. Afirman que, efectivamente, es descendiente de mariscal Orbegozo y Moncada y que en su sangre de negro hay algo valioso. Mi marido lo tiene en consideración... ¿No es cierto, Ángel? –preguntó al jefe de planta de la Nautilus, que se acercaba en ese momento.

–No es un evangélico enajenado. No son los profetas los que le han vaciado el coco. Es un Moncada degenerado por la sangre africana y otros virus. ¡Una..., una especie de subproducto bien chimbotano, amigo Lavalle! Vamos a tomarnos un trago.

Don Ángel llevó al aristocrático abogado al bar, a tomar un wiski.

–¿Lo bañarán en la comisaría? –preguntó el abogado.

–Ya no. Ha recibido mucho castigo. Usted vio que salió completamente desinflado. Lo harán dormir en el suelo, en un calabozo.

–¿Y dormirá?

–No, doctor, «preparará» su discurso próximo, que nunca se sabe cuándo ni en qué forma va a decirlo. Quizá se vista de turco, de indio, de Batman, de gitana. Yo creo que después de esta crisis se dedicará a trabajar un tiempo... Pero observo que es la primera vez que se atreve a entrar a este hotel. Él predica formalmente en los mercados, habla en la calle Bolognesi. Ahora estaba... inusitadamente excitado.

–Pero con cara de palo. A mí me entretuvo –dijo el abogado–. No he oído que en Lima existan predicadores así.

–Doctor; usted sabe. Braschi tiene asesores científicos. Las barriadas en Lima están a «mil kilómetros» de los grandes hoteles y más lejos aún de las zonas residenciales; mil kilómetros histórico-geográficos. Sí. Aquí, lo que llamamos el casco urbano, es decir, la parte ciudadana del puerto, la trazó el gran Meiggs, es de reciente data y apenas una parrillita. El gran Chimbote son barriadas, y casi todas humildes, algunas muy grandes, pero humildísimas, de gente dispersa...

–¿Y por qué va a ser de otro modo? –preguntó Lavalle, sonriente y mirando a la señora Rincón.

Don Ángel se guardó en la punta de la lengua varios argumentos «pertinentes». Y la señora habló, aprovechando la vacilación de su marido:

–Cierto, ¿no? –dijo–. Pero Moncada, a veces, me causa algo de intranquilidad.

–Los locos predicadores son buenas mezclas de frustraciones vociferantes, raciales o no raciales –dijo Lavalle–. Las barriadas se extienden como manchas de aceite, señora, no sólo en las ciudades de la costa sino también en Arequipa, en el Cuzco. Yo conocí a un joven abogado indio que durante su vida de estudiante habitó en la caseta de un perro, en el Cuzco. Ahora desuella a sus hermanos de raza...

La señora y el señor Rincón tenían la virtud de poder suscitar y mantener charlas «trascendentes» aun en las fiestas especiales con orquesta y baile del Gran Hotel Chimú.

–Los siglos –continuó Lavalle– han condenado para siempre a negros, cholos e indios... ¿Me permite, señora? Este nuevo vals de Chabuca Granda es delicioso y la orquesta no es mala.

Lavalle invitó a la señora y don Ángel los acompañó hasta el hall.

Unas veinte parejas bailaban. Don Ángel, de pie, bajo el arco adornado de luces indirectas que separaba el espacioso hall de los salones del hotel, se dedicó a redondear lo más clara y categóricamente posible los planteamientos que le haría al abogado sobre las diferencias y similitudes que había entre las barriadas de Chimbote y Lima, entre la sierra «inca» de la que se nutría Lima y la sierra norte, de comunidades «históricamente más descuajadas», que se habían volcado a Chimbote. Él entendía de eso, por experiencia, por algo de estudio y porque «yo manejo a esa gente de barriadas y el asesor social contratado por Braschi hablaba a gusto conmigo. Yo he discutido y le he ilustrado al mismo Braschi y a su estado mayor de estas cosas».

«Dispués, otro noche, me compadre, mi'a hecho sentar en so catre. Estaba bien sano. ¿Cuántos semanas habría pasado de lo que ha estado preso por lo que ha predicado en hotel Chimú, grandazo, en fiestas de jefes del harina? ¿Cuántas semanas habría pasado? 'Compadre –mi dijo, diciendo–. ¿Cómo has salido de mina Cocalón? ¿Adónde has ido? ¿Cómo has entrado a Chimbote?' En el ojo de me compadre, cuando no hay su locura, es tranquilo, querendoso. Me pierna no alcanzaba al suelo. ¡Caray, gracioso! Su catre de me compadre es altazo, sos patas con ruedecita. Cuando era mochacho yo al negro dicía que capaz no era gente. ¿Cómo on hombre así, so cuero oscoro brillosiento, so mano, so cara, so cuello carbón, va ser gente cristiano?, dicía. En de noche, su ojo namás sobresalta. ¿Así, negro será también sos vergüenzas que tiene pa'orinar?, dicía. Ahura me compadre preguntaba por me vida mejor que Hermano, mejor que… ¿acaso hey tenido padre? Entonces lie'dicho a me compadre. Yo ne padre ne madre hey tenido. A me padre lo carnearon los hermanos de un mujer que me padre había robado, desabandonando a me mamacita. Sus hermanos d'ese mujer a me padre lo han cuchilleado, dice, lu'han carneado en descampado. Me mamacita, entonces, baila bailando, si'ha ido, lejos, a incontrar el carretera qu'iba costa. Si ha llevao a so hijo chiquito; a me ya tamién, que era maqtillo, de ocho, diez años sería, mi'ha empojado al camino del chacra de me tío Anibál. 'Ándate donde to tío', vozarrienta, mi'ha dicho. Di'hay, de ese chacra, con otro primo hemos escapado al montaña. ¡Ay, compadrito, compadre! Hemos trabajado en plantación coca. '¿Eras niño toavía, entonces?', ha pregontado me compadre. No, hey contestado. Tendreya unos trece, catorce, doce; me premo era mayorcito, maltón ya. Oiga ostí, compadrito, nus amarraban con cadena en de noche, el hacendao. En galpón había armellas clavao en el pared; de ahí, con cadena amarraban piones. Perros estaban afuera, ladrando libre, juerte. Pagaban regular, tres soles. Pior que en Cocalón era el martirio de su calor del hacienda, del zancodo; del pike que entra al carne, en el uña, en su rededor del culo que dicimos y allí hace colgajo feo, como maldición. Hemos escapao de ese hacienda Condorbamba; hemos escapao con me premo. Dispués de comer sopita, nocheciendo ya, para hacer necesidad hemos pidido licencia, y, ¡caray! en el oscuro, como culebra hemos arrastrao silencio por so orilla barranco d'iun… d'iun agua que dicen riacho torrentoso. Montaña bravo era. Me premo endenoche mijor que león gato miraba. ¡Caracho! Por on puente de su fibra del maguey con chacla* hemos pasado barranco y dispués, con fósforo kerosene qui habiay robado me premo, hemos quemado puente: «¡Uy, ú ú ú y! ¡Hacendado, maldiciao, anticristo! ¡Aaay!¡Aáááy!¡Uúúúúy!»ha gritoneado me premo. En las peñolerías con tanto árbol, que rompeya el corazón del piedra manso de la montaña; con tanto árbol, capaz no hobiera resonanciado el maldición de me premo. Pero ha resonanciado como el cantar del condenado, feo, en silencio del montaña hondosazo. Por gusto hacendado ha reventado su escopeta revólver fusil. El perro tamién triste aullaba. ¡Carajo, bravo era, se ladraba pesadazo ronda rondando el canchón donde estábamos cadenados! Pero cuando me premo ha gretado en silencio del montaña, el perro tamién ha mareconeado. Valgan verdades, compadre, yo también me pierna ha temblado. Me premo gretaba feo, rabiosiento, maldiciendo egual que hubiera saltado del sepoltora un gente condenado, gretando con su lengua del mundo su candela. ¡El puente de chacla largo, largazo, pues, ardeya, lambiendo!»

«Me premo ha carcajeado y, dispués, hemos caminado sin parar ventecuatro horas. On día más, a Parobamba hemos llegado. De allí hemos salido contrato carretera al río Marañón pa'dentro. Campamento hemos quidado un año. Di'ahí, con platita al capital Lima, hemos vesitado. Hey trabajado en tanto, tanto trabajo meserable, esperanzado recebir lotecito en algún barriada. ¡Caracho! Organización había bastante para invasión barriadas, para cuperativa. Nada hey conseguido. Cientos habían clubes de gente serrano; fútbol, fiesta patronal santo hacían, bonito. De me pueblo Parobamba no había club. En coliseo teatro, canto, baile, danza costumbrista, música andino serrano programa, cada domingo. Casi he quedado allí en coliseo Dos de Mayo, de barridor. De un bailarina Carhuaz templado de amores estaba. Pero ¡compadrito, compadre! el destino, destino es. Hey entrado de mayordomo de señora, bueno, blanca, en avenida Orrantias, casa palacio. Así hombre que eray ya,

---

*   chacla: trozos de madera.

a escuela nocturno endustrial mi'ha puesto. Buenazo. ¡Caracho! Hey aprendido un poco escuela instrucción, zapatería más mejor.

Agua caliente mi'ha hecho bañar, siempre, me patrona. Dispués… agua caliente… Señora, un sociedad ha hecho mi'ha llevao a so dormitorio, espejo, lustre… cama bajito. ¿Cómo maldición ese señora ha sabido que yo eray machazo, más que gallo, chequito? ¡Caray! On fonda seda ha hecho poner con su mano a mi lani pa'fornicarle.

Pero gallo, animal es; cientos gallina pisa, igual queda. Gente es de seso, el seso con el fornicación vicioso debelita. La tuétano del cerebro mi'ha sacado noche tras noche, compadrito, en dos, tres meses; sucio mi'ha oblegado… El blanco del ojo de me compadre, otra vez como porcelana ha brilloseado, gira girando mi'ha merado juerte. Entonces lie contao ¡carajo! la verdadero diablo demonio. ¡Sí, pues! On sobrino del señora tamién ha querido… ¡On hombre maldición, que so madre le habríay parido, dicen, culo adelante! Me compadre, entonces mi'ha dicho. 'A Cocalón compadre. No estés contando lo que demás es sabido pa'nosotros, negros, zambos de la costa ciudad. ¿Cómo has salido de Cocalón? ¿Cómo has juntado con Jesusa?' El polaco capetán de mina ha querido hacer imposición de juerza. Tarea lampeo, urgente mi'ha dado; yo mando, otro hombre, grandazo, de Ticapampa, pión a mes órdenes. Lampíando harto, hartesísimo hombre grandazo, de Ticapampa, ha cansao, creo, engañando. '¡Nadita más lampa, mierdas!' diciendo, so cuerpo ha tendido lejitos del carbón polvo qu'hemos levantao; en suelo fresco sombra si'ha echado.¡Levante flojo, marecón, grandazo! He resondrado. '¡Nada más lampeo, mierdas!' Otra vez deciendo, so ojos ha cerrado, tranquilo. Yo ¡caracho! oiga, compadrito, tamién un de repente flojedad cansancio ha intrado me pierna. Más lejitos he ido caminando, como tristecido. Me'tendido el cuerpo. Me ojo ha cerrado tranquilo. Me pecho nu'a fatigado nadita. Tranquilo, fresquito, mina adentro… Botado ha quedado el carril tolva. Después, compadrito, hey despertado con el vozarrón del inginiero polaco. 'Cochino, ocioso, traicionero', ha gretado. El hombre grandazo de Ticapampa en so atrás estaba. 'Éste dice que ti'has dormido como capón cerdo', deciendo, ha señalado con so mano al grandazo. Entonce como del chuncho el flecha, el flecha del indio salvaje, selva Amazonas, Ocayali, Marañón, así mesmo, hey lanzado me cuerpo al hombrazo; en so pecho con me cabeza he taconeado. Al carbón del mina ha volteado so cuerpo grandazo. Ahí li'he paliado. El gringo polaco mi'agarrado por tras me espalda. Me brazo ha tornillado. "Nu'hay más trabajo pa'ti, grillo matón", ha dicho. Entonces, tranquilo, despacio, he contado; jurando, jurando, haciendo cruz en me boca, he contado todo el sucedido, verdad verdadero. 'Ya para mí es tarde, creo, oye, Cruz' mi'ha dicho el gringo. 'Rodíllate a ver pa'creer; rodíllate en su delante de Gracián, éste de Ticapampa', mi'ha dicho. '¡Rodíllate ostí, gringo pelao, ante yo que soy Esteban de la Cruz, hombre de palabra conciencia', hey hablado ¡caracho! con fuerza. Polaco gringo si'ha ido silencio. Al Gracián, de Ticapampa, lu'he dejado parao... En dos días mi'han arreglado dimnización. Trescientos soles. 'Lo engañaron firme, compadre–ha hablado me compadre–. Trescientos soles por tres años... Despedida intempestiva...' Trescientos soles ¡buena plata! hey dicho. He sobido a on pueblito chiquito, arriba arriba de Cocalón, pueblito con cabra harto, con fruta, limón, granada, plátano, pacae. Allí hey conocido a la Jesusa. Era so cocinera de'un señora que tenía tiendita fonda restaurancito. De noche hemos escapado. Ese señora está ahora en Chimbote. Tiene puesto grande verdura, mercado Bolívar. ¡Caray! Dispués, de Parobamba hemos bajao otra vez Chimbote. Parobamba, pueblito andino, nu'hay esperanza: chanchito, ovejita, chacrita chico, uno, dosito. Hacienda grande tamién silencio, obediencia, boca cerrado. Silencio comen allá, alturas sierra que decimos, compadre. En so tripa de serrano, en su vena sangre del serrano que ha probao ya Trojillo, Lima, Chimbote, en su pecho adentro, más toavía, silencio, cementerio no más ya hay cuando le hacen quedar en so tierra pueblos. Cuando baja a la costa ya tamién, recuerda so crianza, cerros, fiestas con borracherita, pito y caja[7], violín; llora silencio, ratito namás en el trabajo homilde,

---

[7]   pito y caja: instrumentos tañidos al mismo tiempo por una sola persona. El pito es una especie de flauta larga de caña y la caja es un tambor grande (S. de A.).

dispreciao ¡caracho! Entonces... en me pueblo; nu'hay esperanza diciendo ¡Vamos, Jesusa, al Chimbote, puerto grandazo! hey hablado. Mismo al siguiente mañana hemos bajado al carritera. Seis años chupitero, ganancia rigolarcito, hey sido. Hemos agarrado este zancudal totora del Corporación; casita zancudal hemos levantao. ¿Ostí recuerdas, compadre? Ahí, compadrito, ostí mi'ayudado de puro voluntad. Hemos alzado casa adobe, piedra cimiento, piso ripiado. 'Yo sé amanzar lodazal', has dicho, hablando, 'Me gusta'. Dispués ya Hermano evangélico más mejor ha visitado Totoral; bastante ha venido, homilde, bonito hablando. Ha leído Biblia. A la Jesusa se ha llevado premero a so inglesia, con me lecencia».

Moncada se levantó del catre. Se le habían agarrotado un poco las piernas.

—El evangélico no chupa, no miente, es limpio —dijo—. Pero... su aliento, quiero decir, su vida, tomado en su completo, es desabrido. No tiene sal, compadre, menos pimienta. Ni animal, ni persona con su riñón de gente, con su lengua completa de gente, con su barriga y entrepierna completos; el evangélico está fugado. Su canto tamién es desabrido ¿no es cierto, compadre? ¿A usté le gustan esas canciones con guitarra que cantan? Nu'es guitarra, nu'es alegría, nu'es tristeza. Hasta el perro, hasta el carnero, hace sentir su vida cuando ladra el uno; cuando brama el otro, al sentir el cuchillo en el pescuezo.

—¿Y el chancho, compadrito?

—El chancho es majestad en su... ¡claro, compadre! en su habla. He sido chanchero del chancho de corral u de chacra, no, pues, del encajonado en granja. Mucho he aprendido de los chanchos. El sentimiento, el alegría que es comer sabiendo en el hocico, así de largo, en la lengua, el calorcito, el olorcito del alimento mezclado de harina de pescado con otras cositas; el sonar «profundo del garganta» como usté dice, templado, con su melodía como seda o como tripa, en que lumbres y raíces del mundo, del mismo culo de la tierra se manifiestan; ese gruñido, compadre. Ahí, en el gruñido destintos del chancho, sientes tú, compadre, el agua caliente y el agua frío, el barro, el aire limpio; el «pestelencia» y como usté dice el deshogo «buenazo» del defecar, del eructo ventocidad. ¿Y cuando sueltan a los chanchos para bañarse, compadre? Latiguean con su rabo chico el aire; su cuerpo gordo no salta mucho, pero nengún animal, ni gente, así goza de su movimiento del cuerpo...

–Pero cuchillo le meten, compadre.

–Cuando ya está muy gordo. ¡Listo pa'morir como nadies ninguno!

–Compadre –dijo doña Jesusa, entrando a la casita de Moncada–, el Hermano namás va a salvar so vida del Esteban. Ostí dígale. Ostí es respeto para don Esteban.

–¿Es médico el Hermano, es curandero, brujo? –preguntó el negro.

–Hilando afuerita, orilla del cequión hey oído lo que ostí dices del evangélico. Verás, ostí, compadre: cuando Esteban confiese su pecado grande... rodillando...

–¡Yo a nadies pido perdón! Ante nadies voy rodillar. Hermano...

–Nu rodillando aunque sea, pues, Esteban. Así como con compadrito, así namás, confiesa... Salvarás.

–Al contrario, comadrita –dijo Moncada–. La confesión apura la muerte cuando hay enfermedad grave; engorda la salú cuando hay salú.

–Compadre –replicó, entonces, Jesusa–. En ese pueblo de donde el Esteban mi'ha robado, allicito, se morían tanto pión que llegaban de mina Cocalón. Sentaban en mesa fondita. Comían pancito, frutita, tomaban lechecita cabra; dispués morían, flaquitos. Moscas comían su negro carbón que de su nariz salía. Otros, con su bastoncito sobían un poquito la cuesta. Contentos tuavía seguían la cuesta. Limoneros colgaban limón del huerta al camino. Ahí paraban, ahí caían. ¡Todos han muerto, compadrito, toditos han muerto!

–Mi compadre don Esteban de la Cruz no va a morir. Ha jurado. No va a morir botando carbón. Quizá de párkinson, quizá de sífilis, quizá de cáncer, señora.

–¿Qué va dejar pa'sos hijos? Esos piones que en Liriobamba se morían, ya sea en restaurancito, ya sea en cuesta, un bolsa de plata dejaban.

–¿Liriobamba?

–Así es el nombre de ese pueblo fruta en el barranco seco, arriba arriba de Cocalón –dijo don Esteban–. Allí había cementerio verdadero. Nunca llegaban los parentelas de los muertos. El peón, enjuermo declarado, sobía el cuesta barrancoso a Liriobamba. Cansaba pa'eterno. El carbón es traicionero. A Liriobamba llegaba sentenciao ya. Moría en cualquier lugarcito. ¡Oiga, compadre! Sobían, sin falta, cuesta Cocalón-Liriobamba, aunque con su ojo apagando ya, pierna temblequeando, llegaban a Liriobamba, siempre. Allí morían o en mismo Cocalón mina. El bolsita del pión, chuspa[8] que llamamos, con la plata, quidaba pa'l cura, p'al inglesia, p'al cementerio, p'al escuelita tamién. Cementerio Liriobamba tiene fachada arco, árbol ciprés, lindo. Nadies de las parentelas del muerto llegaba. ¡Lejos es Cocalón, barrancoso, qaqcha[9], es dicir, que resondra con muerte al ánimo del cristiano que anda boscando destino en pueblo ajeno!

—Pero me comadre Joliana, que su restaurancito teneya, ha sacado plata del bolsitas del muertos. Con eso ha bajado Chimbote, a so hijo treciclo ha comprado...

—¡Liriobamba! —dijo Moncada—. ¿Liriobamba? ¿Había lirios?

—No, compadrito —contestó Jesusa—. Limonero, pacae, plátanos, granadilla...

—¿No había lirios?

—No, compadrito. Nunca.

—Con razón, Jesusa, comadre, tú quieres bolsa de plata; que don Esteban de la Cruz, bravo serrano, te deje herencia bolsa de plata. Que confiese al Hermano evangélico un pecado grande, ¿dice usted? Mi compadre tiene lirio en su pulmón, lirio negro será, pero es flor. No va rodillar ante nadies. No va preparar su muerte ni a confesión ni a canto desabrido que ni vida es, ni oración, sal ni pimienta. Mi compadre ha comprado máquina de coser zapatos, grande, suave, con una palanca como huinche de muelle de primera, ¿no? Hay que caminar firme cuando hay pelea con la carcancha*, igual que don Esteban, caminar, con su lirio negro desangrando en mi pecho, corazón. ¡Váyase usté! ¡Con respeto le digo, comadrita! ¡Con todo respeto!

Moncada tomó del brazo a doña Jesusa, que empezó a llorar fuerte. La guió por la orilla de la acequia, sosteniéndola del codo. Los sapos voltejeaban en el agua; la pestilencia de la basura podrida

---

que echaban del barrio Bolívar, muy cerca, al totoral, pesaba en el aire. Doña Jesusa se apuró, Moncada la siguió sosteniendo del brazo. En la casa de don Esteban, el niño mayor, Amílcar, estaba llorando.

–¿Liriobamba, compadre? –preguntó Moncada, apenas entró de vuelta a su casa–. Eso quiere decir pampa de lirios.

–Cierto –dijo don Esteban. Mecía sus pies en el aire, porque no alcanzaban a llegar al suelo. El catre del loco era muy alto–. Compadre, estoy pensamiento... Quizás el evangélico de Chimbote es... ¿cómo ostí dice? ¿Desabridoso?

–Desabrido.

–Eso mismo, en quichua, más seguro dice qaima. Pero, diga ostí. Ese desabridoso, qaima, hace conocer a profeta Esaías. Grandazo es; parece le habla el Huascarán, cerro nieve macizo, con negros piedras en sus partes feos. Oiga, compadre... «Tos ojos alza en derredor... andarán en luz... mira... éstos se han juntado... tus hijos vendrán de lejos (como ostí, compadre, como yocito)... sobre el lodo serán criados... entonces verás, resplandor... se maravillará to corazón, ensanchará, tempestad...»

Moncada vio que el cuerpecito de don Esteban se afianzaba en el aire, tomaba peso, mientras recitaba, porque sus pies no llegaban al suelo.

–¿Liriobamba, dijo usté, compadre, enantes? ¿Vómito negro? Mariposa mensajera que se alza como paloma del río; llega cansadita donde el muerto que a nadies tiene... Usté compadre no es evangélico, usté quiere enterrar a la muerte, ¿no es así?

–¡Enterrar, compadre, para siempre jamás amén!

–Compadrito, compadrito, pero los profetas asustaban con la muerte. Yo también he leído. Aquí, en Chimbote, cientos de evangélicos de toda laya andan en las puras barriadas. ¿Por qué, compadre, no van a Buenos Aires, barrio de los cogotudos, al hotel Chimú, siquiera al Trapecio, donde viven los patrones de lancha elegantosos? ¿Por qué allí no cantan con sus guitarras? No me gusta, compadre. Que limpien con su Biblia el aire de extranjero mandón sin ley de los patronazos. Que no estén cantando como pájaro disecado en las barriadas. El pobre no necesita consuelo... Pisar la tierra, compadre, sin miedo, sin miedo. Más firmeza toavía que usté y que yo, qui'andamos furibundos ningunos sabemos bien pa'dónde.

–¡Exacto, compadre! –exclamó en buen castellano, don Esteban, y continuó–: «Está de candela infierno extraviado las conciencias». Profeta Esaías habla... Desconfiando yo, siempre, de evangélico, de cura párroco pior. Jesusa dice que estoy demoniado.

–Estamos demoniados, compadre. ¿Quién no? Si no le meto ripio y tierra a este suelo de mi cuarto cada dos meses, el catre se hunde en el fango, ¿no? Y de aquí también, la Corporación nos va botar, compadre.

Dos Esteban resbaló del catre al suelo; se puso de pie y empezó a toser.

–Mañana no trabaje mucho en la máquina, compadre.

–Claro, compadre, mi voy.

Contuvo la tos. Moncada lo llevó cargado. Pesaba muy poco, más o menos como un carnero. Don Esteban se dejaba cargar con su compadre, si era de noche. «Juerte vidaza, el brazo de me compadre», decía, mientras el loco lo llevaba, despacio, por la orilla de la acequia. Lo dejaba en la puerta de su casa.

–¿No habían, de cierto, lirios, compadre? –volvió a preguntar esa noche.

–Nunca. Limoneros, granadillas... tranquelidad pa'l muerto.

Los vecinos se inquietaban por esta amistad del chupetero y el negro loco. A don Esteban lo desacreditaba su mujer, día más, día menos. «Va condenarse», decía, secreteando, doña Jesusa. Algunos, muy pocos, vieron a Moncada cargar a don Esteban. Sólo en las noches, cuando ya era muy tarde y le atacaba la tos, el negro llevaba cargado a su compadre. Lo bajaba de sus brazos con mucho cuidado, y él se iba, casi siempre, al barrio Bolívar, del casco urbano. Pasaba el puente de palos y barro que los vecinos del Totoral hicieron sobre la acequia. Caminaba solo, conteniendo las ansias de hablar en voz alta. Las charlas con don Esteban lo calmaban o desquiciaban. Cuando las ansias de hablar no se le calmaban en el paseo y, por el contrario, las caminatas, o su casa, con la presencia de la calavera en la repisa, toda la noche, lo enardecían más, decidía quién sería, como quién amanecería al día siguiente para hablar en las calles y mercados. Se concentraba hasta que le sudaba la frente. Ya con el rostro neutro, acercaba la lámpara a un inmenso cajón que tenía lleno de trapos, vestidos, sombreros, alambres, cadenas, bastones, trozos de redes de todo tipo, collares, cintas, enormes corchos amarillos flotadores de boliches anchoveteros. Confeccionaba cuidadosamente su vestido. Únicamente aquella noche en que fue a predicar al Gran Hotel Chimú su decisión fue tan súbita.

En cambio, cuando don Esteban era llevado en brazos por el negro, entraba a su casa a toser. Extendía hojas de periódicos en el suelo, a oscuras. Las hojas estaban puestas, bien ordenadas, sobre un cajón, junto a la puerta. Allí tosía, sintiendo los bordes del periódico en los dedos. Doña Jesusa le rogaba, le imploraba que hablara con el Hermano y, después, empezaba a insultarlo. Don Esteban prendía el fósforo; miraba los esputos negros, doblaba la hoja en la oscuridad y la colocaba en un cajón muy ancho, sobre las otras hojas ya guardadas. Tapaba el cajón, le ponía encima una manta y, si Jesusa no lo insultaba, si le estaba implorando, él decía: «Yo me confieso como manda el principio del religión, con Dios, solito, nada de Hermano». Si la mujer lo insultaba, iba a acostarse con ella y la poseía con cierta desesperación. «¡Vas morir, de repente, como el rayo mata en la jalca* al guanaco u si no, vas hinchar como venenado», vociferaba con aliento fuerte la señora. Don Esteban quedaba exhausto pero furibundo. Recitaba, sin poder hacerse oír, trozos de Isaías, oriundos e inconexos: «Vendrán llora llorando a tu persona los hijos que te homillaron... a las pisadas de to pie se curvarán... el chiquito valerá por mil... ¡Caracho!»

Don Esteban se levantó alegre, esa tarde de su meditación y recuerdos, en la tierra del mercado de La Línea. Sentado, vio que el campo vacío no era tan grande como cuando estaba lleno de gente. Sólo delante de la tienda del gran mayorista que vendía toda clase de granos, harinas, papas, cebollas... había aún gente que pesaba sacos en las balanzas que seguían afuera, junto a la puerta. Se puso de pie, tranquilo, descansado. Se echó a caminar línea arriba, por el caminito que había junto a los rieles. «Voy acabar de pensar andando», dijo. «El pensamiento en deveras es cosa de Dios, no hace cansar cuerpo, más bien hace entrar fuerza. ¿Será porque pura rabia, pura venganza namás recuerdo, así con fuerza? ¡Me compadre,

---

*   jalca: puna.

caray, me compadrito, lindo! Mariposa mensajero. ¡Cierto! Mariposa negro hay. Lindo es mariposa negro, cuando aletea, mejor que tornasol, que amarillito. Así el carbón va aletear fuera de me pecho, compadrito, cuando hayga botado todito. Periódicos van volar...»

Y recordó que una tarde, mientras pedaleaba su triciclo de chupetero y acababa de tocar su corneta, un policía municipal lo detuvo.

Hacía calor; era casi el mediodía. Don Esteban había recorrido el mercado de La Línea y el entonces recién inaugurado mercado del «21 de Abril». Tocó la corneta con alegría; pero el sol le sofocaba y quemaba demasiado fuerte en el pecho. Sentía curiosidad por ese ardor repentino que se le producía donde el sol no le caía de frente. Alguna vez se había detenido para sopesarlo, porque le causaba una especie de estrechez en la garganta. Era un ardorcito. Su mujer ya había observado que enflaquecía y que el color de su cara empezaba a parecerse en algo al de los muertos de Liriobamba, y aunque ella lo vio llegar de la mina casi echando candela de energía por los ojos y por todo el cuerpo, así pequeño como era, y en la noche la buscó y encontró en la cocina y se le metió a la cama sin darle respiro a que siquiera pensara y no la dejó dormir casi hasta la madrugada, Jesusa temía. Pero don Esteban levantó la casa; endureció a fuerza de tierra, basura y ripio el angostísimo terreno fangoso que había entre la acequia de desagüe y la orilla misma del tremedal y, más aún, logró entablar la «sala», el primer cuarto donde cuadró con aire de vencedor la máquina de zapatero, enorme; entonces ella, Jesusa, confesó al Hermano que sus temores eran de tanto haber visto morir obreros de Cocalón en Liriobamba. Seis años pasaron. Jesusa instaló su puesto en el mercado de La Línea; parió dos hijos. Don Esteban era sí, a veces, repentinamente iracundo, y sus accesos de cólera se hicieron más frecuentes. Ya hacía un año que de noche se despertaba algo asfixiado y pateaba los cajones, las paredes y, finalmente, la pateaba a ella; decía suciedades, y después, cerrando los puños recitaba versículos de Isaías. «Que se desahogue conmigo», había pedido el Hermano. «Que confie en mí». Con el aire pelea, Hermano, con la oscuridad se trompea; no prende luz. No quiere prender.

Dice en su rabia malsano: «¡David maricón, carajo; Esaías candela!»
Despuesito me aprieta como culebra o me saca sangre del nariz a
puñete. Cuando prende luz, deja alzado su cabeza. No arrepiente;
hace brillosear su pestaña, de frente. Mira mi sangre desde así, del
pared, como chancho, cuando piensa. Dice que oye al sapo que hace
contra al musiquita del zancudo y el chicharra. Para el Esteban sapo
es animal de respeto. ¿No está enjuermo, está enjuermo? ¿De su
pulmón, Hermano, o de su celebro está enjuermo? Cuando priende
el candil, aunque mi boca estea de sangre, mi'hace oír al sapo que
grueso habla en el cequión. «Esaías —ha dicho, Hermano, como
hereje, el Esteban—. Sapo Esaías; chicharras, gente chico, nosotros,
zancuditos, cojudos, borrachos que'hemos nacido a montonazos.
Del barro negrociento habla sapo contra del oscuro, bravo. No le
hace contagio pudrición homildad, barro fango, carajo. Pa'él no hay
oscuro: al revés. Este homanidad va desaparecer, otro va nacer del
garganta del Esaías. Vamos empujar cerros; roquedales pa'trayer agua
al entero médano; vamos hacer jardín cielo; del monte van despertar
animales qui'ahora tienen susto del cristiano; más que caterpilar
van empujar... todo, carajo, todo; van anchar quebrada Cocalón,
mariposa amarillo va respirar lindo. Este totoral namás va quedar
para recuerdo del tiempo del sangre del Jesusa, del predicación de
mi compadrito».
 —Creo estoy jodido, Jesusa —dijo al llegar a su casa—. El municipal,
de a por gusto, en la calor que le hacía, mi'a llevado hospital Caleta.
«¿Dónde está carnet sanidad?» diciendo. Caracho, ahí mismo mi han
hecho entrar cámara rayos. El diablo habíay hecho despejar pa'mí
hospital Caleta donde es pior que mercado Línea, ¿no? El doctor
grande mi'ha mirado feo; el doctor chico mi'ha compadecido. ¡Pior,
carajo! Hey dejado treciclo fábrica. Permiso hasta miércoles.
 El doctor «grande» le sentenció que tenía los pulmones
deshechos; que separara los cubiertos con que comía; que si tenía
casa en Parobamba que se fuera. El doctor chico, le citó para el día
siguiente, moviendo la cabeza, como desaprobando la sentencia.
«Mal, jodido paisano», le dijo el doctor chico, al día siguiente. «No
eres tebeciano. Tienes los pulmones atracados de carbón. No separes
los cubiertos. No trabajes en cosa de fuerza...» Años ya hey salido de
Cocalón, doctorcito, años ya. En fuertes trabajazos hey trabajado,

doctorcito. Qui'haciendo, pues, ahura… «Nada de fuerza. Gracias a Satanás o a Dios que hayas vivido años como sano con ese polvorín en el cuerpo. Lo mismo es ya para ti sierra o costa. Deja el triciclo». Ya hey dejado. Ahura, dígame ostí, ¿cuánto, cuándo, pues vendrá la carcancha? «Contigo no hay tiempo fijo –le contestó el doctor chico–. ¿Tienes miedo?» Miedo nunca, caracho, u ¿lo mismo es rabia? Nadies tenemos miedo en Cocalón. Igual na más, candela afuera, candela boca mina adentro carboncito. Treciclo. El vida es aguante, carajo, aguante. Dispués chorrea culebrita negro del nariz boca, asicito. ¡Vamos chicharra! Saludó al doctor, inclinándose.

Y desde el otro día se echó a buscar en todas las barriadas a los «cocaloneros» de su tiempo, a los que directamente de la mina habían bajado al puerto y a los que, como él, dieron vuelta por otros pueblos y trabajos antes de llegar a Chimbote.

Los mercados de La Línea y de la calle José Gálvez eran buenos centros de noticias. Se oía allí que tal o cual «cocalonero» había muerto, tosiendo seco e hinchándose feo en la víspera. Llegaban a saber que los enfermos que regresaron a la sierra, volvieron peor a Chimbote o murieron en sus pueblos. Barrio por barrio, don Esteban fue comprobando que todos los «cocaloneros» ya habían sido enterrados, todos los «cuenteados», menos uno, un primo de su mujer. Vivía en el barrio Acero, no lejos del Totoral.

Lo encontró echado en la cama, tapado de la cintura para abajo con una frazada.

–¿Carbón toses? –le preguntó a don Esteban.

–Una vez na más: un de repente, en la puerta del Fundición. Me'hey asustado hermano, porque negro era, negrito el saliva, como con corona de luto.

–¡Salvaste, Esteban, carajo! –dijo el primo–. Mismo en Liriobamba un «cocalonero» ha quedado tosiendo carbón. Día noche tosiendo ha estado. Dispués, tranquilo si'ha ido a so pueblo, de Parobamba p'abajo. Lu'hey vesitado; lu'he conversado. Con buey está arando; está teniendo hijos. El brujo qui'habla con espíritu del montaña, aukillu, ha sentenciado: si el cuerpo retruca el carbón en el esputo, el cuerpo libre queda. Yo seis onzas valía. Despacio, pagando su obligación hey hablado con brujo. Tú, chiquito eres. Yo voy decir: botarás cinco onzas y ¡yastá, hermano! ¡Libre quedas! Pagas precio tu vida qui'has dado al capitán polaco mina Cocalón. ¡Libre Cocalón también quedará! El aukillu sabe.

Don Esteban se quedó como chancho pensativo, oyendo, mirando la frazada. El primo le explicó cómo debía toser en hojas de periódicos, y cada mes pesar hojas con esputos y sin esputos. Si llegaba a cinco onzas podía cantar victoria. Así le había instruido el brujo.

–¿Cuántas onzas Parobambino de abajo qu'está teniendo hijo, hermano?

–Aukillu brujo sabe: siete onzas. Tamaño es. Yo, ni un adarme hey botado. Nadita.

–Primo, carajo –dijo don Esteban–. Tú, jodido ya entonces. Como hombre chicharra vas morir de carbón. Juelizmente buen morir van decir: dejas titulación casa, puesto mercado monicipio, barrio 21. ¿Así es que capitán polaco mina se lleva carbón qu'hemos hociqueado lampa barreno? ¿Dispués, todos piones obreros taconeados carbón-veneno quidamos? Espíritu aukillu cobra a pión natural endígena. ¿No cobra a gringo extranguero? ¿No cobra?

–Aukillu, montaña antiguo, señor grande. Sabe.

–Capitán polaco gringo, ¿más rey entonce, primo?

–Espera, oye, Parobamba. Gringo es sacre[10] –y el primo ya estaba fatigado del pecho, como un fuelle apolillado–. Gringo polaco soborna gobierno, primo, ¡Bota carbón, Esteban, hermanito, día y noche! Pesa bien. ¡Botas de tu pecho cuatro onzas, uno ya'habrás retrucado; botas gringo polaco! ¡Carbón mundo volteas volteando! Dos tiene que haber qui'han botado carbón de su cuerpo. ¡Dos tiene que haber! Hombre Parobamba-bajo está esperando. Volteas carbón mundo; limpio, nada metal gringo queda, bandera piruano. ¡Agüita, Marianita! ¡Carajo, Esteban, arcángel, alto diosito...!

Con los ojos cerrados, boqueando, echó a un lado la manta; alzó una pierna hinchada y la hizo caer sobre la cama. Las moscas saltaron encima de la hinchazón. La mujer del primo sacó al Esteban afuera, al patiecito que la casa tenía. Allí estaba el hermano de Esteban, el castellanista cocinero del restaurante grande. Se encaminó hacia él,

---

[10]   sacre: mañoso, falso, desleal, doble, que puede llegar a la traición (S. de A.).

don Esteban. Encorbatado, con traje elegante, el cocinero parecía visita, parado en medio del patio.

—Yo hago prueba pesar carbón, pa'sanar na más, oy pendejo —le dijo don Esteban—. Pendejo también capaz brujo, pendejo de pendejo de polecía-gobierno. ¡Yo boto, carajo, esa polvo! —El cocinero miraba el suelo, sus zapatos muy lustrosos—. Obrero traga hinchazón polvo, cementerio; gringo hace quemar grandazos piedra carbón fuego, dice, pa'negocio grandazo, sobornando guardia-gobierno. Esa hombre qui'ha sanado en Parobamba, Liriobamba ¿espera yunta pareja pa'voltear mundo carbón? ¿Contra de gringo extranguero? ¿Contra de polecía-gobierno?

—Yo eso no sé, Esteban. ¡No me diga usted pendejo! —contestó el hermano.

Esteban le levantó la cabeza a su hermano alzándole de la quijada. Las pestañas del «cocalonero» brillaban más que la cerda lustrada con que se hacían anillos finos, mensajeros, en Parobamba; daban sombra sobre los ojos de don Esteban.

—Esteban, tú...

—Tu ojo baila igual que de maricón mierda —le interrumpió don Esteban—. Cocinero pendejo. Manteca en restaurante, chicharra con zapatos lustrados, con falso corbata mierda. ¡Tranquilo, carajo! ¡Con falso corbata mierda en casa de viuda que va ser! ¡Quizás el aukillu nu'es pendejo! ¡Pendejo Tinoco, pendejo tú también! Ahistá, en tus ojos...

—No envidies —oyó la voz de Marianita—. Ándate, Esteban. Yas apurado morir a tu primo. Anda a vomitar carbón, día y noche, hasta salvar-morir.

Felizmente su compadre Moncada estaba bien largo, echado en el catre, cuando don Esteban regresó al Totoral. La calavera blanqueaba desde el frente, en la repisa. Don Esteban se sentó en el catre. Moncada había revuelto el cajón grande de trapos e instrumentos. No estaba tranquilo; la parte blanca de sus ojos brillaba, moviéndose.

—Pestaña de brujo flaco, compadre —dijo, sin mirarlo—. La pestaña de usté mira sin que uno mire. ¿Qui'hay?

Don Esteban le contó toda la historia, desde la hora en que el policía lo llevó al hospital de La Caleta.

–Escupa, compadre. El brujo sabe de la pesada del carbón qui'hay en el pulmón del minero. Del gringo y del gobierno, del voltiar del mundo, d'eso no conoce, sueña antiguallas. No li'hagamos caso en cuanto al orden del ordenamiento universal nuevo mundo. Pero escupa usté.

Se levantó; se dirigió a la mesita que tenía en el centro de la pieza. Allí estaba el periódico del día. Rompió una hoja «¡Cáspita, el retrato de la rueda irregularienta que dicen va volar a la luna! Ahí escupa».

Extendió la hoja en el suelo.

–¡Escupa, compadre! Póngase usté de rodillas, delante de Moncada que sí ve el ordenarse de los insectos y planetas, de los *rangers* peruvianos, ¡ja, ja, ja! yankiestofados, de las chicharras envisibles. ¡Escupa!

Don Esteban se puso de rodillas. Y no tuvo necesidad de esforzarse mucho. Escupió seco, primero, tres, cuatro, diez golpes; después lanzó una laqiada, es decir, una lanzada de cosa que se pega a una puerta, o a la cara, o al muro de una iglesia, haciendo resaltar colores y formas. Don Esteban arrojó una laqiada de envoltura negra.

–¡He ahí la raíz cogollo del color, de la brillosidá gruesura de tus pestañas, compadre! –dijo el loco y siguió hablando–. Yo siempre he estado sospechoso, miedo ansiedad que hay frente a cosa fuera de lugar, como tu pestaña. No es muerte sino vida... Estás botando carbón. Los astros entranquilizan al humano; las minas martirizan al humano; los comerciantes triunfan; los polecías son gotas del pus que sale para muestra y ejercicio de lo qui'hay en el corazón, ni aire ni arena, del Gobierno Palacio Pizarro. Andando estamos en el descarriamiento médano desierto, sin dueño, donde policía y comerciante te cobra un paso, otro paso, un paso, otro paso, otro...

Contaba las toses de su compadre. Le saltaron los omóplatos a don Esteban, y un poco los ojos. Miró a Moncada. Era la tarde; el sol ya estaba acercándose a las islas de la bahía; se metía como luz y como lanzas, por las rendijas, al suelo y a la pared. Sobre los ojos algo saltados, las pestañas de don Esteban brillaban fuerte.

–Luz negra, compadre. ¡Levántese!

No pudo. Se había sentado. Entonces Moncada lo alzó; con mucho cuidado, lo echó sobre el catre. Don Esteban cerró los ojos y su cuerpo quedó tendido, conservando aún esa apariencia de mayor tamaño y peso. Moncada sacó una tijera grande y puntiaguda del cajón de la mesita y mientras don Esteban respiraba, esforzándose, el loco le cortó una pestaña. La examinó bien a la luz de un rayo que entraba muy oblicuamente por una rendija del techo. Enseguida se puso a rebuscar algo en el gran cajón de madera. Sacó del fondo un sombrero de paja con cinta verde: nada más eso. Delante del espejo se lo puso, encarrujándolo, dándole forma alargada. Salió a paso rápido de la habitación; cruzó el puente del cequión, recorrió a trancos enérgicos las calles muy concurridas del casco urbano.

Llegó a la puerta del Club Social Chimbote. El portero uniformado y con entorchados en la bocamanga y en la gorra, estaba, cual siempre, erguido, imitando fotografías que los directivos le habían mostrado de los porteros de clubes limeños y extranjeros.

—Hermano mono, te perdono —le dijo Moncada—. Reflejo eres de la mancha de aceite y porquería de pescado que brilla a esta hora en la bahía. Brilla, hijo. Pero no como esta pestaña que arranca la muerte de la vida...

El portero hizo un ademán de amenaza, pero en ese momento oyó pasos y voces cerca, dentro del club. El vocal de turno había atendido al abogado de la Sociedad China que reclamaba el local del Club como suyo y lo traía del brazo: «La titulación es legal —le dijo tras de la mampara—. El local es de la colonia china. Pero el club ocupa esta casa hace quince años y ahora es centro de la aristocracia del puerto, de los ejecutivos de treinta fábricas. Los chinos son chinos, pese a la ley. Su gestión no prosperará, doctor, aquí. No estamos en Francia...»

Moncada oyó este alegato, y cuando los dos señores aparecieron en la puerta, lanzó la pestaña de don Esteban al aire, se empinó, con el sombrero en la mano:

—Los zambos y chinos del Perú América —dijo— quizá no elevaron vuelo con Gagarin y los gringos que después han zafado a las estrellas en una tuercacuete, ¿no?, señor es del club. Ni como el brillar d'esta pestaña, luz de luces. Pero el mausoleo de un chino está de presidente a la entrada del cementerio nuevo, de arco y fachada, yankilandia de Chimbote. Vencer en el cementerio es más que vencer en el Club Social Chimboten Company, sociedad anónima...

—¡Fuera negro! ¡Bota a este loco desgraciado! —gritó el vocal.

El portero le dio un puñetazo en la boca a Moncada, pero no lo hizo caer. El abogado se lanzó también sobre él, y pudo inmovilizarle los brazos, más para defenderlo que para humillarlo. Ciudad comercial, en Chimbote no se hizo mucho alboroto por eso. Se reunieron unas seis o siete personas en la puerta del club.

–Moncada y Orbegozo echa sangre cual banderilla Cristo Esteban de la Cruz –siguió vociferando el loco–. El mausoleo del chino reina en el cementerio. La muerte, oye, entorchado; oye, clubman huachimán, te hace orinar a vos y a la criatura de Dios en vos...

Entregaron al negro a un policía. El policía llevó a Moncada a su casa. Pasaron las calles pavimentadas del casco urbano y el polvo de Bolívar Bajo, en silencio. Don Esteban ya no estaba en el cuarto del loco ni la hoja del periódico con los escupitajos negros. El sol, que tanto se enardece en cada cosa antes de hundirse, hacía danzar las plumas de cada mata de totora del tremedal de la Calzada. Formaba como una corona ondulante de resplandor alrededor del fango que era cruzado, en ese momento, por la columna rosada del humo pesado de la Fundición.

El loco se dirigió a la casa de don Esteban. Lo encontró pedaleando la máquina de coser en el angostísimo corredor, endurecido a ripio, al borde del totoral. Ese corredor servía de «placercito» a la casa. Estaba protegido del sol por un leve techo de totora.

–¡Listo! –le dijo don Esteban–. Pedaleo temblequeando toavía. El candela del solcito, tranquilo mi'hace cancha. ¡Carajo, Federico, mierda!

–¿Federico es el portero del Club Social Chimbote, puñetazo, compadre?

–No, compadre. M'hermano castellanista, pasteador ambecioso de hinchao moribundo. Chicharra zancudo; lani cementerio.

Moncada arrastró una silla de sauce y totora desde el cuarto entablado; se sentó a la orilla del lodazal. Pasó un largo rato. Don Esteban pedaleaba lento; remendaba una bota de obrero de la Fundición. Llegó la Jesusa con sus dos hijos. «Voy a comerme la calavera», dijo el compadre en voz alta, y se fue. Jesusa lo siguió un rato después. Aguaitó por una rendija de la puerta. La calavera seguía en la repisa. El compadre se había puesto una falda blanca y

una mantilla negra; tenía un ramo de flores artificiales en la mano.
Así se acostó.

* * *

La amistad de don Esteban y Jesusa con el loco empezó una
ocasión parecida; cuando Moncada se disfrazó de mujer embarazada,
y después de mostrarse así en la puerta de su cuarto, se acostó y
pasaron tres días sin que se levantara. Mientras los vecinos del
Totoral se reían o se despreocuparon, don Esteban le tocó la puerta
al tercer día. Moncada dijo que pasara. Doña Jesusa le llevó un caldo.
El loco tenía un trapo blanco amarrado en la cabeza. Había un jarro
de agua limpia junto a la cama. Los vecinos del Totoral hacían sus
necesidades, de noche, cequión afuera o tremedal adentro.
　–Compadrito… Tome. Tres días hace que no prueba alimento –le
rogó don Esteban. Moncada tomó el caldo.
　–Voy a parir hijo negado –dijo–. Gato sin ojos. El llorar consuelo
desconsuelo; aurora sin crecimiento de luz verdadero.
　Se levantó y salió a predicar.
　Don Esteban vivía entonces en un cuartucho de esteras, con piso
lodosiento. Ya tenía un hijo. El loco lo miraba con simpatía, en el
pasadizo y en el puente del cequión o en la bajadita polvorienta al
tremedal. Le hacía adiós con la mano. Doña Jesusa lo compadecía:
«Loco por causa de nuestros pecados; pobrecito –decía–. Predica
y como a santo lo marterizan». No, respondía don Esteban. Furia,
viento, tiene, buenazo; candela; es gran respeto. Nadies le entiende
más mejor que yo.
　Desde que recibió el caldo, antes de predicar como mujer
engañada, el loco, con la risueña complacencia o la sospecha
temerosa de los vecinos del Totoral y sus alrededores, el loco
Moncada y don Esteban fueron compadres.
　Moncada jalaba pescado, las madrugadas, en el mar de la playa,
de los botes al viejo terminal hormigueante de los pescadores
cortineros. No podían burlarse de él. Aparecía y desaparecía del
terminal y siempre le daban trabajo. Cargaba los enormes robalos
brillantes, uno a uno, o los canastos de corvinillas, machetes,

cojinobas y hasta mojarras. Todo rápido, correcto, con el mar hasta el pecho, junto a los botes.

Cuando su compadre tuvo que dejar el triciclo chupetero, Moncada lo visitaba con más frecuencia, con más frecuencia le llevaba corvinillas o pejerreyes. Tres veces lo acompañó a Trujillo a comprar papas al mercado mayorista.

* * *

Al día siguiente de la prédica del loco sobre el gallo y los cuyes aplastados en La Línea, a don Esteban le fallaron, por primera vez, no el ánimo ni la rabia sino las fuerzas. Se le doblaron las piernas mientras se dirigía al terminal de camiones a Trujillo. Pudo recostarse contra una esquina.

–Yo, carajo, no regreso a mi casa ni muerto, carajo.

Miró el cielo en que la luz del sol, que no había salido aún, hacía cambiar el color del mundo.

–Pierna, carajo, tú obedeces. Yo mando, mientras no esteamos en la sepoltura. Dos onzas ya de carbón afuera. ¡Yo mando!

Y llegó al terminal y alcanzó a su camionero conocido. El chofer lo ayudó a subir. En el camino, dormitando algo, se repuso. Su casero de costumbre lo atendió en Trujillo, y en el mismo camión hizo cargar los sacos de papas y cebollas. «Mientras no estea en la sepoltura, mando».

A la vuelta, en el depósito de la calle Buenos Aires, le dijeron que su mujer había conseguido, «de milagro» y con la ayuda de doña Juliana, de Liriobamba, un puesto de primera en el mercado municipal de Bolívar Alto. Mercado triste, piso de cemento rojo, lejos de las líneas de colectivos, con poca clientela, más allá de la zona del ferrocarril, cerca de las barriadas y médanos, pero en zona urbana «calificada». Bolívar Alto era prolongación directa y planificada de cada calle ancha y ya asfaltada del casco urbano, en la parte de polvo, y no arena, del terreno. Ni barrio ni barriada prolongación «homilde» del centro urbano que el asfalto, los edificios de cemento y los avisos luminosos habían empezado a limeñizarlo, yankizándolo a toda desesperación. Pero su plaza de mercado era municipal, verdadera; cada puesto tenía un mostrador y una estantería de cemento. Detrás del mostrador, el antiguo dueño del puesto adjudicado a Jesusa había dejado, quizá por olvido, una banquita de madera. Allí se estiró don Esteban, por demás tranquilo, mientras Jesusa arreglaba el puesto.

Ya no necesitarían guardar las papas y cebollas todos los días en un depósito lejano ni menos ir a buscarlo en la madrugada. Ampliarían la venta a verduras, granos y hasta fruta. Y el puesto podía ser cerrado con unas tablas, a cualquier hora. El mercado tenía un guardián que recibía mensualidad-propina de cada comerciante y un sueldito del municipio.

Cuando en el depósito de la calle Buenos Aires le dieron a don Esteban el encargo triunfal de su mujer, él marchó en el mismo camión. Cargadores carretilleros había pocos en la puerta del mercado Bolívar. Uno de ellos llevó los seis sacos de don Esteban al puesto, que estaba al fondo mismo de una de las filas de mostradores, pero casi en línea recta a la puerta de entrada.

–Hey llegado, caracho… Hey llegado –dijo.

Encontró la banquita angosta, arrimada al muro, y se echó allí; pesadísimo su cuerpo chico y flaco. Doña Jesusa lo dejó tranquilo. Estaba muy afanosa, sudando de felicidad. Ya había limpiado el estante; había acomodado en el mostrador las mejores cebollas y papas y en los pisos bajos del estante, el resto. Ella misma formó dos filas visibles con los sacos, a un costado del mostrador. Y aún sobró sitio. Abrió los sacos.

–Buena papa, linda cebolla, Esteban –dijo–. Toavía hay campito para verdurita, frutita y maicito, arroz; todo, todo. Los huahuas estarán gritando, pues, en el Totoral.

–A esta hora ya mi compadre está. Seguro acompaña; pancito, caramelito les dará. El blanco de su ojo estará cariñoso como nu'hay ni en gloria ni en cielo.

–¡De veras, Esteban! ¡Cierto mismo!

Y al mediodía el puesto funcionaba. Vendía poco la Jesusa; la plaza silencio no parecía mercado. Pero, a esa hora, se acercaron algunas vecinas donde doña Jesusa. Le hablaron del gran porvenir del Mercado, porque los miles de vendedores ambulantes de La Línea y de la calle José Gálvez iban a ser expulsados de firme, muy pronto y lanzados, una parte al mercado Bolívar, que tenía decenas de puestos a medio hacer a un costado, por el lado de los toldos; la otra parte, los más, a las paraditas de Miraflores Bajo y Alto, y de todas las grandes barriadas que había entre la carretera, hacia el sur, y el mar. «Suerte hasté tenido –le dijo una mujer a doña Jesusa–. Bolívar va a ser como el 21 de Abril, más todavía. Las barracas de La Línea dice van quemar. El tren va quedar con su riel limpio, tranquilo. Esos pobrecitos ambulantes van venir aquí y el Monicipio va mandar línea colectivo a mercado Bolívar. ¿Cuánto hasté pagado de juanillo por el puesto? ¿Cuánto al municipal?

–Esteban –dijo Jesusa–. Hey empeñado to máquina coser en mil quinientos. Doña Juliana mi'ha dado plazo dos meses pa'entregar. No ha llevao máquina toavía. Ahistá. Si no pago en dos meses, va llevar.

Don Esteban no entendió. Oía la charla como un murmullo incierto, en algo semejante al chillido de los millares de gaviotas que a veces cubrían, gritando, el cielo del totoral y bajaban cayendo lento sobre la poquita agua que flotaba en el fango. A don Esteban le causaba un aturdimiento alegre el aleteo y chillido de esos millares de pájaros que también había visto y oído en los lagos cristalinos de las grandes alturas; pero en las aguas frías la gaviota es rara, linda y airosa, y no forma bandadas que revuelven el cielo, como ésas que llegaban al fango del totoral cuyo fondo nadie ve ni conoce.

Don Esteban trabajaba cada vez menos en la máquina. Pasaba la mañana echado en el banquito del puesto del mercado. Eludía a doña Juliana; caminaba un rato hacia la puerta de la plaza. Salía; llegaba a la esquina, en dirección de los cerros. A la vuelta de esa esquina unos indios habían levantado toldos en que vendían choclos tiernos, ollucos recién cosechados, con la tierra aún pegada en la cáscara; mashua, tarwi[11], oka[12]... Vendían muy rápido y bajaban el toldo. Dormían en el suelo. Se iban. Los toldos desaparecían durante unos días y volvían a armarlos. Muy cerca de ese sitio una fila de burros, la única fila larga que había en Chimbote, permanecía latigueando el rabo para defenderse de las moscas. Esa fila protegía de alguna

---

[11]   tarwi: lupino, leguminosa nativa de los Andes (*Lupinus mutabilis Sweet*). Tiene un contenido de proteínas promedio de 40%, como la soya. Crece y se produce de los 2.000 a. 3.800 m. de altitud. Además, fertiliza los terrenos donde se lo planta (S. de A.).

[12]   oka: planta que se cultiva hasta los 4000 m. de altitud (*Oxalis tuberosa Mol.*). Sus raíces, largas y nudosas, de diversos colores, especialmente blanco y rosado, son comestibles, feculentas y dulces (S. de A.).

manera a los tolderos que pagaban coimas viles a los municipales. Los toldos eran levantados más allá de la fila de los burros.

Al mediodía, cuatro o cinco semanas después de la toma del puesto del mercado, don Esteban sintió mucho frío en su banquito. Las ventas aumentaban. El rescate de la máquina estaba asegurado y don Esteban nada sabía de ese negocio. Sintió frío y salió hasta la puerta. Desde antes de llegar a la reja oyó la guitarra de Crispín. Hacía mucho tiempo que no veía al ciego. Lo encontró sentado en un kullu de maguey, un trozo redondo de esa madera suave y liviana. Se había acomodado de espaldas a la pared y cerca de la esquina. Claramente se veía que quienes formaban rueda para escucharlo eran en su mayor parte los vendedores de ollucos y tarwi que a esa hora habían desatado ya sus toldos. Un hombre muy bajo, más bajo que él, que don Esteban, y pernicorto, de gorrita, escuchaba a Crispín de un modo extraño, como si él le estuviera trasmitiendo la melodía al músico. Así le pareció a don Esteban. Los bigotes del hombrecito se movían muy despacio, cada pelo, alzándose, cuando abría la boca alargándola a ambos lados de la cara. Estaba descalzo y vestido de overol apretado, limpiecito, y una camisa de color rojo geranio. Se miraron ambos, más de una vez, al mismo tiempo. Sobre las lunas negras de los anteojos de Crispín se había depositado mucho polvo. «En qué remanso juegas, patillo moro del río – en qué remanso juegas. – Si el río se seca, palillo moro – yo haré otro más hondo con mis lágrimas cristalinas – patillo moro – y seguirás jugando.» Se dieron cuenta, don Esteban y el hombrecito bocón, que mientras Crispín cantaba en quechua, los dos fueron repitiendo los versos y moviendo los labios. «No es limosnero», dijo el bigotudo mirando a don Esteban. «Mi'ha pasado el frío que estaba en mi cuerpo, en el hueso del rodilla", contestó don Esteban. «El tristeza en veces es candela; así, este canto guitarra del Crispín. Tú nunca triste, ¿no?» ¡Cierto! Tú nunca vas morir, oy bocón ¿por qué?, «le contestó repentinamente», don Esteban. El hombrecito le hizo un ademán afirmativo y salió de la rueda. Don Esteban lo siguió con los ojos. Vio cómo llegó, muy rápido, lejos, hasta donde la calle derecha terminaba. Don Esteban se dio cuenta que, desde allí, el hombrecito empezó a galopar más que un galgo por la pampa, y después, médano arriba. Cuando Crispín tocaba la fuga del tristísimo huayno, una fuga de ritmo fogoso, y algunos vendedores de carpa, que habían bebido chicha, empezaron a palmear, el bocón llegó a la cima de un médano demasiado empinado y movedizo que había a un costado de La Esperanza Alta y que por eso no había sido escalado de frente por nadie. Subió el arenal haciendo zigzags. En la cima se puso a danzar, así, a lo lejos. Su camisa roja se veía clarísima, girando sobre la blancura de la arena. Don Esteban le jaló el brazo a uno de los indios que palmeaban. «¡Mira, paisano, mira!», le dijo, y le señaló la cumbre del médano. «¡Ah, está; ramo de geranio es. Tú, **hombre**, carago, **ves**», le contestó el paisano. Pero inmediatamente se apoyó en su compañero y dejó de palmear.

Don Esteban regresó a la plaza, reflexionando, olvidando al músico. En la puerta de la plaza encontró a su compadre. Llegó casi tambaleándose.

–Pa'la tarde tengo mucho trabajo de máquina, compadre –le dijo–. Tres botas de obreros del Fundición.

Moncada tuvo que sostenerlo. Muy poca gente ya quedaba en el mercado. Los compadres llegaron al puesto de doña Jesusa. No estaba ella.

–Hey visto a un enano rojo, compadre –dijo don Esteban–. Oyó huayno del Crispín cerca del esquina de la plaza y bailó la fuga en la cima del médano Cruz de Hueso. ¿Cómo entiende ostí? Un instantito pasó tres, cuatro kilómetros pampa tierra, arena bravo. Subió la cerro médano emposible, zigzagueando.

–Un hombre como usté y yo **vemos** –le dijo Moncada–. ¿Cuántas onzas le faltan, compadre?

–Una onza na más. Una oncita; ya hey pesado tres.

Don Esteban se apoyaba en el mostrador y se sostenia con un brazo de uno de los hombros del negro. Moncada le pidió que entraran juntos al puesto. Don Esteban se echó en la banca. Allí se sintió mejor. La banquita estaba ya acolchada con unos restos de trapos y pellejos bien hilvanados y clavados con tachuelas en la otra cara de la madera. Moncada entró al puesto, apoyó la espalda en el mostrador.

–Una onza –dijo–. ¿Habló usté con el enano rojo?

–Palabritas na más.

–Le hubiera preguntado de la onza. A la cima de Cruz de Hueso no puede subir, por ese frente, la gente común.

–¡De veras, compadre! Bocón era, con bigote grueso, de perro. Quizás sabe...

–Quizá no, compadre. ¿Le miró a usté?

–Sí, compadrito. Ahurita voy decirle –alzó la cabeza–. Su ojo no era como de cristiano corriente; era como metal vidrio cristalino, que capaz no se gasta con el mirar ni el cielo ni la tierra.

–¡Ah!

Sintieron pasos. Llegó doña Juliana con Jesusa. Casi todos los puestos estaban ya cerrados. Doña Juliana vio estirado a don Esteban, la cabeza bien recostada en la madera que hacía de pared del puesto.

–Habla con el Hermano, Esteban –dijo doña Juliana–. Esteban, hijo: ese hombre grandazaso qui'ha vomitado carbón en mi fonda de Liriobamba, brujo era, dicen. Un año na más ha estado en Cocalón. Tú, tres has trabajao. A mi Jesusa robaste, hijo. De tus suciedades qui'has hecho, Esteban, habla con el Hermano y la vida te va entrar de nuevo a tu cuerpo. Ya estás medio ceniza como esos que enterrábamos en Liriobamba. Hijo, habla, pues, con el Hermano...

–De suciedades, doña, más seguro está hablando con el Hermano, la Jesusa. Yo rabio, señora, no hay sucio en mis espíritus. Si el Señor no oye ni al día ni al noche que le llamo, ¿qué ha de estar pudiendo el Hermano?

–Mismo el pecador, de su atrocidad tiene que hablar, hijo, por su intermedio del pastor. El castigo muerte...

Moncada se impacientaba ya. Se volvió de espaldas al diálogo.

–¿La muerte está viniendo, señora? –dijo don Esteban–. ¡Mentira, carajo! Yo, con el carboncito, a ella estoy yendo. Le meto un onza de carbón, carajo, y capaz su ojo lo reviento en sangre...

Dos mujeres, desde cierta distancia, trataban de escuchar la discusión. A don Esteban no podían verlo. El mercado Bolívar era silencio. Sobre el techo de los puestos y en el piso rojo se pudo oír el canto de Crispín Antolín, no como si llegara de fuera sino como que los materiales mismos se animaran en el descampado a recordar sus tiempos.

–De noche puja en el suelo el Esteban –dijo doña Jesusa con voz más resonante–. En el suelo revuelca. Tiene fuerza entonces. ¡Que con el Hermano confiese! ¿De dondecito le viene ese pulso pa'pujar, retuercer papeles, muerder mi pecho? Dispués, frío queda. Con el Hermano que hable. Va salvar...

–No quiere –dijo Moncada encarándose a las dos mujeres–. Nada tiene que decir mi compadre a los cantores malagracias, ni tampoco a los curas yankis u españoles. Peruanos creo ya no hay, salvo ese vivazo que... De Liriobamba sí, que hable, señora. El capitán polaco... Dígame, comadrita Jesusa, ¡por los clavos del calvario! En la noche, ¿le brillan las pestañas a mi compadre?

–Cuando hay candil, brillan.

–Lirio de la muerte-vida que nadies apaga. El brujo serrano es pa'los cojudos. Hoy, mi compadre ha visto un mono rojo bailando en la punta de la Cruz de Hueso. Yo hablaré con el Hermano. Yo, Moncada, el loco. ¿Quieren?

–Sí, amigo Moncada. En la tardecita le llevo. Usted también salvará de loquear. Cantará a mi lado. Hará cantar al Esteban, rebelde...

–Y todos nos convertiremos –le interrumpió el negro a doña Juliana– en pendejos cantores, pa'que el humano se reconcilie de puro aburrido. ¡Ya compadre, Esteban de la Cruz! Arriba la salvación. Mundo sin Moncada y sin su compadre. ¡Nadita de pimienta! Pura huevadez «homilde».

Hasta doña Juliana se rió un poco, y después se mordió los labios. Moncada hizo caminar a su compadre sobre el cemento rojo a buen paso. Nunca antes el negro había pronunciado palabrotas.

Por la tarde, don Esteban de la Cruz pedaleaba muy despacio su máquina de zapatería. A pesar de que se dio cuenta que sus ojos no distinguían bien las cosas, se detuvo a observar con cierto orgullo esa especie de huinche horizontal, «fuertazo» que manejaba la aguja y el hilo. Y como sólo percibía la forma de la sombra y no los detalles, dejó de pedalear y empezó a palpar con las dos manos el huinche, los filos, los ángulos, las partes planas y redondas de la máquina de acero, mientras las chicharras comenzaron a zumbar inciertamente. Con las manos atentas sobre el fierro esperó el canto del sapo, su voz de respeto. ¿Creo que mi pierna se está hinchando?, pensó, muy rabioso, al sentir un atontamiento frío en las piernas. Se apoyó de lleno en la máquina. ¡Fuertazo! –dijo–. Más que yo, más que el cristiano que te ha fundido, carajo. Una manejadita te voy a echarte.

E hizo funcionar el huinche, entusiasmándose, porque varios sapos empezaron a cantar unos tras otros y desde distancias y orientaciones muy diferentes.

Tercer diario

Voy a atenacear o aburrir a los posibles lectores de esta posible novela interrumpiéndola nuevamente con un diario, porque estoy otra vez en el pozo, con el ánimo en casi la nada. Luego de haber escrito el capítulo III en el que creo que pude encauzar el abierto espacio, como de un redondo y algo aturdido hormiguero de hombres y destinos que es el segundo capítulo; luego de haber presentado confidencialmente a mis amigos don Esteban de la Cruz y el loco Moncada en el capítulo IV, y cuando me faltaban sólo unas páginas para concluir ese capítulo, decidí llamar a mi mujer a Arequipa para celebrar la salida del pozo, de la brea que amagaba mi pensamiento. Viajé feliz y casi triunfalmente. Arequipa es una ciudad en que Ángel Rama se pasearía con su imperturbable, o mejor diría, con su serena cabeza y su disciplinado corazón; se pasearía entendiendo bien los contrastes que hay entre los sillares de piedra blanca volcánica con que están hechos los edificios coloniales, sillares como de nieve opaca, y la esmeralda sangrienta del valle en que la ciudad se levanta. Ángel comprendería el significado del contraste entre esta esmeralda y la sequedad astral del desierto montañoso en que el valle aparece, como un río tristísimo de puro feraz y brillante. Él, Ángel, comprendería; sus inmensos ojos se llenarían algo más de esperanza, de tenacidad, de sabiduría regocijada y no asupremada, y por eso mismo, no vendible en el más voraz de los mercados del mundo. Tú, Roberto (F.R.), pedernal y ternura, te colmarías en Arequipa de más seguridades y júbilos sobre nosotros, los andinos. Allí nacieron Melgar y Mario.

Mientras tanto, y desde la grandísima revista norteamericana Life, Julio Cortázar, que de veras cabalga en flamígera fama, como sobre un gran centauro rosado, me ha lanzado unos dardos brillosos. Don Julio ha querido atropellarme y ningunearme, irritadísimo, porque digo en el primer diario de este libro, y lo repito ahora, que soy provinciano de este mundo, que he aprendido menos de los libros que en las diferencias que hay, que he sentido y visto, entre un grillo y un alcalde quechua, entre un pescador del mar y un pescador del Titicaca, entre un oboe, un penacho de totora, la picadura de un piojo blanco y el penacho de la caña de azúcar: entre quienes, como Pariacaca[1], nacieron de cinco huevos de águila y aquellos que aparecieron de una liendre aldeana, de una común liendre, de la que tan súbitamente salta la vida. Y este saber, claro, tiene, tanto como el predominantemente erudito, sus círculos y profundidades. Escrita y publicada la nota con que pretendo bajar a don Julio, aunque no sea sino por algunos segundos, de su flamígero caballo, he vuelto a sentirme sin chispa, sin candelita para continuar escribiendo. Quizá sea porque he ingresado a la parte más intrincada del curso de las vidas que pretendo contar y en las que mi propio intrincamiento en vez de encontrar el camino del desencadenamiento pretende desbocarse o se opaca, porque... Bueno.

Viajé a Arequipa en abril. Pasé por Moquegua, ciudad colonialísima que no conocía. En Moquegua hablé con un paralítico que descansaba, al parecer, plácidamente, en el hermoso patio de una casa típicamente moqueguana. Los techos están enlucidos de barro por fuera; son de dos aguas pero no concluyen en ángulo sino

---

[1]   Pariacaca: «nació de cinco huevos en el sitio llamado Condorcoto», personaje y divinidad cuyas acciones se registran en *Dioses y hombres de Huarochiri*, narración quechua recogida oor Francisco de Ávila en el siglo XVI. Padre de Huatyacuri y Tutaykire, entre otros. Combatió y venció a Huallallo Carhuincho, a quien relegó a la zona huanca. Estos hechos, aparentemente mitológicos, nos ayudan a develar la estructura étnica de la región (S. de A.).

en un pequeño plano. Ese plano y el barro le dan un encanto extraño. En el patio había un molle que el caballero paralítico decía haber defendido muchos años ya, porque sus descendientes consideraban a ese árbol como indigno. El señor ordenó que me mostraran la sala de su casa. Estuve allí varios minutos. El techo y el espacio de la sala, con esa forma geométrica de plenitud tan extraña, exaltaron la felicidad que tenía dentro de mí mismo. El paralítico me dijo con serena resignación: «cuando yo me muera van a cortar el molle, derribarán esta casa y construirán un edificio de cemento chato, caluroso, moderno…»

El estilo moqueguano de casas, altas, frescas por el espacio y por los materiales de que están hechas, fue creado y construido para proteger, animar y pacificar al hombre que habita el angostísimo valle ardiente, caldeado por el desierto de tierra ya enhiesta a esa altura de la yunga costeña. Pero el tipo de ambiciones, anhelos y empuje del hombre precipitadamente modernizado…

En este día en que siento como que la asfixia se me aproxima de nuevo y borra o pretende borrar de mi imaginación el apretado aunque no bien coordinado universo de los próximos capítulos de los «Zorros», no sé bien por qué me acuerdo de Moquegua; del contraste entre ese barro áureamente modelado de que están hechas las antiguas casas y el hotel de tres pisos –el mejor de la ciudad– cuya lisa fachada de cemento en que las puertas de las piezas se abrían como nichos o celdas, hizo rebotar mi cuerpo y me obligó a huir calle abajo; me acuerdo del paralítico señor tan plácidamente resignado en su casa moqueguana, sentado en una silla de ruedas frente a su confidencial molle, ya condenado por ser nativo.

En Arequipa estuve doce días. Allí escribí quince páginas, las finales del capítulo III. Por primera vez viví en un estado de integración feliz con mi mujer. Por primera vez no sentí temor a la mujer amada, sino, por el contrario, felicidad sólo a instantes espantada. El pino de ciento veinte metros de altura que está en el patio de la Casa Reisser y Curioni[2], y que domina todos los horizontes de esta ciudad intensa que se defiende contra la agresión del cemento feo, no del buen cemento; ese pino llegó a ser mi mejor amigo. No es un simple decir. A dos metros de su tronco –es el único gigante de Arequipa–, a dos metros de su tronco poderoso, renegrido, se oye un ruido, el típico que brota a los pies de estos solitarios. Como lo han podado hasta muy arriba, quizá hasta los ochenta metros; los cortos troncos de sus ramas, así escalonados en la altura, lo hacen aparecer como un ser que palpa el aire del mundo con sus millares de cortes. Desde cerca, no se puede verle mucho su altura, sino sólo su majestad y oír ese ruido subterráneo, que aparentemente sólo yo percibía. Le hablé con respeto. Era para mí algo sumamente entrañable y a la vez de otra jerarquía, lindante en lo que en la sierra llamamos, muy respetuosamente aún, «extranjero». ¡Pero un árbol! Oía su voz, que es la más profunda y cargada de sentido que nunca he escuchado en ninguna otra cosa ni en ninguna otra parte. Un árbol de éstos, como el eucalipto de Wayqoalfa de mi pueblo, sabe de cuanto hay debajo de la tierra y en los cielos. Conoce la materia de los astros, de todos los tipos de raíces y aguas, insectos, aves y gusanos; y ese conocimiento se transmite directamente en el sonido que emite su tronco, pero muy cerca de él; lo transmite a manera de música, de sabiduría, de consuelo, de inmortalidad. Si te alejas un poco de estos inmensos solitarios ya es su imagen la que contiene todas esas verdades, su imagen completa, meciéndose con la lentitud que la carga del peso de su sabiduría y hermosura no le obliga sino le imprime. Pero jamás, jamás de los jamases, había visto un árbol como éste y menos dentro de una ciudad importante. En los Andes del Perú los árboles son solitarios. En un patio de una residencia señorial convertida en casa de negocios, este pino, renegrido, el más alto que mis ojos han visto, me recibió con benevolencia y ternura. Derramó sobre mi cabeza

---

[2]	Casa Reisser y Curioni: Reiser y Curioni S. A., casa comercial limeña, exportadora e importadora, con sucursales en provincias que expendían artefactos eléctricos, relojes, muebles, telas, etc. (S. de A.).

feliz toda su sombra y su música. Música que ni los Bach, Vivaldi o Wagner pudieron hacer tan intensa y transparente de sabiduría, de amor, así tan oníricamente penetrante, de la materia de que todos estamos hechos y que al contacto de esta sombra se inquieta con punzante regocijo, con totalidad.

Yo le hablé a ese gigante. Y puedo asegurar que escuchó y guardó en sus muñones y fibras, en la goma semitransparente que brota de sus cortaduras y se derrama, sin cesar, sin distanciarse casi nada de los muñones, allí guardó mi confidencia, las reverentes e íntimas palabras con que le saludé y le dije cuán feliz y preocupado estaba, cuán sorprendido de encontrarlo allí. Pero no le pedí que me transmitiera sus fuerzas, el poder que se siente al mirar su tronco desde cerca. No se lo pedí. Porque cuando llegué a él, yo estaba lleno de energía, y ahora estoy abatidísimo; sin poder escribir la parte más intrincada de mi novelita. Quizá por eso lo recuerdo, ahora que estoy escribiendo nuevamente un diario, con la esperanza de salir del inesperado pozo en que he caído, de repente, sin motivo preciso, medio devorado por el despertar de mis antiguos males que esperaba estallarían en iluminación al contacto de la mujer amada. Pero ella vino entre muchos truenos, duelos y relámpagos.

20 DE MAYO

Volví de Arequipa en tal estado de animación y lucidez que pensé que concluiría de escribir el libro en los tres meses que me faltan para incorporarme a la Universidad. Dos días trabajé en la continuación del IV capítulo. Luego, caí en un estado de postración tan lóbrego como los que me atacan en los últimos veinte años y de los que salgo cada vez con mayor agonía. Invitado a Valparaíso por Nelson Osorio[3], allí, la amistad con sus tres hijitas, de diez, nueve y siete años, de Gog, un perro muy intuitivo, muy entendido en los males que aquejan a los hombres, logré reanimarme. La casa de Nelson y de la

---

[3]   Nelson Osorio: catedrático chileno. Ha sido coordinador y miembro del consejo editorial de la *Revista de Crítica Literaria Latinoamericana* (S. de A.).

Nena, su mujer, es la más informal y libre que he conocido. En Chile he encontrado gentes como ésta, en quienes la máxima información universitaria, la inteligencia excepcional y cultivada con los recursos de varios idiomas, el lúcido ejercicio de la docencia y del cargo directivo universitario, esa jerarquía, no sólo no crea, incita o siquiera hace asomar el operático formalismo, la rotundidad, los siempre perceptibles ademanes del convencionalismo nato o aprendido. En esa casa de Nelson, como en la de Pedro (Lastra)[4], intrínsecamente normada, mi cuerpo se movía con una libertad nunca antes conocida en las ciudades; todo estaba a mi disposición, especialmente el aire que respiramos. Porque es mentira que ese aire sea tan libre y tan de propiedad pura de todo el mundo. El aire dentro de un cerco ajeno, de una casa ajena, aun en la de muchos amigos, está enajenado; el pecho no lo puede tomar con la misma alegría o inconsciencia con que lo respira en los campos, también todos con dueño, pero donde si estás solo, el aire, allí, sí es tuyo, como los altísimos cielos que no por inalcanzables no llegan a ser parte de tu ánimo y de tu carne.

Nelson tiene treintaiún años; ganaba cien dólares al mes hasta el año pasado, ahora gana el doble, y su mujer, que es profesora de música de liceos, no sé cuánto gana. Pero así quisiera imaginarme al hombre del futuro. Así. ¿En qué se diferencia Nelson, de Gog y del inmenso pino que está en ese patio colonial arequipeño? Soy, claro... ¿un animalista, un aldeano incurable? Yo digo que es mucho más lo que hay de común, entre ellos, que las diferencias. Con razón los cortázares nos creen tan microbianos. Y eso no es malo. Así tiene que ser. Por eso el mundo es grande y crece y se multiplica, su fondo y su forma, sin cesar. Además, Nelson, comunista a quien los viejos de ese partido parece que ansiosamente temen y estiman, podría tener una sesión interminable con Julio Cortázar, Alberto Escobar y Mario Vargas Llosa, por ejemplo, interminable. Yo me convertiría en un oyente entre asustado, hambriento y feliz de esa charla. Entendería

---

[4]   Pedro Lastra: maestro, catedrático y poeta chileno. Fue también director de la colección Letras de América, de Editorial Universitaria S.A. de Chile (S. de A.).

de ciertas cosas sólo un poquito más que mi queridísimo amigo Gog, pero, claro, yo estaría, por eso mismo intranquilo, y él seguramente algo inquieto. Bueno, pues, allí en casa de Nelson, acomodada mi cama en la pequeña biblioteca –me refiero al espacio porque los libros van desde el suelo hasta el techo–, allí recobré el aliento y concluí el capítulo IV. Pero una sesión académica seguida de una fiesta en la Universidad de Valparaíso y que duró hasta la madrugada, apagó la poca llama de repente encendida. ¿Por qué? ¿Por qué? Una profesora muy gorda, podría decirse fea, de lentes, a la que en el Perú la habrían arrinconado en la amargura, cantó y bailó en la fiesta de modo que, primero, sumió en la meditación, diré en el silencio, a cada quien, silencio que el cuerpo necesita para abrir todos sus poros y cargarse de luces y recuerdos; y después, ella misma, la gorda, hizo bailar y bailó con la energía y libertad en algo parecidas a las de las fiestas de los pueblos peruanos indígenas. La profesora gorda, de lentes, de cara redonda, me encantaba mientras bailaba, como únicamente esas flores pequeñísimas y audaces que siempre menciono, porque su imagen, moviéndose con el roce de los feroces ríos de los Andes, nadie que las haya visto las olvida. Esta profesora... Pero creo que todo esto que digo se está volviendo ya monótono. Sí, desde que regresé de Quilpué (Valparaíso) no he escrito sino esas líneas de respuesta a Julio Cortázar. ¡Qué curioso! Ocupándome, impremeditadamente, de don Julio y de otros escritores se animó mucho el comenzar de este libro. Y sospecho, temo, que para seguir con el hilo de los «Zorros» algo más o mucho más he debido aprender de los cortázares, pero eso no sólo significa haber aprendido la «técnica» que dominan sino el haber vivido un poco como ellos. Mario (Vargas Llosa) estuvo un día en mi casa. Desde los primeros minutos comprendí que habíamos andado por caminos bien diferentes. ¿Cómo no ha de ser distinto –salvo excepciones, porque el hombre es Dios–, cómo no ha de ser distinto quien jugó en su infancia formando cordones ondulantes y a veces rectos de liendres sacadas de su cabeza para irlas, después aplastando con las uñas y entreteniéndose, de veras y a gusto, con el *ruidito que producían al ser reventadas; ¿cómo no ha de ser diferente ese individuo del hombre que pasó su infancia en una ciudad tan intensa, grande y rica en gente y en edificios como Roma o Arequipa, por ejemplo? ¿Cómo no ha de ser diferente el hombre que comenzó su educación formal y regular en un idioma que no amaba, que casi lo enfurecía, y a los catorce años, edad en que muchos niños han terminado o están por concluir esa escuela? ¿Por qué no ha de ser cierto que ese individuo haya tenido dificultades para entender el* Ulises *de Joyce y las tenga para seguir a Lezama Lima, tan densa e inescrupulosamente urbano? ¿Que haya abandonado algo contrapuestamente horrorizado –cuando tenía veintiún años– la lectura de los* Cantos de Maldoror *y que, sin embargo, haya bebido como si fuera agua regia nutricia y casi íntima* Una estada en los infiernos, Briznas de hierba, Trilce, *las tragedias de Shakespeare y Sófocles? ¿No es ésta una forma de reacción verdaderamente indo-hispana y respetable? Así lo entendió Mario y, por eso, en vez de ningunear los resultados de esa experiencia los aprecia con entusiasmo. Y comprendo al mismo tiempo que Cortázar, demasiado traspasado y acaso medio rendido por el olor y hedor de las calles, se extravía hasta el enojo ante la confesión de la misma experiencia y la menosprecia manoteando.*

Yo no puedo iniciar el capítulo V de esta novela porque me ha decaído el ardor de la vida y porque, quizá, me falta más mundo de ciudad que, en cierta forma, significa decir erudición, aunque la erudición y la técnica pueden llegar a ser la «carabina de Ambrosio» o un falso desvío para resolver ciertas dificultades, especialmente para los que buscan el orden de las cosas a lo pueblo y no a lo ciudad o a lo ciudad recién parida, a lo cernícalo y no a lo jet. Ojalá sea así. Y ojalá que, como parece demostrar el hecho de que esté pudiendo escribir estas líneas, alguno de estos días pueda también empezar el capítulo V. Estos «Zorros» se han puesto fuera de mi alcance; corren mucho o están muy lejos. Quizá apunté un blanco demasiado largo o, de repente, alcanzo a los «Zorros» y ya no los suelto más. Porque este atroz dolor a la nuca me ha vuelto desencadenado, al parecer, por circunstancias inmediatas y no por otras causas más lejanas y peligrosas. El tiempo está nuevamente para mí emparedado: si en dos semanas más no he logrado vencer las inesclarecidas dificultades por las que estoy empantanado, me volveré al Perú. Pasaré por Chimbote, muy temeroso y sin detenerme, y me iré; subiré hacia los Andes, hasta Caraz. Allí debe acabar esto. Me esperan en esa ciudad, armoniosa y tan mestiza, un escritorio y dormitorio hermoso, una huerta, un patio empedrado, el gran río Santa, el mismo que, según ya se ha dicho, se retrata, al extenderse cerca del mar y tras el cerro Coishco, de Chimbote, se retrata en el sudario, flameante trapo lleno siempre de polvo, de la cruz que clavaron en las ruinas pre-hispánicas que se alzan con carcomida grandeza en el centro de la barriada de San Pedro. Esa huerta y dormitorio están en la casa de un amigo, de un gran caballero que, según se afirma en Caraz, ha amado a muchas indias y mestizas y que por eso se ha quedado solterón.

28 DE MAYO

De regreso de un segundo viaje a Quilpué, en el tren, creo haber encontrado el método, la «técnica», no para el capítulo V, sino para la Segunda Parte de este todavía incierto libro. He escrito ya los tres primeros Hervores *de esa Segunda Parte: Chaucato con Mantequilla; don Hilario con Doble Jeta y la Decisión de Maxwell.*

195

Segunda parte

Descalzo y en camiseta, los brazos desnudos, el pecho sin un sólo pelo, en que la media gordura y la media vejez se mostraban en el abultamiento a ojos vistas blandengue de los músculos que rodeaban sus tetillas, Chaucato, dormitaba despatarrado en un sofá forrado con naylón. El televisor funcionaba mostrando figuras borrosas y el parlante sonaba muy fuerte. El salón estaba amueblado con un juego de confortables llamativos; una mesa de centro con un florero sobre un pisito[1] hecho a mano, azul, en que se destacaba la figura de una paloma. El techo de la habitación era muy bajo, como el de todas las casas de El Trapecio; el calor era denso. La mujer del Chaucato, su ex cuñada, había arreglado esa pieza únicamente como sala, a pesar de que era living-comedor, mientras todos los vecinos de ese barrio moderno y uniformado adaptaron de alguna manera sus muebles, o compraron otros nuevos, para ocupar como era debido el living-comedor. Pero en un ángulo de la sala del Chaucato se mostraba, imponente, una refrigeradora con mango esmaltado, verde. La puerta que comunicaba la sala con los dormitorios, la cocina y el corralito de la casa estaba abierta. Mantequilla entró y despertó a Chaucato. No lo reconoció al instante; pero cuando se dio cuenta de quién era el visitante, el tono rojizo de la frente y de las mejillas del pescador se encandilaron.

—¿Qué quieres? —le dijo sin cambiar de postura.

—Estás en primera línea de la lista negra, Chauco. Braschi te va a hacer cagar perlas... Me lo ha dicho, hermano, uno que sabe.

—¿Quién? —preguntó el patrón de lancha.

—¿Te digo?

---

[1]   pisito: mantel individual o centro de mesa de tela, paja, plástico u otro material (S. de A.).

—¿No te estoy preguntando, concha'e tu madre?

—El cura, el cura Vizcardo… y también un compadre de don Ángel.

Como Chaucato le prestó atención y bajó los pies del borde del sofá, Mantequilla siguió hablando.

—Mira, Chauco… Todo es sabido, ¿no? Tú le diste plata a Solano, a Zavala, a Maxe… Con esa plata imprimieron volantes contra la industria y más contra Teódulo, contra el Apra. Los jodieron… ¡Claro! Haro también dio plata, tan igual que tú; pero él no ha sido derrochador, mamadera de borrachos sinvergüenzas. Ya a ése no lo jode nadie. ¡Claro! Dicen que don Hilario también había dado, pero no por su propio intermedio, o más bien dicho…

—¿Y por dónde sabe nada ese cura Vizcardo, excomulgado, piojo e'barriada? ¿Y cómo me va a joder Braschi? ¿Va a hacer resucitar a Teódulo y te va a quitar a ti la placa'e bronce de traidor que llevas en tu frente, huevón?

—Braschi puede resucitar muertos que toavía andan. ¡Allí está Elías!

—Elías, tú sabes… No sé por qué te hago caso, churreta'e perro. Será que no he dispertado bien de la cabeza. Espera… Elías bajó al infierno como mismo Jesucristo. Recibió plata de Braschi junto con ustedes, anduvo junto con ustedes por entre la mierda y después, oye, Mantequilla, ¿no confesó todo en asamblea pública? Denunció; entregó la plata. Se quemó como esos bonzos de ese pueblo… de ese que le está sacando la propia contramadre a los yankis. Frías tiene huevos de oro ¡ahistá! Los de tu banda le dicen ladrón y también algunos ignorantes; pero los machos sabemos que entró mismo al infierno… A ti, qu'eras como water consejero, por lo hablador y enredoso, te dejó tirando cintura.

Mantequilla se rió. Se sentó en un confortable frente a Chaucato.

—Ya, Chauco. Tú tienes hígado. Está bien. Elías se quemó; que se quemó, se quemó ¡y en el infierno que dices! Y después, porque se golpeó el pecho, vomitando veintemil de cuarentamil que recibió, ahora es bonzo santificado, pero vivito y culeando. Yo no he venido a hablar de eso. ¡A ti te van a joder! Braschi te va quitar la lanchita de cien toneladas… Y esta casa, ¿no está segura todavía, no?

–¿Y por qué vienes a alvertirme? ¿Yo acaso soy tu compadre? ¿Acaso he de convidarte una mera cebada[2] siquiera por el dato?

Mantequilla volvió a reírse.

–¿Entonces? Tú, Chauco, macho probado en quince años de parar a matonazos y cabrones, no sólo con la plata sino también con el temple; huevón qui'ha botado toda la platita, ¡millones, carajo!, en putas y en wiski que echabas a la panza de las chuchus o al suelo de cantinas y burdeles, y que ahura estás a tres dobles y un repique ¿no?, por más que digas, ¿qué tincas? A mí, no me vas a dar nada, porque soy un mierda según lo sucedido de lo sucedido, y porque estás calato. Vengo a decirte que Braschi te va a joder porque he comido las mejores putas de mi vida, argentinas, gringas, porque tú mi'habilitabas sin recordarte dispués de los puños de billetes que me dabas. ¡Eso! Y porque me da en el riñon más que en los cojones que caigas en la basura de la miseria, casado y con hijos, a tus años, por culpa de Solano, de Maxe, de Zavala, de Mendieta, que son la pior mierda que hay en la pior mierda que es el Perú donde, carajo, según mi experiencia de traidor con placa'e bronce, todos estamos corretiando como hormigas en la tapa de olla qui'han puesto a la plancha de la cocina... No está la patrona, ¿no? ¿Que no puede aconsejar la mierda, dices? ¿La pura mierda?

–Apaga esa porquería –le dijo Chaucato, señalando el televisor–. La «patrona» está con los mellizos... «Patrona» dicen a sus hembras-señoras los Braschis, ¿no? Ya, Mantequilla; pero yo te'hecho apagar esa mierda pa'qui oigas bien y nunca nunca más vengas a mi casa a hablarme de wiski, de putas, de tu corazoncito. Tú sabes... etcetra, etcetra.

Chaucato se sentó. El humo rosado de la Fundición seguía «meando» al cielo. Así, sentado, el pescador vio que se alzaba más lento y recto que el humo de las fábricas de anchoveta y marcaba en todo el sol de la tarde, marcaba a color, un campo ancho de las rocas en el cerro Coishco. Chaucato miró detenidamente esa columna y el pesado color que «miaba pa'arriba» no sólo al cielo sino también sobre el cerro.

---

[2]   cebada: cerveza (S. de A.).

–Los dos nos hemos parido aquí en Chimbote –dijo–. Braschi y yo... No me hagas acompañamiento en nada cuando hablo, oye, ni cabeza ni boca. Braschi sabe mejor que mi madre quién soy en la tripa y en la cabeza y él, por más alto que vuele ahora, sabe que yo lo conozco mejor que la mosca a la cacana... Mira, «placa'e bronce», esto te digo para que le digas a Vizcardo o a cualquier concha'e su madre que de verdad o por intención estea en la nueva mafia, porque tú y Teódulo... ¿Ya? Cuando Braschi era ya el cabeza de águila de los que nos han comido las huevas a los pescadores y nos habían metido en un boliche bien cerrado, cuando eso era ya bien sabido por los «placa'e bronce» como tú y los que tienen el pincho o pecho, que da lo mismo, sin vendimiento al diablo ni a la puta, cuando todo eso... Tú sabes mejor que nadies, Mantequilla; yo lo servía de guarda espaldas a Braschi. Yo daba plata pa'que lo jodan en los «mimeógrafos», ¡pero si algún pasado de hígado hubiera querido, pa'su desgracia, hacerle algo a Braschi, se hubiera primero chocado con mi cuerpo entero que cuando se calienta es pior que dinamita! ¿No es cierto? ¡No mi'hagas acompañamiento en mi hablar, chucha e'gallina, ni con boca ni cabeza! Oye, si quieres oír, hasta el final, pa'tu propia conciencia o pa'que vayas a contar a la mafia, o lárgate hora mismo. Pero no mi'hagas acompañamiento. Mi cabeza, el pensamiento que se dice había sido una cosa, las huevas y el corazón son otra cosa. Nunca por nunca Braschi y yo hemos sido como hermanos. Cuando hemos burdeleado juntos y hemos sacado anchoveta y bonito de la mar, en la bahía y junto a la Isla Blanca, como quien ordeña una vaca mansa: yo le'parido. Y después él ha parido todo este mundo Chimbote, y es cierto que ahora su boca de mono que tenía parece boca de volcán candela que traga, traga, traga billete mierda del mundo pa'joder no más. Pero así y todo, y por la misma maldición, él sabe. Él sabe que si me quiere quitar la lancha yo le meto dinamita en el culo a él y a todos... Yo he pescao con dinamita. ¿Sabes, mierda? En un día he matado a palos cien lobos cuando estaba recién escapao de mi casa, quince años. Braschi sabe que le meto...

–Por eso mismo te va a meter él, Chauco... Por eso mismo he venido...

Chaucato se quedó con los ojos quietos y fijos, neutros, en la cara y luego en los ojos del «placa'e bronce».

–Un volcán que así traga, ¿por qué? –preguntó–, ¿pa'que ha de joder al viejón Chauco? Los tiempos del entretenimiento en pescaditos pa'él ya pasó. ¿Pa' qué, di? Tú eres enteligente, enredoso, buena mierda...

–Así, todos. Mira, Chauco: los grandes no perdonan a la madre de su mierda que si'ha amargado y les tiene el cuerpo como diablo en botella, así sea la botellita este mundo. Tú le amargaste la mierda a Braschi, ¿no?, con los millones que tú has gozado y que'l ha hecho parir, pior que a huevera'e pescado, pero pa'joder y joderse como vos dices.

–Sí. Oigo y lambo el veneno que tu lengua quiere injundir. Sigue. Sigue, hijo'e puta, más que yo... Pero en tu cerebro e'traidor, ¿no te das cuenta que pa'Braschi, como pa'ti, joder es gozar? Seguro, ¿no te das cuenta?

–Bien, Chauco. Joder, joder, joder como tiburón perseguido, ¿no? Sólo el corazón de los cojudos aguanta tranquilo el bombeo día y noche. Pero el asunto es joder, dices. De acuerdo. Cada quien a su manera y alcance. Braschi te quiere joder, Braschi t'encuentra fácil, a cualquier hora... ¡No, mierda! Te hace encontrar con cualquier negro o blanco, o yugoeslavo o indio. Acuérdate; Mantequilla es enredoso y enredao, es decir, cojudeado por Braschi, el águila de los industriales. Dirigente he sido. Eso nú'es pa'cojudos. Cojudo será el Characato qui'ha recebido más patiaduras en el culo que todos los billetes que'n el mismo sitio li'ha metido la industria. Yo soy «placa'e bronce». ¿Ya? Tú estás a la mano de Braschi. ¿Dónde lo vas a encontrar tú a él? Él no tiene casa, no tiene familia. Vive en un club. No se sabe cuándo está en Lima, en la Europa, detrás de la cortina de fierro[3]. Allí le compran la harina, por su intermedio de Alemania Federal.

Chaucato seguía más que escuchándole, oyéndole. Y así, preguntó:

–Entonces, ¿cuál es tu consejo, cabrón? Si nu'hay modo de encontrarle, si es envesible...

–Te quita la lancha y nadie, en todo el litoral, te da otra lancha. Nadie.

---

[3]   Se refiere a la Cortina de Hierro, nominación utilizada por la prensa occidental para las fronteras entre los países capitalistas y socialistas de Europa (S. de A.).

–Eso se sabe. El consejo, el encargo, la verdadera mierdas qui'has traído pa'cá, pa'mí. Vomita eso.

–Escríbele. Dile que reconoces...

–¿Qui ahora tiene chucha o, mejor, culo'e volcán? Porque es maricón. El Mudo lo montaba. A esos que les gusta las dos armas, se quedan, dispués, sólo con el hueco...

–Y esos son malos como el alacrán.

Chaucato se puso de pie. La panza se le abultó por encima de la cabeza de Mantequilla. Estaban muy cerca el uno del otro.

–Salte de aquí, Mantequilla. Ya sabes que voy a escrebirle a Braschi, yo mismo. No le voy a decir a Zavala ni a Eberto que le escriban. Tú dile a quien te ha dicho. Don Ángel ni te habla ni te manda hablar. Pero, a como sea, dile: si me quitan la lancha le meto dinamita en el culo. Braschi ya no estará en el Perú, pero ¡carajo! ¡Puta madre! De Chimbote y del Chaucato no se va a olvidar ni cuando estea hablando con el Papa en Roma o con el rey de las putas en el infierno. No me quita lancha. Y ahora, a pasear con tu placa, huevón, por donde mejor te sea.

Mantequilla no pudo contestar nada más. Salió afuera. Atravesó un campo eriazo, sin jardín ni pavimento, que separaba la acera del asfalto. La columna de humo rosado de la Fundición le partía el cuerpo en dos; no lo cubrió entero. Chaucato creyó ver en el humo desigual un eje amarilloso, delgado como una aguja.

* * *

A esa misma hora, día sábado, Doble Jeta, un pescador aymara que había logrado comprar dos chacras pequeñas en el valle del Santa y cultivar con éxito verduras que no conocía en el altiplano, bajó de la Carretera Panamericana hacia la orilla de una cequia algo basurienta pero no apestosa. La acequia pasaba por un túnel debajo de la carretera. Y a su orilla, al este de la carretera, barrio Miraflores Alto, ya acreditado, varios pescadores habían construido casas de poco frente pero de mucho fondo. Doble Jeta tocó la puerta de la sala de don Hilario. El mismo dueño de casa abrió y sonrió al ver a su paisano.

–Entra, hijo. ¡Qué milagro!

Doble Jeta, que se apellidaba Apasa, examinó los muebles «finos», forrados de tela brillante de la sala; las fotos enmarcadas de las tres lanchas últimas que había comandado don Hilario. Estaba en el centro la Moby Dick, de ciento sesenta toneladas. Frente al cuadro, en el otro muro, colgaba un gran espejo de marco dorado, y también en el espejo aparecía la figura de la lancha. Había muchos muebles en la sala. Don Hilario llevó a su paisano cerca de las fotos de las lanchas. Lo hizo sentar en un sillón que estaba protegido hasta la parte media del respaldo por una tela blanca bordada. Apasa se sintió, al principio, algo incómodo. Don Hilario le preguntó:

—¿Cómo haces, paisano, para coltivar alcachofas, rábanos, espinacas, todos esos verduras, estando en la mar?

Don Hilario, también, como Chaucato, se sentó en un sofá frente a su visitante.

Apasa se rió:

—Cada vez voy menos a la mar, tío. Doble Jeta, Doble Jeta, me dicen asquiando toavía, algunitos contra de mí. Pero tío, con respeto a ostí digo: a la mujer costeño le gusta Doble Jeta. Mi sobran mujieres bien entendidos en coltivo verdura. Ahura tres hay en el corraloncito con sos casitas de esteras no más que hemos levantao, dositos.

—¿Acuestas con las tres? —preguntó don Hilario.

—No, tío. No, pues. Uno por uno, acuesto en días separados.

—¡Ah! Y, ¿por qué es to visita, paisano?

—Un favor hey venido a hacerle, tío. No haste molestarte.

—El favor servicio se agradece, no molesta al ciudadano trabajador obrero.

—Ostí, tío, has ayudado tumbar Teódulo Yauri, has ayudado sobir Eberto Solano, dispués Maxe, comonistas. Has dado, dicen, plata para propagandístico contra Braschi, armadores...

—¿Tú no has dado? ¿Cuántos hijos tienes en tu mujer legítimo que según noticias está en Chimbote?

—Yo no soy política sindicato. En me mujer legítimo seis hijos legítimos hay. So barriga bien alementado, bien trajeado; a escuela van...

—Ya, entonces. Cuatro mujeres tienes.

—No, tío. ¿Cómo, don Hilario, pensamiento, no entendiendo? Esos tres mojieres que están en me chacra piones na más son de mí. Como mojir para mi alabanza pues, son, no para vicio; a ellas les gusta.

—¿Y si a las tres mujeres las empreñas? ¿Qué vas a hacer?

Doble Jeta se sonrió.

—Yo pongo forro. Todo con forro, Doble Jeta. Cada tiempo, cuatro meses, cinco meses, voy cambiar piones labranza mojieres... Mucho hay boscando trabajito...

—Contra de buena enseñanza no del Dios, del mismo corazón gente rectitud. El castigo de Dios en el otro mundo asusta, consuela, al cobarde no más, que no tiene juerza para lochar u para hacer daño al semejante, sea cristiano, sea capital millonario...

—Así habla padre Cardozo, ¿no? —le interrumpió, sonriendo, Doble Jeta a su «tío».

—Así hablo, Hilario Caullama desde que manejo herramienta. ¿Cuál favor, dices?

—El Braschi Capital te van quitar lancha Moby Dick por qui'has sominístrado plata pa'joder Teódulo, pa'elicción Maxe, Solano.

—Paisano —le contestó Caullama—, en su popa de me lancha se prende un alcatraz, viejo ya. Tranquilo queda en su borde del popa. Llevamos mar afuera. Ahí come harto, hasta llenar buche como el Dios nunca le había dado. Anda, paisanito, buscándolo, encuéntraslo en la playa. Estará dormiendo. Cuéntasle ese cuento. Nada más. ¿Quién anemal ti'habrá mandado? ¿Tinocucha? Tres años ya hey botado a ese lani... No, anemal paisanito, no abras boca. Levántate respeto. On encargo te voy dar, andando, andando, hasta carritera te voy compañar. ¡Pobrecito!

Lo sacó de la manga. No lo dejó hablar. Mientras caminaba a orilla de la cequia, don Hilario hablaba:

—A mi lado el Inca está, cuando llegamos a la mar alto. Atahualpa nu'está muerto, dices al Tinocucha, o al Teódulo, a cualquier que como a sonso, pero como vivo, garrapata del capital, ti'ha mandado. El Inca a mi lado, más cuando en mi frente siento el bulla profondo del anchoveta. ¡ Ahistá el Inca, a mi lado, tranquilo, como bulto, altazo, sen color! Hey ido a Cajamarca a ver donde dicen lo habían matado. Baños del Inca que dicen, ahí mey bañado. En todo valle Cajamarca cuerpo-alma del Inca está, en el barranco cerro El Dorado tamién al mar resondra. El capital se va rendir, con el tiempo, paisanito, pobrecito. ¡Anda, vete!

En el momento en que despachaba a Doble Jeta, que se marchó sin despedida formal previa, pasaba en su jeep el padre Cardozo. Detuvo el jeep. Bajó. Abrazó a don Hilario. «Compañero, contento de verte», le dijo. «¿Ah, sí?», contestó don Hilario. Cardozo, sin quitar su brazo de sobre el hombro de don Hilario, preguntó:

—¿Te ha visitado Doble Jeta? ¿Ha venido desde el Santa de visita? Cuenta, don Hilario.

—¿Pa'qué, amigo? Tú todo sabes.

Cardozo enrojeció. Era bajo, algo narigón, sin traza visible de gringo. Unos granos o sarpullidos que tenía en la frente se parecían mucho a los que en los pueblos de la sierra son considerados como signos de vicios solitarios. Don Hilario le miraba la frente. Luego percibió el enrojecimiento de la cara del sacerdote.

—¿Tienes ostí cólera o vergüenza? ¿Por qué me preguntas de ese pobrecito? ¿Tú sabes que tiene tres pobrecitas mujeres que hace trabajar y con «forro» las vesita en de noche? Esos mujercitas, por necesidá meseria están, seguro, con él. Ese pobre anemal de altura dice que esa mojir gusta Doble Jeta. ¿Tú sabes?

—Sí, don Hilario. Apasa siempre cuenta eso. Debe ser falso, creo. Pero, ¿por qué dices que yo sé todo?

—Pa'eso has venido, señor sacerdotes yanki. ¿Pa'qué, entonces?

—Cualquier sacerdote necesita saber todo. No cualquier, el que busca, revolucionariamente, la salvación del hombre, ahora.

El color del humo de la Fundición empezó a llegar hasta el borde de la Panamericana. El cura estaba de espaldas a esa luz y don Hilario, de frente.

—¿Por qué, padre Cardozo, no haces revolución en los Estados Unidos donde capaz es más orgiente?

—¿Más urgente?

—¿Más déficil, padre?

—Igual, don Hilario, así de difícil como de urgente. ¿Y cree usté de veras que yo sé a qué ha venido Doble Jeta a visitarlo?

—Ostí, pues, me ha preguntado a qué ha venido Doble Jeta. Sabe ostí o quiere saber. ¿Por qué?

«Señor: esto es peor de atroz, que la velación de la mujer en la barraca de Coishco, donde los hombres eran menos y tenían menos alma que las moscas; es peor que la primera vez que vi atropellar a un niño en la carretera y todos dijeron que era mejor que hubiera muerto, porque así...» Le interrumpió la lamentación de conciencia don Hilario:

—Padre Cardozo, ostí sabe: yo como cholo aymará, altiplano Lago Teticaca, en nengún gringo confío, ne cuando tiene sotana, y es castellanista mejor que yo. Voy decirle: ese pobrecito cholo aymará ha vesitado me casa para dejarme encargo, con so doble jeta, que el Capital-Braschi mi van quitar la lancha... Espera, padre... Yo he dicho: Inca está a mi lado... Cuando subo alta mar y solo estoy con timón en me mano, ahistá, Inca, juerte, tranquilo. Él mi lleva al nariz-ojo el voltejeo del anchoveta en lo jondo... Un alcatraz viejo, hace tiempo, se comoda en me lancha. Llevamos de noche. Traga anchoveta retozoneando su ala pechuga cansao viejo. De día duerme. A mi paisanito le'ncargado que vaya buscarlo y en su oreja dormido le rece encargo de mafia...

—Gracias, don Hilario. Usted me desprecia, desconfía; yo lo respeto. Que así siga la historia....

—Ostí agradece, ostí agradece envanamente. Defícil desprecio a cura yanki, generosidad vesible. Hilario tamién agradece el atención. ¡Cómo no!

Cardozo le puso ambas manos en los hombros y miró, hurgó, hasta lo más profundo que le era posible la cara de huaco y los ojos del pescador. Sí, estaba tranquilo. La casi veneración con que le puso las manos en los hombros no le causó ningún efecto. Montó al jeep y lo hizo arrancar a toda prisa. Don Hilario regresó por el camino algo desigual, de tierra, hacia su casa.

¿De dónde, por quién habrá venido Apasa? Piscador gana juerte toavía, pero so vida pende del capital pior que mosca de araña —iba pensando mientras andaba—. A me, yo, solo el cariño a me lancha, a me personal me harían perder. Plata, de más ya tengo; me'hijo es juerte en el estudio. Hay que veriguar esto, con Solano, con Maxe. El mismo ley dice: del industria pescado tiene cabeza escondido pa'Dios y pal Satanás, cuando hay reclamo. No hay patrón del trabajador mar cuando hay reclamo. Pero, ese cabeza envesible puedes degollarte.

Juelizmente ahora, el Sendecato es… comonista dicen cuando no es pongo del capital. Maxe, Solano paran juerte, comu'es debido al cabeza envesible. ¡Nu'hay cuidao! Pubrilla Apasa. Bien gusanado por pestelencia costeño; en su pior gusano está andando. Alma vagabondo. Cura Cardozo, vagabondo bueno: on brazo cariño en hombro Caullama, otro brazo apoyo en hombro Capital-Braschi. ¿Quién prueba hay puente dericto del infierno al gloria? Hilario, tranquilo, hijo. Inca sombra, tu lado siempre, al eterno.

* * *

Maxwell había llegado ya a la residencia y oficina de Cardozo en el novísimo barrio Laderas del Norte, planeado para futuro centro universitario de Chimbote. Estaba acompañado por don Cecilio Ramírez, hermano menor que había sido de una familia pobre en una acastellanada y pequeña ciudad del norte andino, alturas del Marañón. Don Cecilio era dueño del lote y casa de La Esperanza, donde Maxwell vivía. Pero también esperaba a Cardozo, Bazalar, el chanchero de San Pedro.

Con el baile en el salón Rosado del prostíbulo, Maxwell se despidió del Cuerpo de Paz[4] al que había pertenecido hasta la víspera de ese mismo día. Consiguió persuadir a Ramírez que lo aceptara como ayudante socio permanente en albañilería barata y en la fabricación de ladrillos de cemento; que le cediera unos metros de su lote, en el límite con el que ocupaba una vieja señora emigrada de una comunidad costeña cercada por grandes haciendas azucareras. La vieja señora era dueña de un puesto en el mercado de la barriada; tenía una hija, doña Fredesbinda, y tres nietos huérfanos. Peleaba, a veces con Ramírez y la Mamacha, mujer de Ramírez, por las incursiones de chanchitos y pollos de uno a otro campo. Maxwell levantó en pocos días una habitación de ladrillos en la esquina de la

---

4   Cuerpos de Paz: (Peace Corps) organismo creado por efecto de la Alianza para el Progreso, instituida por el gobierno de los Estados Unidos de la época de John F. Kennedy. Estaba constituido por jóvenes norteamericanos que ingresaban a los países latinoamericanos a cumplir diferentes misiones, de acuerdo a las cuales debían enviar informes periódicos sobre sus experiencias que eran posteriormente evaluadas por servicios de inteligencia de aquel país (S. de A.).

parte más disputada del lote. Con unos palos viejos y un trozo fuerte de estera armó la puerta de la pieza. Todo lo hizo con la aprobación entusiasta de la Mamacha, de doña Fredesbinda y de Lucero, perro guardián de la vieja señora. Trasladó al cuarto su camastro de palo de sauce y alambre; las dos sillas de totora, el baúl serrano adornado con listas de lata moradísima y roja en que guardaba su ropa y una banquita de madera. Llevó también, muy contento, a su nueva pieza, el espejo, algo grande, que antes había preferido dejar colgado en el salón del comerciante que le alquilaba un cuarto estucado, bajísimo de techo, blanco. Su charango con estuche de madera cruda, hecho por un carpintero cholo y amigo suyo, de Ayacucho, lo trasladó al final. Él sabía que a los gringos y menos a los Cuerpos de Paz, nadie se atrevía a robarles en ninguna barriada. Entre los vecinos se robaban hasta los palos de escoba, los trapos sucios. El cuarto recién construido tenía espacio y era alto, techado de buena estera. Don Cecilio le ayudó a extender la torta de barro sobre el techo. «Después lo pintaremos de blanquito las paredes», le dijo. Maxwell obsequió a doña Fredesbinda su lámpara de gas para que la usara en su puesto del mercado y para que de noche alumbrase el camino a su casa. Él se compró una lámpara a kerosene, corriente, de mecha, con tubo de vidrio de boca angosta. El espejo reflejaba la luz y aumentaba la fuerza de la lámpara.

Ya no era Cuerpo de Paz sino ayudante albañil permanente de don Cecilio Ramírez. Era, desde ese momento, vecino gringo casi libre de la clandestina y más grande y lejana barriada de Chimbote, La Esperanza. Treinta mil cristianos que habían invadido el desierto y habían trazado calles anchas y rectas que llegaban casi hasta el mar, de la Panamericana hacia el oeste. En tres años había aumentado la población quizá de cuatro mil a treinta mil. En esos mismos años, poco después de la llegada del acueducto de la irrigadora Chimbote a los altos médanos, aparecieron en el desierto unas ciénagas repentinas, a las que los vecinos serranos las llamaron «aguadas»; fueron pequeñas al principio, luego más y más grandes; aparecieron, unas, donde había casas a las que aislaron primero y luego las derrumbaron, a todas; otras aparecieron en frente, de la carretera hacia los cerros. Allí se formaron, felizmente, los más grandes pantanos. La totora creció casi a ojos vistas de la gente en la más grande de las aguadas; verde pálido, empenachada y ondeando, en lo alto; blancuzca, en el tallo bajo. De las «aguadas» avanzaron hacia la barriada verdaderas nubes de zancudos voraces. Llegaban y no permanecían toda la noche, o el viento, o alguna otra necesidad desconocida, las hacía desaparecer pronto. A la orilla del totoral grande y con más agua, unos hombres valientes construyeron un campo empedrado. Maxwell ayudó. Tantearon el piso del agua. Era arena fuerte. Instalaron allí un gran lavadero de camiones y carros que luego se convirtió en un taller de compostura y después en fábrica de carrocerías. Le pusieron un letrero bien clavado entre dos maderos altos: Fábrica de Carrocerías Inka Bala. Hizo gracia; parodiaba a la fábrica de aguas gaseosas Inka-Cola, que, de acuerdo o no con la Coca–Cola, había hecho desaparecer las pequeñas fábricas de todos los pueblos. A orillas de las «aguadas» también se trasladaban, principalmente en horas de la tarde, inmensas bandadas de gaviotas; flotaban sobre la superficie. A veces levantaban vuelo en llamaradas que se alzaban parpadeando y ondulando a millones y sin que nadie lo esperara, en lugar de irse, volvían a bajar como ordenadamente precipitadas. Algunos niños se aventuraban a explorar esos fangos. Se les veía aislados, andando muy lento, y mucho más solitarios cuando la sombra de las gaviotas vibraba sobre las «aguadas» y era verdadera sombra. Maxwell recordaba entonces la comunidad de Paratía y los totorales sin límites del lago Titicaca donde aprendió a tocar charango. La desolación de esas llanuras y aguas era diferente; los niños de La Esperanza, buscando nada en el fango y más, cuando el crepúsculo tropical marcaba nítidamente esas figuras, medio devorándolas, quemándolas, abultándolas, Maxwell podía tocar a veces las melodías y ritmos aymarás y quechuas que había aprendido, pero nunca jamás pudo cantar bien, y menos cuando lo pretendía, algo desesperado, frente a esos niños entre extraviados y curioseando en los fangales de la barriada.

Por la noche, la primera de su licenciamiento legal y perfecto del Cuerpo de Paz, Maxwell se encaminó a pie hacia el puerto. Pasó junto a todas las «aguadas»; llegó a la bifurcación de la Carretera Panamericana con la que se dirigía al barrio 27 de Octubre; el camino a las fábricas estaba cubierto de arena. De allí hasta El Trapecio había un despoblado; llegó a las luces blancas, elegantes, del barrio fiscal donde las casas eran todas uniformes. Había dejado el estuche de su charango colgado de una buena alcayata clavada en la pared de su cuarto, junto al espejo. Conscientemente, «estúpidamente», en lugar de seguir de frente hacia el puerto, Maxwell se desvió hacia la huella por donde los peatones, los que sólo llevaban lo justo o iban a mirar, se dirigían al prostíbulo. Llegó; oyó el *rock and roll* en el enorme salón Rosado e invitó a la China. No le había convidado un solo trago. Nunca se había visto a un Cuerpo de Paz en el prostíbulo. Su ingreso llamó la atención de todos los que lo vieron; y los que no lo vieron se dieron cuenta de que la gente miraba algo especial, y era a él. Luego se pusieron a bailar las parejas. La China acababa de llegar. Un cojo, siempre abufandado en invierno y verano, tocaba con un fierro las puertas de los cuartos de las prostitutas cuando los encontraba cerrados. El golpe sonaba como un balazo. Tocaba a las doce en punto. Anunciaba la hora en que las «niñas» debían ir al salón. Lo hacía como a balazos porque algunas se quedaban dormidas. El cojo no molestaba después de esa hora a las parejas que regresaban del salón a los cuartos. Eso era en el pabellón rosado. Los golpes de fierro los daba en el pabellón blanco un gordo de cara de grasa, verdaderamente de grasa congelada en cuyo centro, sin embargo, los ojos del hombre brillaban moviéndose mucho, como los de algunos animales montaraces. Grasa Muerta le llamaban. Era neutro. Algunas chuchumecas «degeneradas» se habían querido acostar con él y no habían podido.

Maxwell fue aceptado inmediatamente por la China. Y todo el salón, menos el zambo Mendieta que cumplía su rito de los sábados con la Narizona, quedó abstraído por los saltos rítmicos del gringo, por las figuras que su cuerpo ya convertido en verdadera candela, que no despertaba envidia ni lujuria, ni sorpresa sino pura atención, allí, en ese salón donde se habían dado tantos tajos sangrientos o se había lanzado cerveza al piso desde la boca de veinte o treinta botellas a la vez; donde las sillas volaban entre insultos de bestias fatigadas o iracundas... Después que sucedió todo, el ataque loco de El Mudo, la danza con la gorda, la salida en pareja con ella del pabellón rosado, aturdido y avergonzado hasta las orejas, Maxwell se despidió de la gorda, del hipopótamo sagrado, en el campo de estacionamiento de los colectivos. La gorda lo insultó primero, le rogó después; le rogó que fuera a acostarse con ella, por su cuenta de ella, por su goce de ella; así le dijo: «Mi'has calentado la 'zorra' como nadies en esta vida; más que ardiencia tengo... tengo amor, amorcito verdadero...» Maxwell se felicitó de que la mujer fuera del pabellón blanco; así había podido despedirse en la semioscuridad del campo, ¿de no? Se echó a correr en la arena gruesa, en la subidita que había que vencer para llegar a la huella de los colectivos. La gorda le lanzó un puñado de tierra: «Adiós: cuando t'entierren en la sepultura, gringo maricón, ese puñado'e tierra cayera sobre tus dientes».

–Yo te llevo –le dijo un negro fornido–. Te apago la furia con la mangueraza que tengo, mejor que la de la bomba Grau.

La gorda se dejó llevar.

* * *

Un retrato al óleo del Che Guevara medio que presidía la oficina del padre Cardozo. Otros cuadros más adornaban el despacho, entre ellos la figura de una vieja vestida de mestiza, agobiada por el cansancio. Tenía toda la traza de haber sido copiada de alguna fotografía. Maxwell y Ramírez se fijaron que debajo del Che colgaba otro cuadro, un Cristo desigual pintado en una hoja grande de papel, forrado en naylón. Había sido pintado con lápices-cera escolares. El rostro del Cristo aparecía muy indianizado por el color, la forma de los ojos, que eran unas rayas negras oblicuas hechas a tinta, y por un loro azul dibujado a un costado del cuerpo, junto a la herida. La herida de lanza se mostraba muy grande, y luego de ver esa mancha, Maxwell se dio de cuenta que también el rostro y el cráneo del Cristo eran no desproporcionados sino como intencionalmente muy grandes y que la expresión del cuadro estaba centrada allí, en el peso de la cabeza y la figura del lanzazo en el pecho. El retrato del Che, aunque aparentemente imaginado, no impresionaba sino por el tamaño y el lugar que ocupaba en la sala. El chanchero Bazalar entró a la oficina cuando Ramírez estaba aún pendiente del cuadro. Bazalar, al ver a los dos hombres, adoptó inmediatamente una actitud ceremonial:

–Yo soy Gregorio Bazalar –dijo–, presidente de la barriada San Pedro, señor míster, a su mandar. Usted será Cuerpo de Paz, ¿y el caballero que le acompaña?

En ese momento se asomó a la puerta un padre joven, muy rubio. Le dijo algo en inglés a Maxwell y se fue. A Bazalar le pareció seca y algo despectiva la cara del padre. No saludó a los demás. Maxwell sonrió:

–Ha dicho que el padre Cardozo acaba de llegar. Los gringos comen temprano. Ruega que lo esperemos un rato. Ya no soy Cuerpo de Paz, señor, hace tiempo; soy ayudante socio de don Cecilio Ramírez, aquí presente, albañil de La Esperanza. Estamos haciendo trabajitos.

–¡Ah! –dijo Bazalar y su aire ceremonial se aflojó; sus rodillas, manos y cuello tomaron la actitud de descanso, no completo, porque la oficina estaba llena de libros en estantes bien encerados; había dos máquinas de escribir, una en el escritorio y otra en una mesa especial de acero...

–El Che –dijo Bazalar–. Ya el Che ha entrado en todas partes. Aquí el padre lo tiene alto, pintado destinto. Será como muestra que en este oficina nu' hay susto al comonismo que le llaman; más bien al contrario. Defensa del pobre no hace sólo comonista, ¿qué dice usted, míster?

–Nosotros somos albañiles no más, pues.

–Albañiles. No sabemos comunismo –dijo Ramírez. Ramírez estaba sueltamente acomodado en una banca de madera acolchada por un grueso tejido de lana. El estilo del tejido era cuzqueño y la banca había sido cómodamente adosada a la pared que estaba cubierta hasta una altura bien calculada por otro manto doblado en dos y afirmado al muro por algún sistema muy especial. El manto de la pared era de un solo color, nogal, ancashino.

Don Gregorio pidió permiso y, con una solemnidad que no se podía saber si era habitual o estudiada, prefirió sentarse en un sillón de madera, también de hechura, ancashina, pero sin duda, dirigida y encomendada.

–El Che, ahicito está con el Señor Cristo –dijo Bazalar–. ¡Corioso, señores! Hey visto a jovencitos y jovencitas guardar en so bolsillo u cartera postales del Che. Así será...

* * *

El padre Cardozo rezó la oración de ritual antes de la comida en el comedor de la residencia. Había en la mesa seis padres y un joven peruano invitado. En las cabeceras, Cardozo y un anciano, el padre Federico. Cerca del anciano, al lado de la pared, un sacerdote de ojos muy grandes y de un color verde sumamente claro. En el sitio equivalente pero junto a Cardozo un gringo de hálito feliz, joven y de gran apetito.

−El padre Federico ha estado en oriente quince años −dijo el sacerdote de ojos verde-claros−. Le dieron elegir, después, entre Perú y Brasil. Prefirió este país por el antigüedad de sus orígenes.

Habló lentamente, cuidándose de construir bien las frases y mirando al joven invitado.

−¿Ha estado usted en el Cuzco, padre? −preguntó el joven al anciano.

−Sí −contestó− y en Machu Pikchu también. Ningún ciudad me ha ofrecido tanto como el Cuzco, tanto elemento para comprender mejor al hombre; sí, al de allá, de acá, gringo o no. Pero hay…, ¿cómo diría? ¡Ah! como un contraste entre ese riqueza de la ciudad y el soledad de los indios… Usted perdone.

−Desgraciadamente, aunque soy normalista, no conozco el Cuzco. He preguntado no más.

−Yo… yo aumentaría −dijo el padre de ojos claros− que ese contraste de que habla el padre Federico es como una mina de sabiduría para saber el Perú y para hacer sondeamientos del proceder para desarrollarlo hasta su salvación completo.

El joven, que había empezado a manejar los cubiertos algo cohibido y al mismo tiempo orgulloso de estar sentado en esa mesa, comprendió a medias el alcance de las palabras que acababa de oír; su confusión aumentó y quedó algo aturdido. El joven padre que tenía enfrente era el mismo, hosco y desganado, que habló con Maxwell. Lo miró, mientras comía; entonces el invitado dijo:

−La salvación del Perú… −lo dijo, así, a sueltas.

−La salvación por el superamiento del subdesarrollo…

−Pero, dicen todos, que los yankis se oponen… Mucho −agregó el joven, apresuradamente y más desconcertado aún.

El padre que tenía enfrente comía rápido pero sin entusiasmo, y volvió a mirarlo.

—Joven —continuó Cardozo—, ¿en dónde hay más poder...?

—¡Estados Unidos es la más grande potencia del mundo! Yo lo afirmo de convencimiento, padres —dijo el invitado.

—Joven: hay que destruir la dependencia; no hay salvación completa del alma en los países subdesarrollados...

—Sí, pues, padre Cardozo —volvió a interrumpir el joven—, cierto es. Estamos condenados. Tienen usted razón.

El padre de los ojos verde-claros miró con preocupación no disimulada a Cardozo.

—Al contrario —dijo el anciano—. Aquí es donde hay más esperanza. Yo estoy ayudante del párroco de una barriada. Aquí, más necesidades y más esperanza, fuerte, encuentro; cada día más deseo, potencia de perfección.

—¿Usted, padre, usted es ayudante de parroquia de barriada? A esa edad y con lo que sabe debería estar de obispo. Yo soy maestro de escuela; a su edad seré Inspector o Director; es la carrera en establecimiento del Escalafón.

El padre muy joven y feliz, que comía con gran apetito, le puso una mano sobre el hombro al normalista, que era su vecino de asiento.

—¡Yo soy esperanza! Comamos bien, amigo.

—Gracias, padre.

El joven empezó a comer de veras. Encontró los potajes algo raros pero agradables. Observó que no lo miraban, y todos se quedaron callados.

—Puede conversar aquí cuanto quiera. Yo tengo visita de trabajo. ¿Usted se vuelve a Chepén, mañana? —le preguntó Cardozo al joven.

—No, padre. Me voy ahorita. Gracias por la invitación. Me voy ahora mismo. Es temprano. Hay colectivos toavía.

Cardozo le dio un abrazo muy familiar.

—No hay hombre y, menos, cristiano condenado. Aquí hay que luchar revolucionariamente y fuerte, de corazón. Vuelva pronto —le dijo.

—Así, padre. Gracias.

El joven gringo, su vecino que había sido en la mesa, ofreció llevar al maestro hasta el puesto de colectivos a Chepén. Los jeeps estaban afuera, frente al local. Tomó del brazo al normalista, hizo que se despidiera de los padres y lo guió hacia la puerta. El joven le dio una última mirada a la muchacha, muy agraciada, que atendía a los padres. Luego el anciano siguió a los dos jóvenes.

–Vaya al Cuzco –le dijo al invitado.

El joven maestro se detuvo un instante en la puerta del edificio. El mar estaba cargado de una nube apenas rojiza, renegrida, que aparecía como muy lejana. No se veían las islas. Y en ese comenzar de la oscuridad, el joven maestro se sintió entre halagado y contento, tranquilizado con la mirada detenida que le dedicó el padre Federico; luego vio y se dejó impresionar por la columna, tan cercana, allí en el pequeño y especial barrio de Laderas del Norte, la columna de humo de la Fundición, alzándose sobre los bosques de eucaliptos del Vivero de la Corporación. Esos eucaliptos son los únicos, así tan rectos y en bosque, de toda la costa del Perú. Sobre ese gran bosque, vio que el humo daba a la oscuridad un hálito rosado y un eje movedizo pero constante:

–Vea, padre Federico –dijo con esa misma seriedad algo menos equívoca y obligada que le había atormentado durante la comida con los religiosos norteamericanos–. Padre Federico: la Fundición es la esperanza, ¿no? Ese humo de color rosado que no le hace caso a la oscuridad.

–Vaya al Cuzco, así; en ese ánimo.

* * *

Se pusieron de pie los tres hombres en la oficina de Cardozo cuando éste apareció en la puerta. Antes de saludar a los visitantes el cura prendió la muy potente lámpara de la oficina. Los tres visitantes parecían haber estado callados en la semioscuridad y eso mortificó a Cardozo; le causó irritación contra Maxwell que hubiera y debiera haber prendido la lámpara. Él sabía perfectamente dónde estaba el interruptor. Cardozo usaba siempre una casaca de aspecto modesto; su cara era juvenil, de aire risueño, aun cuando se concentraba para reflexionar en los temas o asuntos más importantes o urgentes. Abrazó primero a Bazalar, luego a Ramírez y finalmente a Maxwell. Pidió a los tres que se sentaran.

–Bienvenidos a esta casa –dijo–. ¿Cuál de ustedes es el señor Bazalar, el presidente?

–Yo –y el chanchero se puso de pie.

–En esta casa nosotros hablamos como en público, mientras nuestros visitantes no nos pidan ellos hablar en secreto. ¿Qué dice usted, amigo? –preguntó Cardozo.

–Digo, y estos señores es mejor que estean de testigos de mes palabras...

–Muy bien. Pero... antes de comenzar la entrevista quisiera que consientan explicar que ese retrato del Che que, sin duda les ha llamado la atención, lo he pintado yo –dijo Cardozo–. Y... éste, este Cristo envuelto en hoja transparente lo compré en una calle del Cuzco, así como está. ¿Qué les parece?

–Retrato del Che, mortecino, eternidad emponente. El Cristo, cabeza caído, lorazo, también emponente –dijo Bazalar, sin sentarse aún.

–Y ustedes, ¿qué dirían? –Cardozo miró a don Cecilio.

–Ese Crucificado tiene lanzazo harto, triste –contestó don Cecilio–. Su cabeza, sí, está grande, mirando.

–Muy bien, cierto. Me alegra verlos, especialmente a usted, compañero Bazalar. ¡Siéntese!

A Bazalar le hizo efecto la referencia especial; su postura se solemnizó de un modo que a don Cecilio le pareció «más sincero»; luego el chanchero tomó asiento y se quedó en una posición de visible comedimiento.

–Y ahora dígame, compañero –se dirigió a él, Cardozo–, ¿cómo fue usted elegido presidente de San Pedro y por qué el cura Vizcardo no lo quiere reconocer en la Federación de Barriadas?

–Historia largo; los señores también...

–¿Media hora? –preguntó Cardozo.

–Soficiente, creo. Acortaremos detallamientos. Ostí sabe: Mancilla era presidente, elegido por cuatro gatos. Abusos cometía a cada nada. Cinco soles para arreglo huellas pista calles, cinco soles para arreglo campo deporte estadio, cinco soles para gestionar reconocimiento, pedía a cada familia. Porque comunidad San Pedro, clandestino es, igual que La Esperanza, de donde son dignos representantes estos dos caballeros, míster y peruano. Y nada hacían.

Tampoco todos daban cuotas. Cada vecinos limpiaban poquito su calle. La juventud ha colaborado apertura estadio chico frente a gran monumento ruina incaico que con su cruz está. Después, cuando los pobres llevamos cruces, por me eneciativa…

–Pero la autoridad y Monseñor no pidieron que llevaran las cruces. Usted echó discurso en el local de la Federación, precisamente, coordinadamente, en La Esperanza, para hacer esa manifestación. ¿Tú oíste, Maxwell?

–Sí. El señor Ramírez no. Yo entendí menos. Los vecinos aplaudieron estentóreo…

–Eso, míster, palabra bonito, expresiva. ¡Estentóreo! Con su mano y so corazón, todos, en público asamblea cabildo. Yo entonce era vecino común.

–Usted, usted… Sí. Caldeó el resentimiento…

–Precisamente, padre. Y el Federación que's enactivo, con ese marcha ha revivido, ha hecho juerza. Aquí, todos, los pobres, los medio pobres también; creo hasta los que mandan desde oficinas gobierno, esteamos resentidos. Y mejor desfogar esos malos humores. Malos humores negrecen la conciencia. En la marcha del cruces, solemne funerario, la gente ha llorado su poquito; ha desfogado, ha sido actuación masa comonitario. Eso mi'han reconocido unos, otros mi'han maldecido. Así Mancilla. Dice que con muertos he sobido a presidencia. Quizás así será cierto. Pero el muerto cuando hace apurar al viviente que decimos, es legítimo derecho. Yo he convocado nueva asamblea elegir directiva. Hasta señor subprefecto, autoridad máximo, ha torpecido trámite. Al principio vecindad ha temorizado, mejor, ha ninguneado me gestión renovación; pero dispués, con me actividad que tengo desde que he sido dirigente barriadas Lima, hemos juntado vecinos y en local legítimo Asociación Pobladores, doscientos hemos hecho asamblea. Mi dirigencia reconocido, presidente…

–Doscientos, compañero Bazalar, ¿no es poco para un barrio que tiene veinte mil habitantes?

–Claronete, padre. Reconozco. Pero Mancilla ha salido tres año ya, un año, otro año, con vente, ventedos, trenta votos. Yo he tenido ciento sesenta e nueve. Perdiendo, el Mancilla ha vencido sus votaciones de anteriores. Resentido, como ostí acertadamente calefica, no han querido entregarme ne archivo, semanas. Juelizmente señor subprefecto dispués ha enterado que calumnioso me habían caleficado por ante su despacho de comonista. Tres kermeses hey organizado para construir local puesto guardia civil. Y mi'han entregado, retaceado, archivo. Sobre el altura del médano prencipal, un costado Cruz de Hueso, con joventud hemos construido estadio reglamentaria con arcos, malla y todo. Me presedencia ha colaborado con Plan Padrinos yanki también, desautorizando rumores macabros contra padrinos norteamericanos.

—¿Qué rumores?

—Toavía dicían que ahijados padrinos gringos iban ser llevados Norteamérica esperando seyan grandecitos, para entroducir mataderos Chicago ciudad; qui'iban llevar guerra eterno Vietnam pa'carne de cañón.

—¿Se decían esas cosas en La Esperanza, compañero Ramírez? —preguntó Cardozo.

—No he oído hablar ciudad Chicago mataderos; eso no he oído; Vietnam tampoco; pero, cierto, hablaban que iban a llevarse a los ahijados a la nación de los gringos para servidumbres, unos hablaban; otros hablaban para dar de comida a chanchos grandes como burros. También decían que gringos padrinos eran comunistas, que por eso, daban plata sin ganancia de interés...

—Gracias, conciudadano Ramírez, por su confirmación rumores... —dijo Bazalar.

—Pero eso era hace dos o más años, don —precisó don Cecilio.

—Pero en barriada San Pedro la ignorancia es juerte, noventa por ciento analfabetos, barriada fuera Carretera Panamericano en médano altura aislado, mucho indio serrano, más menos como yo. Ahora ya no hay cuidado nenguno. Yo, juramento hago. Padre anciano yanki, amauta barriada, sabe. Todo tranquilo ahora; gratitud pueblo Plan Padrinos, garantizado.

—¿En tan poco tiempo ha desautorizado esos rumores, compañero Bazalar?

—Enteresados macabro rumor eran poquititos ya. Hemos descobierto mi presidencia; hemos convencido; fotografías, testigos padres familia... Uno por uno. Pero todo en anonimato, silencio. Yo no es posible decir nominaciones específicos...

–Aceptado y agradecido, compañero. No por los yankis sino por la verdad. Siga usted.

–En tres kermeses mencionados ha bailado, primera vez, joventud San Pedro, alegre, orquesta agogó[5] que dicen. Hemos hecho, también, entermedio cultural, como es debido; poco discurso de su servidor; después ha tocado programa folklórico costumbrista, cantor invidente Crispín Antolín. Ha dedicado letra especial joventud San Pedro, deporte...

–¿Usté recuerda algo de esa letra? –preguntó Maxwell que escuchaba al chanchero tan atentamente como Ramírez, pero sin protegerse la oreja con una mano abierta, como Cardozo, para entender bien el estilo y el relato, para concentrarlo en el oído...

–Recuerdos... Ostí, ¿qué dice, padre?

–Crispín Antolín... Diga, si no es largo.

–Poquito no más recuerdo: «Joventud errante, concentra to pensamiento... Herramienta, deporte, sudor, hilvana sentimientos...»

–Bonito –dijo Ramírez.

Maxwell preguntó cuánto tiempo había pasado de esa actuación. «Hace poquito», dijo Bazalar, y continuó su perorata.

–Yo, señores –y Bazalar se puso de pie; Cardozo lo escuchaba sentado en un sillón como el que había ocupado el chanchero–. Empulso, avivo el actividad del barriada pa'que organice e foncione como las barriadas de Lima que hasta carnet electoral partecolar, con escudo tienen y con ese actividad han conseguido ya alombrado eléctrico, casi-todos; San Cosme ya está con su magnánimo tanque inorme de agua... Entonces, padre Cardozo, ¿por qué repodiado cura Vizcardo, enmoral, Presidente Confederación Barriadas, no quiere hacerme reconocer como mi personería presidente en el Confederación y más bien hace concurrir, abuso ilegítimo, a Mancilla que no es nadies ya? Usted, padre Cardozo, es influencia prencipal gran puerto industrial Chimbote, ante oficinas ceviles y eclesiástico. ¡Hagasmé ostí respetar! ¡Yo enfrento en barriada no por invidia ne ambición personal descalificado!

Concluyó bajando el puño.

₅ agogó: nominación, por los años 60, de estilos juveniles en la ropa, música y modos de diversión (S. de A.).

Cardozo se levantó; se acercó a Bazalar.

—Yo no soy principal influencia; trato de convencer personas, autoridades buena fe, que aceptan la razón.

—El grande «homilde» anciano reverendísimo padre, so paisano que está en mi barrio, conoce me juerza ejercido legítimo avance comonidad. El Che también desde so tumba desconocido, sabe —y dirigió la frente hacia el retrato.

Pero el anciano padre nunca se atrevió a dar opinión totalmente favorable a Bazalar. «Tengo poco tiempo —había dicho—. No sé bien lo que aquí es lo malo y lo verdaderamente bueno. Bazalar es activísimo; nada más puedo decir. Tú, aunque más dedicado a los sindicatos, has estudiado para conocer a las sociedades y tienes ya algún tiempo en este difícil pueblo». Y no quiso referirse al rumor que, en algunos vecinos más cercanos a la casa de Bazalar, parecía ser convicción de que el chanchero tenía dos mujeres en su casa.

El presidente esperó la respuesta de Cardozo. Bazalar no estaba más cuidadosamente afeitado que cuando salía, al amanecer, de su lejanísima casa de la barriada, delante de una de las señoras, Juana, que jalaba la burra Nicasia con una soga de lana de llama. La burra cargaba los desperdicios de comida en grandes latas vacías, dos a cada lado de una especie de angarillas armadas por el mismo Bazalar.

—Yo poco hablo con el cura Vizcardo. La verdad; entiendo poco de barriadas —dijo Cardozo, examinando detenidamente el rostro del chanchero—. Me parece, compañero, que esa Confederación es más simulación que efectiva. Usted, por ejemplo, decidió el traslado de las cruces...

—Esa Confederación atiende ónicamente asuntos en que puede sacar plata; apuntala presidentes de barriadas que hacen especolación lotes terrenos, derechos mercadillas meserables —Bazalar interrumpió a Cardozo y habló gesticulando y agitando un brazo con verdadera energía—. Eso no es correcto, padre, ni para conciencia cristiano y ni para progreso comonidades... En cambio, traslado cruces fue entusiasta aprobamiento de su compañero de usted, máximo dirigente piscadores, señor Maxe...

—¿De Maxe...?

—Él me dijo, casualidad encontramos entierro on pescador muerto accidente. Yo le'hablado y le'comonicado que Sendicato debería ser más atento asunto barriadas y le he contado me eneciativa traslado cruces e sus consecuencias. «Bien, compañero —me ha contestado—. Hay que revolver descontento pueblo barriadas que parece aplastado resignación meseria. Hay'que revolver, compañero, hasta el concho, con cualquier circunstancia, el resignación negativo. Las barriadas hasta mi dan asco», ha dicho con entero franqueza, ese grandazo hombre joven Maxe; franqueza enteresante...

—Bueno, compañero. Creo que no será difícil convencer al cura Vizcardo. Le hablaré.

—¿Cuándo regreso, padre?

—El otro sábado, seguro.

—Bien, padre. Ostí es benefactor gran puerto Chimbote. Atienda ostí a señores respetables, ahura, don Cecilio y míster.

Se acercó a Cardozo; le dio la mano adoptando un aire muy rígidamente ceremonial; se despidió de Ramírez y Maxwell y, antes de salir, hizo una venia delante del crucifijo pintado en papel y forrado en naylón y del retrato del Che. Cardozo lo acompañó.

—No me gusta ese hombre. Parece falso —dijo Ramírez.

—Ambicioso parece. Y está imitando. ¿No cree usted?

—Cierto, Max. En su casa debe tener otra... otra crianza.

De vuelta, Cardozo se echó a reír fuerte, muy espontáneamente, en la puerta de la oficina, dirigiéndose a Maxwell y a don Cecilio. Los otros padres, especialmente el de ojos verde-claros, le habían criticado esa risa. «Unas veces puede ser grata, persuasiva, sabiamente incitante; pero otras equivale a burla. ¿Tú sabes elegir bien la circunstancia, en tu carácter de sacerdote católico?», le preguntó, concretamente, el padre de ojos verde-claros. «¡Cómo voy a saber eso! La risa, cuando se forma en la cara, se forma y los resultados se enderezan o se aprovechan. Desgraciado soy en eso de no poder mandar mi cara en lo que se refiere al arranque de la risa».

Esta vez, frente a los visitantes de La Esperanza, la carcajada de Cardozo sonó a burla, casi justificada, pero a don Cecilio le corrieron unas culebrillas por el cuerpo, y no pudo acompañar bien la risa. Maxwell logró sonreír.

—Aquí estoy —dijo—. He venido con mi socio.

El padre volvió a sentarse en el sillón.

–Tú no has ganado, has sido ganado –le dijo Cardozo en inglés.

–Sí –contestó en castellano Maxwell–. Soy ayudante de don Cecilio. Estoy pensando en casarme con nuestra vecina, la señora Fredesbinda. Hemos aumentado la producción de ladrillos a ritmo chimbotano yanki; tenemos algunas obritas. Me ha servido mucho haber viajado desde Lima hasta Paratía con los bailarines de ayarachi; todas las cordilleras, dos mil kilómetros en ómnibus, en camión y a pie...

* * *

Mientras Maxwell hablaba, Bazalar subía hacia San Pedro por la ruta de los burros aguateros. Tuvo que faldear sólo unos cientos de metros hasta encontrar esos caminos, porque Laderas del Norte y el gran médano San Pedro están frente al raro bosque de eucaliptos, los árboles más altos y frondosos que existen en tres mil kilómetros de desierto –la yunga del Pacífico– en que rocosas montañas se alternan con valles angostos, llanuras, y médanos de hasta dos mil metros de altura, de arena blanca, donde manchas oscuras se elevan y evaporan con el viento: «el mundo de abajo». Ese bosque de Chimbote fue plantado por la Corporación del Santa[6] sobre un fangal que desecaron y convirtieron en vivero, luego en bosque, jardín y huerto, y finalmente en parque, con lagunillas e islas pobladas de gansos y patos ornamentales. En el parque construyeron una piscina y un restaurante de límpido estilo norteamericano para los ejecutivos de las fábricas de Chimbote y sus huéspedes importantes. Bazalar, como todos los vecinos interesados en los asuntos públicos, estaba

---

[6] Corporación del Santa: Este organismo se crea en 1943, avizorando las posibilidades de desarrollo económico de las riquezas del río Santa y sus afluentes y la región del Callejón de Huaylas, tomando en cuenta también la posibilidad de explotar riquezas minerales e industriales, la construcción y explotación de obras públicas en otras regiones del país, así como el establecimiento y la explotación de servicios portuarios de transporte terrestre y marítimo. Asume la construcción de la Central Hidroeléctrica del Cañón del Pato, la administración del Ferrocarril Chimbote-Huallanca y la Irrigación de las Pampas de Chao y Virú; además realiza algunas obras de asistencia social, como el centro para el Plan de Padrinos (Foster Parents Plan, Inc.), redes de desagüe, piscina olímpica y gran parque recreacional del Vivero Forestal, viviendas para sus empleados y obras en el Callejón de Huaylas para promover el turismo (S. de A.).

informado de que en la Corporación se estudiaba con urgencia la forma de aislar la piscina y el restaurante para entregar el parque al público de Chimbote, el inmenso Vivero donde todas las hierbas y árboles yungas crecían. Ese proyecto le interesaba en «sumo sengular excepción» a Bazalar.

La residencia de la congregación a la que pertenecían Cardozo, el padre Federico y el de los ojos verde-claros, ocupaba la parte baja del médano de San Pedro, frente a la chimenea de la Fundición y el bosque. La barriada estaba en lo alto del mismo médano, un poco recostada hacia el norte. Muy cerca de la residencia de los padres norteamericanos, un grifero suertudo que pidió licencia a la Corporación para instalar un pequeño servi-centro Esso, descubrió el manantial de agua que vendía a los vecinos de la barriada. Manantial y servi-centro estaban dentro de los terrenos de la Corporación. Bazalar avanzó por las calles y sendas que formaban la ampliación de Laderas del Norte, en dirección del grifo y encontró el camino de los burros. A tranco largo y seguro escaló el médano; la parte suelta de la arena donde las chuchumecas del corral se demoraron tanto en aquella madrugada, Bazalar la cruzó rápido. El chanchero vivía en la penúltima y más alta calle transversal del médano, el jirón Huari. Las desigualdades de arena pura del jirón Huari adonde ningún tipo de vehículo podía llegar, Bazalar las caminó también a tranco largo. Llegó a su casa, que formaba una irregular esquinita en media calle; empujó con maña la puerta e hizo saltar la especial trampa de alambres que él mismo había construido; entró al primer cuarto, que estaba dividido en dos por una pared de madera; pasó al pequeño corral-patio, que era la residencia de la burra y del perro «de adentro». Ese campo estaba empedrado. Nicasia pretendió entrar detrás de don Gregorio a la cocina-comedor, donde le esperaban las dos señoras y los cinco niños. Esmeralda, la más joven señora, tenía un chanchito cargado entre los brazos. El chanchito gruñía con una dulzura y dicha «que el humano a nengún edad es posible comonicar». Chupaba y masticaba trozos de pan mojado en sopa de quáker que la señora le ponía en la boca. Esmeralda tuvo que gritarle a la burra para que no siguiera avanzando; había puesto ya una pata en la primera grada. La cocina-comedor ocupaba un piso más bajo que el pequeño patio. Nicasia retrocedió. Juana atendía un fogón de ladrillos, alto, con varias hornillas y de diferentes tamaños, que Bazalar había construido recordando las cocinas de los patrones que tuvo en Lima. Juana llevaba cargado en la espalda a uno de sus hijos, un niño como de dos años. Los otros niños, un poco mayores, jugaban con los patos y chanchitos que corrían en la pieza con la misma libertad y tolerancia que los niños. El mayor le rascaba la cabeza a un gallo que dormía en un palo bien ubicado en una esquina de la habitación y cuidadosamente calculado para que pudiera caber el gallo y hasta diez gallinas. «Las chanchas paren de ocho, de seis –le había explicado Bazalar a Esmeralda cuando fue recogida por él y llevada a la casa–. La chancha madre no puede alementar a tantos chiquitos, porque tampoco el alimento que damos del desperdicio tiene fuerza. Diez, nueve días después de haber hecho parición y alementado a sus chanchitos, de puro debilidad la mamá ya no puede ni hasta pararse. Entonces, nosotros tenemos que dar comer a los chanchitos con el mano, de todo. Ya vas aprender. En la cocina-comedor cabemos tranquilo dorante el jornada día, chanchitos, gallinas, gallo, patos, veinte cuyes. Tú vas atender todo, mañanas; yo con la Juana voy por negocio de alementos al puerto, tempranito». Esmeralda parió un niño pocos meses después de haber sido recibida en la casa. Juana vio llegar a la joven sin manifestar oposición ni alegría. Pocas semanas después, el trabajo y la relación de las dos señoras estaban «bien deslindado, estatuido». Cuando nació el hijo de Esmeralda, Bazalar dijo que era de padre desconocido y siempre sostuvo que ninguno de los hijos de Juana era suyo, que Juana era su «sobrina». Mantenía a los niños, a distancia. Les llevaba, muy de vez en cuando, un paquetito de galletas y les distribuía, bien contadas, a cada niño el mismo número. No los acariciaba. Juana era delgada, pálida, de voz musical; sus manos tenían dedos largos y aptos para toda clase de trabajos. Ella manejaba a la burra desde la madrugada hasta el mediodía. Por las tardes, Esmeralda bajaba al grifo a traer agua; durante la mañana cuidaba a los chanchos y a los niños, hacía el almuerzo, limpiaba algo la casa. El hedor de los chanchos dominaba el ambiente de la casa de Bazalar. Ningún aderezo de las comidas, ningún perfume de flores, ni aun el tan penetrante de las azucenas que crecían en los pantanos y que a veces traía Esmeralda para ofrecerlas a la Virgen de las Nieves, en un florero que Bazalar colgó correctamente debajo de una estampa de la Virgen, alcanzaba a dominar el hedor de los chanchos. Los cerdos vivían hacinados en un corral que se comunicaba con la cocina por una puerta firme y fuertemente hecha de tablones. Chuspi (mosca) se llamaba el chanchito que Esmeralda cargaba, esa noche, cuando llegó Bazalar de su entrevista con el cura. Lo habían salvado de la agonía; lo encontraron una madrugada respirando los últimos suspiros junto a la chancha y sus hermanos, en el patio empedrado. Esmeralda le dio de mamar de sus pechos; lo abrigó con un trapo de castilla. El animalito recobró la vida, pero no podía crecer, ni le crecían tampoco cerdas. Aprendió a hacerse entender y estimar con los dueños de la casa, hasta con don Gregorio; comprendía muy bien el lenguaje de las dos señoras y de los niños, especialmente el de Esmeralda. Bazalar permitía esa crianza «poco productivo» de Chuspi con una condescendencia no exenta de solemnidad. «Ese piedad por el animalito es cristiano, más todavía», dijo una vez. Chuspi era un hijo que resistía con éxito a convertirse en aquello para lo que había nacido: un chancho. Los cerdos habitaban el corral donde, «increíblemente pero necesario», Bazalar instaló unas muchkas, es decir, unos comederos de piedra, largos, que mandó hacer con un albañil-picapedrero, paisano suyo. En estas muchkas servía a los chanchos los desperdicios de comida que traía de la ciudad. Los morteros de piedra fueron cargados por Bazalar y dos ayudantes del picapedrero en una especie de parihuelas que, a pesar de la poca curiosidad de los vecinos, fueron llevadas cuesta arriba, en la arena, unas dos cuadras, en medio de la expectación de los niños y adultos. Tuvieron que hacer tres viajes, uno por cada piedra; pero Bazalar sentía un placer «sengular» al ver cómo los chanchos, en fila, comían en esas hermosas e inamovibles muchkas. Cuando tenían mucha hambre, los cerdos golpeaban brutalmente los tablones de la cocina con sus hocicos. Pero Bazalar sabía también hacerse respetar por sus puercos. Dominaba la desesperación de los cerdos que se agolpaban a la puerta, cuando Juana y Esmeralda hacían entrar las grandes latas al corral. «¡En orden, mostrencos; en fila!», voceaba de pie, desde el umbral de la puerta, con un grueso palo en la mano. Los chanchos esperaban. «La palabra, hijas, es cosa del Dios que ha dado al hombre para que maneje a los cristianos, más razón a los anemales», les decía a las dos señoras. La burra y su pollino ocupaban un lugar especial de la casa. Era la burra de más lustroso pelaje, la única «vierdaderamente feliz de su destinación, trabajo y patrones» entre los cientos de burros de la barriada. Esmeralda barría, porque le daba gusto hacerlo, el pequeño patio empedrado en que la burra pasaba la noche, y a ese espacio era al que menos intensamente llegaba el hedor de los chanchos; a ratos olía a aire puro y eso lo percibía Esmeralda. Ella, Esmeralda, «había sido recogida de un lugar triste abandonado del puerto que para la mayor parte del cristiano es martirioso injierno», fue toda la explicación que dio Bazalar a Juana. «¿De dónde?», le preguntó con tristeza, Juana, atreviéndose a ponerle una mano sobre la rodilla del chanchero. «Tristeza, pero no enmoral», dijo, y nada más. Esmeralda era de cara redonda, de tez casi blanca y sus ojos parecían contener o retener emociones y recuerdos tenaces. Engordó rápidamente en lo alto del médano; en esa casa que daba tanto trabajo pero donde comía y ejercitaba sus fuerzas casi en plena libertad, todos los días. Bazalar y hasta Juana le trajeron telas para que hiciera la ropa de su hijo. Parió y a los pocos días estaba ya trabajando. Dos perros rondaban, por la noche, desde fuera, el alto pero endeble cercado de carrizo y barro que protegía el chiquero. Rondaban por fuera, desde que cierta noche, los chanchos arrinconaron a dos perros y se los comieron. El otro pudo escalar, nadie pudo deducir cómo, el cerco. No se atrevió nunca más a entrar al chiquero. Temblaba en la puerta. A ése lo dejaron en el patio empedrado que se comunicaba con el primer cuarto por una puerta de madera; era el perro de adentro. A nadie le permitió Bazalar conocer toda la casa. El visitante y también la burra y su pollino pasaban por la primera pieza oscura donde había dos camas de madera; frente a esa pieza había otra, siempre cerrada. Se decía que en las piezas de la entrada dormían Juana y Bazalar y que Esmeralda tendía su cama en la cocina. «Falso; él duerme junto al gallo; se convierte de noche en un gallo calato[7] que hace trabajo sobre-tiempo», había dicho un vecino; y esa historia se repetía medio en serio medio en broma en las calles próximas al jirón Huari. En el

---

[7]   calato: desnudo, del quechua qala (S. de A.).

resto de la vastísima área de la barriada Bazalar era notable, era ya verdaderamente notable, porque salía temprano a recoger desperdicios de los restaurantes más baratos del puerto y siempre andaba impecablemente afeitado, de camisa limpia y con una chaqueta que llevaba con formalidad distinta que impresionaba ni bien ni mal, pero que ganaba para el chanchero cierto espíritu como de respetabilidad en el vecindario. Debía contribuir a eso su castellano que, a pesar de los motes* no dejaba de imponerse porque lograba hacerse entender y respetar, y las palabras «aseñoradas» que usaba, las empleaba con petulancia como legítima. Lo que martirizaba a Bazalar era que él no era dueño de los chanchos, sino sólo alimentador y partidario. El dueño era un comerciante del mercado Modelo que sólo llegaba a la hora de «cosechar»; a la cita convenida para la venta de los cerdos, y cuando su socio le comunicaba que había habido parición. Bazalar tenía calculado exactamente en cuatro años el plazo para su total independización del capitalista. La historia de su lucha con Mancilla fue fácil. Mancilla era de veras un ladronzuelo y, como la mayor parte de los directivos de las barriadas lo eran, Vizcardo, presidente de la Confederación de Barriadas, cura sin parroquia, marginado por el obispo, quien no se decidió o no pudo echarlo de la presidencia de la Confederación, no quiso reconocer a Bazalar. Comprendió que el chanchero era honrado «por ambicioso» y consideraba que «ésos son los más peligrosos». Bazalar había logrado entusiasmar, agitar, a la dispersa barriada de San Pedro. Con la colaboración del albañil-picapedrero y algunos jóvenes, repartió volantes impresos en Chimbote a casi todas las casas de San Pedro, denunciando los «peculados» y «vivezas» de Mancilla y sus «compinches». La asamblea se realizó con doscientos concurrentes, cifra «tremendo», como dijo el chanchero. Y Bazalar denunció con energía, sin perdón, las «ladronerías» de los directivos y expuso un plan de acción que empezó a cumplir rápidamente desde que fue elegido. Muchos días tuvo que bajar al puerto Juana sola, con Nicasia, a recoger los desperdicios. Pero, de veras, el barrio empezaba a interesarse por el relleno de las huellas en la arena de las calles, la limpieza y orden del mercadillo, el cine en construcción, las escuelas que estaban «abandonados» por la ciudadanía, y Bazalar propuso para el futuro la construcción de un local «magnánimo» para un colegio, «antesala universidad». Mancilla contraatacó con el único argumento: «Bazalar es bígamo; quien vive con dos mujeres en su propia casa es un anticristiano, capaz de los peores delitos». Bazalar se defendió. Y, por último, como la vecindad veía a las dos señoras con aire de gente no abatida sino trabajadora; como Juana recorría calles y calles de Chimbote y subía hasta tres veces durante el medio día arreando a la engreída y fuerte burra cargada de desperdicios en las cuatro latas de las angarillas, y como todos veían a Esmeralda que, en las tardes, subía y bajaba el médano tan rápido y a veces más que los aguateros profesionales, el cargo de «bígamo» quedó en la duda… Bazalar se afianzaba y, tanto por las noches como mientras recorría las oficinas de la Comandancia de la Guardia Civil, de la Subprefectura y de la Municipalidad, alentaba con más lucidez y firmeza un proyecto grande, «magnánimo», que había «adevinado para la felecidad general del barriada y so pedestal personal heroico». La lucha lo fortalecía e inspiraba, ampliaba «sos enstromentos verbales ejecotivos, y cada día más y mejor.

Luego de llegar de la entrevista con Cardozo, don Gregorio colgó su sombrero de una estaca que para «ese objetivo» había clavado en la pared. Una mesa y dos bancas construidas por el mismo Bazalar y colocadas al costado izquierdo de las gradas, cerca del fogón alto, formaban «el comedor» de la casa. Allí recibía a las visitas. Bazalar se sentó en una de las bancas de madera. Apoyó la cabeza en la pared y cerró los ojos. Juana le atendía. Esmeralda, con el chanchito rezongando en los brazos, miraba de reojo a Bazalar y después observaba a su huahua que estaba echada en un pequeño catre, no en el suelo ni en una patilla[8]; en una cuna grande de fierro, bastante vieja, que Bazalar trajo una noche a la casa. Los perros ladraban. «Tu sopa, don Gregorio», le dijo Juana. La sopa humeaba. Los niños seguían jugando con los cerdos. «Tu sopa, don Gregorio», le dijo también Esmeralda. Algo más tarde, la casa estaba a oscuras, como el inmenso médano. Bazalar recordaba sus tiempos de mayordomo en residencias grandes de Lima y de miembro secundario de la directiva

---

[8]	patilla: especie de asiento rústico, adosado a la pared, de tierra endurecida o adobes (S. de A.).

de la pequeña barriada limeña, pero de sangriento origen, La Caída del Ángel. No quería recordar los tiempos de cuando fue niño casi sin ropa y de cuando fue peón sin tierra y sin casa en el mundo de arriba. Pensó con regocijo en el acierto que tuvo al haber estudiado, muy en serio, sólo tres años y ya hombre, en una escuela nocturna de un barrio residencial de caballeros ricachos serranos de Lima. Ahora veía más claro «el senda» para realizar su «magnánimo» ambición. Estaba cargado, mejor que nunca, de energía y de convicciones «precisos» en cuanto a las conveniencias del barrio y de las suyas propias que dependían de que él pudiera realizar las primeras, encabezando a esa «comonidad desganado». Él no se había dejado «captorar» por ningún partido político ni secta religiosa protestante en ninguna ciudad, menos en San Pedro. Según «el dirección del viento del poder», aparentaba simpatías bien calculadas, y hasta llegó a concurrir a locales de partidos políticos opuestos, pero en la ciudad, no en la barriada. Como entonces era un don nadie, podía hacerlo sin comprometerse, pensando en el porvenir y para «tomar contactos, experiencia en actuaciones y oratorias». Las dos señoras que vivían con él habían sido «muy sabiosamente» disciplinadas, rápido y con «buen beneficio resultado para ambos tres partes». Ellas tenían trabajo todo el día; no eran «acaparadoras» ni acriolladas, sino «somisas cual torcaz», y como eran mucho menores que don Gregorio, lo veían y trataban con «respetuoso desceplina y cariñosidad». Peleaban o, mejor dicho, lidiaban con los chanchos; pero Juana y Esmeralda se sentían felices cuando veían a los cerdos comer y saborear los desperdicios tomándolos de las grandes y hermosas muchkas de piedra, en el chiquero. Las crías, separadas de las madres, eran alimentadas como huahuas humanas y dormían con los niños. Los hijos de Juana disponían de campo libre, con arena blanca, sin peligros para retozar y corretear. No andaban peor vestidos que los vecinos y lucían mejor que muchos, los cachetes rosados y llenos, aunque tan sucios de ropa y cara como el que más. Alegres. No estaban a ninguna hora sin vigilancia. Esmeralda en la mañana, Juana en la tarde. El mayor de todos, de siete años, cumplía ya mandados para la calle, y sólo en la peor fuerza del verano sufría, porque, como no tenía zapatos y la arena quemaba como brasas, tenía que correr de sombra a sombra de algunas casas, porque las calles longitudinales habían sido trazadas en la dirección del sol. Otros niños lloraban al sentir esta quemazón; más las niñas, más, mucho más, porque casi todas ellas tenían que hacer estas carreras cargando huahuas de pocos meses. Los perros «de afuera», de Bazalar habían sido también «sabiosamente enstruidos» y eran calculadamente alimentados. No ladraban en desconcierto, sólo por hambre o por contagio ni en ese tono muy triste o muy «rabiosiento» que lanzan por «invidias e sinsabores» que entre ellos y por «culpa del humano» tienen los perros; ladraban dando vueltas al chiquero y a toda la casa, y el tono de su voz era diferente cuando veían a un transeúnte o cuando alguien se acercaba al muro del chiquero o a la puerta de la casa. Rondaban con la «entelegencia, calculación y resestencia» que «único» el perro como «ninguno nadies» tiene, cuando le enseñan «comedidamente». Esa noche después de la entrevista con el padre Cardozo, frente al retrato «sigoro quizás no entruso ne pantalla» del Che; «sigoro quizás», don Gregorio veía muy cerca la realización de su «magnánimo» hazaña, y se sentía muy satisfecho del «contundencia elegante» con que había dicho mentiras «tácticas» y verdades en la oficina de Cardozo. Desde el discurso que pronunció en el nuevo cementerio para pobres, felizmente «habelitado» allí, al pie del médano San Pedro, él creía haber progresado mucho en los manejos «del política actuación», y de la «labia contundencia». «Yo, quizás –pensó; ya no podía pensar en quechua– puede ser capaz, en su exestencia de mí, no seré ya forastero en este país tierra donde hemos nacido. Premera vez e premera persona colmina ese hazaña defícil en so vida exestencia». Las dos señoras pensaban muy poco, trabajaban para sus hijos y «Don Gregorio». De noche dormían fuerte y no se podía asegurar cuántas veces recibían en sus camas a Bazalar o si no lo recibían. Por la luz de sus rostros no se podía tampoco saber eso, ni en ellas, ni bien, en ninguna otra mujer más o menos así, que son la mayoría en los miles de barriadas. Ni aun en ésta con tanta arena limpia y una cruz alta sobre una gran huaca irrespetada del antiguo mundo.

* * *

–Dos mil kilómetros y todas las cordilleras –le decía Maxwell a Cardozo–. Don Cecilio sabe; sabe todo. Seis días de viaje con doce indios y seis indias que no sabían más de unas cien palabras en castellano. Vestidos de negro; yo te dije eso hace tiempo; con plumas de avestruz o de cóndor a manera de corona en la cabeza, los hombres; las mujeres con diez polleras cada una, montera de franjas plateadas, y en la mano un lazo corto erizado de hilos casi invisibles, de todos los colores. Decían que el ayarachi es una danza con que esos indios de Paratía, no muy lejos del gran lago, seguían lamentando, evocando y haciendo presentes los funerales del inca Atahualpa. ¡No! Visten de negro, hombres y mujeres, para la danza. Uno de los hombres toca un wankar enorme, una especie de bombo; los otros tocan sikus de diferentes tamaños, flautas de pan dobles; la más grande tiene sesenta centímetros, la más pequeña, diez –Cardozo apoyó la cabeza sobre los codos y manos para escuchar mejor, Ramírez recostó bien la espalda en la pared afelpada de tejidos. Maxwell usaba el inglés, de repente, una o dos palabras, pequeñas frases. –Cada hombre sólo toca un número fijo de notas. Se ponen en círculo primero y recorren la escala musical completa; tocan unos después de otros las notas que les corresponden; luego inician la danza con el cuerpo, los instrumentos, las insignias y la música. El bombo suena en las altas llanuras como una docena de los más potentes timbales de las orquestas europeas; las dobles flautas de pan, con esas diferencias de tamaño, abertura y diámetro de cada caña, mensurables pero inaplicables por nosotros, convirtieron la sala del Teatro Municipal de Lima no en fúnebre sino en horno flameante, como por suerte de una combinación de Wagner, Beethoven, Mussorgsky y Bartok, en sus raíces. «Es fúnebre, terrible», «Es atroz, salvaje», «Es maravilloso, extraño», «Pertenece a otro mundo», decían algunos concurrentes. «Eso seré yo, eso es parte de mí y para íntegramente serlo, tengo que andar miles y miles de kilómetros y astros en tiempo hacia adelante y quizá más, quizá no lo sabía y no lo sé, hacia atrás del tiempo, con ellos, con los ayarachis», dije yo. Y dije esto no porque haya estudiado musicología. Tú lo sabes. En la Casa de la Cultura de Lima pude tratar directamente con los bailarines; pasé noches enteras en el internado del Colegio Militar Leoncio Prado donde estuvieron alojados. Me aceptaron bien desde el principio. Y aceptaron mi pedido de viajar con ellos. Machucados en un ómnibus de una empresa barata, viajamos primero a Puno, hasta el lago Titicaca, cuatro días; luego a Lampa, un día y luego un día a pie para llegar al pueblo. «Tú, gallo para caminar», me dijo el jefe del conjunto que sabía algo más que los otros el castellano. «Gallo gringo, valiente, ¡caray! No sabiendo, gringo corazón tiene para mósica ayarachi, para natural endígena». Estuve con ellos seis meses. Pastores de alpacas, trabajé en lo que trabajaban, comí lo que comían; dormí en las puñunas[9] en que dormían. Me llamaron de otras comunidades vecinas; todas a más de cuatro mil metros de altura, bajo un cielo en que la luz y las nubes se revuelven en sombras y fuegos que el corazón del extranjero apenas resiste. Y en todos esos pueblos comunidades fui recibido como un hermano ilustre, no sólo por ser blanco gringo sino porque llegué con los ayarachis, convertido ya en hombre de confianza, por ser quien soy, a causa quizá de la música. ¿Cuántas veces bailé, con las jóvenes y las casadas, en las fiestas y entre las risas con que, más que burlarse de mí, me «distinguían», me conferían distinción? Yo saltaba o me desplazaba, bien a ritmo, bastante bien a ritmo de las danzas, pero seguramente como un animal extraño.

—Y con su gracia y simpatía, agelidad joven —dijo don Cecilio. Cardozo sonrió.

—Es posible, maestro. En seis meses vi treinta danzas distintas, en música, trajes y coreografía, distintas; y un «agua de fondo, un espejo de azogue común que refleja cada cosa como diferente pero con lo que en sus naturalezas tienen de vibramiento, de salvación y nacimiento común» – y desde la palabra «agua» hasta «común», el timbre de la voz de Maxwell sonó de un modo muy especial, como la de un animal entusiasmado—. Treinta danzas. Yo miraba desde el círculo de espectadores. El horizonte, que es en esas alturas como de mar, pero con roquedales y lomadas que van abrillantándose y oscureciéndose según el paso de las nubes y vientos, contrastaba con las figuras de los bailarines. El director del conjunto de ayarachis me dijo que yo tenía que aprender a tocar un instrumento «como

---

[9]   puñunas: en los lugares donde la madera es escasa, la puñuna es una patilla de adobes cubierta con pellejos y mantas. En zonas más bajas se le nomina puñuna o kawito y constituye una tarima hecha de palos delgados o carrizos afirmados en cuatro horquetas y dos largueros de palo (S. de A.).

para ti. Tú nunca vas a poder el siku, quizás antara[10] de los yunkas podrías». E invitó a su casa donde yo estaba alojado a un mestizo de Lampa, maestro en charango. Aprendí bastante el charango. Nunca es posible tocar las danzas más grandes en ese instrumento mestizo. Se toca lo bravío o lo triste, pero del corazón de cada quien. Eso también me dijo el director. «El señor caballeros sufren destinto, por gusaneritas ambeción, o mujer», me dijo. «Tú, no estoy saber si eres egual a estos señores; pero más blanco eres, gringos. Serás pior, mejor, quizá con otros; con Paratía conjunto, comodidades, bueno, tranquilo, bravo pa'trabajo. Anda, vete, mejor. Mejor pa'ti, quizá. No estoy botando; pensando no más». Me vine. Ese director tenía razón. Ahora, así como están los gringos acá, habría necesitado obtener consentimientos imposibles de aquí y de allá, más que pintarme los cabellos y la piel para diluirme entre los paratías. «Gringo carajo, hermano, ¿cómo serás en tu fondo?» preguntaban los que mejor sabían el castellano. Y desde el primer sonido me di cuenta que la palabra «carajo» lo decían no como insulto sino como entusiasmo. Me fui a Puno... Sí, Cardozo, una noche, en ese silencio del altiplano que te permite oír la voz de las moléculas de las yerbas y de los planetas y, más, tu palpitación, no la del corazón, no, la de la vida entera y a través de ella del laberinto humano; una noche de esas, durante una fiesta en que bailamos y tomamos, me acosté con una joven de Paratía. Eso fue poco antes de venirme. Cada soltero tenía su pareja y yo me decidí a entrar en la danza. Un joven de rostro alargado, de rarísimos bigotes ralos, me animó. Me habló en su lengua, sonriendo, abriendo la boca tan exageradamente que ese gesto le daba a su cara una expresión como de totalidad; le

---

[10]   antara: zampoña o flauta de Pan; en el Perú recibe el nombre genérico de antara o anthara en el norte y, eventualmente, en el sur del país. De La Libertad al norte se llama más específicamente andara o andarita. Se construyen antaras o zampoñas de diferente número de tubos: de un tubo, como el Macho; o de tres, como la Zampoña de Chasqui; de treinta, como la Parrilla, o de treinta y dos, como la Roncadora. De distintos tamaños: las antaras usadas por los Chunchos o Antecc tienen tubos de hasta 2 m., aproximadamente; las usadas por los Ayarachi tienen hasta un metro de largo; los tubos de las empleadas por los Sicuris alcanzan unos 50 cms. de longitud, y los tocados por los Sicomorenos o Pusamorenos llegan a 35 cms. de largo. Esta nominación de antara abarca una infinidad de variedades, según las características aquí expuestas y otras como implementación de doble tubería o biseles diferentes (S. de A.).

escuché, en la sangre y en la claridad de mi entendimiento. Tú no puedes comprender esto.

–¿Por qué? –preguntó Cardozo.– ¿Por qué no puedo? Entiendo. Te oigo bien.

–No; bien no entiendes. Tú andas nadando en las cáscaras de esta nación. No lo digo con desprecio. En Paratía aprendí a usar bien las palabras. Estás en la cáscara, la envoltura que defiende y oprime... Después discutimos. Me has hecho llamar por un enlace norteamericano, yo he venido con un enlace peruano. Y voy a decirte todas las cosas claras...

Cardozo asintió con la cabeza. Su expresión tan invariablemente juvenil quedó marcada por una especie de rigidez que parecía ser el resultado de la atención concentrada y cada vez más intensa con que oía al ex Cuerpo de Paz.

–Tú comprenderás a medias, y eso; así como a medias, y acaso en menos, creo que me aceptas ahora. Salí a medianoche de Paratía, de acuerdo con el director. Él explicaría a los amigos. Quise evitar las despedidas solemnes que les dedican a quienes se van para siempre luego de haber conseguido ser algo especial y... Sí, compañero, algo «trascendental» y querido para ellos. Esas son las cojas palabras. Lo diré, don Cecilio, con su dispensa, las únicas pero cojudas palabras de que recuerdo para expresar experiencias que el castellano o el inglés, naturalmente, no pueden expresar bien, creo, porque nosotros no las gozamos ya, ni las sufrimos. Algo aprendí del quechua. Pocas pero buenas palabras y frases; poquitas canciones. Podía acompañarme con el charango. En la pampa helada, ante la sombra de los roquedales, ya lejos de los últimos muros del pueblo, toqué algo... En Puno, a la orilla del lago, un bailarín de qaqelo, danza con que se celebra la fabricación del chuño, que me dicen que hay que pisar en el hielo con los pies desnudos; un blancón «altazo» perfeccionó mi aprendizaje del charango. Ese bailarín mestizo se había convertido en cateador de minas con buen olfato. De pie o sentado, siempre con su bufanda de vicuña, cuando tocaba parecía que alcanzaba con sus piernas y la voz de su instrumento la torre de Eiffel y la Estatua de la Libertad, y se comía ambos monumentos. Aprendí charango, recorrí las orillas del Titicaca. En la península de Capachica, la zona más poblada del lago, una tarde y hasta la noche, vi danzar el carnaval.

Alrededor de charanguitos, chiquitos, coronas de jóvenes vestidos de trajes en que el cielo parecía reflejarse con todo el peso del crepúsculo; «no, no únicamente el cielo sino también, y más todavía, su reflejo en el agua del lago, orillado de totorales y moviéndose por lo hondo con el canto de los patos y la agitación de sus alas que en el anochecer tienen fuerza» –y nuevamente, desde la palabra «no» que pronunció dos veces su voz cambió de tono–. Así, con el resplandor del cielo en sus trajes, decenas de coronas de cientos de jóvenes danzaban, lanzando a instantes un grito, uno solo, al unísono y al compás de charangos pequeñitos. Yo ese rasgueo lo sé bien. Me vine, pues. Tenía autorización para quedarme más tiempo, pero bajé a Lima. En pueblos como ésos, de Capachica y Paratía, y de todo el lago, el extranjero y, más el yanki, no puede diluirse fácilmente y, mucho menos, si ha oído y entendido lo que yo, si ha aprendido lo que yo. Son pueblos compactos aún e íntegros en su primitivismo más sutil que el Empire State y más seguros de sí mismos que tú y que yo, aunque se les mira como si estuvieran danzando dentro de una muralla o al borde de un abismo.

–¿Conoces a Hilario Caullama? –preguntó Cardozo.

–No. No lo conozco. Sé que es un pescador, un patrón de lancha famoso.

–¿Nada más?

–Es famoso como Chaucato. Pero a Caullama parece que ni le temen ni le odian. He hablado poco con los pescadores; vivo en parte pobre de barriada pobre. De Chaucato ahora hablan con pena en La Esperanza. Dicen que la casa que ocupa en El Trapecio la invadió más por despecho que por hombría, y que está en riesgo ante la justicia.

–Creo que eso es cierto. Don Hilario en cambio... aymara...

–¿Es como el Empire State? –preguntó sonriendo Maxwell.

–No sé. Me extraña que habiendo estado en el lago no has ido donde él.

–A don Hilario y al señor Haro todos los respetan. Nunca han sido pendencieros ni borrachos. Han sido más bien ejemplo. Son señores ya adinerados; Max va donde Antolín Crispín, a tocar y a reunirse, de vez en vez –dijo don Cecilio.

–Busca a don Hilario, Max –dijo Cardozo–. Luego hablaremos. Y ahora sigue con tu historia. ¿Te das cuenta cómo te escucho?

—Sí, compañero Cardozo. Sigo. A mi vuelta del lago, en la Casa de la Cultura de Lima, un charanguista de otra región del Perú, donde la música transmite «el aire de poderío y lágrima que tiene la quebrada»; ese famoso charanguista me enseñó el estilo de su región: Huamanga. Le hablé de algunos de los pueblos de su región nativa y él me enseñó su estilo de charango, «triste arrebatado»; me enseñó en muchas horas y semanas, mientras bebíamos pisco y cerveza, sin llorar nunca. Luego me enviaron a Chimbote, un centro «vital» de la costa. Me enviaron a la barriada de La Esperanza... Espera, Cardozo, mis informes a la oficina del Cuerpo de Paz fueron siempre así, como esta confesión que estoy haciendo y, al fin, quedaron conformes. Me enviaron, para mi suerte, a Chimbote. Los pocos Cuerpos de Paz, como en todas partes, estaban aquí como perro en misa, como gallo en corral ajeno. ¿Comprendes? —Cardozo asintió—. Algunos habían alcanzado a oír algo de la misa y a escarbar en el corral. ¿Entiendes?

—No —dijo Cardozo—. No entiendo bien. Tú estudiaste a fondo el castellano en tu universidad y aquí has aprendido mucho el lenguaje refinado y el popular; hasta cambias el tono de la voz en referencias especiales que haces. Y también, en las barriadas hay personas, como parece que así es el señor Ramírez, que hablan el español mejor que muchos criollos pescadores. Explícate o explícame. Y usa el inglés con más frecuencia, con perdón del señor Ramírez.

—Oír la misa es entender a la gente en lo que tienen de particular; oír y saber lo que ellos oyen, saben y obedecen o niegan. «Cavar el corral» es trabajar, por ese entendimiento, al modo y manera de ellos, nativo.

—Bien. Sí está claro —y la cara del sacerdote norteamericano, tan jovial y juvenil, seguía rígidamente atenta esta vez.

—Ya, paisano Cardozo —continuó Maxwell—. Otros Cuerpos de Paz, especialmente aquí, en Chimbote, estaban sorprendidos e interesados porque, según ellos, y esto es cierto, todos aquí se envidian, todos se comparan rencorosamente. Y muchos Cuerpos de Paz parecían felices de que así fuera. Yo también, pero por otras razones, que no te las voy a decir. A las pocas semanas de recorrer La Esperanza y las otras barriadas, comprendí que éste es mi lugar, mi verdadero sitio.

—¿Por qué? —preguntó Cardozo—. ¿Por qué?

−Bien podría ser por la misma razón que a ti te entusiasma, te tiene moviéndote día y noche en jeep y a pie, y pensando, reflexionando, trabajando. A ti y a Hutchinson, que se mueve menos, mucho menos, pero que asimila a fondo todo, y largo, como esos caballos sedientos del altiplano helado que beben en los escasos manantiales o en las aguadas, a cuello entero; y por la misma razón que el padre Federico, jubilado en los Estados Unidos a los setenta años de edad, ahora sube y baja los «pesadazos» arenales de San Pedro, tan sereno siempre, pero más ligero que en las calles de Chicago o New York. ¿Las mismas razones, causas, incitaciones, padre Cardozo?

−Puede ser. Si no quieres concretar.

−No. No quiero, y es posible que aun cuando lo quisiera no podría concretarlo de modo claro. Pero seguramente nuestras finalidades, métodos y esperanzas son muy diferentes como el sitio y el modo en que vivimos aquí.

−Es posible. Veremos. Hace tiempo que deseaba hablar contigo, Max. No creí que el asunto iba a ser tan serio. Perdón, señor Ramírez.

−Yo también interesado, padre.

−Muy bien. Sigue, Max, por favor.

−Sí. Don Cecilio también hablará después para contar nuestra vida. Yo voy a seguir, resumiendo, como dicen cuando resulta difícil resumir. Bueno. Sí. A los pocos días de mi llegada, cuando Chimbote me sacudía y empezaba a fijar mis fuerzas, conocí a la madre Kinsley, que estaba en las últimas semanas de su beca universitaria en el puerto. La madre Kinsley me presentó al vendedor ambulante de pescado que la tuvo en su casa durante un año. Ese pequeño comerciante de pescado es uno de los pocos admiradores del loco Moncada, a pesar de que al loco no le importa y, por eso, algunos, se burlan del ambulante. Su mujer fue y es dirigente del barrio en que viven, El Acero. Tienen una hija en la casa y dos hijos estudiando en Trujillo. La madre Kinsley me dijo que el vendedor de pescado y su mujer no le quisieron cobrar nada por la buena habitación que ocupaba ni por la alimentación que le dieron durante un año. Ella les mostraba los dólares que recibía de la universidad norteamericana que la había enviado para hacer su trabajo de tesis: «Está bien −le decía el vendedor−. Qué bueno, madrecita, para que lo gastes en tus necesidades de los Estados Unidos, donde dicen que se gana bien pero todo es caro. Yo me levanto a las cinco de la madrugada y a la una o dos de la tarde ya tengo ganado el dinero que necesitamos. Después hay descanso, tranquilidad». La madre Kinsley me dijo que en cuanto llegara a los Estados Unidos renunciaría a la orden religiosa y que se dedicaría hasta su muerte a tratar de hacer entender a los norteamericanos que están embruteciéndose y en camino de la podredumbre. El dominio y el desprecio directo o meloso sobre las naciones de medio mundo los pudre y embrutece, porque en lugar de aprender de los viejos pueblos como éste, sólo quieren fomentar rencillas y el caos en ellos y entre ellos con el propósito insensato e imposible de meterlos en un molde y bebérselos después como si fueran una botella de cocacola. Espera, Cardozo —exclamó ante un ademán del padre para interrumpirlo—. Déjame concluir esta parte. Después hablas. Es «importante excepcional», como diría ese serio presidente que me antecedió en el uso de la palabra. Decía la madre Kinsley que Juan XXIII no ha hecho sino abrir una puerta grande y que todo el poder de los Estados Unidos va a ser empleado para cerrar esa puerta o disfrazarla con otras... Espera, Cardozo. Ya voy a concluir. Esa religiosa católica tenía fe en ti y en los nuevos curas católicos pero no la tenía completa o suficiente...

—¡Está equivocada! Yo le dije —interrumpió Cardozo—. Ella podía entrar hasta donde los civiles no pueden, influir en interioridades de la conciencia adonde los civiles no llegan,

—Así es aquí, en el tercio mundo católico. Pero la madre Kinsley prefería no actuar con esa clase de influencia inconsciente que ella llamaba «patética». Además, prefiere actuar allá, en los Estados Unidos; cree que es más urgente. Yo no sé cómo ha de hacerlo. Tú debes tener informes. ¿Se retiró de la orden religiosa en cuanto llegó a California?

—Sí, Max.

—¡Claro! Yo toqué para ella en mi charango melodías del altiplano y de las quebradas de Huamanga. No las interpreto como los nativos, pero ya en muchos de esos cantos yo me vivo, yo me hago. El vendedor ambulante de pescado y su mujer que son de la sierra norte sonreían. «Extraño tono, bonito», dijeron. La madre escuchaba muy concentrada, con una y con la otra oreja. Oiga, don Cecilio, yo le he contado a usted; balanceaba su cabeza, lentamente, la madre Kinsley cuando me oía tocar, de izquierda a derecha y de adelante hacia atrás. Me dijo que esa música llegaba a comunicar la esencia de almas puras e indomables. «Esta música ha domado –le contesté, recuerdo bien–. Esta música ha resistido invasiones y menosprecios más de cuatrocientos años». Entusiasmada, me llevó a conocer el cómodo hospital del Seguro Obrero; me llevó a la sala de maternidad donde hay dos médicos y cinco enfermeras y ni una sola parturienta, porque las fábricas han despedido a todas las obreras. De allí pasamos al hospital de La Caleta donde…. No sigo, Cardozo; ese corral del infierno lo conocen ustedes mejor que yo. Luego me dijo: «Ya verás el asilo, la posta, la maternidad y el colegio que las órdenes religiosas norteamericanas de Chimbote sostienen aquí, y verás el Plan de Padrinos. Todos son servicios caritativos, a base de limosnas norteamericanas; hacen más propaganda y bienestar allá, en los Estados Unidos que aquí. Todo eso no puede estar mejor ni puede ser más…» Lo diré exactamente como lo dijo ella en inglés: «más ingenuo o estúpido y lúgubremente engañoso». ¿Continúo, compañero?

–Sí, Maxwell. Está bien, aunque estás poco sereno. Después discutimos; esta noche, si hay tiempo. Te rogamos que continúes.

–Bueno. Ya lo dije. Ahora voy a hablar de algo más relacionado conmigo. Estoy sereno, mejor que cuando tenía que tomar notas en la biblioteca de la universidad. La serenidad la aprendí de los hombres de Paratía y de don Cecilio. Bueno, padre Cardozo, acaso tú sabes más que yo para qué sirven los informes de los Cuerpos de Paz. De Chimbote echaron a uno que se contagió con la decisión de los invasores del barrio El Acero, ahora oficial y reconocido y que recibe ayuda del Estado; pero hasta hace unos pocos años…

–¡Cinco!

Ninguno de los tres había pronunciado esa palabra que fue escuchada claramente en la oficina. Don Cecilio observó con visible disimulo los retratos que presidían la sala.

–Bueno, cinco, cinco años –continuó apresuradamente Maxwell–. Antes de eso, los pobladores defendieron el terreno con piedras y astucia, porque era de la Corporación. ¿Qué le pasó a ese Cuerpo de Paz que intervino, sin premeditación, en la lucha con palos, insultos y piedras contra la policía que los atacaba?

—Lo devolvieron a los Estados Unidos.

—¿Por qué? ¿Por qué no lo enviaron a otra ciudad de la costa o de la sierra? Estaba probando que *participaba* a fondo.

—No se puede... no se debe. Espera —dijo Cardozo—. Yo no decido en esos asuntos... Yo no estaba en Chimbote.

—No se debe participar tan a fondo, sino observar, instruir, influir, ¿no?

—Exacto. Participar en esa forma, no. Es mi opinión. Ningún país lo permite.

—En esa forma no, pero tú lo haces aún más directamente, sólo que a la altura de la cáscara. Tú me has hecho llamar por eso. Porque participo. Pero no he venido solo. Tú eres un «revolucionario»; don Cecilio es un resignado ciudadano que... sí, que ha sido y es aún oprimido por la cáscara, pero ahora conmigo, juntos, resistimos mejor. Escúchame bien. Tú has estudiado teología moderna, trata de entenderme a lo criollo, no a lo yanki. Yo he dejado de ser yanki en un treinta o noventa por ciento. El joven norteamericano que ha. *participado* y se va, «arde por dentro» o sufre en los Estados Unidos para siempre. Me escribo con algunos de esos que lloran o que ya no encuentran acomodo entre los yankis. Yo he decidido quedarme y ya se venció el plazo de tolerancia que nos dan. De todos modos, voy a quedarme. Celebré, sin premeditación, mi salida del Cuerpo con un baile en el prostíbulo. El Cuerpo de Paz informante participante es una tuerca, ¿no? ¡ Espera! Yo he rogado a don Cecilio que él te cuente la otra parte de la historia; venimos en sociedad. Después, si quieres, si necesitas, discutimos.

* * *

Cardozo se volvió hacia Ramírez, que seguía con la cabeza recostada en la pared. Cardozo había conseguido que toda su atención y sus nervios se mantuvieran a la expectativa. Su hálito juvenil, que se mantenía fresco e incitante durante las reuniones más «bravas» de los dirigentes del sindicato de pescadores, esta vez había desaparecido por completo. Representaba su edad; unos cuarenta años; un rostro maduro.

–Padre Cardozo, valgan verdades –comenzó don Cecilio y, como
un ademán de deferencia a la persona dueña de casa, separó su
cuerpo del muro y lo mantuvo derecho–. Valgan verdades –alzó
lenta y pesadamente un brazo–. Uno de mis hermanos está ahora
de colono partidario de una hacienda. No puede zafarse de las
deudas que legalmente le debe al administrador. Legalmente está
ya amarrado, creo, hasta sus muertes, a la hacienda. Yo zafé de
mi pueblo haciendo rigores. Cuando llegué a Chimbote, estaba la
invasión de La Esperanza y alcancé un lotecito. Tenía ya tres hijos.
Mi mujer juelizmente es curandera, acertado; Mamacha, le dicen.
Eso en lengua quiere decir «Madrecita», porque ha sanado a muchos.
Yo trabajé como ayudante de albañil, como el maestro Max ha sido
de mí, antes de nuestro asociamiento. Miserias pagaban por cada
millar de ladrillos de cemento, ciento veinte soles. Ahora ganamos
quinientos. En el lotecito levantamos casita de esteras. Después,
una señorita servidora Plan de Padrino me habló. Yo entendí bien.
Agradecido, por ese entonces, acepté los doscientos treinta soles
mensuales que me regalaban, diez dólares. Mandé retrato de mi hijita
a los Estados Unidos; de allí también mandaron retrato del padrino.
La señorita del Plan por simpatía a mi familia, me hizo conseguir
préstamo de otro padrino, creo, para levantar mi casa, ladrillo y
cemento. He alzado tres cuartos y un corredorcito techado, adentro,
en el patio. En eso me ha llegado de la sierra un sobrino loco, que se
había loqueado porque dicen que un vecino de chacra, por ambición
del terreno, le mandó hacer maleficio. El maleficio, cosas feos, lo
encontraron. Pero no sanó el sobrino y loqueado llegó a mi casa, con
su mujer jovencita y dos hijos ya. El hombre disvariaba y le pegaba
a su mujer. Le hemos alimentado a los cuatro, con tecito, caldito de
coles y camote. Ella ha conseguido puestecito en el mercado bien
grande, que se abrió en La Esperanza. Allí señalaron cientos de
puestos; al principio todos agarraron, y después en meses, como
pocos compradores había y poco también tenían los vendedores,
me sobrina sólo triguito mote no más vendía; el mercado vacido se
quedó, con unos poquitos que aguantaron y ahora están buenazos
de negocio, ésos, como usted habrá de recibido informe. Me sobrino,
cuando se sanaba, por días no más, trabajaba fuerte, como animal
con desesperación; doscientos ladrillazos acuñaba cada día, oiga

usted ¡increible! Sí... voy acortar detalles tristeza chicos. Después me llegó a la casa un amigo paisano, panadero; él venía de un pueblo de negocios de la costa, Barranca. Con engaños, dice, lo trajo un tío de él que es carnicero en el puerto. Le hacía trabajar pero no le pagaba nada. Todo el día paraba donde el tío, y la Mamacha y yo hemos alimentado a su mujer que ¡pubrilla, pues! lloraba. Estaba encinta. Tuvo sus dolores y su alumbramiento en uno de mis cuartitos; la Mamacha le ha atendido. Después han llorado las dos. El hombre no vino hasta el día siguiente. Borracho llegó, silbando. Se asustó viendo a su hijo, su mujer con fiebre. Fiebre le dio una semana. El hombre se iba no más donde el tío y carnecita, poco, traía, por la noche. Ya en las fábricas no había sitio; en la pesca también estaba lleno. Entonces... ya estábamos creo con ese hombre medio año. Entonces yo he dicho al amigo: «Usted va a recoger con los pobres esos mariscos que han encontrado cerca de acá, en la mar playa rocas. Yo te voy a acompañar. Yo no puedo entrar ese trabajo porque soy debilidad del pulmón y ya estoy en albañilería; pero usted fuerte cuerpo tienes. Ese marisco compran bien, estos días...» El hombre ha aceptado. Hemos ido en la madrugada. ¡Oiga usted, padre! Cientos, creo miles estaban, cual animal, calatos desnudo, los pobres serranos, y también algunos criollos, sacando esos mariscos, haciéndose golpear agua frío, olas. Con fierros, flejes, hasta con bastones que en la sierra hay de un madera duro que llaman lloqe arañaban rocoso piedras bajo agua mar. De su barriga colgaba costal. Allí embolsaban ese animal marino. Cuatro, cinco, seis camiones estaban esperando cerca del playa con los compradores. «¿Cuánto paga?», preguntó el amigo al comprador. «Sol docena», dijo. Quedó pensativo el hombre. Yo le he resondrado, dispensando la mala palabra, aunque con respeto, le he carajeado para que entre. Yo le había entregado en su mano un antiguo tranca de media puerta, buen fierrazo, planito. El hombre ha desnudado. Ha dentrado al agua en medio de esa moltitud de calatos temblocientos que sacaban harto mariscos, pero hociqueando en la mar. El hombre ése, mi amigo que fue en tiempos de joventud, había sido maricón cobarde. Sacó su pantalón, camisa, zapatos, quedó en calzoncillo. No aguantó. Dentraba y ahí mismo salía; dentraba otra vez, haciendo cruces su frente, y otra vez salía. Los hombres le llamaban en quechua y castellano también. «Al principio no más es el frío; después el cuerpo costumbra. ¡Entra amigo!» «¡Entra mierda!», le dijo un criollo, «Hijo e'borrega». Más se ha asustado. Cuando estaba sacando su calzoncillo mojado para ponerse la ropa, ¡ah!, claro pues, invierno era; estaba neblinoso y con frío el playa... Yo me vine rabiando, con el ánimo erritado. Tranquilo soy. Pero había estado mirando el pelea grande, más bendecido que maldecido, capaz, de esa gente pobre que iba a trabajar para la comidita no más de so familia, enfrentando a la mar que los serranos le tenemos tiniebla miedo, y estaba viendo a ese amigo, de cuerpo fuertazo, teritando en el orilla, persignándose, cuando en su delante habían esos miles ¡caray! peleando como seguro ha de ser en la guerra por el valentía que se necesita del humano... Me he venido, revuelto el ánimo, oiga usted, padre. Uno solo maricón lloronazo entre miles que estaban sofocando su miedosidad para defensa del vida de la familia. Me he venido. He caminado rápido en la arenada neblinoso. A la llegada mismo, en mi casa, he encontrado a este joven Max. Un evangelista, de buen sentimiento nobleza y mejor hablar, lo había mandado a mi casa. Ese evangelista tiene puesto a la entrada del mercado de la barriada, y yo vivo en derechura de la calle que es frente del mercado. Ahí estaba Max, puerta de mi casa. Y en ese rato, como por casualidad fatal, ha llegado corriendo un muchachito, hijo de otro albañil maluco no más, pior que yo entonces, pero que era mi paisano y compadre intimidad, porque le he apadrinado cuatro hijos: «Mi papá está vomitando sangre, padrino —ha dicho gritando—, sangre está echando de su boca. Está muriendo». Hemos ido con Max. No es noticia, padre. Cuantísima gente de La Esperanza así vive. Tiene ocho hijos ese desventuradoso amigo. Y estaba arrojando bocanadas de sangre. Había, primero, conseguido trabajito eventual en una fábrica; de ahí lo habían despedido porque había escopido sangre. Esto ocasión estaba vomitando. Hemos atendido con Max. No le hemos llevado hospital La Caleta, porque ahí es pior. Con Max le hemos levantado, rápido, una habitación de esteras, para él. A so mayorcito hijo le hemos tomado para ayudante albañil; al otro menorcito, poco fuerza, otro maestro le ha tomado ayudante, media paga. La mujer, mi comadre, lava todo el día ropa, dos, tres veces a la semana en la casa de señores del puerto. Entonces, tres ahijados he tenido que llevar a mi casa, de ese familia. Plan de Padrinos le ha conseguido un lugar entre gringos limosneantes de Norteamérica para el más chiquito. Y ese hombre otro, el panadero grandazo, desapareció abandonando su mujer un tiempo. Es para creder en el cielo, oiga usted, padre; con Max hemos trabajado entusiasmo, firmeza, eneciativa grande. Otro mundo tiene gringo pal trabajo. Pero... antes que olvide, padre. Cuando en los peores tiempos días llegábamos del trabajo a la casa, encontrábamos a mi comadre, a me sobrina, y a ese señora abandonado, charlando, riendo, jocoseándose...

—Yo me asusté al principio, Cardozo —interrumpió Maxwell—. Creí que estarían algo locas. No. Daban de comer, apenas, pan y sopa de camotes con harina a las catorce personas que habían en la casa y a las siete que estaban en la covacha del compadre que seguía echando sangre. Y se reían...

—La inconciencia del miserable tradicional —dijo Cardozo, casi automáticamente.

—Yo no estaría seguro, Cardozo... —Maxwell vio que don Cecilio alzaba una mano—. Siga, don Cecilio, así, con ese hablar sosegado que siempre ha tenido.

—Padre Cardozo... Yo le voy decir. La señora del panadero no había tenido mucha miseria. Era hija de un chacarero medio acomodado de un pueblo que se llamaba Cochabamba; me sobrino tenía su tierra, su vaca, su burro, su casa; lo han vendido los animales para venir a curar su loqueo, porque aunque el brujería fue encontrado, él ha seguido mal de su cabeza. Yo he sido pobre pero no cholo despreciado, carajeado... Tengo mi poco de instrucción oficial. Usted dice «miserable tradicional» es decir ¿desde sus padres, abuelos?

—Sí, compañero, eso.

—Equivocó, padre compañero. Más bien es como reventazón de miseria y pelea reunido. Aquí en Chimbote, la mayor parte gente barriadas nos hemos, más o menos, igualado últimos años estos; nos hemos igualado en la miseria miserableza que será más pesadazo en sus apariencias, padre, que en las alturas sierra, porque aquí está reunido la gente desabandonada del Dios y mismo de la tierra, porque ya nadies es de ninguna parte-pueblo en barriadas de Chimbote. Pero aquí podemos algunos, como esas mujeres, redirse así, casi delante del que está boqueando sangre, desbautizándose de su suerte porque —y puso la mano derecha sobre el pecho— aquí, en la teniebla del corazón, hay esperanza; cierto, mueve su lucecita como alita de mosca será... ¡No, padrecito, no soy evangélico! Poco voy también a la iglesia católico. Es decir, también, no es de mí que digo, cuando hablo de la esperanza, sino, más claro, de los otros amigos paisanos... Valgan verdades; las juábricas en Chimbote no reciben ya obreros, también en la pesca ya hay miles, pero de allí sale plata, corre... Vendedores compradores por miles también hay en tanto tienda, mercados. Bulla del negocio está en el aire y, valgan verdades, padre, aquí no hay desprecios de unos apellidazos, más grandes más chicos, contra los homildes cholos que dicen. Poca ayuda habrá entre vecinos y más bien hasta se roban; por desventuranza, se pelean su poco; pero desprecio mismo no hay y cuando llega el oportunidad de fuerza levantamos uno a otro, como yo a me compadre y sobrinos. Así es. El miseria en la barriada que decimos es gusanera que hace levantarse al desabandonado; a la pelea lo lleva; primero encuentra su cimiento en el lotecito que nadies le quita y dispués, cualquiera está mirando que el poblador barriada puede salir a flote. Así, con el joven Max... Al contrario, en los pueblos, allá, en la altura, donde el mando es del señor hacendado, al chacarero chiquito y al pión colono el gusanera del miseria se lo come pior que al muerto, porque el muerto, oiga usted, ése no siente ni al gusano ni al pájaro negro que le arranca su tripa podrido. Allá no hay cimiento para el desabandonado del Dios. Aquí, el joven Max ha mejorado el molde del ladrillo cemento, so funcionamiento. Mil hacíamos en siete días cada uno; ahora en tres, cuatro días. Mi compadre yastá para morir, pero su hijo mayor es ayudante regular, su hijo segundo está aprendiendo bien. El panadero, ese maricón cobarde, mandó a su hermano por la señora, desde Barranca. La señora se ha ido contenta con su huahua. El cuñado le ha dicho que el hombre cobardazo en la mar es bueno para manejar horno de petróleo. El joven Max toca el charango como arcángel serrano. Yo no entiendo mucho bien esos melodías, pero me alivia el pensamiento, y más, cuando a veces él toca con el cieguito Crispín Antolín, gran sentimiento. Ahora doña Fredesbinda, hija de mi vecina ancianita, está templada de amores por el joven Max; pero valgan verdades, ayer estaba triste, porque tienen su puestecito en el mercado y allí pasan todo el día y guardan sus animalitos aves más estimación. Se habían olvidado antenoche de guardar al pato...

–Cuente no más, don Cecilio –le animó Maxwell–. Todo lo que usted diga en este despacho va ser para beneficio, como usted diría...

–Cuente, compañero –pidió también Cardozo. La rigidez de su cara empezaba a calmarse. Don Cecilio, muy comedidamente sentado, hablaba con una tranquilidad que daba la impresión de que se mantendría ante cualquier estrado y en cualquier tiempo.

–Es un historia gracioso triste. Mire usted, padre. El gallo no le vence nunca por completo en peleas al pato; lo patea a su gusto. El cuerpazo del pato aguanta, aguanta, cualquier tiempo. El gallo después de desfogarse picoteando y espoloneando se retira cansao. El pato no puede de ningún modo alcanzarle. Pero... y eso fue lo que pasó. Pero si pelean en sitio chico cerrado, ya para el gallo no hay esperanza. Doña Fredesbinda se olvidó de meter al pato en el cajón y taparlo con su tapa. Como el gallo de la doña es algo pasado de lujurioso pisaba también a las hembras del pato, y este animal estaba juramentado contra el gallo. En la madrugada se vieron frente a frente en el puestecito cerrado del mercado. El gallo pateó, pateó seguro, hasta cayerse de desaliento. El pato aguanta, aguanta, lapeando a ratos con el ala. Cuando el gallo se cansa le sube encima. ¿Usted le ha visto el ganchito que tiene el pato macho en la punta de su pico?

–No –dijo Cardozo.

–No le ha visto. Tiene un ganchito filo. Cuando el pato le sube encima al gallo, ya el rival está condenado. No hay remedio, ni vuelta. El pato le mete el pico al ano que decimos del gallo; se lo mete bien adentro y le jala la tripa. No le suelta. Jala y ahí mismo, más al interior le va metiendo el gancho y sacando, sacando la tripa. Después se cae, cuando el gallo pierde su vida. Cae, y gasneando[11] sacude su cuerpo, alarga el pescuezo, como usted también lo habrá visto, cuando ese animal alegra. Doña Fredesbinda estaba medio llorando por el gallo muerto, pero la abuela le dijo al pato: «Está bien, oye togado[12], te aprovechaste la ocasión como cualquier cristiano». Bueno, padre.

---

[11]   gasnear: el pato, al llegar al orgasmo, emite un resoplido y resbala hacia un lado sobre la pata. Esto constituye el gasneo (S. de A.).

[12]   togado: el pato macho tiene una protuberancia roja en la cabeza, de allí su nominación de «togado» que, en realidad, no se refiere a la toga sino al birrete (S. de A.).

Ahora voy a lo último ya de la historia que dice el joven Max necesario que usted oiga y si hay lugar discusión. Para el loco también ya hemos conseguido lote y levantado casa. Al otro lado de la Panamericana. Con redes viejos hemos redondeado un gallinerito; a mi sobrina le hemos habelitado pa' que ponga puesto en el mercado grande, aire libre, de Miramar. Los pobres, los más pobrecitos, le compran la comida que ella hace de harinas de nuestra serranía. Mire, padre; él, el loco, es gallo; la pega a su mujer, cuando está con la loquera, la patea; con una tabla se defiende ella, así como si fuera el escudo que dicen. Más la patea, más apriende ella a defenderse. Quizá algún día, como el pato, le saque la tripa al loco o capaz lo amarra. No sabemos; pero se levanta a la madrugadísima; cocina en Miramar. La mayorcita de sus hijas, ocho años ya tendrá, cuida los animales. Los días que está sano el hombre trabaja conmigo; ya le digo; desarrolla fuerza demonio, igual a cinco. Joven es. Yo no necesito ya Plan de Padrinos. He hecho pedido que a me sobrina le den esa ayudita. No han querido, van a considerar, dicen, yo he santificado mejor esa negativa. Mucha habladuría hay contra apadrinados, mucha invidia; y también invidia entre los hermanos con el ahijadito, más cuando en la pascua recibe su regalo. Entonces... Pasando al otro asunto: mi compadre no quiere morirse. Tanto sangre que bota; pero sus hijos mayorcitos y su mujer rinden cada vez más en sus trabajitos. Con el joven Max dos cuartos nuevos hemos levantado en el lote del compadre. Esperando estamos para cargarlo al panteón que, clandestino, hemos encontrado sitio cerca de unos roquedales bravos de la mar, para los pobres de La Esperanza. San Pedro está al otro extremo; todo Chimbote. Después creo celebraremos matrimonio joven Max con doña Fredesbinda. Ella es mayorcita, es decir, mujer completo ya. Invidia le tienen algunas, por el joven Max; otros con miedo la quieren espantar diciendo que un gringo así será brujo, será excomulgado de su comunidad millonario. ¿Digá?

—¡Está hecha la pregunta, Cardozo! —recalcó Maxwell— ¡Contesta!

El cura se levantó inmediatamente y se echó a reír, doblándose y alzándose, mucho más que cuando entró a la oficina luego de haber despedido al chanchero. Don Cecilio no se movió y, observando a Cardozo, se dio cuenta que era bajo de estatura y de nariz bastante larga, un poco abultada en la punta. Cuando Cardozo se aproximaba hacia Maxwell, don Cecilio se puso de pie. Maxwell se paró. Cardozo lo abrazó fuerte. Tenía una lágrima en cada ojo.

–¡Quédate, Max! –le dijo–. ¡Quédate, bravo criollo! Yo celebraré el matrimonio, porque aquí tiene que ser por la iglesia. ¿No es cierto, don Cecilio?

Y fue a abrazar a don Cecilio. «Yo me paré, padre –dijo éste–, solamente para comprobar que usted había sido algo petizo... Ahí está otro padre, más gringo, y alguien también...»

* * *

Un hombre tocó el timbre del local de los sacerdotes norteamericanos mientras don Cecilio contaba la última parte de su historia. Se repitió el llamado dos veces. El padre de los ojos verde-claros estaba oyendo en su pieza, muy atento. Al repetirse el timbrazo salió sin hacer ningún ademán de disgusto, pero muy disgustado y casi corriendo. Los padres jóvenes dormían. Cuando el gringo abrió el postigo se encontró con un hombre de rostro muy alargado y sonriente. Llevaba un pequeño estuche de madera blanca en la mano.

–Padre Hutchinson –le dijo–, tengo encargo de la señora de don Cecilio. He traído este instrumento para el joven Max y tengo también que hablarle de un asuntito urgente. Usted dirá.

–Pase. Entre.

Cuando el mensajero cruzó la puerta y se quedó esperando a unos pasos sobre el piso de cemento cuadriculado del ancho pasadizo con cabecera que semejaba un patio, el padre de ojos verde-claros, algo preocupado, cerró la puerta. Era la primera vez que lo llamaba por su apellido y no por su nombre un individuo de Chimbote. Hutchinson era nuevo en el puerto, menos de un año de permanencia, y su misión no parecía ser la de militar a nivel popular. No era conocido en las barriadas. Vio que el hombrecito; sí, era un hombrecito, de pie, con el estuche debajo del brazo, estaba ubicado en el sitio exacto por donde debían ingresar al comedor y luego a la oficina de Cardozo. Cuando Hutchinson se echó a andar, el hombrecito abrió la puerta de tela metálica que daba acceso a la cocina; pasó al comedor, seguido en silencio por Hutchinson; se dirigió hacia el living muy iluminado que daba al patio interior del local; ese espacio, el living, tenía grandes ventanas. La sombra de una palmera baja y cabezona se tendía en varias direcciones desde el centro del patio sobre el largo y escueto piso de cemento al que se abrían las puertas de los dormitorios. Hutchinson observó, fue como obligado a observar, que la sombra del hombrecito acompañó, moviéndose en caminata, acompañó a cada una de las varias figuras de la palmera, mientras el visitante cruzó el living. Entró al pasadizo angosto que comunicaba el living con la oficina de Cardozo y el despacho parroquial que estaba al fondo. Muy cerca, a un paso de la oficina de Cardozo, el hombrecito le hizo una seña persuasiva a Hutchinson, con el brazo que tenía libre y la mano. Los dos se detuvieron. El mensajero seguía dándole la espalda al padre. Escucharon la parte final de la historia de don Cecilio, como si el tiempo que duró entre el sonar del timbre y la llegada a la oficina de Cardozo no hubiera transcurrido. Hutchinson prestaba tanta atención a las palabras de don Cecilio como a esa irreprimible sensación de irrealidad. ¿Hubo o no hubo timbre? El hombrecito estaba delante de él, un poco agachado y con una pierna algo doblada. Cuando Cardozo lanzó la carcajada, el mensajero tiró del brazo a Hutchinson y lo puso junto a la puerta de la oficina. El padre de ojos verde-claros tuvo que recurrir a su máxima fuerza de voluntad para reprimir el enojo que le causó la carcajada de Cardozo y la extrañeza de ver al hombrecito alzarse, ya dentro de la oficina, con mayor estatura que la de él, de Hutchinson, y sufrir el brillo jaspeado que despedía la gorra que no se quitó en la oficina.

«Otro padre más gringo, y alguien también...», había advertido don Cecilio cuando Cardozo se disponía a abrazarlo.

—¡Paratía! ¡Amigucha! —exclamó Maxwell creyendo reconocer al mensajero—. ¿Cuándo has venido al puerto?

—Paratía es altura, puna, frío, alpacas, joven Max. Yo tiempos vivo en Chimbote. Su charango le he traído.

Don Cecilio oyó la voz del visitante y percibió más claramente la severidad del padre gringo. Esa percepción sentimiento se afirmó al oír la exclamación de Max y la respuesta del hombre que con su gorrita echaba luz al despacho y sobre los retratos. Don Cecilio se inclinó muy respetuosamente ante el serenísimo y severo cura rubio que entró junto con el mensajero, y habló:

—Padre...

–Donald –dijo el portador del estuche de charango.

–Padre Donald, de mi respeto; dígame usted: un carcajada sarcasmo así, como del padre Cardozo, ¿es contestación cristiano, aunque sea acompañado de abrazo, a preguntaciones que tranquilo hemos hecho, por interés del mismo dueño de casa, y con el esperanza de un feligrés que horas ha esperado contestación final? ¿Aquí, respetado padre gringo, en su delante del Señor Crucificado y del señor Che entronizado? ¿Dice usted, padre?

–Yo –intervino el mensajero y se quitó la gorra– yo he venido por encargo de la Mamacha –los dos curas y los dos albañiles guardaron silencio con los rostros y cuerpos marcados por un chisporroteo de luces–. Max tiene reunión, hoy viernes, de anticipado convenido con el músico Antolín Crispín y su señora Florindita. En cuanto a lo principal, yo también declaro, con mi gorra en la mano, respetuoso, que la contestación del reverendo padre Cardozo no está conforme a las necesidades de cualquier humano regular, como asimismo lo está manifestando la expresión de severidad profundo del padre Donald Hutchinson. ¿Digá?

El mensajero quedó en idéntica posición que don Cecilio, pero con la gorra sobre el pecho y el estuche colgando del otro brazo.

–Usted tiene que saber –contestó al instante Hutchinson–, tiene que saber que la risa del padre Cardozo es de complicación. Al señor que ha preguntado le digo que el padre Cardozo ha derramado lágrima de emoción sincero. Él es pasionista con ideas bien fundadas, pero no ha aprendido bien a dar control permanente a sus expresiones intensos. Después de un explosión sentimental, él hace serenidad y explica.

Max oía y miraba al mensajero. No, no era el amigo de gruesos bigotes y cara alargada que en la fiesta de Paratía hizo que él se levantara y se acercase donde la joven que lo miraba desde la fila de las muchachas. Ella se alzó sonriendo y las cincuenta parejas de solteros iniciaron la danza que fue como el hielo encendido por el crepúsculo, quemazón de ritmo que concluye en abrazo de las venas, los ojos, las bocas, los vientos, los músculos, los tiempos... No era, pero se parecía tanto como un kolli, único árbol de la estepa, a otro kolli, o una alpaca joven a otra alpaca joven.

–La revolución –se oyó la voz firme de Cardozo– no será obra sino de estos dos ejemplos, uno divino, el otro humano, que nació de ese divino: Jesús y el Che. Sí, don Cecilio. Max es un excomulgado de su comunidad millonario. ¡No se muevan, por favor! –Cardozo miraba detenidamente al mensajero como si fuera don Cecilio, y don Cecilio se sentía perfectamente aludido. En el pecho del mensajero, el gorro tomó el color de los trozos del hielo eterno cuando caen de las cargas en que los llevan a pedazos, desde las cimas altísimas, para ofrendas o para fabricar raspadilla, y la luz del crepúsculo los sorprende y enrojece en el suelo, enteros aún, pero con los bordes derritiéndose a gotas–. Sí. Esa comunidad millonario que se llama Estados Unidos no aguanta individuos como usted que tiene, tiene... sí, amigo, un humildad rebeldísimo en su densidad semi-oscuro generoso, ni menos a un gringo joven que también se ha *tocado* de esa rebeldía que no sólo brota, cual Amazonas, en el corazón de algunitos gringos sanos, inocentes, que entran en las aldeas de las sierras solitarias, a las minas y, más, a las barriadas de los ciudades grandes... Porque... porque allí, en las barriadas, don Cecilio, hay usted, que alimentó a catorce, quince, diecisiete hambrientos y retó, cual Jesús, cual el Che, a ese hombre altazo que no podía aguantar de la mar su tiniebla frío, dijo usted. No puede aguantar ese comunidad millonario a hombres así, porque ¿cómo se amontonan los millonzasos sino es que se dobla y se hace trabajar de rodillas o alegrándolos en juergas borracheras insensatos satanás a los humanos? Y así, en juergas borracheras insensatos, insensible luminoso, hacen trabajar allá a sabios, técnicos, filósofos, cientistas, matemáticos... Peor que en el tiempo de los romanos o hitlerianos. Don Cecilio, señor del gorrita: ¡yo soy contra! Con lágrima me río; palmeo la espalda gordo de Braschi, aguanto el mirada fuertazo, despectiva de Hilario Caullama; el desconfianza cariñoso, medido, de Eberto, el más confesado de Zavala, el injurioso humorístico del Tarta, el vigilancia lúcido de Maxe, el inocente desafiante del joven Maxwell. ¡Por estos Señores aquí entronizados aguanto todo, don Cecilio! Nuestro Señor Jesucristo, y el humano, que había querido con el hueso del cráneo abrir camino en la cordillera de los Andes, para que ande la justicia igualitario, como diría Max o éste de gorrita, cual yawar mayu. Río de sangre ¿no?, que arrasa y da alimento. ¡Espera, Max! –gritó el cura al ver que el joven iba a hablar. El mensajero alzó la gorra en señal de asentimiento, y la gorra apagó su resplandor, quedó natural, gris; el estuche, en cambio, se encendió como cal de pared al mediodía, con luz sin color ni movimiento. Al otro gringo grande, cura, no se le sentía. –¡Espera, he dicho! Oye, Max, oiga, don Cecilio, amigo recién hallado que me has hecho llorar lágrima carcajada mi vida: esos dos Señores han hecho alianza...

–¿Así como Chaucato parió a Braschi y Braschi a Chimbote? –preguntó el mensajero.

–Así, amigo.

–Pero al revés, ¿no? ¿No será?

–Sí, amigo, al revés. Chaucato-Braschi ha sido parición chiquito para costa anchoveta negocio explosivo, una partecita pequeñito América. El Señor hizo al Che y el Che repercute sobre el Señor para redención del católico y mediante ese redención, librar al humano; más fuerza va a ser prontito que esos mandones del comunidad millonario que tienen hundido en la apretazón, en lo oscuro, la fuerza del pensamiento, los brazos encadenados. Sí, don Cecilio, que has entrado en sociedad parecido con el joven Max; sí, Hutchinson; yo acepto, andando por la senda luminosidad que Juan XXIII abrió especialmente para la salvación del humano maltratado de negros, indios, cholos; yo acepto que la Iglesia ha aprendido, se ha transfusionado con la sangre del Che. Y, por eso, como dijo la madre Kinsley, al Che y las puertas que abrió Juan XXIII van a procurar disfrazarlos, amamarracharlos falsamente, engrandeciéndolos desde Nueva York y también, aunque en otra forma y destino, desde La Habana...

Nadie preguntó ni hizo comentario. Cardozo esperó unos instantes. Hutchinson no lo miró siquiera; hacía un gran esfuerzo para entender el lenguaje aluviónico, inesperadamente intrincado, yanki-cecilio-bazalártico en que hablaba o en que ese mensajero lo inducía a expresarse.

–¡Nada de imprimir estampitas-calendarios con esa cara de espíritu-carne salvado para salvar del Che! Nada de canonizar a Juan XXIII, hacerlo santo para llevarlo de nuestras barriadas, silencio de noche, bulla laberinto alzamiento en el día –continuó el cura–. Estampa consolador engañoso para la carterita del jovencita u jovencito, igual es que altar, urna, barrera, adoración engañosa, contraproducente. Cielo, que no es sino plataforma fuerte de los mandones millonariazos, chicos, grandes, yankis, criollos...

—¿Entonces qué, padre Cardozo? Diga usted, pues, rematando claro, como es debido.

—¡Revolución, don Cecilio! Como el Señor Jesucristo en su predicación y muerte, como el Che en su heroico predicación moderno valentía...

—¿Balazo?

—Sí, don Cecilio.

—Balazo a la cabeza y corazón de cada uno, no para hacer saltar el seso o romper ese músculo generosidad y vaciarle su sangre. Balazo de luz entendimiento para darle claridad y energía de modo que pueda ver el humano y todos los humanos, negros, injertos, indios, igualito que nuestro Señor, como el Che los veía, con fuerza verdadero, decisión hacerse respetar; ver que un hombre es igual a otro hombre.

—Somos destintos, padrecito.

—¡No, hermano Cecilio! ¿En qué están las diferriencias? ¿En el ojo, en la mano, en nuestras tripas? ¿En eso? No ¡carajo! sea dicho con su dispensa. Eso es igual en todos. ¿En la ropa, en la casa en que vivimos, la cama, el asiento que recibe el cuerpo? ¡Pero eso tiene arreglo si usted, don Cecilio, se enoja con serenidad fuerte así como frente a mí, en frente de los mandones!

Don Cecilio se rio; no en tono alto, como a gotas y en forma respetuosa y medidamente desafiante.

—Palabreo emocionante, sincero, padre —dijo—. Ellos, usted sabe, los mandones, hacen hablar al metralla, cañón mira telescópico, así como ese rifle que le traspasó con su bala el seso del señor presidente Kennedy que, también, dicen, era millonariazo, aunque no tan angurriento.

—La metralla, amigo compañero Cecilio, lo maneja la mano del humano pobre, ¿no es cierto? El mandón no aprieta el gatillo. ¡Espere! Tampoco mano delicada del mandón millonario fabrica el gatillo...

Y se acercó a Ramírez. Lo tomó de los hombros como a don Hilario al borde de la Panamericana.

—¿En quién crees, compañero? —le preguntó—. ¿No crees nada, nada en el hombre que maneja el gatillo y la fábrica? ¿No crees? ¿De verdad no crees en tu alma triste sereno enojado?

—En ustedcito estoy por creer... en el millonario que maneja al que maneja fábrica, en el Braschi, jamás nunca. ¿Podría tocar Max cualquier cosita? Y usted, monseñor Hutchinson, cara lindo sin alma vibración, padre, ¿consentirá?

—¡Toca, Max! ¡Esta casa es del Dios del triunfo, de la esperanza! ¡Toca, Max! Hutchinson hierve más que tú y que los mares de los mares...

Maxwell había abierto en un instante el estuche, antes de que Cardozo terminara de hablar. Las cuerdas de alambre brillaron; luz de acero, azul. Rasgó la danza de Capachica.

El mensajero empezó a emplumarse de la cabeza, como pavorreal o picaflor de gran sombra. Retrocedieron todos hacia las paredes. Diego comenzó a hacer vibrar sus piernas abiertas y dobladas en desigual ángulo; las hizo vibrar a más velocidad que toda cuerda que el hombre ha ensangrentado y ardido, luego dio una voltereta en el aire e hizo balancearse a la lámpara, le dio sonido de agua, voz de patos de altura, de los penachos de totora que resisten gimiendo la fuerza del viento.

—¡Yo nunca jamás hey tenido esperanza! —se oyó la voz de Ramírez—. Solo he andado fuerte. Último tiempo, con Max del brazo trabajo rendimiento. Esperanza verdadero, ¿dónde está? ¡Baila, joven!

Don Cecilio se deslizó al centro del despacho. Empezó a bailar una chuscada al resplandor de las plumas y los filamentos encendidos; un huayno-chuscada, solito, entre los colores que ardían. Cuando Max dejó de tocar, el despacho quedó formalizado, sin rastro alguno de lo que acababa de ocurrir. Únicamente don Cecilio, ya bajo la luz de la modernísima lámpara, seguía bailando lento, derramando chorros de lágrimas sobre el pecho, con la cabeza agachada.

—Antolín Crispín no va esperar más rato ya —dijo el mensajero.

Hutchinson se acercó donde don Cecilio, que no había oído la voz del mensajero. Lo detuvo justo frente a los cuadros. Le habló en voz baja.

–El padre Cardozo no es agente del CIA, compañero –le dijo–. Yo le doy mi palabra de honor, cariño. No baile ya más; no está ya música del charango. Apagado.

Lo abrazó, guardando una distancia.

–¿Dijo usted, padre, dijo usted?

Hutchinson no repitió lo que dijo.

–¡No le crea, don Cecilio! –gritó Cardozo–. Usted no le entenderá. ¡No le crea! –Cardozo estaba con Max en la puerta del despacho y habló desde ese sitio.

–Aquí, despacho, estará quizá la esperanza para ustedes, padrecitos. En mi pecho no –Ramírez habló con energía, erguido de la cabeza–. ¡En mi pecho no! Hay que ir donde el cieguito, corazón dulce, ¿no? ¡Claro, amigo Che, que estás tronizado aquí para dar su merecido, a cualquierita, algún día, tiempos… dicen.

Don Cecilio se dirigió a la puerta y salió. Lo siguió Max sin despedirse ni mirar a los padres. Diego disminuyó de tamaño bajo el dintel. Volvió la cabeza hacia el despacho. Hizo una reverencia sonriendo a toda cara, su largo hocicazo, con una lengua muy alegre que le colgaba a un costado de la boca.

–¡Te equivocaste, Donald Hutchinson! –dijo Cardozo en inglés, cuando los dos curas se quedaron solos.

–Y tú, Michael Cardozo, ¿qué gritaste? ¿Qué enormidad gritaste?

–¡Gringos concha'e su madres! ¿Estamos aprendiendo? –contestó Cardozo.

* * *

Más tarde, en su dormitorio, con los codos apoyados en una pequeña mesa, el padre Michael Cardozo leía; la desigual nariz serena hasta el último pelo que se alimentaba en lo más profundo de las fosas nasales. Un pequeño retrato del Che y un Crucifijo, juntos, aparecían pegados bajo el vidrio de la mesa:

«Si yo hablo en lenguas de hombres y de ángeles, pero no tengo amor, no soy más que un tambor que resuena o un platillo que hace ruido. Si doy mensajes recibidos de Dios, y no conozco todas las cosas secretas, y tengo toda clase de conocimientos, y tengo toda la fe necesaria para quitar los cerros de su lugar, pero no tengo amor, no soy nada. Si reparto todo lo que tengo, y si entrego hasta mi propio cuerpo para ser quemado, pero no tengo amor, de nada me sirve... El amor nunca muere. Vendrá el tiempo en que ya no se tendrá que dar mensajes recibidos de Dios, ni se hablará en lenguas, ni se necesitará el conocimiento. Pues conocemos sólo en parte y en parte damos el mensaje divino; pero cuando conozcamos en forma completa, lo que es en parte desaparecerá... Cuando yo era niño, hablaba, pensaba y razonaba como niño; pero cuando ya fui hombre, dejé atrás las cosas de niño. De la misma manera, ahora vemos las cosas en forma confusa, como reflejos borrosos en un espejo; pero entonces las veremos con toda claridad. Ahora sólo conozco en parte, pero entonces voy a conocer completamente, como Dios me conoce a mí. Así pues, la fe, la esperanza y el amor duran para siempre; pero el mayor de estos tres es el amor...»

−¿Y el odio? −dijo Cardozo en inglés−. El odio de don Cecilio Ramírez, odio con lágrimas, que me ha desquiciado y desquiciado a todos en la oficina. Yo he visto aquí, en Chimbote, visiones entre apocalípticas y ternuras. ¡Señor! Cada noche, cada día veo revelaciones que me enardecen y conturban. Este don Cecilio dice más, muchísimo más que el cadáver de la joven parturienta que descansaba sobre una estera, entre centenares de moscas, allá en la barriada de Coishco, mientras sus parientes bebían. Ahora sé que las moscas quizá chupaban odio de ese cadáver triste. Y este Hutchinson tarda, tarda en aprender. ¿Para qué tanta inteligencia y tanto estudio? ¿Es malo decir concha'e tu madre, Señor? ¡No, no es malo! Procura ardencias necesarias en las neuronas y en la sangre. Por eso los pescadores... Aunque don Hilario jamás dice esas palabras. ¿Jamás? ¿De veras, don Hilario, que eres para mí, y serás siempre, como el aceite al agua?

¿Último diario?

*(Trozos seleccionados y corregidos
en Lima, el 28 de octubre)*

SANTIAGO DE CHILE, 20 DE AGOSTO DE 1969

He luchado contra la muerte o creo haber luchado contra la muerte, muy de frente, escribiendo este entrecortado y quejoso relato. Yo tenía pocos y débiles aliados, inseguros; los de ella han vencido. Son fuertes y estaban bien resguardados por mi propia carne. Este desigual relato es imagen de la desigual pelea.

¡Cuántos Hervores han quedado enterrados! Los Zorros no podrán narrar la lucha entre los líderes izquierdistas, y de los otros, en el sindicato de pescadores; no podrán intervenir. Los siglos que cargan en sus cabezas cada uno de esos hombres enfrentados en Chimbote y continuadores muy sui generis de una pugna que viene desde que la civilización existe. No aparecerá Moncada pronunciando su discurso funerario, de noche, inmediatamente después de la muerte de don Esteban de la Cruz; el sermón que pronuncia en el muelle de la Caleta, ante decenas de pescadores que juegan a los dados cerca de las escalas por donde bajan a las pancas[1] y chalanas que los llevan a las bolicheras. Los Zorros iban a comentar y danzar este sermón funerario en que el zambo «loco» enjuicia al mar y a la tierra. Y

---

[1] panca: en realidad, en Chimbote, se le nomina panga. Es un bote pequeño que lleva a bordo la bolichera. Se emplea en la maniobra de pesca; sirve para sostener el cabecero o punta del boliche en el momento de calar o cercar los peces. Dentro de la bahía sirve para trasportar personas (S. de A.).

el último sermón de Moncada en el campo quemado, cubierto de esqueletos de ratas, del mercado de La Línea que la municipalidad manda arrasar con buldóseres. Allí el zambo hace el balance final de cómo ha visto, desde Chimbote, a los animales y a los hombres. Porque él es el único que ve en conjunto y en lo particular las naturalezas y destinos; y los Zorros no danzarían a saltos y luces estas últimas palabras. No podré relatar, minuciosamente, la suerte final de Tinoco que, embrujado, con el pene tieso, intenta escalar el médano Cruz de Hueso, creyendo que así ha de sanar, y no puede avanzar un solo paso, hasta que la arena lo entierra mientras que Ojos de Paloma y Paula Melchora... El Zorro de Arriba, bailando como un trompo, ha estado llamando desde la cima del médano a Tinocucha, mientras hierven en el aire las lágrimas de Ojos de Paloma y la felicidad atrocidad de Paula Melchora. Sí. Y cómo Chaucato... larga y sanguinolenta historia que ninguno de los Zorros danza. Miran al paridor inocente del Braschi, comprendiendo. No saben llorar. Ladrarán... El «magnánimo» proyecto del chanchero se va a cumplir. Y Asto, a pesar de que no ha podido aprender a bailar cumbia, queda encendido, fortalecido, contento, y pendiente, al parecer de por vida y cual de una percha, de la blancura y cariñosidad de la Argentina que lo trata siempre como a una vizcachita. Los Zorros no discuten esto. Antolín Crispín lo hace oír en su guitarra, como ustedes saben, a oscuras.

Ni el suicidio de Orfa que se lanza desde la cumbre de El Dorado al mar, desengañada por todo y más, porque allí, en la cima, no encuentra a Tutaykire trenzando oro ni ningún otro fantasma, y sólo un blanqueado silencio, el del guano de isla. En su propia casa, el pescador Asto, ese indio, le había dicho, como pensando en otra cosa, delante de un testigo tan serio como el gringo al que llamaban Max y de un cholo de hocico largo y de gorra que parecía tener lentejuelas, le había dicho que en la cima de El Dorado, un fantasma protector y grande trenzaba una red de oro. Pero ella no lo pudo ver porque tenía los ojos con una cerrazón de feroces arrepentimientos, de ima sapra, y saltó al abismo con su huahua en los brazos, a ciegas.

Ni la muerte de Maxwell, degollación, cuya vida no tolera el Mudo a quien Chaucato ha enardecido el veneno, oleteándole con brazos de cocho embravecido en su última hora. Ni la vida luz tinieblosa de Cardozoy de Ojos Verde-claros. Los Zorros corren del uno al otro de sus mundos; bailan bajo la luz azul, sosteniendo trozos de bosta agusanada sobre la cabeza. Ellos sienten, musian, más claro, más denso que los medio locos transidos y conscientes y, por eso, y no siendo mortales, de algún modo hilvanan e iban a seguir hilvanando los materiales y almas que empezó a arrastrar este relato.

¿Es mucho menos lo que sabemos que la gran esperanza que sentimos, Gustavo? ¿Puedes decirlo tú, el teólogo del Dios liberador, que llegaste a visitarme aquí, a Lorena 1275, donde estuvimos tan contentos a pesar de que yo en esos días ya no escribía nada? Claro; yo te había leído en Lima esas páginas de Todas las sangres *en que el sacristán y cantor de San Pedro de Lahuaymarca, quemada ya su iglesia y refugiado entre los comuneros de las alturas, le replica a un cura del Dios inquisidor, le replica con argumentos muy semejantes a los de tus lúcidas y patéticas conferencias pronunciadas, hace poco, en Chimbote.*

Yo iba o pretendía... El primer capítulo es tibión y enredado... Pretendía un muestrario cabalgata, atizado de realidades y símbolos, el que miro por los ojos de los Zorros desde la cumbre de Cruz de Hueso adonde ningún humano ha llegado ni yo tampoco... Debía ser anudado y exprimido en la Segunda Parte. Te parecías a los dos Zorros, Gustavo. Yo te pediría que después de que algún hermano mío tocara charango o quena (Jaime, Máximo Damián Huamaní o Luis Durand), después que cualquiera de los jóvenes políticos de izquierda que no están sentenciados y presos y que tanto se peleaban cuando salí del Perú... Sí, si fuera posible y él aceptara, Edmundo Murrugarra. Edmundo fue mi alumno en un cursito que dicté en San Marcos. Edmundo también tiene la cara de los dos Zorros; tiene una facha de vecino de pequeño pueblo, un alma iluminada y acerada por la sed de justicia y las mejores lecturas... A nombre de la Universidad, si es posible y él acepta, Alberto Escobar. Y por los muchachos, si les parece bien a ellos, un estudiante de La Molina (¡Qué poco hice por la universidad aunque quizá algo hice para ella!)

Me gustan, hermanos, las ceremonias honradas, no las fantochadas del carajo. Las ceremonias no ceremoniosas sino palpitación. Así creo haber vivido; si es posible. Y tú, Gustavo, o vosotros, como es lo correcto decir, Alberto, Máximo Damián, Jaime, Edmundo... No se van a prestar en jamás de los jamases, mientras sean como yo los conocí, a fantochadas... Hay en mis huesos muchas de las apetencias del serrano antiguo por angas y mangas, convertido por sus madres y padres, malos y buenos, en vehemente, asolemnado y alegre trabajador social; invulnerable a la amargura aun estando ya descuajado. Dispénsenme la inocente y segura convicción: invulnerable como todo aquel que ha vivido el odio y la ternura de los runas (ellos nunca se llaman indios a si mismos).

... Quizá conmigo empieza a cerrarse un ciclo y a abrirse otro en el Perú y lo que él representa: se cierra el de la calandria consoladora, del azote, del arrieraje, del odio impotente, de los fúnebres «alzamientos», del temor a Dios y del predominio de ese Dios y sus protegidos, sus fabricantes; se abre el de la luz y de la fuerza liberadora invencible del hombre de Vietnam, el de la calandria de fuego, el del dios liberador. Aquel que se reintegra. Vallejo era el principio y el fin.

¿Creéis, vosotros, Emilio Adolfo, Alberto, Gustavo, Edmundo, que todo esto que digo y pido es vanidad? Esta novela ha quedado inconclusa y un poco destroncada, y acaso don Gonzalo no la considere de mérito suficiente para publicarla, y con razón (tengo un compromiso de buena fe con él), pero mi vida no ha sido trunca. Despidan en mí un tiempo del Perú. He sido feliz en mis llantos y lanzazos, porque fueron por el Perú; he sido feliz con mis insuficiencias porque sentía el Perú en quechua y en castellano. Y el Perú ¿qué?: todas las naturalezas del mundo en su territorio, casi todas las clases de hombres. Es mucho menos extenso pero más diverso de cómo fue la Rusia antigua. Esos ríos de «tanta y tan crecida hondura», como ya lo sintió don Pedro Cieza mucho antes que se hicieran más profundos e intrincados. ¿No sabemos mucho,

Emilio Adolfo? Y ese país en que están todas las clases de hombres y naturalezas yo lo dejo mientras hierve con las fuerzas de tantas sustancias diferentes que se revuelven para transformarse al cabo de una lucha sangrienta de siglos que ha empezado a romper, de veras, los hierros y tinieblas con que los tenían separados, sofrenándose. Despidan en mí a un tiempo del Perú cuyas raíces estarán siempre chupando jugo de la tierra para alimentar a los que viven en nuestra patria, en la que cualquier hombre no engrilletado y embrutecido por el egoísmo puede vivir, feliz, todas las patrias. ¿Cómo están las fronteras de alambres de púas, Comandante ? ¿Cuánto tiempo durarán? Igual que los servidores de los dioses tiniebla, amenaza y terror, que las alzaron y afilaron, creo que se debilitan y corroen.

En la voz del charango y de la quena, lo oiré todo. Estará casi todo, y Maxwell. Tú, Maxwell, el más atingido, con tantos monstruos y alimañas dentro y fuera de ti, que tienes que aniquilar, transformar, llorar y quemar.

22 DE OCTUBRE

He vuelto de un viaje no tan inútil que hice a Lima. Habrán de dispensarme lo que hay de petitorio y de pavonearse en este último diario, si el balazo se da y acierta. Estoy seguro que es ya la única chispa que puedo encender. Y, por fuerza, tengo que esperar no sé cuántos días para hacerlo.

Epílogo

SANTIAGO DE CHILE, 29 DE AGOSTO DE 1969.

(Corregido y reafirmado a mi vuelta,
en Lima, el 5 de noviembre)

Señor don Gonzalo Losada
Buenos Aires

Querido don Gonzalo:

Uno de estos días me voy definitivamente a Lima. Esta carta se la entregarán junto con el «¿Último Diario?» de los «Zorros», documento que acaso pueda, como pretende, aliviar la novela de su verdadero aunque parcial truncamiento. Tendencias y personajes ya definidos –el proyecto era amarrar y atizar en la Segunda Parte– y símbolos apenas esbozados que empezaban a mostrar su entraña han quedado detenidos. Así los capítulos de la Primera Parte y los episodios de la Segunda llegan, creo, a formar una novela algo inconexa que contiene el germen de otra más vasta. Veo ahora que los Diarios fueron impulsados por la progresión de la muerte.

¿Se acuerda usted que le escribí –me parece que fue en junio– anunciándole que en dos o tres meses más concluiría el primer borrador de los *Hervores* que me faltaban de la Segunda Parte? Si hubiera podido seguir trabajando al ritmo con que lo hacía entonces quizá lo habría conseguido. Pero me cayó un repentino huayco que enterró el camino y no pude levantar, por mucho que hice, el lodo y las piedras que forman esas avalanchas que son más pesadas cuando caen dentro del pecho. Quiero dejar constancia que el huayco fue repentino pero no completamente inesperado. Hace muchos años que mi ánimo funciona como los caminos que van de la costa a la sierra peruana, subiendo por abismos y laderas geológicamente aún inestables. ¿Quién puede saber qué día o qué noche ha de caer un huayco o un derrumbe seco sobre esos caminos? La novela ha quedado, pues, lo repito, no creo que absolutamente trunca sino contenida, un cuerpo medio ciego y deforme pero que acaso sea capaz de andar.

Allí están, por ejemplo, cuatro hombres indo-hablantes que por la diferencia de sus orígenes y destinos se expresan y llegan a ser en la ciudad puerto industrial (ese retorcido pulpo fosforescente) distintos castellanos aunque de procreación semejante; y se encaminan, claro, a puntos o estrellas unos más definidos que otros. Y andan a pasos de otra laya, cada uno. Y están, también, dos ciudadanos criollos, porteños, muy contrapuestos: «libre» el uno, Moncada; amancornado el otro, Chaucato. Así es... Y hay unos cuántos más, a medio hacer; aparte de los Zorros, sus andanzas y palabras. Unos símbolos, una trompeadura atajados en el momento en que ya todos empezaban a encenderse.

Por eso, si a juicio de sus asesores y de usted mismo, don Gonzalo, el relato aparece como insuficiente, deje a mi viuda que lo ofrezca a cualquier editor peruano o de otro país. Yo no dudo del valor de algunos capítulos (he alcanzado a recomponer el primero en estos días) y de la importancia documental del conjunto. No puedo aventurar un juicio definitivo, tengo dudas y entusiasmos. Ha sido escrito a sobresaltos en una verdadera lucha −a medias triunfal− contra la muerte. Yo no voy a sobrevivir al libro. Como estoy seguro que mis facultades y armas de creador, profesor, estudioso e incitador, se han debilitado hasta quedar casi nulas y sólo me quedan las que me relegarían a la condición de espectador pasivo e impotente de la formidable lucha que la humanidad está librando en el Perú y en todas partes, no me sería posible tolerar ese destino. O actor, como he sido desde que ingresé a la escuela secundaria, hace cuarentitrés años, o nada.

De usted he recibido, con motivo del proyecto de redacción de los «Zorros» y mientras escribía el libro, las más nobles, las más generosas cartas. Le estoy agradecido, y teniendo en cuenta su buena voluntad le hago un último pedido: una edición popular de *Todas las sangres* para el Perú y del relato sobre Chimbote, si alcanzara a tener demanda. Algún día los libros y todo lo útil no serán motivo de comercio lucrativo en ninguna parte. Yo sé que usted está de acuerdo, en el fondo, con esta conveniencia y que no ha sido el lucro el estímulo principal de su empresa de editor. Mi viuda estará absolutamente de acuerdo con el pedido que le hago. Ella tiene derecho sobre esos dos libros. Además, si usted acepta «El zorro de arriba y el zorro de abajo» así como está y mantiene su decisión de disponer la edición inmediata, le pido insertar a manera de prólogo el breve discurso que pronuncié cuando me entregaron el premio Inca Garcilaso de la Vega, y que mi viuda, Sybila (acero y paloma) y mi amigo Emilio Adolfo Westphalen, se encarguen de revisar las pruebas y le aconsejen respecto de la edición. Emilio Adolfo es mi amigo desde 1933; no ha hecho concesiones interesadas nunca y creo que es el poeta y ensayista que más profundamente conocía y conoce la literatura occidental y quien muy severa y jubilosamente apreció y difundió la literatura peruana, oral y escrita, desde las revistas que ha dirigido y dirige. A él y al violinista Máximo Damián Huamaní, de San Diego de Ishua, les dedico, temeroso, este lisiado y desigual relato. Debo al auxilio de la Dra. Lola Hoffman el haber escrito desde el II capítulo de *Todas las sangres* hasta la última línea de los *Hervores*.

Reciba usted un abrazo de despedida de su amigo.

JOSÉ MARÍA ARGUEDAS

P. D. Dedicaré no sé cuántos días o semanas a encontrar una forma de irme bien de entre los vivos.

P.D. (a mi vuelta de Lima). Obtuve en Chile un revólver calibre 22. Lo he probado. Funciona. Está bien. No será fácil elegir el día, hacerlo.

(*) Mi ex mujer, Celia Bustamante, tiene derecho sobre mis otras novelas y cuentos. Ella, su hermana Alicia y los amigos comunes me abrieron las puertas de la ciudad (Lima) o hicieron más fácil mi no tan profundo ingreso a ella y, con mi padre y los libros, el mejor entendimiento del castellano, la mitad del mundo. Y también con Celia y Alicia empezamos a quebrantar la muralla que cerraba Lima y la costa –la mente de los criollos todopoderosos, colonos de una mezcla bastante indefinible de España, Francia y los Estados Unidos y de los colonos de estos colonos–, quebrantar la muralla que cerraba Lima y la costa a la *música* en milenios creada y perfeccionada por quechuas, aymaras y mestizos. Ahora el Zorro de Arriba empuja y hace cantar y bailar, él mismo, o está empezando a hacer danzar el mundo, como lo hizo en la antigüedad la voz y la tinya de Huatyacuri[1], el héroe dios con traza de mendigo.

JOSÉ MARÍA ARGUEDAS

Señor Rector de la
Universidad Agraria, Jóvenes estudiantes:

Les dejo un sobre que contiene documentos que explican las causas de la decisión que he tomado.

Profesores y estudiantes tenemos un vínculo común que no puede ser invalidado por negación unilateral de ninguno de nosotros. Este vínculo existe, incluso cuando se le niega: somos miembros de una corporación creada para la enseñanza superior y la investigación. Yo invoco ese vínculo o lo tomo en cuenta para hacer aquí algo considerado como atroz: el suicidio. Alumnos y profesores guardan conmigo un vínculo de tipo intelectual que se supone y se concibe debe ser generoso y no entrañable. De ese modo recibirán mi cuerpo como si él hubiera caído en un campo amigo, que le pertenece, y sabrán soportar sin agudezas de sentimiento y con indulgencia este hecho. Me acogerán en la Casa nuestra, atenderán mi cuerpo y lo acompañarán hasta el sitio en que deba quedar definitivamente. Este acto considerado atroz yo no lo puedo ni debo hacer en mi casa particular. Mi Casa de todas las edades es ésta: la UNIVERSIDAD. Todo cuanto he hecho mientras tuve energías pertenece al campo ilimitado de la Universidad y, sobre todo, el desinterés, la devoción por el Perú y el ser humano que me impulsaron a trabajar. Nombro por única vez este argumento. Lo hago para que me dispensen y me acompañen sin congoja ninguna sino con la mayor fe posible en nuestro país y su gente, en la *Universidad* que estoy seguro anima

---

[1]   Huatyacuri: hijo de Pariacaca; «hombre pobre» quien, ayudado por las confidencias de un zorro de arriba y un zorro de abajo, llegó a curar a Tamtañamca, poderoso señor, cuya hija desposó. Combatido por el cuñado de su mujer –hombre rico y poderoso– pudo vencerlo en pruebas de varia índole como danzas, canto, etc. Auxiliado por su padre y «los pájaros, las serpientes y todo ser vivo que hay en el mundo» (S. de A.).

268

nuestras pasiones, pero sobre todo nuestra decisión de *trabajar* por la liberación de las limitaciones artificiales que impiden aún el libre vuelo de la capacidad humana, especialmente la del hombre peruano.

Creo haber cumplido mis obligaciones con cierto sentido de responsabilidad, ya como empleado, como funcionario, docente y como escritor. Me retiro ahora porque siento, he comprobado que ya no tengo energía e iluminación para seguir trabajando, es decir, para justificar la vida. Con el acrecentamiento de la edad y el prestigio, las responsabilidades, la importancia de estas responsabilidades crecen, y si el fuego del ánimo no se mantiene y la lucidez empieza, por el contrario, a debilitarse, creo personalmente que no hay otro camino que elegir honestamente que el retiro. Y muchos, ojalá todos los colegas y alumnos, justifiquen y comprendan que para algunos el retiro a la casa, es peor que la muerte.

He dedicado este mes de noviembre a calcular mis fuerzas para descubrir si las dos últimas tareas que comprometían mi vida podían ser realizadas dado el agotamiento que padezco desde hace algunos años. No. No tengo fuerzas para dirigir la recopilación de la literatura oral quechua ni menos para emprenderla, pero con el Dr. Valle Riestra, director de Investigaciones, se convino en que esa tarea la podía realizar conforme al plan que he presentado. Voy a escribir a la Editorial Einaudi de Turín, que aceptó mi propuesta de editar un volumen de 600 páginas de mitos y narraciones quechuas. Nuestra Universidad puede emprender y cumplir esta urgente y casi agónica tarea. Lo puede hacer si contrata, primero, con mi sueldo que ha de quedar disponible y está en el presupuesto, a Alejandro Ortiz Rescanière, mi ex discípulo y alumno distinguido de Lévi-Strauss durante cuatro años y lo nombra después. Él se ha preparado lo más seriamente que es posible para este trabajo y puede formar, con el Dr. Alfredo Torero, un equipo del más alto nivel. Creo que la Editorial Einaudi aceptará mi sustitución por este equipo que representaría a la Universidad. En cuanto a lo demás, está expuesto en mi carta a Losada y en el «Último Diario» de mi casi inconclusa novela *El zorro de arriba y el zorro de abajo*. Documentos que acompaño a este manuscrito.

Declaro haber sido tratado con generosidad en la Universidad Agraria y lamento que haya sido la institución a la que más limitadamente he servido, por ajenas circunstancias. Aquí, en la Agraria, fui miembro de un Consejo de Facultad y pude comprobar cuán fecunda y necesaria es la intervención de los alumnos en el gobierno de la Universidad. Fui testigo de cómo delegados estudiantes fanatizados y algo brutales fueron siendo ganados por el sentido común y el *espíritu universitario* cuando los profesores en lugar de reaccionar solo con la indignación, lo hacían con la mayor serenidad, energía e inteligencia. Yo no tengo ya, desventuradamente, experiencia personal sobre lo ocurrido durante los trece meses últimos que he estado ausente, pero creo que acaso los cambios no hayan sido tan radicales. Espero, creo, que la Universidad no será destruida jamás; que de la actual crisis se alzará más perfeccionada y con mayor lucidez y energía para cumplir su misión.

Las crisis se resuelven mejorando la salud de los vivientes y nunca antes la Universidad ha representado más ni tan profundamente la vida del Perú. Un pueblo no es mortal, y el Perú es un cuerpo cargado de poderosa sabia ardiente de vida, impaciente por realizarse; la Universidad debe orientarla con lucidez, «sin rabia», como habría dicho Inkarri, y los estudiantes no están atacados de rabia en ninguna parte, sino de generosidad impaciente, y los maestros verdaderos obran con generosidad sabia y paciente. ¡La rabia no!

Dispensadme estas póstumas reflexiones. He vivido atento a los latidos de nuestro país.

Dispensadme que haya elegido esta Casa para pasar, algo desagradablemente, a la cesantía. Y, si es posible, acompañadme en armonía de fuerzas que, por muy contrarias que sean, en la Universidad y acaso solo en ella, pueden alimentar el conocimiento.

La Molina, 27 de nov. de 1969.

J.M. Arguedas

Al Rector y alumnos
[Nota aparte]

Si a pesar de la forma en que muero ha de haber ceremonia, y discursos, les ruego no tomar en cuenta el pedido que hago en el «Último Diario» con respecto a los músicos, mis amigos, Jaime, Durand o Damián Huamaní, pero sí el de Alberto Escobar. Es el profesor universitario a quien más quiero y admiro, él y Alfredo Torero. Anhelaría que Escobar leyera el «Último Diario». Digo que no se tome en cuenta lo de los músicos no por otra razón que los inconvenientes de cualquier índole que puedan haber. Además ese «Diario» es más que un pedido expresión final de anhelos y pensamientos. También, sí, confirmo mi deseo de que, si han de haber discursos que sea un estudiante de La Molina. Dispensadme.

J.M.A

Espero que mi esposa Sybila Arredondo no tenga inconveniente en cobrar lo que me corresponda de haber por este mes. Ha de necesitarlo.

J.M.A.

28 de Nov. 1969

Elijo este día porque no perturbará tanto la marcha de la Universidad. Creo que la matrícula habrá concluido. A los amigos y autoridades acaso les hago perder el sábado y domingo, pero es de ellos y no de la U.

J.M.A.

Índice

Este libro ha sido posible por el trabajo de

COMITÉ EDITORIAL Silvia Aguilera, Mario Garcés, Luis Alberto Mansilla, Tomás Moulian, Naín Nómez, Jorge Guzmán, Julio Pinto, Paulo Slachevsky, Hernán Soto, José Leandro Urbina, Verónica Zondek, Ximena Valdés, Santiago Santa Cruz **SECRETARIA EDITORIAL** Marcela Vergara **EDICIÓN** Braulio Olavarría **PRODUCCIÓN EDITORIAL** Guillermo Bustamante **PRENSA** Patricia Moscoso **PROYECTOS** Ignacio Aguilera **ÁREA EDUCACIÓN** Mauricio Ahumada **DISEÑO Y DIAGRAMACIÓN EDITORIAL** Leonardo Flores, Max Salinas, Gabriela Ávalos **CORRECCIÓN DE PRUEBAS** Raúl Cáceres **COMUNIDAD DE LECTORES** Francisco Miranda **VENTAS** Luis Opazo, Elba Blamey, Olga Herrera, Daniela Nuñez **BODEGA** Francisco Cerda, Pedro Morales, Hugo Jiménez, Maikot Calderón, Lionel Diaz **LIBRERÍAS** Nora Carreño, Ernesto Córdova, Luis Cifuentes **COMERCIAL GRÁFICA LOM** Juan Aguilera, Danilo Ramírez, Eduardo Yáñez **SERVICIO AL CLIENTE** José Lizana, Ingrid Rivas **DISEÑO Y DIAGRAMACIÓN COMPUTACIONAL** Luis Ugalde, Marjorie Dotte, Pablo Barraza, Francisco Orellana **SECRETARIA COMERCIAL** María Paz Hernández **PRODUCCIÓN IMPRENTA** Elizardo Aguilera, Carlos Aguilera, Gabriel Muñoz, Rómulo Saavedra **SECRETARIA IMPRENTA** Jasmín Alfaro **PREPRENSA** Daniel Alfaro **IMPRESIÓN DIGITAL** William Tobar, Carolay Saldías, Daniela Farias, Karina Mardones **IMPRESIÓN OFFSET** Rodrigo Véliz **ENCUADERNACIÓN** Ana Escudero, Andrés Rivera, Edith Zapata, Pedro Villagra, Héctor Carrasco, Juan Molina, Rodrigo Flores, Romina Salamanca, Carlos Mendoza, Fernanda Acuña **DESPACHO** Cristóbal Ferrada, Julio Guerra **MANTENCIÓN** Jaime Arel **ADMINISTRACIÓN** Mirtha Ávila, Alejandra Bustos, Andrea Veas, César Delgado, Boris Ibarra.

LOM ediciones